Carrie Ryan
John Parke Davis

Map of Magic

Das Rätsel des leuchtenden Orakels

Aus dem Amerikanischen
von Leo H. Strohm

FISCHER Taschenbuch

Alle Bände der Serie ›Map of Magic‹:

Band 1 – Die Karte der geheimen Wünsche
Band 2 – Das Mysterium der sinkenden Stadt
Band 3 – Das Rätsel des leuchtenden Orakels
Band 4 – Die Prophezeiung des magischen Stroms

MIX
Papier aus verantwortungsvollen Quellen
FSC® C083411
FSC
www.fsc.org

Erschienen bei FISCHER Kinder- und Jugendtaschenbuch
Frankfurt am Main, August 2018

Dieses Werk wurde vermittelt durch die Literarische Agentur
Thomas Schlück, Garbsen.
Die amerikanische Originalausgabe erschien 2017
unter dem Titel ›Shadows of the Lost Sun‹ bei Little, Brown, New York

Satz: Dörlemann Satz, Lemförde
Druck und Bindung: CPI books GmbH, Leck
Printed in Germany
ISBN 978-3-7335-0020-7

Für Sam und Jake, die immer geduldig
an unserer Seite waren.
Unsere Erinnerungen an Euch sind
eingewoben in jedes einzelne Wort.

Inhaltsverzeichnis

Auszug aus dem Logbuch des Segelschiffs Unternehmungslustige Krake,

einem Stromklipper von eigentümlicher Form und rätselhaftem Ursprung (in Privatbesitz)

VERANTWORTLICHER LOGBUCHFÜHRER:

Coll, Schiffskapitän

MANNSCHAFTSLISTE

- Ardent, Schiffszauberer
- Remy, Leichtmatrosin
- Marrill, Leichtmatrosin
- Griesgram, Quartiermeister
- ~~Annatessa, Zauberin~~ ☹

Und Fin, blinder Passagier
- Marrill

Bemerkung: Der Schiffszauberer nimmt sich ihren Verlust sehr zu Herzen.

Unverhältnismäßig gefährlich!

FRACHTLISTE

- 1 (eine) Überallkarte, in deren Innerem der Zauberer Serth gefangen ist, sowie die Verlorene Sonne von Dzannin, welche die Macht besitzt, den gesamten Piratenstrom zu zerstören.
- 1 (eine) Kugel gefüllt mit konzentriertem Stromwasser, welche in der Lage ist, einen einzigen Wunsch zu erfüllen. Nachteil: Sie entfacht gleichzeitig ein bösartiges, lebendiges Feuer und eine Flut, die alles zu Eisen werden lässt.

• 1 (ein) Flatterling, lebendige Erinnerung uralter Zauberer. Sieht unheimlich aus.

BEMERKUNGEN

Krakentag, 5. der Flutschflut

Klarer Himmel, leichte Brise aus Südsüdwest. Wurden vom Eisernen Schiff in einen gewaltigen Strudel gejagt und in die außerhalb der Zeit gelegene Stadt Monerva gespült. Haben eine außer Kontrolle geratene Wunschmaschine zerstört, ein lebendiges Feuer daran gehindert, die Herrschaft über den Piratenstrom zu übernehmen, und die Bewohner der Stadt vor der apokalyptischen Eisernen Flut gerettet. Rückkehr durch den Strudel. Ankunft: Zwölfeinhalb Sekunden nach Einfahrt in denselben. Ansonsten ereignisloser Tag.

Luvstautag, 6. der Flutschflut

Leicht bewölkt, dazu milder Echsenregen, starke Brise aus Ost. Haben Kurs auf Aschpassage gesetzt, das erste Ziel auf einer vom Schiffszauberer Ardent angefertigten Liste. Der Schiffszauberer ist überzeugt, dass die apokalyptische, meressianische Prophezeiung immer noch Bestand hat und sich erfüllen wird. Der schwermetallene Seefahrer, besser bekannt als Kapitän des Eisernen Schiffes, ist die Schlüsselfigur. Wir glauben jetzt, dass es sich bei dem Kapitän um einen der Zauberer von Meres handelt, einen alten Kameraden des Schiffszauberers. Die Krake wird alle überlebenden Mitglieder dieses Bundes aufsuchen, um die Identität des Kapitäns festzustellen.

Persönliche Bemerkung: Habe beschlossen, Remy zum Rudergänger zu befördern und ihr beizubringen, wie man die Krake steuert. Bin beeindruckt von ihrer natürlichen Begabung. Hat alle Anlagen für eine hervorragende Kapitänin.

Freveltag, 8. der Flutschflut

Aschfarbener Himmel. Aschewinde treiben Aschewolken aus aschwärts herbei. Erreichen die Aschpassage. Der Name scheint angemessen. Schiffszauberer und Leichtmatrose Marrill nach Landgang unversehrt zurückgekehrt. Laut Bericht haben sie Forthorn Forlorn, einen ehemaligen Zauberer von Meres, in Gestalt einer Eisenstatue angetroffen. Einheimische erzählen von einem gewaltigen Sturm in der letzten Nacht. Einem Sturm mit roten Blitzen. Der Eiserne Kapitän hat den Untergang Monervas offensichtlich überlebt und bleibt eine ernstzunehmende Bedrohung. Die Stimmung ist niedergeschlagen.

Sesseltag, 10. der Flutschflut

Kristallklare See, starke Brise aus Nord. Wir nehmen Kurs auf den nächsten Zauberer von Meres: das Große Spiel von Margaham, was immer das heißen soll. Habe beschlossen, einen Schlängelkurs zu wählen. Herrliche Traumpusteblumen auf Steuerbord. Die Mannschaft braucht nach den Ereignissen der letzten Tage auch mal ein bisschen Erholung.

Kapitel 1

Faulenzen und in der Sonne liegen

»Hier, halt mal«, sagte Marrill und drückte einem der Leichtmatrosen ihr Skizzenbuch in die Hand.

Eine träge Melodie schwebte zwischen den mächtigen, schwankenden Stielen der riesigen Pusteblumen hindurch über das Deck der *Unternehmungslustigen Krake* und wiegte Marrill in einen wunderschönen Tagtraum. Karni lag mit dem Bauch nach oben in ihren Armen und reckte seinen weichen Bauch den Sonnenstrahlen entgegen, die zwischen den großen Pusteblumenköpfen über ihren Köpfen hindurchschienen. Nicht weit von ihr entfernt lag Fin an der Reling, die Arme hinter dem Kopf verschränkt und die Füße an die Seitenwand des Vorschiffs gestützt.

Auf dem Achterdeck ertönte Colls fröhliches Lachen. Er hatte Remy das Ruder anvertraut und beobachtete aufmerksam, wie sie die *Krake* zwischen den grünen Stielen, die aus dem Wasser des Piratenstroms senkrecht nach oben ragten, hindurchsteuerte. Marrill musste lächeln. Ihre Babysitterin machte einen durch und durch zufriedenen Eindruck, und das, obwohl sie sehr weit von zu Hause entfernt waren.

»Ein perfekter Tag«, murmelte Marrill.

Sogar Ardent war aus seiner Kabine gekommen, um den Anblick zu genießen. Es tat gut, endlich wieder sein großväterliches Lächeln zu sehen. Seitdem sie Monerva den Rücken zugekehrt hatten, hatte der Zauberer sehr mitgenommen gewirkt, als sei ihm sämtliche Freude abhandengekommen. Nach der Entdeckung von Forthorn Forlorn in der Aschpassage hatte Marrill fast schon befürchtet, dass er nie wieder lächeln würde.

»Die Straße des Schlummers«, sagte Ardent zu einem Matrosen, der hinter ihm stand. »So werde ich diese Gegend jedenfalls nennen. Ich wage zu behaupten, dass ich diese Route noch nie befahren habe, aber ich nehme mir fest vor, das in Zukunft öfter zu tun. Einfach herzallerliebst.« Er streckte die Hand aus und fuhr damit über einen der Pusteblumenköpfe. Eine Wolke aus federleichten Schwebesamen tanzte durch die Luft.

»Es ist gar nicht so einfach, zwischen dem ganzen Zeug noch was zu sehen«, sagte Remy, aber es klang überhaupt nicht so, als wollte sie sich beklagen. Schließlich brachte Coll ihr bei, das Schiff nach Gefühl zu navigieren, während der Tauknochenmann und die Piratten dafür sorgten, dass die Pusteblumen sich nicht in der Takelage verfingen. Die Welt war friedlich, weich und angenehm. Nach allem, was sie durchgemacht hatten, hatte diese Fahrt durch die Straße des Schlummers die Wirkung einer wohltuenden Kopfmassage.

Marrill wusste, dass dies nur ein kurzer Abstecher auf ihrem Weg zum Großen Spiel von Margaham war. Schon sehr bald würden sie unbeschreiblichen Gefahren ausgesetzt sein, denn schließlich wollten sie versuchen, die Geheimnisse des Kapitäns des Eisernen Schiffes zu lüften. Wenn ihr jetzt allerdings jemand sagen würde, dass die Fahrt noch eine ganze Ewigkeit lang dauern werde, es würde ihr nicht das Geringste ausmachen.

»Deine Zeichnungen gefallen mir«, sagte der Leichtmatrose. Er hielt ihr den Block entgegen. Darauf war eine Zeichnung von alten Schiffen zu sehen, die inmitten einer kargen Wüste auf zerklüfteten Felsen lagen. Marrill brachte kaum die Energie auf, ihn anzusehen. Er war klein und dunkelhaarig und hatte dieselbe olivfarbene Haut wie Fin. Sie hatte ihn noch nie zuvor gesehen. Andererseits … die Matrosen waren ein so fester Bestandteil des Schiffes, dass sie sie ohnehin kaum wahrnahm.

»Danke«, murmelte sie, während sie Karnis Nacken kraulte. Dafür erntete sie lautes Schnurren. »Früher war das hier der Hafen des Salz-und-Sandkönigs, bevor er sein gesamtes Königreich in Schutt und Asche gelegt hat. Diese Schiffe da, das war seine Flotte. Ist das zu glauben?«

Der Leichtmatrose nickte. »O ja. Jetzt kann ich sein

Siegel auf den Schiffsrümpfen erkennen«, sagte er und zeigte auf das Symbol, das sorgfältig auf die Seitenwand jedes einzelnen Schiffes gemalt worden war. Es zeigte einen Drachen und über ihm die Wellen der Wunschmaschine.

Der flüsternde Singsang der Straße des Schlummers drang leise an Marrills Ohren. »Genau«, sagte sie und gähnte. »Hast du gewusst, dass Fin eigentlich ein Soldat in seiner Armee werden sollte?«

»Tatsächlich?«

»Es sieht ganz so aus.« Marrill nickte. Das war auch etwas, was sie in Monerva entdeckt hatten: Fins Wurzeln. Den Grund dafür, dass er so vergessbar war. »In längst vergangenen Zeiten, als der Salz-und-Sandkönig sich eine unbesiegbare Armee gewünscht hat und dazu Spione, die niemals gesehen werden. Und Fins Volk, das waren die Spione. Cool, was?«

»Auf jeden Fall«, erwiderte der Matrose. »Wo sie jetzt wohl sein mögen?«

Marrill zuckte mit den Schultern. »Keine Ahnung. Der Salz-und-Sandkönig hat jedenfalls in Monerva festgesessen und sie nie zu Gesicht bekommen. Aber jetzt, wo der alte Salzkasper nichts mehr zu sagen hat, wollen wir Fin auf jeden Fall helfen, seine Familie wiederzufinden.«

Sie blickte zu Fin hinüber. Er schnarchte ganz leise und schwenkte seinen Kopf im Sonnenschein hin und her. Es würde natürlich nicht ganz einfach werden, die

Mannschaft zu überreden, sich auf die Suche nach Fins Familie zu begeben, weil sich außer ihr niemand länger als ein paar Minuten an ihn erinnern konnte. Und da der Kapitän des Eisernen Schiffes immer noch auf dem Strom umherfuhr, war Ardent fest entschlossen, die anderen Zauberer von Meres aufzusuchen. Aber sie würde schon dafür sorgen, dass sie auch Fins Mutter fanden. Koste es, was es wolle.

Das war einer der Hauptgründe, weshalb sie auf dem Strom geblieben war. Sie konnte Fin nicht einfach hier zurücklassen, nur damit er wieder vergessen wurde.

Der Wind zerzauste Marrills Haare, und sie seufzte. Pusteblumensamen kitzelten sie im Vorbeifliegen an der Wange. Beim Gedanken an Fins Mom musste sie auch an ihre eigene Mutter denken. Sie konnte sich überhaupt nicht vorstellen, wie es sein musste, ohne Eltern aufzuwachsen. Und das wiederum brachte sie zu dem anderen Grund, weshalb sie auf dem Strom geblieben war. Zu Hause, in ihrer Welt, hatte sie eine schwerkranke Mom. Aber hier auf dem Piratenstrom war so viel geballte Magie versammelt, da *musste* es doch ein Mittel geben, was ihr helfen konnte.

Zum Glück blieb Marrill immer noch ein bisschen Zeit. Ihre Mom und ihr Dad waren noch in Boston. Sie würden sie noch nicht vermissen. Selbst wenn es ein klein wenig länger dauerte, selbst wenn sie merkten, dass Marrill schon wieder verschwunden war ... aber wenn sie dann mit einem Zauber zurückkehrte, der ihre Mom heilen konnte, dann war es das alles wert gewesen.

Außerdem hatte sie in Monerva gelernt, dass Zeit auch ziemlich biegsam sein konnte. Vielleicht traf sie ja sogar zu einem früheren Zeitpunkt zu Hause ein, als sie von dort fortgegangen war.

Sie machte die Augen zu und ließ sich von der Melodie umschmeicheln. Lächelnd lauschte sie Fins leisem Schnarchen. Die Sonne zeichnete kleine Punkte auf ihre Haut, und der Wind strich ihr kühl über die Wangen. Gestern erst war ihr alles absolut überwältigend vorgekommen: Fins Familie suchen, ihre Mom gesund machen, das Wissen, dass der Kapitän des Eisernen Schiffes immer noch auf dem Strom kreuzte, um die Aufgabe zu erfüllen, die die meressianische Prophezeiung ihm zugedacht hatte ... nämlich, den Untergang des Stroms herbeizuführen.

Doch jetzt und hier, im friedlichen Plätschern der Straße des Schlummers, erschien ihr all das machbar, irgendwie. Neue Abenteuer zu bestehen, neue Aufgaben zu lösen. Das Schlimmste lag hinter ihnen. Keine lebendigen Feuer mehr. Keine Eiserne Flut mehr, die sie durch Strudel jagte. Kein Serth mehr, der düstere Prophezeiungen ausstieß und Menschen in schluchzende Sklaven verwandelte.

»Weißt du, was eine gute Idee wäre?«, flüsterte ihr einer der Matrosen ins Ohr. »Wenn wir alle zusammen mal was nachgucken würden. Und zwar *da drin.*«

Marrills schläfriger Geist wusste nicht so recht, ob sie nun schlief oder wach war. Sie hatte das Gefühl, als müsste sie irgendetwas nachschauen … aber sie wusste nicht einmal genau, woher dieser Gedanke eigentlich gekommen war. Also nahm sie das Erste, was ihr in den Sinn kam. »Auf der Überallkarte?«

»Na klar«, flüsterte die Stimme. »Auf der Überallkarte … da solltest du echt mal nachgucken … und zwar *sofort.*«

Marrill setzte sich ruckartig auf und blickte sich um. Direkt hinter ihr schlenderte ein Matrose vorbei und steuerte auf ein paar andere zu, die dabei waren, die Taue zu sichern. Kopfschüttelnd wurde ihr klar, dass sie gedöst hatte.

Da blieb sie bei einem Gedanken aus ihrem Traum hängen. »Du, Ardent«, rief sie und setzte Karni auf den Boden. Der Kater warf ihr mit seinem einen Auge einen vernichtenden Blick zu, schlich davon und ließ sich auf einen sonnenbeschienenen Fleck an Deck plumpsen. »Ich hatte gerade eine total merkwürdige Idee. Vielleicht sollten wir mal auf der Karte nachschauen?«

Ardent ließ den bedauernswerten Matrosen, dem er gerade einen Vortrag gehalten hatte, in Ruhe und zog eine Augenbraue in die Höhe. Es sah so aus, als würde er sich den Gedanken durch den Kopf gehen lassen. »Seltsam, dass du das sagst. Gerade eben habe ich gedacht, dass ich doch noch irgendetwas überprüfen wollte …«

»Ich auch«, rief Coll vom Achterdeck herüber. »Remy und ich haben gerade eben mit ...« Er blickte sich um.

Remy tat es ihm gleich und blickte in die andere Richtung. »... irgendjemandem darüber gesprochen«, vollendete sie Colls Satz.

»Sehr merkwürdig«, meinte Ardent. »Tja, aber da wir alle denselben Gedanken hatten ... hmm ... es ist in der Tat eine ganze Weile her, dass wir einen Blick auf die Überallkarte geworfen haben. Vielleicht sollten wir unserer gemeinsamen Intuition folgen.« Er drehte sich um und trat den Saum seines violetten Mantels mit einer trägen Bewegung beiseite. Dann schlenderte er zu seiner Kabine im Heck des Schiffes. Marrill erhob sich und ging ihm hinterher, während Fin in aller Ruhe weiterschlief.

In der Kabine des Zauberers herrschte ein gewaltiges Durcheinander. Überall lagen umgestürzte Kisten herum, und aus einer wölbte sich eine pinkfarbene Substanz hervor. Ein furchterregender Albtraumschild hing schief über dem Bett, das seinerseits auf einem Trümmerhaufen stand. Fast jede verfügbare Fläche war mit aufgeschlagenen Büchern und alten Schriftrollen überhäuft, auf denen Ardents schwungvolle Handschrift zu erkennen war.

Marrill griff nach dem nächstgelegenen Buch und warf einen Blick auf den Rücken. *»Rätsel in der Dunkelheit«*, las sie. Der Untertitel lautete: *»Alles über magische Spiele und wie man Dinge in Brand setzt.«*

»Also, das ist natürlich nicht *wörtlich* gemeint«, sagte Ardent, während er eine Kombination in ein Schloss eintippte, das nur er sehen konnte. »Normalerweise. Aber trotzdem handelt es sich um wertvolles Wissen, das wir brauchen werden, wenn wir Margaham bei seinem Spiel schlagen wollen. Und das ist wiederum die einzige Möglichkeit, um überhaupt ein sinnvolles Gespräch mit diesem Wahnsinnigen … ah, da ist sie ja.«

Ardent drehte sich um und klatschte die Überallkarte auf den Tisch. Marrill war jedes Mal wieder verblüfft, wie gewöhnlich dieses Ding aussehen konnte – nichts weiter als ein Fetzen altes Pergament mit Eselsohren. Und doch wohnte in ihr eine gewaltige Macht. Diese Karte konnte einen überall dahinbringen, wohin man wollte. Und mit Hilfe des Schlüssels konnte man damit alles finden, was sich auf dem magischen Strom befand.

Doch die Überallkarte war sogar noch mehr als das. Sie war von den Dzanen, den ersten Zauberern überhaupt, als Gefängnis erschaffen worden. Sie bewahrten in ihr die Verlorene Sonne von Dzannin auf, den sagenumwobenen Stern der Zerstörung, der laut der meressianischen Prophezeiung den gesamten Piratenstrom vernichten würde. Und jetzt war auch Serth, das meressianische Orakel, das die Prophezeiung ausgesprochen hatte, im Inneren der Karte gefangen.

Marrill hatte die Karte das letzte Mal in Monerva gesehen, aber da war sie leer gewesen. Jetzt flossen jedoch Tintenlinien über das Pergament, vereinigten sich und bildeten schließlich die etwas krakeligen Umrisse eines Vogels.

»Rose!«, stieß Marrill atemlos hervor.

Die Kompassrose der Überallkarte erwachte zum Leben und schlug mit ihren Kritzelflügeln, als wollte sie der Karte entkommen. Ihr Schnabel öffnete sich zu einem lautlosen Schrei, und Marrill wurde von einer grässlichen Angst gepackt.

»Ist das … normal?«, wollte Remy wissen.

Ardent schüttelte den Kopf. »Nein … Sie möchte uns vor etwas warnen.« Er beugte sich über das Pergament.

»Das gefällt mir nicht«, sagte Coll. »Das gefällt mir ganz und gar nicht. Irgendetwas ist hier faul.«

Marrill schluckte. Sie konnte es ebenfalls spüren. Irgendetwas war anders als sonst. Der Hauch einer Erinnerung huschte durch ihr Bewusstsein, aber als sie versuchte, sie festzuhalten, entglitt sie ihr sofort wieder. »Meint ihr, dass das mit der meressianischen Prophezeiung zusammenhängt?«

Ardent sah sie mit gewölbter Augenbraue an. »Noch ein Grund mehr, uns zu beeilen und so schnell wie möglich zu Margaham zu kommen. Denn wenn du recht hast, dann wird bald etwas sehr Bedeutsames gescheh…«

In diesem Augenblick kam Fin zur Tür hereingerannt, keuchend und mit weitaufgerissenen Augen. »Das Schiff ist geentert worden.«

»Sehr freundlich, dass du uns das gleich persönlich

mitteilst«, knurrte Coll und ging, die Hand an seinen Dolch gelegt, auf Fin zu.

Fin schüttelte heftig den Kopf. »Doch nicht von *mir*! Ich gehöre zu Marrill.«

Marrill seufzte und nickte zur Bestätigung für die anderen. Da Fin so unglaublich vergessbar war, wollte Coll ihn mindestens zweimal am Tag ins Bordgefängnis stecken. »Er ist einer von uns«, erinnerte sie den Kapitän. »Fin, was ist los?«

»Pschscht!«, zischte er. »Seht doch!« Er drückte sich an den Türrahmen und spähte vorsichtig auf das Deck hinaus. »Sie sind überall!«

Die anderen drängten sich dicht um ihn. Doch als Marrill suchend den Blick über das Deck schweifen ließ, war da kein einziger Eindringling zu sehen. Nur Matrosen, die Seile einholten und Taue zusammenwickelten.

»Fühlst du dich vielleicht nicht gut, junger Mann?«, erkundigte sich Ardent. »Da ist doch offenkundig niemand zu sehen.«

Remy nickte ebenfalls. Coll stand hinter ihr und schnaubte verächtlich. Marrill berührte sachte Fins Arm. Vielleicht war er ja gerade aus einem schlechten Traum aufgeschreckt.

Doch Fin sah sie an, als wären sie alle verrückt geworden. »Und was ist mit den ganzen *Leuten* da draußen?«, flüsterte er und zeigte von einem Matrosen zum nächsten.

Marrill runzelte die Stirn. Jetzt, wo Fin sie direkt darauf angesprochen hatte, wo sie nicht mehr anders konnte, als sich damit auseinanderzusetzen, jetzt musste sie zugeben, dass diese Matrosen sich wirklich reichlich seltsam benahmen. Sie holten nämlich keine Seile ein, sondern verknüpften sie auf wirre Weise miteinander. Sie setzten keine Segel, sondern hatten sie eingerollt. Ein paar von ihnen standen eng beisammen, flüsterten miteinander und zeigten immer wieder auf die Kabine. Einer beugte sich über den Bugspriet und fuchtelte mit einem Spiegel herum.

Er gibt anderen ein Signal, erkannte Marrill.

Remy beugte sich zu ihr. »Was machen denn die … Leicht … matrosen da?« Ihre Stimme brach.

Fin blickte Marrill an. Coll zuckte vor Wut und ein wenig auch vor Angst. Ardent strich sich immer wieder wie besessen den langen Bart. Marrill schluckte trocken, und dann wagte sie auszusprechen, was alle dachten.

»Auf der *Krake* gibt es doch gar keine Leichtmatrosen.«

Kapitel 2

Ein paar zusätzliche helfende Hände

Fin blinzelte ungläubig. Zwanzig, vielleicht sogar dreißig Matrosen bewegten sich an Deck, und zwar so selbstverständlich, als würden sie hierhergehören. Dabei kostete es eine Menge Anstrengung, so unangestrengt zu wirken. Fin wusste das – genau das hatte er ja schon eine Million Male selbst gemacht.

Doch das war nicht das Einzige, was ihn mit den Eindringlingen verband. Sie alle besaßen olivfarbene Haut, dunkle Haare und rundliche Gesichtszüge. Gesichtszüge, die er aus seinen allerersten, bruchstückhaften Erinnerungen kannte, die bis in jene Nacht zurückreichten, als er als kleines Kind nach Khaznot Quay gekommen war.

Es waren die Züge seiner Mutter. Die Züge, die ihm jedes Mal begegneten, wenn er in einen Spiegel schaute.

Diese fremden Matrosen sahen so aus wie er.

Kaum war ihm das klargeworden, setzte sich in seinem Magen ein Karussell in Bewegung. Angst und

Scheu und Hoffnung und Verwirrung, alles das wurde durcheinandergewirbelt und vermischte sich. Mit klopfendem Herzen wandte er sich der übrigen Mannschaft der *Krake* zu. »Wie lange sind die schon an Bord?«

Ardent runzelte die Stirn. »Wie lange ist wer schon an Bord?«

Fin unterdrückte das dringende Bedürfnis, die Augen zu verdrehen. »Die da!«, sagte er und zeigte auf die Matrosen.

»Oh.« Ardents Stirn wurde ganz knitterig. »Anscheinend sind wir geentert worden.« Er wandte sich an Coll. »Wann ist das denn passiert?«

»Ähm«, erwiderte dieser.

Verlegen blickten Marrill und Remy einander an.

Fin zog alarmiert die Augenbrauen hoch. »Ihr wisst das gar nicht?«

Remy zuckte mit den Schultern. »Ich weiß noch, dass ich mich vorhin mit jemandem unterhalten habe, aber … es kam mir einfach nicht so wichtig vor.«

Ardent zog an seinem Bart. »Hier muss eine kraftvolle Magie am Werk sein. Obwohl … das hätte ich doch eigentlich spüren müssen. Was immer die Ursache dafür sein mag, es ist mit Sicherheit keine Zauberei.«

Fin hielt den Atem an. Zu ihm hatte Ardent genau dasselbe gesagt, als er vergeblich nach einer Erklärung für Fins Vergessbarkeit gesucht hatte. Das war die Bestätigung. Fin wandte sich mit weitaufgerissenen Augen an Marrill. »Marrill, die sind wie ich. Das ist mein Volk!«

»Ein Verräter! Ich hab's gewusst«, stieß Ardent hervor. »Ich meine, nicht richtig *gewusst*, natürlich. Ich kenne dich ja gar nicht. Aber du machst mir einen sehr verräterischen Eindruck, jetzt, wo ich ein wenig Zeit mit dir verbracht habe.«

»Sei still, Ardent«, sagte Marrill. »Fin ist unser Freund. Er würde uns niemals verraten.«

Fin schenkte ihr ein dankbares Lächeln. Aber so nett es war, wenn einen jemand verteidigte, es war keine Antwort auf die zahllosen Fragen, die ihm plötzlich durch den Kopf schwirrten. Seine Gedanken rasten wie wild durcheinander, kamen sich ununterbrochen selbst in die Quere, bis es schließlich einer nach draußen schaffte. »Was wollen die hier?«

»Das wüsste ich auch gerne«, meinte Coll. Auf seiner Stirn hatte sich eine steile Falte gebildet. Er stieß sich vom Türrahmen ab und machte sich mit selbstbewussten Schritten auf den Weg in die Mitte des Decks. Die restliche Mannschaft der *Krake* schloss sich ihm an.

»Ihr da«, bellte Coll los. »Was habt ihr hier zu suchen? Antwortet! Sofort! Und vergesst nicht, mir zu verraten, wieso ich nicht jeden Einzelnen von euch ins Bordgefängnis werfen soll, weil ihr ohne Erlaubnis mein Schiff betreten habt.«

Ardent räusperte sich und trat einen Schritt vor. »Was der brave Kapitän mit diesen Worten ausdrücken möchte, ist Folgendes …« Er kniff die Augen zusammen, betrachtete die Neuankömmlinge und wandte sich dann hilfesuchend an die Mannschaft, als hätte er vergessen, was er eigentlich sagen wollte. »Willkommen an Bord?«

»Das wollte ich ganz und gar nicht ausdrücken«, wandte Coll ein.

»Ach nein?«, fragte Ardent zurück.

»Ich ...« Für einen kurzen Moment stand Coll mit aufgeklapptem Mund da, dann machte er ihn wieder zu und zog eine Grimasse. »Oder doch?«

»Du wolltest wissen, was sie hier zu suchen haben«, half Fin ihm auf die Sprünge. Ardent und Coll blickten ihn an. Der übliche Nebel des Vergessens hatte sich bereits über ihre Mienen gelegt.

Fin riss empört die Hände in die Luft. »Du da, mit dem Zopf«, rief er und zeigte auf den spindeldürren Kerl, der den Spiegel vor den Bug gehalten hatte. »Ja, genau, du. Du brauchst dich nicht zu verstecken. Ich kann dich sehen. Immer noch. Immer noch.«

Der dünne Mann richtete sich auf und verschränkte die Arme vor der Brust. Doch er gab Fin keine Antwort. Ein Mädchen trat hinter ihm hervor. Lange, dunkle Haare umrahmten ihr zierliches Gesicht.

Fin erkannte sie auf den ersten Blick.

Er war ihr erst einmal zuvor begegnet. Oder besser: Sie war ihm begegnet, auf ihrer Flucht vor den Wächtern in den modrigen, feuchtkalten Straßen von Tiefenstadt. Trotzdem war er sich sicher, dass sie es war. Denn schließlich hatte er bis zum heutigen Tag außer ihr niemanden sonst kennengelernt, der genauso war wie er. Dass er ihr begegnet war, hatte ihm Hoffnung verliehen. Hoffnung, dass er nicht alleine war, dass es noch andere gab wie ihn, andere, die ihm vielleicht helfen konnten, seine Mom zu finden.

Und wenn dieses Mädchen noch so vergessbar sein mochte, in seiner Erinnerung war sie für alle Zeit abgespeichert.

Sie strahlte ihn an. »Bruder Schemen«, sagte sie und trat auf ihn zu. »Du bist es *tatsächlich*!«

Fin kniff die Augen zu schmalen Schlitzen zusammen. Was sollte denn diese Begeisterung? Sie waren ja nicht gerade freundschaftlich auseinandergegangen. Vielmehr hatte sie ihm ihre Verbrechen in die Schuhe geschoben und war aus der Stadt geflohen. Und dann war da noch eine Kleinigkeit, nämlich der silberne Armreif, den er ihr bei ihrer Begegnung vom Handgelenk gestohlen hatte. Was sie natürlich gar nicht bemerkt hatte. Schließlich war Fin ein Meisterdieb.

Andererseits … war ihre Anwesenheit auf der *Krake* vielleicht ein Hinweis darauf, dass sie es *doch* bemerkt hatte?

Marrill beugte sich zu ihm. »Du kennst dieses Mädchen?«

»Natürlich kennt er mich«, zwitscherte sie.

Fin verschränkte die Arme vor der Brust und tat möglichst lässig, so, als würde sein Herz nicht pochen wie eine wild gewordene Giraffelisken-Herde. Ganz egal, ob sie wegen des Armreifs hier war oder nicht, sie war jedenfalls hier. Eine Million Fragen jagten ihm durch den Kopf, aber er schluckte sie alle hinunter. Wenn sie wusste, wie verzweifelt er nach Antworten suchte, dann würde sie sich dadurch nur überlegen fühlen.

»Du schuldest mir einen Rauchköder«, sagte er zu ihr. »Meinen letzten habe ich verbraucht, um den Wächtern zu entwischen, die eigentlich hinter dir her waren.« Das Mädchen warf den Kopf in den Nacken und lachte. Fin merkte, wie ein Lächeln auch um seine Mundwinkel zuckte. »Also, was bringt dich hierher auf die *Krake*? Ohne Einladung, wenn ich das hinzufügen darf.«

Sie wurde wieder ernst. »Wir sind hier, weil wir etwas brauchen, Bruder. Etwas, was für uns sehr wichtig ist.«

Ardent trat einen Schritt vor. »Ausgezeichnet!«, sagte er. »Also eine Verhandlung. Coll, hol meine Lösegeld-Mütze. Marrill, setz eine Kanne Feilscher-Tee auf.« Er hielt sich eine Hand vor den Mund. »Und zwar einen besonders starken«, flüsterte er ihr zu.

Da brachen die Matrosen in vielstimmiges Gelächter aus. »Oh, nein, meine Freunde«, sagte der hagere Mann mit dem Zopf. »*Wir* verhandeln nicht.«

Ardent seufzte. »Also seid ihr Diebe? Nun gut. Dann also die Erpressermütze.« Er kniff drohend die Augen zusammen. »Und vergiss den Tee.«

»Hallo, Leute?« Remy zerrte Coll am Arm. »Diese Trommeln, haben die schon die ganze Zeit gespielt oder sind die neu?«

Fin lauschte. Tatsächlich tänzelte da ein regelmäßiger Trommelschlag durch die Melodie der Straße des Schlummers. Der Rhythmus kam ihm irgendwie bekannt vor. Sein Mund wurde ganz trocken, und sein Magen krampfte sich zusammen. Sein Herz schien sich den kurzen, schnellen Trommelschlägen anzupassen.

Marrill zeigte nach backbord. »Ich glaube, es kommt aus dieser Richtung.«

Fin drehte sich um. Genau in diesem Augenblick neigten sich die Pusteblumenstiele in der Ferne zur Seite und der Bug eines großen Schiffes schob sich ins Blickfeld. Pusteblumensamen schwebten über seinem Heck. Das Schiff war größer als die *Krake*, breit, gepanzert und zur Schlacht bereit. Fin konnte zwar das Symbol auf dem Rumpf nicht erkennen, aber das brauchte er auch nicht. Er wusste, dass es da war.

Ein Drache unter einem Kreis voller Wellen. Dasselbe Symbol, das er auf dem Schiff des Mädchens in Tiefenstadt gesehen hatte. Das Symbol, das er in Monerva erblickt hatte. Das Symbol seines Volkes.

Das Siegel des Salz-und-Sandkönigs.

»Wir bekommen Gesellschaft!«, brüllte Coll. Ohne zu zögern, rannte der Kapitän zum Achterdeck. »Tauknochenmann, Piratten, Segel setzen!«, befahl er, während er das Ruder herumsausen ließ, um dem anderen Schiff zu entkommen.

Die Takelage setzte sich nun ganz von selbst in Bewegung. Doch so schnell die Taue ihre Arbeit aufgenommen hatten, so schnell verharrten sie auch wieder an Ort und Stelle. Egal, wohin Fin blickte, überall waren die Leinen zu komplizierten Knoten verschlungen und an den falschen Stellen festgemacht worden.

Also das hatten diese Matrosen die ganze Zeit gemacht! Sie hatten die *Krake* gefesselt, damit das andere Schiff sie überfallen konnte.

Fin drehte sich zu dem vergessbaren Mädchen um. Sie grinste ihn mit erhobener Augenbraue an. »Tut mir leid, Bruderherz«, sagte sie achselzuckend. »Aber wir können euch nicht gehen lassen. Nicht, bevor *sie* da sind.«

Fins Blick ging zu den verknoteten Tauen, die immer wieder einen neuen Anlauf nahmen, sich zu entwirren. Doch die Enterer hatten die *Krake* sehr sorgfältig verschnürt. So sorgfältig, dass sie jedes x-beliebige Schiff damit lahmgelegt hätten.

Andererseits – sie befanden sich hier nicht auf einem x-beliebigen Schiff.

»Oh, sieht ganz so aus, als hätte dir das niemand gesagt, Schwesterherz«, erwiderte Fin da lachend. Überall um sie herum erwachten die Taue jetzt zum Leben und entknoteten sich in Windeseile. Plötzliche Verwirrung huschte über das Gesicht des Mädchens. »So ein paar Knoten sind doch kein Problem für die *Unternehmungslustige Krake.*«

Piratten rannten über das Deck und kletterten durch die Takelage, machten Leinen los und befestigten sie neu. Die Enterer liefen hierhin und dahin, versuchten, das Schiff unter Kontrolle zu behalten, aber es war zu spät. Ardent, der hinter Fin stand, hob die Hände, und das Großsegel entfaltete sich.

Pusteblumensamen füllten die Luft, als die *Krake* zum Leben erwachte und durch die flaumigen Stiele brach. Fin schnappte sich eine Pusteblume, hielt sie spielerisch zwischen den Fingern und schlenderte damit auf das vergessbare Mädchen zu. Er zeigte mit dem Blumenstiel auf das Verfolgerschiff. »Tja, die scheinen wohl einen schlechten Wind erwischt zu haben, was? Sieht fast so aus, als würdest du den Anschluss verpassen.«

Das Verfolgerschiff fiel bereits zurück. Es war schnell, keine Frage. Nur eben nicht so schnell wie die *Krake*. Das Grinsen des Mädchens erlosch. Anscheinend wusste sie nicht, was sie sagen sollte.

»Neuer Plan, Brüder. Zurückziehen und neu formieren!«, rief der hagere Mann mit dem Zopf und schwenkte seine Hand im Kreis durch die Luft. Die falschen Besatzungsmitglieder sammelten sich auf einer Seite des Schiffes. Zwei von ihnen warfen eine Strickleiter über die Reling zu dem kleinen Rettungsboot hinab, das am Rumpf der *Krake* festgemacht hatte.

Das Mädchen machte sich auch auf den Weg zu seinen Kameraden. »Es wird Zeit«, sagte sie und winkte Fin zu sich. »Komm mit, Bruder.«

Fin klapperte mit den Augenlidern. Sie sah ihn an,

als hätte sie es tatsächlich ernst gemeint. »Mitkommen? Ich kenne dich doch nicht mal. Ich gehe überhaupt nirgends hin.«

Sie legte den Kopf schief, als würde sie versuchen, ein neues Teil in ein fertiges Puzzle einzubauen. »Aber ... ich kann dich doch nicht hierlassen. Nicht, nachdem wir so lange nach dir gesucht haben.«

Es war nicht leicht, Fin sprachlos zu machen, aber das vergessbare Mädchen hatte es schon wieder geschafft. Er konnte keinen einzigen klaren Gedanken mehr fassen. Zweimal klappte er den Mund auf und wieder zu, bevor er endlich ein »Nach mir?« herausbekam.

Sie blinzelte. »Natürlich. Kapierst du eigentlich gar nichts, Bruder? Wir sind nur wegen dir hier. Deine ganze Familie sucht seit Jahren nach dir!«

Fin hatte das Gefühl, als würden seine Beine urplötzlich aus Gelee bestehen. »Ich habe eine ... Familie?« Sein Herz geriet aus dem Rhythmus. Diese Worte hörten sich so fremd an.

»Nun komm schon, Schwester Schemen«, rief der letzte Enterer und schwang sich über die Reling. »Wir werden schon eine andere Möglichkeit finden, an einem anderen Tag.«

»Moment noch!« Das vergessbare Mädchen nahm Fin an der Hand. »Aber natürlich hast du eine Familie! Hast du das nicht gewusst? Hat deine Mom dir nicht gesagt, wer du bist? Hat sie dir nichts von den Schwingen und den Schemen erzählt?«

Fin brachte kaum die Kraft auf, den Kopf zu schütteln. »Meine Mom hat mich in Khaznot Quay zurückgelassen, als ich vier Jahre alt war. Und seither suche ich sie.«

Ihre Augen wurden groß vor Verwirrung und Besorgnis. »Oh, Bruder Schemen«, sagte sie und legte ihre andere Hand auf seine. »In Khaznot Quay? Da hast du die ganze Zeit gesteckt?«

Von unten ertönte ein Ruf: »Letzte Chance, Schwester! Wir müssen los!«, rief der Mann mit dem Zopf und winkte ihr aufgeregt zu.

»Warte!«, protestierte Fin. Sie durfte jetzt nicht gehen. Es gab so vieles, was er nicht wusste. So vieles, was er sie fragen wollte. »Was meinst du mit *die ganze Zeit*? Wer bist du eigentlich? Wo kommst du … ich … wo kommen *wir* her?«

»Komm mit«, drängte das Mädchen und zerrte ihn zur Strickleiter. »Wir haben die Antwort auf alle deine Fragen.«

Fins Herz machte einen Sprung. Er suchte schon so lange nach Antworten. Und jetzt lagen sie vor ihm, nur wenige Schritte entfernt. Er ließ den Blick über das Deck der *Krake* gleiten.

Coll und Remy standen auf dem Achterdeck. Die eine hielt das Ruder, während der andere lautstark Befehle erteilte. Hinter ihnen war Ardent zu sehen. Sein langer weißer Bart und die Spitze seiner Mütze flatterten wie wild im Wind. »Schneller, schneller!«, rief er immer wieder, wie ein kleines Kind auf der Schaukel. Marrill lachte und jagte Karni über das Deck, während dieser nach den weißen Flauschbällen schlug und schnappte, die durch die Luft segelten.

Die vergessbaren Enterer waren bereits vergessen und das Verfolgerschiff lag hoffnungslos zurück, so dass sie jetzt alle wieder unbeschwert vergnügt sein konnten. Niemand vermisste ihn. Niemand würde merken, wenn er sich aus dem Staub machte.

Doch dann kam Fin wieder zur Vernunft. Marrill hatte die Gelegenheit gehabt, zu ihrer Familie zurückzukehren, nachdem sie den Salz-und-Sandkönig besiegt hatten, und sie hatte darauf verzichtet, nur, um Fin bei der Suche nach seiner Mutter zu unterstützen. Dabei musste sie ja immer noch ihrer eigenen Mom helfen. Er durfte sie nicht im Stich lassen.

»Ich kann nicht.« Fins Stimme versagte. Er schluckte. Und noch bevor er über den Gedanken, der jetzt in ihm aufflackerte, nachdenken konnte, hatte er ihn ausgesprochen: »Aber … warum kannst du nicht hierbleiben?«

»Ich? Hierbleiben? Ich …« Das Mädchen blickte zu ihren Begleitern hinab. Das winzige Rettungsboot hüpfte auf den Wellen auf und ab und prallte immer wieder gegen den Rumpf der *Krake*. Das Mädchen biss sich auf die Unterlippe. Höchste Konzentration spiegelte sich auf ihrem Gesicht.

So weltgewandt Fin auch sein wollte, in diesem Augenblick fiel alles das von ihm ab. Er hatte sein ganzes Leben lang nach seiner Mutter gesucht. Er wusste nicht viel über dieses Mädchen und ihr Volk. Er wusste nicht einmal, ob er ihr wirklich vertrauen konnte. Aber sie war genau wie er. Und er hatte noch nie zuvor jemanden wie sich selbst kennengelernt. Sie wusste, woher er kam und wie er hierhergelangt war. Sie war ausschließlich *seinetwegen* hierhergekommen.

»B-b-bitte?«, stammelte er.

»Letzte Chance, Schwester Schemen!«, rief der Mann mit dem Zopf von unten herauf.

»Also ...« Sie biss sich erneut auf die Lippe. »Ich hab dich schon einmal laufen lassen. Damals in Tiefenstadt, da habe ich dich nicht erkannt. Erst auf dem Schiff, nachdem wir schon eine ganze Strecke gesegelt waren, ist mir klargeworden, wer du bist. Also ... ich schätze mal, ich bin dir was schuldig.« Sie nickte, als müsste sie sich selbst davon überzeugen. Dann machte sich ein strahlendes Grinsen auf ihrem Gesicht breit. »Okay, ich bleibe hier!«

Sie drehte sich um und rief über die Reling. »Ich bleibe hier, Brüder! Richtet den Schwingen aus, dass ich auf ihn aufpasse!« Mit diesen Worten machte sie die Strickleiter los und ließ sie nach unten fallen. Kaum hatte sie das magische Wasser des Piratenstroms berührt, verwandelte sie sich in einen stürmischen Steinschlag.

Das Mädchen wandte sich wieder Fin zu. Das Lächeln auf ihrem Gesicht verriet Aufregung und Nervosität zugleich. Fin wusste genau, wie ihr zumute war.

»Wünsch dir was«, sagte Marrill und stellte sich neben sie. Sie hielt Fin eine große Pusteblume vors Gesicht.

Er musste unwillkürlich lachen. »Und das nach allem, was in Monerva passiert ist? Meinst du nicht, dass wir uns nie wieder was wünschen sollten?«

Sie kicherte. »Nein, du Dummi. Da, wo ich herkomme, macht man das so mit Pusteblumen. Man wünscht sich was und dann pustet man die Samen in die Luft. Und wenn man jedes einzelne Schirmchen losgepustet hat, dann geht der Wunsch in Erfüllung.«

Fin betrachtete die flauschig-weiße Kugel, dann sah er das Mädchen an. Sie war der Schlüssel zu seiner Vergangenheit. Zu dem, der er war.

Er war sich ziemlich sicher, dass die Erfüllung seiner Wünsche bereits angefangen hatte.

Kapitel 3

Unsere neue Freundin (Wie hieß sie gleich noch mal?)

Die *Krake* schnitt durch die Wellen, und das Geräusch der Trommeln verlor sich in der Ferne, während sie das bedrohliche Schiff immer weiter hinter sich ließen. Marrill umschloss den Stängel der Pusteblume mit beiden Händen und machte die Augen fest zu. *Ich wünschte, meine Mom wäre nicht krank und meine Eltern könnten hier bei mir auf dem magischen Strom sein*, dachte sie. Dann pustete sie kräftig und sah den flauschigen Schirmen hinterher, wie sie in der Brise davonschwebten.

Wenn man Marrill vor sechs Monaten gefragt hätte, ob sie wirklich glaubte, dass so ein Wunsch wahr werden kann, hätte sie laut gelacht. Aber das war, bevor sie Ardent kennengelernt und auf der *Unternehmungslustigen Krake* die Segel gesetzt hatte. Bevor sie erfahren hatte, dass Zauberei und Magie tatsächlich existierten. Jetzt kam es ihr so vor, als sei selbst das Unmögliche zum Greifen nah. Erst kürzlich hatte sie einen echten Wunsch in der Hand gehalten, in Form der Wunschkugel aus dem Siphon von Monerva. Wenn sie diesen speziellen Wunsch benutzt hätte, dann hätte sie dadurch zwar lebendiges Feuer und schleichendes Eisen auf den Piratenstrom herabregnen lassen, aber trotzdem ... sie hatte eine Kugel gefunden, die Wünsche erfüllen konnte. Dann war es doch gar nicht so unwahrscheinlich, dass es auf dem Strom auch noch etwas anderes gab, was ebenso mächtig war. Sie würde garantiert eine Möglichkeit finden, um ihre Mom wieder gesund zu machen. Sie musste nur lange genug ausharren.

Nachdem sie noch einen Augenblick lang in ihrem genüsslichen Tagtraum verweilt hatte, schob sie all diese Gedanken beiseite und drehte sich zu Fin um. Verdutzt stellte sie fest, dass ein Mädchen neben ihm an der Reling lehnte. Es war ungefähr so alt wie sie und Fin und hatte dunkle Haare und olivfarbene Haut.

»Hallo, ich heiße Marrill«, sagte sie und winkte dem Mädchen zu.

»Weißt du was?«, sagte Fin grinsend zu ihr. »Das ist das Mädchen, von dem ich dir erzählt habe, das ich in Tiefenstadt gesehen habe. Sie ist wie ich! Sie bleibt bei uns und erzählt mir genau, wo ich herkomme und wie ich meine Mom wiederfinden kann.«

Es dauerte einen Augenblick, bis die Bedeutung dieser Worte bei Marrill angekommen war. Dann machte sie einen Luftsprung und klatschte vor Freude in die

Hände. Sie konnte es nicht glauben. Das geheimnisvolle, vergessbare Mädchen war ihre einzige Spur gewesen, und jetzt stand sie wie aus heiterem Himmel hier vor ihnen. »Fin, das ist ja phantastisch!«

»Fin?«, wiederholte das Mädchen und sah Marrill verwirrt an. »Was ist denn Fin?«

»Na, sein Name natürlich«, sagte Marrill. »Und wie heißt du?«

Das Mädchen sah sie mit schiefgelegtem Kopf und ratloser Miene an. »Ich ... mein Volk ... wir haben eigentlich gar keine Namen. Ich bin einfach Schwester Schemen, so wie alle meine Schwestern.«

»Ach sooooo«, sagte Fin. »Darum hast du mich *Bruder* genannt.«

Marrill winkte ab. Dieses Mädchen brauchte unbedingt einen Namen. »Das ist doch lächerlich. Lasst mich nachdenken.« Sie legte die Hand ans Kinn und kniff die Augen zusammen. »Fin, du heißt Fin, weil das in deiner Akte im Kinderheim stand, richtig?«

»Waisenhaus«, verbesserte Fin. »Aber sonst hast du recht. VNU NNU, stand da. Vorname unbekannt, Nachname unbekannt.«

»Und Fin klingt ja so ähnlich wie VN. Aber sie ist ein Mädchen ... und vergessbar. V... G?« Marrill schnipste mit dem Finger. Sie hatte eine Idee. »Ich hab's. Fig! Wir nennen dich Fig!«

»Fig«, wiederholte das Mädchen leise. Dann fing sie an zu lächeln und wandte sich ab, fast so, als sei es ihr peinlich. »Das … das gefällt mir. Danke. Ich werd's mir merken. Auch, wenn du es wieder vergessen wirst.«

»Was redest du denn da?« Marrill lachte. Wie sollte sie *diese* Neuigkeit je wieder vergessen?

In diesem Augenblick kam Ardent mit einem Papierstapel in der Hand vorbei. »Ah, da bist du ja, Marrill. Jetzt, wo wir unterwegs sind, sollten wir unbedingt mal über Margahams Spiel sprechen. Wenn wir mit Margaham irgendetwas von Bedeutung besprechen wollen, dann müssen wir zuvor mit ihm spielen, und dazu bedarf es einer ausgefeilten Strategie, also …«

»Ardent!«, fiel Marrill ihm ins Wort und drehte sich um, um ihn mit der frisch getauften Fig bekannt zu machen. »Das ist …«

Ardent winkte ab. »Ja, ja, ich weiß, es ist einigermaßen ärgerlich. Aber ich nehme an, jeder Zauberer hat das Recht auf ein gewisses Maß an Exzentrik. Lieber ein kompliziertes Spiel als ein Graben voller Schnakalaken. Wärst du bitte so nett, einen Blick auf diese Skizze zu werfen, die ich bei meinem letzten Besuch angefertigt habe?« Er hielt ihr die Papiere hin.

Marrill verdrehte seufzend die Augen. »Nein, Ardent, hör doch mal zu … Moment mal, wieso tanzen denn da Sterne auf einer Hochzeitstorte?« Sie starrte die Zeichnung – wenn man es so nennen konnte – mit zusammengekniffenen Augen an. Das Gekrakel war eindeutig Ardents Werk, so viel war klar. Aber bei seiner Begabung fürs Zeichnen war es auch das Einzige, was klar war.

Der Zauberer riss ihr das Blatt aus der Hand. »Diese ›Sterne‹, wie du sie nennst, sind Menschen. Und das ist keine Hochzeitstorte, sondern es sind die vielen verschiedenen Ebenen des Spiels. Siehst du, sie bilden verschiedene Stockwerke, so ähnlich wie bei …« Er runzelte die Stirn. »Na gut, vielleicht ja tatsächlich wie bei einer Hochzeitstorte. *Pffff*. Ist ja auch egal.«

Marrill machte den Mund auf und wollte … etwas sagen. Sie legte die Stirn in Falten. Gerade hatte sie ihm doch noch etwas Wichtiges mitteilen wollen. Ganz sicher. Aber irgendwie war ihr der Gedanke entwischt. »O…kay …«

Fin räusperte sich. Marrill sah ihn an und stellte fest, dass neben ihm ein Mädchen stand, das sie noch nie gesehen hatte. Er nickte dem Mädchen zu. »Marrill? Weißt du noch? Fig?«

Marrill musterte das Mädchen gründlich. Irgendwie kam sie ihr schon bekannt vor … aber trotzdem. Marrill hatte keine Ahnung, wer sie war. Doch weil Fin sie so voller Erwartung ansah, murmelte sie: »Na klar. Wir haben uns doch … äh …« Sie ließ das Ende des Satzes in der Luft hängen und hoffte, dass das Mädchen die fehlenden Worte ergänzte.

Fig zog belustigt eine Augenbraue nach oben. »Vor drei Minuten kennengelernt.«

Marrill riss die Augen auf. Das war doch nicht möglich!

»Hab ich's dir nicht gesagt? Sie kann sich nicht erinnern«, kicherte das Mädchen und stieß Fin mit dem Ellbogen an. »Das ist ja der Sinn der Sache.«

»Der Sinn wovon?«, schaltete Ardent sich ein.

Das Mädchen grinste. »Ganz genau.«

»Wie jetzt, genau?«, hakte Ardent nach.

»Genau so, wie du schon die falschen Leichtmatrosen und ihre Signale an das Schiff, das uns verfolgt hat, vergessen hast. Fragt sich eigentlich überhaupt jemand hier, wer das wohl war?«

Geistesabwesend steckte Ardent die Papiere in seine Manteltasche. »Tja, angesichts des Siegels auf der Bordwand, unseres kleinen Ausflugs nach Monerva und der … ähm … *Fracht*, die wir an Bord haben, würde ich sagen, es handelt sich um die Armee des Salz-und-Sandkönigs.«

Marrill riss den Kopf herum. »Moment mal, was?« Sie konnte nicht fassen, dass er das für sich behalten hatte. »Die Armee des Salz-und-Sandkönigs ist uns auf den Fersen? Wieso hast du denn nichts gesagt?«

Ardent zuckte mit den Schultern. »Nun, ich kann mich nicht erinnern, dass du mich danach gefragt hast. Außerdem soll es sich um eine Armee von unbesiegbaren Soldaten handeln. Etwas anderes als die Flucht wäre uns also ohnehin nicht übrig geblieben. Darüber hinaus befinden wir uns auf einer furchtbar wichtigen Mission. Wenn wir uns jedes Mal ablenken lassen, wenn irgendeine Armee beschließt, uns zu verfolgen …« Er winkte verächtlich ab.

»Sie heißen Die Schwingen«, schaltete sich das neue Mädchen ein. »Und sie sind wirklich unbesiegbar, so wie die Legende besagt. Niemand kann ihnen etwas anhaben, niemand kann sie aufhalten. Sie gewinnen immer und verlieren nie.«

Marrill runzelte die Stirn. Wer war denn dieses Mädchen? Wo kam sie denn plötzlich her? Und warum schien es Fin nichts auszumachen, dass da eine Fremde an Bord aufgetaucht war?

Ardent musterte das Mädchen ... und Fin auch. »Ich glaube, ich wurde unseren Gästen noch gar nicht vorgestellt«, sagte er.

Die Erkenntnis traf Marrill wie ein Fußball in die Magengrube. In Ardents Augen waren Fin und das Mädchen genau gleich. Er konnte sich an beide nicht erinnern. Marrill hingegen vergaß immer nur das Mädchen, aber nicht Fin.

Das Mädchen war vergessbar. Marrill drückte die Finger an die Schläfen. War das wirklich das erste Mal, dass sie das mit dem Mädchen erlebte? Hatten sie sich womöglich schon früher einmal getroffen? Sogar miteinander gesprochen?

»Du bist vergessbar«, sagte Marrill und sprach damit ihren Verdacht laut aus. »So wie Fin. Das bedeutet ... dass wir uns wahrscheinlich schon einmal gesehen haben, nicht wahr?«

Das Mädchen lächelte sie an und zwinkerte ihr zu. »Man nennt uns die Schemen. Die unsichtbaren Spione.

Und, in der Tat, wir haben uns schon einmal gesehen. Du hast mir gerade erst einen Namen gegeben. Ich bin Fig.« Sie sprach den Namen ganz behutsam aus, als müsste sie sich selbst erst noch daran gewöhnen.

»Aha.« Marrill fand das sehr beunruhigend. Sie hatte absolut keine Erinnerung an Fig, wie sehr sie sich auch bemühte. Aber wenn Fig wirklich genauso vergessbar war wie Fin, dann konnte sie sich bemühen, so viel sie wollte. An Fin hatte sie sich ja zu Anfang nur deshalb erinnert, weil er so verloren gewirkt hatte, so wie die verletzten Tiere, um die sie sich in ihrer Welt immer gekümmert hatte. Verlorene Wesen waren ihr einfach viel zu sehr ans Herz gewachsen, als dass sie eines vergessen könnte.

Sicher, in Monerva hatte es eine kurze Phase gegeben, wo sie auch ihn beinahe vergessen hätte, aber das war schnell wieder vorbeigegangen. Jetzt erinnerte sie sich an ihn, weil er ihr Freund war. Sie *kannte* ihn.

Aber dieses Mädchen war weder ihre Freundin, noch wirkte sie irgendwie verloren oder hilfebedürftig. Fig war selbstbewusst, und das bedeutete, dass Marrill sie auch weiterhin vergessen würde. Das war eine ausgesprochen unangenehme Erkenntnis.

»Aber an die Schwingen können wir uns erinnern?«, fragte sie nach, nur um sicherzugehen, dass sie alles richtig verstanden hatte.

»Ja. Sie sind die andere, weniger vergessbare Hälfte der Schemen.«

Ardent klatschte in die Hände. »Ausgezeichnet. Damit wäre das geklärt. Die Schwingen sind unbesiegbare Soldaten, an die wir uns erinnern können, und die Schemen sind unsichtbar Spione, an die wir uns nicht erinnern können. Und wer seid jetzt ihr beiden gleich noch mal? Weil ihr nämlich bedauerlicherweise einen sehr schlechten Zeitpunkt für euren Besuch gewählt habt. Wir sind auf einer furchtbar wichtigen Mission, und ich habe soeben erfahren, dass wir von einer äußerst gefährlichen Gruppe namens *Die Schwingen* verfolgt werden.«

»Da machen Sie sich mal keine Sorgen«, erwiderte Fig augenzwinkernd.

Ardent verschränkte die Arme vor der Brust. »Ich fürchte, wir können dieses Thema nicht so einfach ignorieren, junge Dame. Im Laufe meiner langen Karriere als Zauberer habe ich zumindest Eines gelernt: Wenn die Leute einem sagen, dass man sich keine Sorgen machen soll, dann gibt es garantiert einen triftigen Grund, um sich große Sorgen zu machen.«

Er legte die Arme auf den Rücken und nahm eine Geschichtenerzählerpose ein. »Eines Tages, an den ich mich ganz besonders gut erinnern kann, war ich auf dem Weg durch die Frage-Die-Nicht-Gestellt-Werden-Darf – fragt nicht! –, als Calixto, der Magister, mir sagte: ›Hör mal, nicht, dass du dir irgendwelche Sorgen zu machen brauchst, aber ich glaube, dass ich hier in der Nähe mal ein kleines Dorf niedergebrannt habe.‹ Daraufhin habe ich ihn natürlich gefragt: ›Welches Dorf hier in der Nähe ist denn aus brennbarem Material gebaut?‹, und er sagte: ›Na ja, heutzutage keines mehr …‹«

Während Ardent mit dröhnender Stimme seinen Bericht fortsetzte, suchte Marrill Fins Blick, damit sie zusammen lachen konnten. Aber er unterhielt sich sehr angeregt mit einem Mädchen, das sie noch nie gesehen hatte. So unauffällig wie möglich schlich Marrill ein Stückchen näher. Worüber die beiden wohl so intensiv redeten?

»… die Speerspitze der Schwingen«, sagte das Mädchen gerade. »Sie ist die Anführerin der Armee.«

»Und meinst du, sie weiß, wo meine Mom ist?«, erkundigte sich Fin.

Marrills Augen wurden groß vor Staunen. Sie sprachen über Fins Mom! Sie hielt den Atem an und wartete gespannt, was das Mädchen antworten würde.

»Nun ja«, sagte das Mädchen, »schon möglich …«

In diesem Augenblick schwoll Ardents Stimme noch lauter an. »Und dann lief alles genau so ab, wie man es erwarten konnte!«, deklamierte er. »Das hättest du nicht gedacht, was, Marrill? Calixto jedenfalls auch nicht.« Mit triumphierender Geste stemmte er die Hände in die Hüften.

Zum allerersten Mal überhaupt bedauerte Marrill, dass die Geschichte des Zauberers schon zu Ende war. »Äh … ja.« Sie suchte krampfhaft nach einer Frage, damit er weiterredete. »Also, Calixto, der Magister … ist der nicht auch einer der Zauberer von Meres?«

»Oh, ja«, erwiderte Ardent.

Was jetzt? »Dann ... dann könnte er also der Kapitän des Eisernen Schiffes sein?«

Nachdenklich tippte Ardent mit den Fingernägeln gegen seine Zähne. »Interessante Theorie. Hmm, ich nehme an, das wäre denkbar ... Calixto hatte schon immer einen gewissen Hang zur Tyrannei. Aber bedauerlicherweise hat er jene Nacht in Meres, als Serth vom Stromwasser getrunken hat, nicht überlebt.« Er unterbrach sich. »Bedauerlicherweise für ihn, jedenfalls. In seinem Magisterium gab es vermutlich jede Menge Leute, die darüber ziemlich froh waren. Ach ja, womit wir wieder bei diesem brennenden Dorf wären!«

Marrill blendete seine Stimme aus und wollte Fin fragen, was das für eine Spur zu seiner Mutter war. Aber als sie sich zu ihm umdrehte, sah sie, wie ein fremdes Mädchen die Hand auf den Arm ihres Freundes legte und dabei lachte.

»Entschuldigung!« Marrill packte Fin an seinem anderen Arm und zerrte ihn ein Stück weg. Ohne die Fremde aus den Augen zu lassen, zischte sie: »Ähm, Fin? Wer ist das?«

»Das ist Fig. Sie gehört zu meinem Volk.« Er sah sie entsetzt an. »Du kannst dich wirklich nicht an sie erinnern?«

Marrill schüttelte den Kopf. Sie war sich ziemlich sicher, dass sie dieses Mädchen noch nie zuvor gesehen hatte? »Wieso? Sollte ich das?«

»Ich hatte es irgendwie gehofft, weil du dich doch auch an mich erinnern kannst …« Er verstummte allmählich.

Dann klatschte Ardent in die Hände. »Und du siehst«, kam er zum Schluss seines ausschweifenden Vortrags, »ich hatte recht, wie immer. So wie ich auch in diesem Fall recht habe.« Dann unterbrach er sich und blickte sich um. »Allerdings habe ich schon wieder vergessen, *womit* ich recht habe.«

Dann fiel sein Blick auf Fin und das Mädchen, und sein Gesicht hellte sich auf. »Oh, hallo. Ihr seid bestimmt Freunde von Marrill. Bitte verzeiht, dass ich so unhöflich war und mich nicht früher vorgestellt habe. Ich bin der große Zauberer Ardent«, sagte er und verneigte sich. »Ihr habt vielleicht schon von mir gehört?«

Die Erkenntnis traf Marrill wie ein Fußball in die Magengrube. In Ardents Augen waren Fin und das Mädchen genau gleich. Er konnte sich an beide nicht erinnern. Marrill hingegen vergaß immer nur das Mädchen, aber nicht Fin.

Das Mädchen war vergessbar. Marrill drückte die Finger an die Schläfen. War das wirklich das erste Mal, dass sie das mit dem Mädchen erlebte? Hatten sie sich womöglich schon früher einmal getroffen? Sogar miteinander gesprochen?

Warum kam ihr das alles nur so bekannt vor?

»Natürlich habe ich von dir gehört«, erwiderte das Mädchen, boxte Fin den Ellbogen in die Seite und rollte mit den Augen. Er unterdrückte ein verschämtes Lachen, und sie räusperte sich, bevor sie ihn fragte: »Wo fahren wir eigentlich hin? Wir könnten ja auch jederzeit umkehren und zu den Schwingen und der Speerspitze zurückkehren …« Marrill sah, wie das Mädchen Fin zuzwinkerte, aber sie hatte nicht den leisesten Schimmer, was das zu bedeuten hatte.

Ardent schüttelte heftig den Kopf. »Ach du meine Güte, nein. Es ist euch vielleicht nicht bewusst, aber die Leute, die uns da verfolgen, das ist eine unbesiegbare Armee, die unserem neuesten Erzfeind, dem Salz-und-Sandkönig, gehört. Zudem befinden wir uns auf einer Mission von allergrößter Wichtigkeit.«

»Ach?«, sagte das Mädchen.

»In der Tat«, fuhr Ardent fort. »Wir müssen ein Spiel spielen!« Er hielt inne und schien selbst ein wenig verdutzt zu sein über seine Bemerkung. »Es ist ein sehr ernsthaftes Spiel«, fügte er hinzu. »Das Schicksal des Piratenstroms hängt davon ab.«

»Na klar«, meinte das Mädchen. »Tja … wo spielt man dieses Spiel? Und wann sind wir da?«

»Genau genommen ist das Spiel selbst ein Ort«, verbesserte Ardent sie. »Eine Insel, um ganz genau zu sein. Ihr werdet es sehen, sobald wir da sind. Margaham ist ein Meister der Verwandlung und der Illusion. Genau darum ist er ja ein so spaßiger Zeitgenosse.« Er wandte sich zum Achterdeck. »Coll, wie lange dauert es noch, bis wir das Große Spiel erreicht haben?«

Coll warf einen Blick auf das Seilknoten-Tattoo, das sich um seinen nackten Fußknöchel wand. Marrill fand es immer noch sehr seltsam, dass dieses Tattoo nicht nur über Colls Körper wanderte, sondern auch als Kompass diente und dem Kapitän die Navigation auf dem Piratenstrom erleichterte.

»Wahrscheinlich noch einen Tag oder so. Wir nehmen die Abkürzung durch die Schlundschlucht.« Er beugte sich zu Remy hinüber. »Da gibt es viele seltsame Winde und scharfe Zähne. Da kannst du das Wenden üben.«

»Zähne?« Remy wirkte ein wenig verunsichert.

Coll hob die Schulter. »Es sind wohl eher Fänge, würde ich sagen.«

Das neue Mädchen sah den Pusteblumensamen nach, die als dichte Wolken langsam am Horizont verschwanden, und nickte. »Margahams Spiel? Einen Tag? Verstanden.«

Marrill runzelte die Stirn. »Was hast du verstanden?«

Das Mädchen winkte mit zufriedenem Lächeln ab. »Nichts Wichtiges.« Dann hakte sie sich bei Fin unter. »Wie wär's mit einer Führung durch mein neues Zuhause, Bruder Schemen?«

Mit gerunzelter Stirn beobachtete Marrill, wie die neue Leichtmatrosin Fin unter Deck begleitete. *Die muss Coll in Monerva aufgelesen haben*, dachte sie. Doch im nächsten Augenblick war das Mädchen bereits wieder aus ihren Gedanken verschwunden.

Kapitel 4

Der Schrei

In dieser Nacht wurde Fin von lautem Geschrei geweckt. Schlagartig saß er senkrecht im Bett. Die *Krake* schaukelte heftig von einer Seite auf die andere. Außer den Schreien war auch ein dröhnendes Knirschen zu hören, als würden sie gerade mitten durch einen knurrenden Magen fahren.

»Das muss wohl die Schlundschlucht sein«, murmelte er leise. Obwohl bisher niemand erwähnt hatte, dass die Schlundschlucht *Schreie* ausstieß. Er glitt aus seiner Koje, schnappte sich Diebestasche und Himmelsseglerjacke und ging zur Tür.

Aber bevor er sich in dem düsteren Flur orientieren konnte, öffnete sich eine Tür auf der gegenüberliegenden Seite. Marrill streckte den Kopf heraus, und ihre weitaufgerissenen Augen leuchteten in der Dunkelheit. Ihr Kater Karnelius saß lauernd auf ihrem Arm.

»Was ist das denn?«, flüsterte sie Fin zu.

Die schrillen Schreie wurden immer lauter. »Scheint

von oben zu kommen.« Fin hastete auf die Treppe zu. »Komm!«

Marrill folgte ihm ein wenig zögerlich. »Findest du echt, dass das eine gute Idee ist?«

Fin blieb stehen. Zugegeben, sie rannten gerade durch die Dunkelheit auf die Stelle zu, aus der mysteriöse Schreie ertönten. »Nicht unbedingt«, gab er zu. »Und du?«

Marrill setzte sich Karni auf die Schulter. »Nein«, sie stieß einen Seufzer aus: »Los geht's.«

So schnell sie konnten, liefen sie die Wendeltreppe hinauf. Fin stürmte als Erster durch die Luke, aber Marrill und ihr Kater waren nur einen Schritt hinter ihm. Kaum spürte er die kühle Nachtluft auf seinem Gesicht, wurde Fin speiübel. Der Gestank erinnerte ihn an verschimmelte, faulige Eier, eingelegt in viel zu altem Senf.

Auch Marrill rümpfte die Nase und wurde blass. »Bääääh.« Karnelius zappelte unruhig auf ihrem Arm hin und her. Auch er war offenkundig nicht erfreut darüber, dass er in diesen Gestank mitgeschleppt worden war. »Wo sind wir denn *hier* gelandet?«

Fin blickte sich um. Der Strom hatte sich wieder einmal zu einem Flusslauf verengt, aber das hier war ganz eindeutig nicht die Schlundschlucht – schließlich waren nirgendwo Zähne zu entdecken. Ufermauern begrenzten den Fluss zu beiden Seiten, nur gelegentlich von einem schlammigen Nebenarm oder einer hohen Gewölbebrücke unterbrochen. Auf den Mauern lauerten gruftige Gebäude. Sie sahen aus wie dicke Spinnen. Kerzen brachten ihre Buntglasfenster zum Leuchten, so dass es aussah, als würden sie in der Nacht auf Beute lauern.

Doch das auffallendste Merkmal dieses Ortes war das Gas. Überall drangen blubbernde, rülpsende Blasen hervor und tauchten die Dunkelheit in seltsam wabernde, grässlich stinkende, farbige Schwaden. Das Wasser unter dem Kiel der *Krake* brodelte so heftig, als würde es kochen, so dass das Schiff unentwegt hin und her schwankte. Das war also das seltsam dröhnende Geräusch gewesen, das Fin vorhin gehört hatte. Und dazu dieser Gestank, der ihn irgendwie an die Ladedocks von Khaznot Quay erinnerte.

»Wir sind im Engpass der leuchtenden Faulgase«, stieß er keuchend hervor, während weiterhin ununterbrochen spitze Schreie die Nacht durchbohrten. »Das muss es sein. Nichts stinkt so grauenhaft wie Faulgas.«

Marrill verzog angewidert das Gesicht und zeigte nach hinten zum Schiffsheck, von wo das fürchterliche Geschrei zu stammen schien, genauer gesagt: aus Ardents Kabine. Die Tür stand offen, und das Gebrüll war nicht das Einzige, das von dort nach draußen drang. Das andere war eine eklige, klebrige Masse.

Benommen taumelte Ardent ins Freie. Dunkler Schleim klebte an seinem Mantel und auf seiner Haut. Er machte eine ruckartige Handbewegung, und ein Fetzen Klebeschleim flog durch die Luft. Das Geschrei wurde noch lauter, noch durchdringender, und der Schleimfetzen landete direkt vor Fins Füßen. Verdutzt stellte er fest, dass das Gebrüll *aus* dem Schleim kam.

In diesem Augenblick betraten auch Coll und Remy das Deck.

»Ogottogottseidankdiristnichtspassiert«, stieß Remy atemlos hervor und legte Marrill die Hand auf die Schulter. »Und dir auch nicht, Begleiter«, fügte sie hinzu und nahm Fin mit der anderen Hand am Arm.

Fin musste grinsen. Remy erinnerte sich zwar nicht so richtig an ihn, aber immerhin wusste sie, dass sie neben Marrill noch auf ein zweites Kind aufpassen musste. Und das war immer noch mehr Erinnerung, als die Allermeisten, denen er im Leben bisher begegnet war, für ihn aufbringen konnten. Dafür war er dankbar.

Coll hatte in der Zwischenzeit einen Krummdolch aus seinem Gürtel gezogen. Er ließ den Blick über das Deck schweifen und hielt nach Angreifern Ausschau. »Was ist denn hier los?«, brüllte er, um das Geschrei und das Gejaule zu übertönen.

Mit zuckenden Fingern zeigte Ardent auf den Klebeschleim. Er zischte und knisterte, und das Geschrei steigerte sich zu einer qualvollen Lautstärke. Doch dann verdampften der Schleim und das Geschrei schlagartig und lösten sich in einer Rauchwolke auf. Nur einige wenige starrsinnige Streifen klebten noch an Ardents Mantel und seinen Stiefeln und gaben blecherne Angstlaute von sich.

»Meine Alarmanlage«, sagte Ardent mit ärgerlicher Miene. Sein Blick glitt zu den Gebäuden am Ufer, hinter deren Fenstern immer mehr Kerzen entzündet wurden. Dahinter waren schemenhaft gebeugte Gestalten zu erkennen. Sie sahen aus wie kaputte Puppen.

Der Zauberer drehte sich um und stakste in seine Kabine zurück. Coll war dicht hinter ihm, gefolgt von Marrill und Remy.

»Was geht denn hier vor, Bruder ... Fin?«, ließ sich jetzt Fig in Fins Rücken vernehmen. Sie gähnte, als Fin sie ansah. Sie war eindeutig noch im Halbschlaf und hatte nicht einmal ihre Schuhe angezogen.

»Zauberalarm, kreischendes Gel, das Übliche eben«, sagte Fin. »Wo hast du denn gesteckt?«

Sie erwiderte achselzuckend: »Ich hab in einer Kabine einen hübschen Stapel mit Decken gefunden. Musste mich allerdings an ein sehr unfreundliches, vierarmiges Ungeheuer kuscheln, um überhaupt was davon abzukriegen. Er hat mich *Zwerglarve* genannt und irgendwas von wegen Winterschlaf gemurmelt.«

Fin schüttelte den Kopf. Er hatte sich schon gewundert, wo der Griesgram die ganze Zeit gesteckt hatte. Obwohl die Atmosphäre auf dem Schiff, ehrlich gesagt, ohne ihn sehr viel angenehmer war. Trotz des ganzen Geschreis sogar, wenn er sich's recht überlegte.

»Du solltest vielleicht mal nachsehen, ob du noch alle deine Sachen bei dir hast«, meinte Fin warnend. »Der Griesgram kann ... ziemlich lange Finger haben.«

Fig zog eine Augenbraue in die Höhe. »Also, was wäre ich denn für ein Schemen, wenn ich mich von irgendjemandem beklauen lassen würde?«

»Stimmt auch wieder.« Fin lachte. Je länger er mit Fig zusammen war, desto deutlicher wurde ihm, wie viel sie gemeinsam hatten. Er war wohl tatsächlich ein Schemen. Das fühlte sich irgendwie eigenartig an, fast als würde er ... zu ihr gehören. Er merkte, dass er errötete, und schob den Gedanken schnell wieder beiseite. Dann wies er mit einer Kopfbewegung zum Heck. »Sehen wir mal nach, was das ganze Geschrei eigentlich soll.«

Sie betraten Ardents Kabine, wo der Zauberer sich gerade suchend umblickte. Die Kabine war eine einzige Müllhalde. Überall lag irgendwelches Zeug herum. »Oh, Mann, die haben hier aber ein schlimmes Chaos angerichtet«, sagte Remy und stupste mit der Fußspitze eine zerbrochene Vase an. Die Vase stieß ein paar unflätige Schimpfwörter aus, und Remy wich blitzartig zurück.

Ardent sah sich um. »Hmm, nein, so hat es eigentlich schon ausgesehen, als ich ins Bett gegangen bin.«

Coll steckte seinen Dolch wieder ein und verschränkte die Arme vor der Brust. »Und wozu dann dieses nervtötende Geschrei?«

Ardent strahlte und ging zu den Fenstern. Darunter stapelten sich mehrere kunstvoll verzierte Kästen. »Eine ziemlich gute Idee nicht wahr? Ich habe die Kästen mit extra starkem, magischem Endlos-Kreischgel gefüllt. Es ist lauter als alles andere und steht immer unmittelbar vor der Panikattacke. Aber das Beste daran ist, dass es ziemlich klebrig ist. Das macht es sehr viel leichter, den Dieb zu schnappen. Schließlich ist es gar nicht so einfach, sich unbemerkt aus dem Staub zu machen, wenn man von Kopf bis Fuß mit Geschrei bedeckt ist.«

Ardent legte die gekreuzten Finger auf einen der Kästen, klopfte zweimal an die Seite und stieß einen Pfiff aus. Der Deckel klappte auf und gab den Blick auf einen sternenförmigen Kristall im Inneren des Kastens frei – das war der Schlüssel zur Überallkarte.

»Damit schütze ich meine wertvollsten sowie gefährlichsten Besitztümer«, fuhr der Zauberer fort. Er zeigte auf drei durchsichtige Würfel, die hübsch ordentlich hinter dem Schlüssel lagen, jeder auf einem eigenen Samtkissen. Im ersten befanden sich mehrere kleine Gegenstände, die Fin noch nie zuvor gesehen hatte: ein Stein, der aussah wie ein brodelnder Sturm, eine Kugel mit der Beschriftung *SEELE DES IMALUPHUS KHAN – NICHT BERÜHREN* sowie eine kleine gläserne Statue, die sich zur Begrüßung vor jedem Einzelnen verneigte.

Im zweiten Würfel schwebte etwas, was ihm sehr viel bekannter vorkam: die Wunschkugel. Sie war fast bis an den Rand mit konzentriertem Wasser aus dem Piratenstrom gefüllt. Damit ließen sich beinahe alle Wünsche erfüllen, nur die allergrößten und allerschwierigsten nicht. Und wenn es dem Kapitän des Eisernen Schiffes gelungen wäre, die Kugel in Monerva ganz zu füllen, dann wäre wirklich absolut *alles* möglich gewesen.

Fin empfand eine tiefe Dankbarkeit, dass Marrill und er gerade noch rechtzeitig aufgetaucht waren, um das zu verhindern.

Beim Anblick des dritten Würfels stieß Marrill einen erstickten Schrei aus. »Mein Flatterling.« Sie setzte Karni auf den Boden, ohne auf sein Protestgemaunze zu achten, und lief zu dem Würfel, in dem sich ein kleines schwarzes Wesen in die Ecke gekauert hatte. Es sah aus wie eine Kreuzung aus Fledermaus und Spinne, oder eher noch wie zwei Hände, die an den Handgelenken zusammengewachsen waren. Lange, spindeldürre Fingerbeine trommelten gegen die Wände des Gefängnisses.

Marrill verengte die Augen zu schmalen Schlitzen und ballte die Fäuste. Fin sah, wie sich Entsetzen und Wut auf ihrem Gesicht abzeichneten. Ehrlich gesagt, er selbst war nie ein großer Freund dieser unheimlichen Kreaturen gewesen, aber Marrill hatte vor allem für dieses spezielle Exemplar von Anfang an große Zuneigung empfunden. Was nicht sooo verwunderlich war, denn schließlich hatte es ihnen gewissermaßen das Leben gerettet.

»Marrill, es ist alles in Ordnung«, setzte Fin an.

Doch sie schüttelte unwirsch den Kopf und fiel ihm ins Wort. »Gar nichts ist in Ordnung. Das arme Ding ist ja ganz verkrampft und verängstigt.« Sie drehte sich ruckartig zu Ardent um. »Wie kannst du es nur unter solchen Bedingungen da drin festhalten?«

Ardent hob verdutzt die gespreizten Hände. »Marrill, ein Flatterling ist doch kein Haustier. Er ist das fleischgewordene Gedächtnis der Dzane, der allerersten Zauberer, deren Erinnerung bis zur Geburt des Piratenstroms zurückreicht. Vielleicht sogar noch weiter. Ich habe bereits … verstörende Dinge zu sehen bekommen, nur durch eine Berührung mit dieser winzigen Kreatur. Ein solches Wissen so mir nichts, dir nichts freizulassen, könnte zu ernsthaften Konsequenzen führen.«

»Aber er ist ein Lebewesen!«, protestierte Marrill. »Und er ist nicht gefährlich, sondern niedlich!«

»Aber Marrill«, schaltete Remy sich ein. »Wenn man ihn anfasst, dann fällt man doch in ein … äh … Erinnerungskoma oder so was, stimmt's? Vielleicht hat Ardent ja recht?«

Unbeeindruckt verschränkte Marrill die Arme vor der Brust. »Nein. Ich habe ihn den ganzen Weg durch die Katakomben von Monerva getragen, und er hat niemandem auch nur ein Haar gekrümmt. Er hat mir *geholfen.*«

Ardent legte den Kopf schief. »Nun, darüber ließe sich trefflich streiten.« Die beiden starrten einander einen ungemütlichen Augenblick lang an. Fins Blick huschte zu Fig. Sie betrachtete den großen Holzkasten und dessen geheimnisvollen Inhalt mit gerunzelter Stirn.

Moment mal, dachte Fin und zählte innerlich zwei

und zwei zusammen. Die Wunschkugel war absolut notwendig für die Freilassung des Salz-und-Sandkönigs … und jemand hatte versucht, sie zu stehlen. An genau dem Tag, an dem ein Mitglied der Spionagearmee des Salz-und-Sandkönigs zu ihrer Mannschaft gestoßen war.

Er wusste gar nicht, was schlimmer war: dass sie ihn getäuscht hatte oder dass er darauf hereingefallen war.

Fin packte Fig am Arm und zerrte sie zur Tür. »Das warst du, stimmt's? Du hast versucht, die Kugel zu stehlen.« Sein Kinn bebte, und er fühlte sich gleichzeitig verletzt und verraten und wütend und durcheinander.

»Was ist denn, Bruder? Wie meinst du das?«

Doch Fin hatte nicht vor, sich noch einmal an der Nase herumführen zu lassen. »Spiel doch nicht die Ahnungslose«, knurrte er sie an. »Du wolltest die Wunschkugel stehlen, um deinen König zu befreien. Du hast gesagt, dass dein Volk an Bord gekommen ist, um *mich* zu suchen. Aber das war gelogen, stimmt's? Du hast mich benutzt. Du warst von Anfang an hinter dieser Kugel her.«

Fig sah ihn betroffen an. Sie war gut, das musste Fin zugeben. »Nein. Es ging uns um dich, Bruder. Ehrlich! Ich weiß ja nicht mal, was das für eine Kugel sein soll …«

Er schnitt ihr mit einer Handbewegung das Wort ab. »Wo sind deine Schuhe?« Langsam senkte sie den Blick hinab auf ihre nackten Zehen und dann zur Seite. Damit hatte sie eindeutig nicht gerechnet. »Nun? Hast du deine Schuhe über Bord geworfen oder liegen sie irgendwo unter Deck und schreien sich die kleine Seele aus dem Leib?«

Frustriert blies Fig sich eine Haarsträhne aus dem Gesicht. Fin starrte sie an und wartete auf das Geständnis.

»Über Bord«, stieß sie schließlich widerwillig hervor. »Einer hat sich dabei in einen wunderschönen Singvogel verwandelt. Aber der andere hat ihn aufgefressen.« Sie hielt inne. »Aber es war nicht gelogen!«, beharrte sie anschließend. »Wir sind *wirklich* wegen dir auf das Schiff gekommen.«

»Und wozu dann die ganze Herumschleicherei?«, erwiderte er mit gepresster Stimme. »Warum habt ihr mich nicht einfach bei der erstbesten Gelegenheit mitgenommen?«

»Wir sind Schemen. Gewalt ist nicht unser Stil. Wir halten es eher mit List und Tücke. Außerdem – je mehr Aufsehen wir erregen, desto mehr fallen wir auf und desto länger brauchen die Leute, bis sie uns wieder vergessen haben.«

»Und das ist ganz bestimmt der einzige Grund«, sagte Fin sarkastisch.

»Also gut, von mir aus.« Sie verdrehte die Augen. »Wir haben auch gedacht, dass wir uns vielleicht ein bisschen umschauen könnten, für den Fall, dass es hier, du weißt schon, was *Nützliches* gibt. Das unbewacht ist. Aber von der Kugel habe ich erst erfahren, als euer

Zauberer etwas von einer Fracht gesagt hat, die die Schwingen gerne in die Finger bekommen würden. Und selbst dann wollte ich sie nicht nehmen, sondern bloß nachsehen, was es ist.«

Ihr Geständnis traf Fin wie ein Schlag in die Magengrube. »Um sie dann zu stehlen.«

Sie wandte sich ab. »Du verstehst das nicht«, sagte sie. »Wenn die Schwingen etwas wollen, dann bekommen sie es auch. Niemand kann sie aufhalten. Wir können ihnen nicht widerstehen, Bruder. Wir können ihnen nur helfen. Das ist das Beste, ganz ehrlich.«

Fin schüttelte traurig den Kopf. »Wenn sie so unaufhaltsam sind, warum sind wir ihnen dann entkommen?«

»Tja, na ja.« Sie zuckte mit den Schultern. »Das weiß ich auch nicht so genau. Darum waren wir ja so verwirrt, als euer Schiff schneller war als unseres ... Das habe ich, ehrlich gesagt, bis jetzt noch nie erlebt.«

Fin schnaubte. Fig war nicht vertrauenswürdig, so viel war klar. Trotzdem passte das alles auf seltsam vertrackte Weise zusammen. Und falls es stimmte, was sie sagte, dann – das musste er zugeben – hätte er an ihrer Stelle auch versucht, in Ardents Kabine einzubrechen.

»Eigentlich ist das ja kein Verrat«, machte Fig weiter. »Du bist einer von uns, Fin. Du bist ein Schemen. Du müsstest eigentlich auf unserer Seite stehen. Du müsstest auch wollen, dass die Schwingen diese Kugel zurückbekommen.«

Jetzt warfen sie gleichzeitig einen Blick ins Innere

der Kabine, vorbei an Marrill und Ardent, die immer noch über das Schicksal des Flatterlings diskutierten. Gleich neben dem winzigen Geschöpf lag die schimmernde Kugel wie ein gefallener Stern auf ihrem Kissen.

Ein Wunsch, dachte Fin, und der Weg nach Monerva war wieder frei. Dann würde der Salz-und-Sandkönig sein Gefängnis verlassen und jede Welt, die mit ihm in Berührung kam, in Brand setzen. Gleichzeitig würde die tödliche Eiserne Flut, die sie kurz vor ihrer Flucht mit knapper Not noch gestoppt hatten, wieder in Gang kommen. Darum durfte niemand die Kugel benutzen. Darum blieben Wünsche besser unausgesprochen. Es würde ein apokalyptisches Rennen werden, wenn Feuer und Eisen darum rangen, wer dem Piratenstrom am schnellsten den größten Schaden zufügen konnte. Wenn es je so weit kommen sollte, dann würden sie sich vielleicht sogar wieder nach der Verlorenen Sonne von Dzannin aus der Überallkarte sehnen, nur, damit sie Ordnung in das fürchterliche Durcheinander brachte.

Was Fig wohl denken würde, wenn sie all das erfuhr? Aber er hatte nicht vor, es ihr zu verraten. Je weniger sie wusste, desto besser. »Ich schätze, ich muss dich einsperren lassen.« Er ließ den Blick über die zahlreichen Nischen und Bögen schweifen, die sich am Engpass der leuchtenden Faulgase entlangzogen. Ein plumper, länglicher Schatten huschte durch eine rülpsende Faulgasblase. »Zu schade, dass du uns nicht in einer etwas freundlicheren Gegend verraten hast.«

Fig hob abwehrend die Hände. »Bruder, warte! Ich weiß, dass ich zu weit gegangen bin. Es tut mir leid. Was soll ich sagen? Ich will eben immer den größtmöglichen Erfolg.« Sie schenkte ihm ein verschlagenes Lächeln. »Aber wir können immer noch beide das bekommen, was wir wollen. Die Schwingen wären hocherfreut, wenn ich dir helfen würde, deine Mutter wiederzufinden, so dass ihr beide in den Schoß der Familie zurückkehren könnt. Im Gegenzug verspreche ich dir, dass ich nichts unternehmen werde, um diese Kugel zu stehlen.«

Fin schnaubte verächtlich. Und trotzdem zögerte er. Er hatte am heutigen Tag mehr über sich selbst und seine Herkunft erfahren als in seinem gesamten bisherigen Leben. Und auch, wenn er sich nicht sicher war, ob er überhaupt ein Schemen sein wollte, hatte Fig ihm das Gefühl vermittelt, dass es auf dem Strom einen Ort gab, an den er gehörte. Ganz zu schweigen davon, dass sie die einzige Spur zu seiner Mutter war. Wie konnte er eine solche Gelegenheit sausen lassen?

Davon abgesehen war Ardents Alarmanlage eindeutig auf dem neuesten Stand. Selbst der beste Dieb auf dem Strom hätte allergrößte Mühe gehabt, ihm die Kugel zu entwenden. Und da Fin der beste Dieb auf dem Strom *war*, brauchten sie sich darüber auch keine Gedanken zu machen.

Er schnaufte tief durch und fragte sich, ob er diese

Entscheidung vielleicht irgendwann bereuen würde. Aber er sah keine andere Möglichkeit. »Einverstanden«, sagte er schließlich. »Aber noch eine einzige falsche Bewegung, dann bist du weg vom Fenster. Ganz egal, wo wir gerade sind.«

Fig schien überrascht von seiner Entscheidung, doch sie überspielte ihre Verblüffung mit einem Grinsen, das allerdings nicht ganz so strahlend ausfiel wie üblich. »Danke, Bruder Schemen.« Es hörte sich beinahe ehrlich an.

Nachdem sie also, wenn auch nicht ganz einvernehmlich, ihren Waffenstillstand besiegelt hatten, huschten Fin und Fig zurück in Ardents Kabine. Mittlerweile war das altbekannte, sanfte Lächeln auf das Gesicht des Zauberers zurückgekehrt. »Selbstverständlich, Marrill. Du hast vollkommen recht. Ein Lebewesen bedarf der besten Pflege, die wir aufbringen können. Aber gleichzeitig müssen wir uns auch der Gefahren bewusst sein. Vielleicht finden wir ja gemeinsam eine Möglichkeit, wo wir dem Flatterling ein besseres Quartier bieten können.«

»Danke!« Marrill warf sich in die Arme des Zauberers. Fin merkte, wie ein dicker Kloß in seiner Kehle entstand. Ardent und Marrill kamen ihm vor wie Großvater und Enkelin. Es war zwar nicht besonders schmeichelhaft für einen Meisterdieb, aber er konnte nicht anders: Der Anblick rührte ihn.

Nachdem Marrill Ardent losgelassen hatte, legte er

seine Hand auf den dritten Würfel. Doch anstatt sich zu öffnen oder aufzuklappen, zerfloss er einfach zwischen seinen Fingern. Der Flatterling zappelte aufgeregt und schwebte immer wieder für einen Moment in der Luft, aber mit dem gebrochenen Bein fiel ihm das Fliegen nach wie vor äußerst schwer.

Als er fast bei Marrills Schulter angelangt war, ertönte auf Ardents Schreibtisch ein tiefes Knurren. Karnelius kam über die hölzerne Tischplatte gesaust, wischte lose Blätter zur Seite und kippte diverse Schalen mit bunten Steinen um. Dann stürzte er sich auf den Flatterling.

»Karni, nein!«, schrie Marrill. Sie streckte die Hand nach dem Flatterling aus. Fin wusste, was gleich passieren würde, und sprang los, gerade noch rechtzeitig, um sie aufzufangen. Denn in dem Moment, als Marrills Hand den Flatterling streifte, kräuselte sich ihre Haut, und sie brach zusammen.

Ein Erinnerungskoma. Das passierte, wenn man einen Flatterling anfasste –, sie überschwemmten das Bewusstsein desjenigen, der sie berührte, mit den Erinnerungen eines anderen Wesens, so dass man ganz verwirrt wurde.

»Marrill«, rief Remy und nahm sie in ihre Arme. »Los, Coll, hilf mir mal. Wir müssen sie wieder auf die Beine stellen.«

»Ich wusste doch, dass das keine gute Idee ist!«, knurrte Ardent mürrisch und näherte sich dem Flatterling auf Zehenspitzen. Doch der ließ sich nicht so einfach hinters Licht führen. Er rannte zur Tür hinaus und stürzte zur Backbordreling. Karnelius war dem verzweifelten Tierchen mit fliegenden Pfoten auf den Fersen.

Jetzt geschah alles wie in Zeitlupe.

»Die Katze!«, schrie Fig.

Fin drehte sich um und sah gerade noch, wie Karnelius sich auf der Treppe zum Achterdeck zusammenduckte.

Und dann

sprang er ab.

Der Flatterling flatterte mit seinem gebrochenen Flügel und schaffte es gerade mal zweieinhalb Zentimeter über die Reling.

»Fangt sie ein!«, kreischte Marrill, die aus ihrer Ohnmacht erwacht war und sich so schnell wie möglich aufrappelte.

Fin machte einen Satz und versuchte zu retten, was zu retten war. Aber er kam zu spät. Katze und Flatterling prallten zusammen. Beine und Krallen scharrten über die Reling.

Und dann, einfach so

waren sie verschwunden.

Kapitel 5

Ins feuchte Nass

»Karni, nein!«, brüllte Marrill. Das Herz klopfte ihr bis zum Hals, während der Kater durch die Luft segelte, mit dem Flatterling zusammenprallte, an der Reling nach Halt suchte und schließlich von seinem eigenen Schwung über Bord gerissen wurde.

Wütend und überrascht zugleich miaute Karni noch einmal laut und stürzte dann nach unten, dem schimmernden Wasser des Piratenstroms entgegen. Die Flaschenzüge hoch über ihren Köpfen knarrten. Taue flogen aus der Takelage und versuchten, den Kater und den Flatterling im Flug zu packen.

Einen Moment lang kam es Marrill so vor, als würde ihr Herz in Zeitlupe schlagen.

Der Tauknochenmann ist bestimmt rechtzeitig da, sagte sie sich.

Alles war gut. Karni war in Sicherheit.

Aber dann hörte sie das Platschen. Ein Ring aus Eisen legte sich um ihre Brust. »Neeeeiiiiin!«, heulte sie, während sie, dicht gefolgt von Fin, zur Reling stürzte. Hinter den Fenstern am Engpass der leuchtenden Faulgase huschten verkrümmte Schatten vorbei und trieben ihren grausamen Spott mit der furchtbaren Angst, die sie gepackt hatte.

Wir sind immer noch im Engpass, nicht draußen auf dem offenen Strom. Das Wasser ist brackig, redete sie sich ein. *Karni ist nichts passiert.* Doch dann sah sie, dass der Strom sie bereits wieder erfasst hatte. Das Blubbern des Faulgases war deutlich schwächer geworden. Das Wasser des Stroms schimmerte golden vor Magie.

Tödlicher Magie.

»Tier über Bord!«, brüllte Coll und stürmte aus Ardents Kabine zum Ruder. »Beidrehen!«

Trotz ihres eher unterkühlten Verhältnisses speziell zu diesem Kater kamen die Piratten ihrer Pflicht nach, refften das Großsegel und stützten den Hauptmast, während Coll das Schiff quer in den Wind drehte.

Marrill lehnte sich über die Reling, und zwar deutlich weiter, als sie sich normalerweise getraut hätte. In höchster Panik suchte sie die Wasseroberfläche nach einem Lebenszeichen von Karni oder dem Flatterling ab. Dabei wischte sie sich mit der freien Hand immer wieder die Tränen ab, die ihr die Sicht verdecken wollten.

Aber wonach suchte sie eigentlich? Was war wohl aus Karni geworden? *EinEulenschwarm-EinTelefonmast-EingelberSchwall.* Ihr Herz klopfte wie verrückt. Unzählige grässliche Möglichkeiten jagten durch ihren entfesselten Geist. *DerGeschmackvonMarshmallows-EineOpernmelodie-EinGefühlalswäremanganzweitwegvonzuHauseundhättedaseinzigeWesendaseinenliebtimStichgelassen.*

Und dann, wie durch ein Wunder, hörte sie es. Ein kraftloses Miauen.

Weit unten, direkt über dem Wasserspiegel, klammerte sich etwas an das Netz, das um den Rumpf der *Krake* gespannt war. Das Schimmern des Stromes reichte in der Dunkelheit nicht aus, um erkennen zu können, was es war. Aber sie wusste sofort, dass das Miauen keinem anderen gehören konnte als Karnelius. Die Frage war jedoch: War er immer noch *Karnelius*?

-EinKatzenwels-EinKatermann-EinEinhornkater-EinTintenkätzchen-EinKatzenschreinureinSchreinichtsalseinSchrei-

»Ich glaube, ich sehe ihn!« Fin schwang das eine Bein über die Reling und wollte nach unten klettern. Marrill war ebenfalls schon halb über der Reling, als sie von kräftigen Händen wieder zurückgezogen wurden.

»Der Kater ist doch viel zu dicht am Wasser«, schimpfte Ardent. »Wenn ihr gestattet.« Der Zauberer schnipste mit dem Finger und hob den Arm. Karnelius schwebte an Deck zurück, als hätte ihn eine unsichtbare Hand im Nacken gepackt und hochgehoben.

Einen Augenblick später baumelte ein ziemlich schlaffer Karnelius über der Reling. Er war klatschnass, und das Fell klebte an seinem schmalen Körper, so dass er noch viel kleiner und verletzlicher wirkte als sonst. Schimmernde Wassertropfen bildeten eine Pfütze an Deck.

»Immer noch ein Kater! Das ist eine gute Neuigkeit«, verkündete Ardent frohgemut. Dann runzelte er die Stirn. »Aber auch seltsam.«

»Karni!« Marrill stürzte auf das arme, durchgeweichte Tier zu und ließ sich auf alle viere nieder. Doch kurz bevor sie bei ihm war, stieß sie mit dem Kopf gegen eine unsichtbare Mauer. Sie hob den Blick und sah, dass Ardent ihr die Handflächen entgegenstreckte und sie aufhielt.

»Vorsicht.« Er wies mit einer Kopfbewegung auf die stetig größer werdende, magische Pfütze. »Das Deck besteht aus Fadholz. Aber du nicht. Die Magie wird sich gleich verflüchtigen, dann kann sie dir nichts mehr anhaben. Aber noch ist es nicht so weit.«

Marrill holte tief Luft und legte die Hände vor die Brust, um gar nicht erst auf die Idee zu kommen, nach ihrem Kater zu greifen. »Geht ... geht es ihm gut?«, fragte sie mit bebender Stimme.

Karnelius wand sich im Griff der unsichtbaren Hand und fauchte wütend. Er ließ eine Pfote mit ausgefahrenen Krallen durch die Luft sausen. Ardent schrie laut »Autsch!« und ließ den Kater fallen. Nach einer federleichten Landung kauerte er sich auf dem Deck zusammen.

Marrill streckte die Finger nach ihm aus. »Alles in

Ordnung, Karni«, schnurrte sie. »Jetzt kann dir nichts mehr geschehen.«

Sein eines Auge blitzte. Jedes Mal, wenn er mit dem Schwanz wedelte, spritzte er winzige Wassertropfen über das Deck. Ein tiefes Knurren drang aus seiner Brust.

Und dann begann er zu sprechen.

Ich, der Zauberer der Morgendämmerung,
von unergründlichem Geist und unerfindlicher Gestalt,
hinterlasse hiermit all jenen, die mir nachfolgen,
das Folgende:

Marrill erstarrte. Das ... das war doch vollkommen unmöglich. Sie musste sich getäuscht haben. Doch ein einziger Blick zu den anderen zeigte ihr, dass sie nicht die Einzige war, die Karni reden gehört hatte. Remy hatte die Augen genauso weit aufgerissen wie Fin seinen Mund.

»Was war denn da...«, wollte er sagen.

Ardent brachte ihn mit einer Handbewegung zum Verstummen. »Lass den Kater ausreden, junger Mann, wer immer du bist.«

Zuvörderst hinterlasse ich jenen, die das Spiel
der Prophezeiung spielen wollen, einen Hinweis.
Ihr findet ihn in den Zeilen dieses meines letzten Willens,
so ihr den Willen aufbringt, ihn zu suchen.

Mit angehaltenem Atem starrten alle Karnelius an und warteten, dass er noch mehr von sich gab. Jetzt schüttelte der Kater den Kopf und zog die Nase kraus. Anschließend nieste er so heftig, dass sein Fell sich am ganzen Körper sträubte – sein plötzlich trockenes Fell, wie Marrill mit einem Mal erkannte. Es war, als hätte der Nieser auch noch den letzten Wassertropfen in die Luft geschleudert.

Dann setzte er sich auf die Hinterpfoten, hob eine Vorderpfote und fing an, sich zu putzen, als ob nicht das Geringste geschehen wäre.

Mit zitternden Fingern streckte Marrill die Hand aus und nahm ihn auf den Arm. Es war ihr gleichgültig, ob noch irgendwelche magischen Reste an seinem Fell klebten und was sie möglicherweise mit ihr anstellten. Sie wollte Karni nur noch festhalten und ihn beschützen. Er schmiegte sich an ihre Schulter und stupste mit seinem Köpfchen gegen ihr Kinn. Er benahm sich wieder völlig normal. Oder zumindest nicht unnormaler als sonst.

Fin durchbrach als Erster das entsetzte Schweigen. »Tja, also das war ja mal ein Ding.« Er kratzte sich am Kopf. »Äh … weiß vielleicht jemand von euch, was das war?«

Ardent betrachtete den Kater mit verwirrter Miene. »Außergewöhnlich«, stieß er atemlos hervor. »Etwas Vergleichbares ist mir noch nie zuvor begegnet.«

»Dass ein Lebewesen den Kontakt mit dem Strom

überlebt oder dass eine Katze reden kann?«, wollte Fin wissen.

Ardent schüttelte den Kopf. »Sowohl als auch.« Er zupfte an seinem Bart und musterte den Kater.

Mit einem Mal richtete Marrill sich auf. Sie hatte sich solche Sorgen um Karni gemacht, dass sie ganz vergessen hatte, dass da ja noch jemand gewesen war. »Wo ist der Flatterling?« Sie drehte sich um und suchte das Deck ab. »Was ist mit ihm passiert?«

Fin, Remy und eine Leichtmatrosin liefen zur Reling und blickten suchend nach unten. Ardent stand stocksteif und mit gerunzelter Stirn da.

Marrill hatte das Gefühl, als würde sich ihr Magen nach außen stülpen. Falls dem Flatterling etwas zugestoßen war, dann war es ihre Schuld. Sie hatte schließlich verlangt, dass er freigelassen wurde. Und ihr Kater hatte ihn dann in den Tod gejagt.

»Ich sehe ihn nirgends!«, rief Fin und rannte zum Heck.

»Hier ist auch nichts«, ertönte eine Stimme vom Bug her.

Marrill fing einen Blick von Remy auf. Die Babysitterin schüttelte traurig den Kopf. »W-w-wo ist er?«, stammelte Marrill. »Er muss doch hier irgendwo sein. Er muss einfach!«

Da spürte sie Colls starke Hand auf ihrer Schulter. »Es tut mir leid, Marrill.«

Doch Ardent hob warnend den Zeigefinger. »Moment

noch. Warte noch ein wenig mit dem Bedauern. Ich habe eine Theorie.« Geistesabwesend kaute er auf einer langen Strähne seines Bartes herum. »Oh, ja. Hmm. Ja. Oh, das ergibt ... ja ... ich nehme an ... ich glaube ... der Flatterling ist immer noch hier!«

Marrill war nicht die Einzige, bei der er damit eine ziemliche Verwirrung anrichtete. Stirnrunzeln bei der gesamten Mannschaft. »Wirklich? Wo?«

»Du hast ihn auf dem Arm.«

Marrill blickte auf ihren Kater hinab. Er erwiderte ihren Blick, schien aber wenig erfreut zu sein. »Karni?«

»Die Flatterlinge sind Geschöpfe des Zauberers der Morgendämmerung. Er war einer der mächtigeren Dzane«, erläuterte Ardent. »Und wie wir in der Vergangenheit bereits festgestellt haben, kann das, was die Dzane erschaffen haben, nur durch die Dzane zerstört werden. Der direkte Kontakt mit dem Piratenstrom würde etwas wie einen Flatterling also nicht *zerstören*, aber ... es wäre denkbar, dass sich bestimmte Eigenschaften dadurch verändern.«

Er fing an, aufgeregt auf und ab zu gehen. Das machte er oft, wenn er konzentriert nachdachte. »Der Flatterling war lebende Erinnerung, das wissen wir. Und diesen Aspekt konnte der Piratenstrom nicht verändern, keinesfalls. Aber er konnte ihre Gestalt verändern. Konnte sie ... reiner machen. Denn was ist eine Erinnerung ohne einen Ort, an dem sie lebt, einen Körper, in dem sie wohnt? O ja, diese Kraft könnte in der Tat durch die Magie noch mächtiger geworden sein, so dass ihr Besitzer unempfänglich für …«

Coll räusperte sich. »Nach Menschenart, Ardent. Wir sprechen nach Menschenart, nicht nach Zaubererart.«

»Ach so, ja. Ich bitte um Verzeihung.« Der Zauberer machte auf dem Absatz kehrt und trat den Saum seines Mantels beiseite. Dann nahm er Marrill in den Blick. »Um es einfach auszudrücken: Die Erinnerungen, die der Flatterling verkörpert hat, leben jetzt in deinem Kater weiter.«

Marrill sah Karni an, der leise schnurrte. Sein eines Auge zuckte, aber sie konnte beim besten Willen keine Veränderung an ihm feststellen. »Du meinst, dass mein Kater sie gefressen hat?«

»Nun ja, weniger konsumiert als vielmehr absorbiert, würde ich sagen. So lautet zumindest meine Theorie«, erwiderte Ardent.

Das klang auch nicht viel besser. »Und … wie kriegen wir sie wieder raus?«

Ardent zuckte mit den Schultern. »Schwer zu sagen. Zumindest ohne genauere Untersuchung.« Er streckte die Hände aus. »Darf ich?«

Marrill biss sich auf die Unterlippe. Nach allem, was gerade passiert war, hätte sie Karnelius am liebsten gar nicht wieder losgelassen. Aber wenn Ardent ihm helfen konnte, dann musste sie es ihn zumindest versuchen lassen. Zögerlich drückte sie ihm Karni in die Hand.

Behutsam nahm Ardent den Kater auf den Arm, doch

dann wandelte sich seine erwartungsvolle Miene, und er verzog enttäuscht das Gesicht. »Die Flatterling-Erinnerungen werden also nicht mehr übertragen, sobald man das Tier berührt.« Er presste die Lippen aufeinander, hielt sich den Kater direkt vor die Augen und betrachtete ihn mit forschendem Blick. »Das bedeutet einen Rückschlag für unsere Bemühungen, die Identität des Kapitäns des Eisernen Schiffes zu enthüllen.«

Remy verschränkte die Arme vor der Brust und runzelte verwirrt die Stirn. »Wieso denn das?«

»Der Flatterling hatte Erinnerungen des Zauberers der Morgendämmerung gespeichert. Seit unserer Rückkehr aus Monerva habe ich diese Erinnerungen durchforstet, und obwohl ich bisher nur ein wenig an der Oberfläche kratzen konnte, habe ich etliche äußerst interessante Dinge erfahren. So hat es den Anschein, als seien der Zauberer der Morgendämmerung und der Kapitän einander mehr als nur einmal begegnet.« Ardent verzog das Gesicht, als Karnis Krallen ihm das Handgelenk zerkratzten. Marrill steckte die Hände nach ihm aus, und Ardent gab ihn ihr dankbar zurück.

»Aber …«, sagte Marrill dann nachdenklich. »Wenn der Kapitän ein alter Bekannter von dir ist …«

»… Wie kann er dann dem Zauberer der Morgendämmerung begegnet sein, der lange vor meiner Geburt schon tot war? Ausgezeichnete Frage!« Ardent strich sich durch den Bart. »Ich habe keine Ahnung. Und genau das ist der springende Punkt. Ich hatte gehofft, dass der Flatterling meine Erinnerungslücken mit Inhalt füllen kann, aber die neuesten Entwicklungen haben dieses Vorhaben ein wenig problematisch werden lassen. Aber trotzdem: Wenn das, was wir gehört haben, ein Ausschnitt aus dem Testament des Zauberers der Morgendämmerung war, dann gibt es vielleicht doch noch eine Chance.«

Er klatschte aufgeregt in die Hände. »Ganz zu schweigen von den unvorstellbaren Möglichkeiten für die Forschung! Stellt Euch doch nur vor, wie verdattert Zambfant der Große wäre, wenn sich herausstellt, dass *ich* der erste Ohrenzeuge einer Testamentseröffnung aus dem Mund einer Katze auf dem Piratenstrom war! Ach, ich wünschte, ich könnte Annalessa davon berichten …«

Der Zauberer wandte sich ab. Die Traurigkeit, die in seiner Stimme mitschwang, ließ Marrill das Herz schwer werden. Er zwang sich jedoch zu einem schwachen Lächeln und machte sich auf den Weg zu seiner Kabine, bereits wieder in Gedanken versunken. Dabei murmelte er etwas von irgendwelchen Forschungen vor sich hin, die er zur näheren Untersuchung dieser Angelegenheit vornehmen wollte.

»Alles okay?«, erkundigte sich Fin und stellte sich neben Marrill.

Sie lächelte matt. »Ja, ich glaube schon. Das heißt ja wohl, dass sowohl Karni als auch dem Flatterling nichts passiert ist. Aber …« Sie drückte den Kater fester an sich. »Was, wenn ich unsere einzige Chance vermasselt habe dahinterzukommen, wer der Kapitän ist?«

»Na ja, es ist ja nicht deine Schuld, dass die beiden Viecher gleich ein Wettschwimmen veranstalten wollten«, beschwichtigte Fin.

Sie hätte seine Worte zu gerne geglaubt. »Wenn ich Ardent nicht dazu gezwungen hätte, den Flatterling freizulassen …«

Lachend fiel Fin ihr ins Wort. »Wann hat Ardent sich je zu irgendetwas zwingen lassen?« Er ließ sich mit seiner Schulter an ihre sinken. »Und außerdem … an dem Ort in deinem Herzen, wo deine Sorge um den Flatterling wohnt, da ist auch deine Erinnerung an mich zu Hause.«

Sie wurde rot und überspielte es mit einem übertriebenen Augenrollen. »Ich kann mich an dich erinnern, weil du mein Freund bist.«

»Dann sage ich dir als dein Freund, dass du dir keine Gedanken mehr machen sollst. Ardent scheint ziemlich fest davon überzeugt zu sein, dass der Kapitän einer der Zauberer von Meres ist, und das heißt, wir brauchen nur die Liste abzuarbeiten, so lange, bis wir ihn gefunden haben. Babyleicht.«

»Riesenzähne voraus«, rief da ein kleines Mädchen vorne am Bug. Marrill hob den Kopf. Vor ihnen floss der Strom jetzt in eine Schlucht, die aussah wie der Unterkiefer einer gewaltigen Bestie. Riesige, spitze Zähne ragten aus dem Wasser, und links und rechts türmten sich glatte rote Wände auf, als bildeten sie das Innere eines mächtigen Mauls.

Allerdings gab es keinen Oberkiefer, denn Marrill konnte immer noch die Sterne am Himmel stehen sehen. Und die Zähne, so zerklüftet und gefährlich sie auch aussahen, waren viel zu groß, um ihnen wirklich gefährlich zu werden. Die *Krake* konnte jedenfalls mühelos dazwischen durchsegeln.

»Das ist die Schlundschlucht, nur damit ihr Bescheid wisst«, sagte Coll gelassen. »Remy, du übernimmst das Ruder. Keine Sorge, wenn du einen Fehler machst, trägt die Schluckströmung uns trotzdem weiter flussabwärts. Marrill, du und der Kater solltet besser unter Deck gehen. Es könnte hier oben gleich ein bisschen ... unappetitlich werden.«

»Zumindest wird uns nach dem Engpass der leuchtenden Faulgase der Gestank nicht weiter stören«, Fin grinste und stieß Marrill den Ellbogen in die Seite, während er zur Luke ging. Dann sah er sich um und erblickte Magenwände voller Speichel. »I-giiiitt!«. Schaudernd huschte er ins Innere.

Marrill ging ihm nach, aber auf der Schwelle erstarrte sie. Im Schatten zu ihrer Rechten huschte jemand herum. Eine zierliche Gestalt – eine Leichtmatrosin, wie Marrill zu ihrer großen Erleichterung feststellte – wurde kurz von einem Lichtstrahl erfasst, wie sie ein kleines Geschöpf aus ihrer Tasche holte. Dann hielt sie sich das kleine Wesen an den Mund, als wollte sie ihm etwas zuflüstern, und warf es hoch in den nächtlichen Himmel.

Das Tierchen drehte sich und schlug mit seinen lang gestreckten, bunt schillernden Flügeln, fast so schnell wie ein Kolibri. Dann ertönte ein leises Brummen. Das Tierchen schwebte noch einen Augenblick lang in der Luft, bevor es in die Dunkelheit davonhuschte und von einem Moment zum anderen verschwunden war.

Marrill schlüpfte ins Innere der *Krake* und nahm sich fest vor, sich diesem Mädchen morgen früh vorzustellen. Vielleicht bekam sie ja sogar Gelegenheit, den schillernden Vogel aus der Nähe zu bestaunen.

»Schlaft gut, alle miteinander!«, rief Ardent von seiner Kabinentür her. »Wenn wir das Ende der Schlucht erreicht haben, dann hat das Große Spiel von Margaham bereits begonnen.«

Schon bei diesen Worten hatte Marrill die neue Leichtmatrosin und ihren Vogel komplett vergessen. Sie drückte ihren nunmehr verzauberten Kater fest an sich und ging den vielen Gedanken nach, die sich in ihrem Kopf drehten. Welches Spiel mochte der Strom sich wohl für sie ausgedacht haben?

Kapitel 6

Margahams Spiel

Als Fin am nächsten Morgen an Deck kam, deutete Coll nach vorne, wo die zornroten Wände der Schlundschlucht steil nach unten abfielen und in eine weite, ruhige Bucht mit sanften Wellen mündeten. »Ausfahrt voraus«, sagte der Kapitän.

Eine dichte Nebelschicht lag über dem Land. Fin konnte lediglich dreieckige Bergspitzen, das Grün riesiger Wälder und die schemenhaften Umrisse der Hochhäuser einer geheimnisvollen Stadt erkennen.

»Puuh, dem Himmel sei Dank«, sagte Remy. Ihre Haare standen in alle Richtungen ab und waren, so wie es aussah, an etlichen Stellen mit getrocknetem Speichel überzogen. Die Schlundschlucht war mit der Auszubildenden am Ruder der *Krake* offensichtlich recht ungnädig umgesprungen.

Dann lüftete sich der Nebel, und Fin ließ den Blick über das vor ihnen liegende Ufer schweifen. Irgendetwas war da seltsam. Es änderte sich nichts. Gar nichts.

Aber die *Krake* bewegte sich, und dann hätte sich doch zumindest *seine* Perspektive verschieben müssen, selbst wenn das Land vollkommen regungslos dalag. Aber es kam ihm vor, als würden sie auf ein Gemälde zufahren.

Er sah noch etwas genauer hin, und das Panorama kam ihm sogar *genau* wie ein Gemälde vor. Die Umrisse waren zweidimensional. Die verschmierten Farben waren ein wenig zu verschmiert. Er warf einen Blick nach unten auf das Wasser der Bucht. Es war nicht nur ruhig, sondern bewegte sich überhaupt nicht. Auch die Wellen waren vollkommen erstarrt.

Das sind gar keine Wellen!, wurde es Fin schlagartig klar. Das waren nichts weiter als Striche, die so aussehen sollten wie Wellen. Die *Krake* war kurz davor, auf gefälschtes Wasser aufzulaufen!

»Coll!«, rief Fin in Richtung Achterdeck. »Anhalten, ANHALTEN!«

Aber es war zu spät. Eine Sekunde später zerriss ein lautes, klagendes Kreischen die Luft. Die *Krake* war auf das gemalte Wasser in der gefälschten Bucht geprallt. Das Deck bebte, und Fin fiel auf die Knie. Seine Zähne schlugen so heftig aufeinander, dass ihm der Schädel dröhnte. Remy kreischte laut. Coll stieß einen heiseren Schrei aus, während er die Treppe hinunterpurzelte.

Die *Krake* neigte sich durch den Schwung zur Seite und kam knirschend zum Stillstand. Eine Sekunde später flog Ardents Kabinentür auf.

»Was, bei den vierunddreißig und sieben Donnern, soll denn das?«, brüllte der Zauberer. Die lilafarbene Mütze hing seitlich an seinem Kopf herab, als er das regungslose Deck betrat. »Oh«, sagte er dann und blieb stehen. »Wir sind da. Und warum erfahre ich das nicht fünfundvierzig Sekunden eher?«

Coll drehte sich stöhnend um. »Du hast gewusst, dass das passieren würde?«

Ardent schnaubte und rückte seine Mütze zurecht. »Nun ja, ich *dachte*, wir hätten einen kompetenten Kapitän, der weiß, wie man ein Schiff auf einem Karton parkt. Darum lautet meine Antwort: Nein, ich habe nicht gewusst, dass das passieren würde.«

»He!«, protestierte Remy. »Ich bin immer noch in der Ausbildung, also lass mich gefälligst in Ruhe!« Sie drehte sich um und packte das Ruder fest mit beiden Händen.

Fin stolperte mit unsicheren Schritten zu der verbogenen Reling und blickte nach unten. Die goldenen Wellen wurden von zahlreichen Furchen aus zerrissenem braunem Papier durchzogen. Jetzt konnte er auch eindeutig erkennen, dass das vor ihnen liegende »Land« nichts weiter war als eine gemalte Kulisse. Hinter ihnen verschmolz das aus der Schlundschlucht herabstürzende Wasser übergangslos mit der flachen Ebene: Im einen Moment war es noch flüssig, im nächsten Augenblick schon nichts weiter als eine bemalte Fläche.

Er konnte nicht anders, er musste lachen. »Margahams Spiel ist ja *buchstäblich* ein Spiel«, sagte er verwundert.

»Nun, natürlich ist es das«, verkündete Ardent. »Ich meine, das erkennt …«

»… man ja schon am Namen«, vollendete Remy seinen Satz.

»Ganz genau. Weil der Strom …«

»… mit allen anderen Gewässern in Berührung kommt. Selbst mit denen, die genau genommen gar keine Gewässer sind.« Ihre Stimme klang erschöpft. »Ich finde diesen Ort grässlich. Und dass ich anfange, das alles zu verstehen, finde ich noch viel grässlicher.«

Die Luke ging auf, und Marrill taumelte ins Freie. Sie hatte Karni auf dem Arm. »Was, um …«

Fin schüttelte den Kopf »Ich erklär's dir später.«

Sie blieb stehen und sah sich um. »Ach so, das mit dem Spiel ist *buchstäblich* gemeint …«

»Und da hast du deine Erklärung.« Fin musste zugeben, dass das alles durchaus einen Sinn ergab, wenn auch einen ziemlich bescheuerten.

Remy blickte sich um. »Bist du sicher, dass das die einzige Möglichkeit ist, um dahinterzukommen, was Margaham über den Kapitän des Eisernen Schiffes weiß? Indem wir sein Spiel spielen?«

Ardent nickte. »Es kann einem furchtbar auf die Nerven gehen, wenn man nur auf eine Tasse Tee vorbeischauen möchte, aber Margaham darauf beharrt, dass der Weg nur durch dieses Spiel führt.«

»Zauberer sind ganz schön seltsam«, murmelte Fin leise vor sich hin. Aber davon würde er sich bestimmt nicht aufhalten lassen. Er hatte sich schließlich auf dieses Spiel gefreut. »Also, wie spielt man das?«

Ardent klatschte in die Hände. »Ausgezeichnete Frage, du freundlicher, unbekannter Gassenjunge. Werfen wir doch einen Blick auf das Spielbrett.« Er schlenderte zum Bug des Schiffes, wo auf einem kleinen Holztisch ein kreisrundes Brett und Spielfiguren aus Zinn aufgebaut worden waren. Fin hatte weder das Spiel noch den Tisch je zuvor gesehen. Um ehrlich zu sein, er war sich ziemlich sicher, dass beides vor einer Sekunde noch gar nicht da gewesen war.

»Also dann«, sagte Ardent und beugte sich über das Spielbrett. Es bestand aus mehreren ineinanderliegenden, konzentrischen Ringen. Jeder Ring sah anders aus: Der eine bestand aus verschiedenen Quadraten im Schachbrettmuster, auf einem zweiten flackerten geheimnisvolle Symbole, und der nächste sah aus wie der Schutzwall einer Schlossanlage. Der innerste Ring in der Mitte wurde von den Umrissen eines Miniaturschlosses umschlossen, während die Mitte vollkommen glatt und eben war.

»Ist das das Spielbrett?«, wollte Marrill wissen. »Es hat tatsächlich eine gewisse Ähnlichkeit mit deiner Hochzeitstortenzeichnung.« Sie legte den Kopf schräg. »Irgendwie.«

Ardent räusperte sich. »Ja, nun ja. Wollen wir doch

mal sehen, welche Figuren wir dieses Mal haben … Ritter, Schurke … oh, den Löwenbändiger!«

Jetzt tauchte Fig neben Fin auf und rieb sich den Arm. »Wird man hier immer so … ruckartig geweckt?«, erkundigte sie sich und unterdrückte ein Gähnen.

»Mahlzeit, du Schlafmütze«, erwiderte Fin. »Gut, dass du nicht über Nacht das Ruder gemopst hast. Du hast großes Glück. Anscheinend sind wir bei Margahams Spiel angekommen. Du kommst also gerade rechtzeitig, um zu lernen, wie man das spielt.«

»Oh«, meinte sie. »Ganz toll.« Sie machte einen Schritt zurück, als wollte sie sich verkrümeln. Fin grinste und schob sie wieder nach vorne, damit sie besser sehen konnte.

Bei ihrem Anblick machte Ardent ein verdutztes Gesicht, doch dann zuckte er nur mit den Schultern. »Ach, nun ja, je mehr, je besser, nehme ich an«, sagte er. Dann schnipste er mit dem Finger und zauberte sich einen Stuhl herbei.

Ardent setzte sich, trat den Saum seines Mantels beiseite und ließ die Fingerknöchel knacken. »Also gut, die Spielregeln sind relativ einfach«, erläuterte er. »Ein Spieler – dabei handelt es sich immer um Margaham – ist der Verteidiger. Sein Zauberer wird hier positioniert.« Er tippte mit der Fingerspitze auf die glatte Fläche innerhalb des Schlosses. »Alle anderen Spieler sind Angreifer, die sowohl gegeneinander als auch gegen den Verteidiger kämpfen. In diesem Fall sind wir natürlich die einzigen Angreifer, darum müssen wir lediglich unsere Spielfiguren über die verschiedenen Ringe bis ins Zentrum bringen und den Zauberer des Verteidigers gefangen nehmen.«

Er nahm eine Zinnfigur in die Hand. »Jede dieser Figuren ist selbstverständlich einzigartig, jede bewegt sich anders und besitzt spezielle Fähigkeiten. Der Löwenbändiger zieht so ...«, er ließ die Spielfigur mit einer schnellen Zickzack-Bewegung über das Brett huschen, »... und der Ritter so.« Dieses Mal ließ er die Figur ein seitenverkehrtes L über dem äußeren Ring beschreiben, erst in die eine und dann in die andere Richtung.

Er wandte sich mit hochgehobener Augenbraue zu den anderen. »Also, der Ritter kann jedes Hindernis, das vor ihm liegt, zerstören und alle seine Mitspieler vor Schaden bewahren. Aber er kann sich nur innerhalb eines Ringes bewegen und nur mit Hilfe einer anderen Spielfigur auf den nächsten Ring vordringen. Der Löwenbändiger hingegen kann seinen Löwen auf die Suche nach geheimen Verbindungspfaden zwischen den Ringen schicken. Diese kann er dann nutzen, um vorzurücken oder den Ritter auf den nächsten Ring zu holen.«

Fin lächelte. Er hatte eigentlich noch nie ein Brettspiel gespielt, zumindest nicht mit anderen Leuten. Das war nämlich gar nicht so leicht, wenn man ständig übergangen wurde, weil niemand mehr wusste, dass man überhaupt existierte. Ob das bei Fig wohl ähnlich war? Oder spielten die Schemen gar keine Spiele?

Er griff nach der letzten Spielfigur und betrachtete sie eingehend. Es war eine etwas unheimliche Gestalt, geduckt und maskiert. *Sehr diebisch*, stellte er lächelnd fest. »Und wer ist das hier? Wie wird sie gezogen und was sind ihre Fähigkeiten?«

Ardent nahm ihm die Figur aus der Hand und drehte sie zwischen seinen Fingern hin und her. »Der Zug des Schurken ist seine größte Stärke. Er kann in jede Richtung ziehen, kann jeden beliebigen Pfad benutzen, solange er von niemandem bemerkt wird.«

»Sehr schön«, dachte Fin. Das war genau seine Figur.

»Genau meine Figur«, stieß Fig leise hervor.

Fin klappte der Unterkiefer nach unten. »Ich dachte, du willst gar nicht mitspielen.«

Sie zog die Schultern nach oben. »Vielleicht ja doch, wenn ich eine coole Figur kriege.«

»Pffff.« Fin verschränkte missmutig die Arme.

»Also, eine Sache müssen wir uns alle klarmachen, bevor wir mit dem Spiel beginnen«, fuhr Ardent fort. »Margaham hat dieses Spiel geschaffen, um jeden zufriedenzustellen, der es spielen will. Manche haben es gespielt, um darin die höchste Form der Spannung und Unterhaltung zu finden. Könige haben sich damit bis auf den Tod bekämpft. Darum gibt es nur eine einzige, zentrale Regel, die ihr niemals vergessen dürft: Je ernsthafter ihr dieses Spiel spielt, desto tödlicher wird es.«

Die nun folgende Stille nutzten sie, um sich Ardents Worte gut einzuprägen. Fig fand als Erste die Sprache wieder. »Was bekommen wir, wenn wir gewinnen?«

Ardent blinzelte. »Das, was wir suchen! Vor Beginn des Spiels sagen wir, was das ist, und wenn unser Gegner uns diesen Wunsch erfüllen kann, dann beginnt das Spiel.«

»Und worum spielt unser Gegner?«, wollte Marrill wissen.

»Das wissen wir nicht. Wir wissen nur, dass es etwas ist, was wir haben.«

Fin schaute Marrill in die Augen. Offensichtlich war ihr dabei genauso unwohl wie ihm. Schließlich hatten sie etliche ausgesprochen kostbare Gegenstände mit an Bord. Auch Fig warf er einen schnellen Blick zu. Gut, dass die Schwingen nicht mitspielen, dachte er.

»Bist du sicher, dass das eine gute Idee ist?«, wollte Marrill von Ardent wissen.

Er winkte ab. »Ich weiß gar nicht mehr, wie oft ich schon gegen Margaham gespielt habe, und sein Einsatz ist immer derselbe. Wenn er gewinnt – was ihm nicht gelingen wird –, dann muss ich zugeben, dass seine These in Bezug auf die disproportionale, intertemporäre Transpositionierung richtig war –, was selbstverständlich nicht der Fall war. Kein echtes Risiko. Und außerdem … wenn dieses Zugeständnis notwendig ist, um die Identität des Kapitäns des Eisernen Schiffes zu enthüllen, dann bin ich zu diesem Opfer bereit.«

Fin fühlte sich genötigt, auf das Naheliegende hinzuweisen. »Aber wenn Margaham tatsächlich der Kapitän ist, wird er dann nicht vielleicht doch um einen anderen Einsatz spielen?«

Ardent sah Fin mit gehobener Augenbraue an. »Da du offensichtlich neu auf diesem Schiff bist, will ich dir deine Unwissenheit nicht übelnehmen. Aber du musst wissen, dass ich einer der mächtigsten Zauberer auf dem gesamten Strom bin – sehr viel mächtiger als Margaham. Ich habe nicht vor, dieses Spiel zu verlieren.«

Mit einer schnellen Handbewegung pflückte Ardent eine Karte aus der Luft und kritzelte etwas darauf. »Unser Einsatz«, sagte er und steckte die Karte in einen blütenweißen Umschlag, noch bevor Fin sehen konnte, was er geschrieben hatte.

»So, jetzt lasst uns anfangen, einverstanden?« Ardent tippte auf die glatte Fläche in der Mitte des Schlosses. Fin blinzelte, und eine runde Spielfigur tauchte auf. Sie stellte ganz eindeutig einen Zauberer dar, das verriet schon der Mantel. Allerdings hatte der Hut der Figur viel mehr Ähnlichkeit mit einer Narrenkappe als mit Ardents schlaffer Zipfelmütze.

»Willkommen, ihr Spieler!«, ertönte nun eine näselnde Stimme aus der Spielfigur, obwohl sie genauso regungslos dastand wie alle anderen auch. »Willkommen zu meinem Großen Spiel. Ich bin es, der Unausweichliche Margaham.«

»Und ich bin der große Zauberer Ardent«, erwiderte Ardent. »Komm und spiel mit mir.«

Es dauerte einen Moment, bevor der Zinnzauberer antwortete. »Du hättest nicht kommen dürfen, alter Freund.«

»Er hatte schon immer eine Schwäche für dramatische Auftritte«, flüsterte Ardent hinter vorgehaltener Hand.

»Das ist nicht zu übersehen«, bemerkte Fig vorlaut und ließ den Blick über die Umgebung schweifen.

Ardent erhob die Stimme. »Margaham, höre! Wir sind auf der Suche nach der Identität des Kapitäns des Eisernen Schiffes. Was weißt du über ihn?«

»Wie ich Annalessa bereits gesagt habe«, antwortete die Spielfigur, »ist es möglich, dass du hier Antworten findest. Aber es könnten die Antworten auf Fragen sein, die du niemals hättest stellen dürfen.«

»Annalessa?« Ardent erhob sich abrupt. Dabei stieß er gegen das Spielbrett, so dass die Figuren wackelten. Plötzlich wirkte seine Miene überhaupt nicht mehr belustigt, und sein Blick war kalt und todernst geworden. »Sie war hier? Wann?«

»Diese Fragen sollst du nicht stellen«, erwiderte Margaham. »Du solltest besser umkehren.« Seine Stimme wurde lauter, eindringlicher. »Kehr um und bring dich in Sicherheit. Gib dich zufrieden mit deiner seligen Unwissenheit. Vertrau mir …« Er brach abrupt ab.

Was nicht dazu beitrug, Ardent zu besänftigen. Das

Spielbrett – der ganze Tisch – schien jetzt unter seinem Zorn zu beben. Er griff nach dem Briefumschlag, der immer noch auf dem Spielbrett lag, riss ihn auf und zog die Karte heraus. Dann strich er durch, was er vorhin geschrieben hatte, und kritzelte wutschäumend etwas Neues darauf. »Ich werde meine Antworten schon bekommen!«, rief er und reckte den Umschlag in die Luft.

Plötzlich verspürte Fin ein sehr ungutes Gefühl in seiner Magengegend.

Für einen Augenblick herrschte Stille. »Ardent, der Kalte.« Margahams Stimme klang fast ein wenig resigniert, ja, traurig. »Der die Vergangenheit nicht ruhen lassen kann.«

»Vielleicht sollten wir doch besser auf ihn hören«, schlug Fin vorsichtig vor. »Er scheint ja nicht der Kapitän zu sein. Rücken wir einfach zum nächsten Namen auf der Liste vor.« Aber Ardent schien ihn nicht einmal gehört zu haben. In dem Moment, als Margaham den Namen Annalessa ausgesprochen hatte, hatte das Spiel einen anderen Charakter bekommen. Ardent suchte seit Jahren nach ihr, und wenn er eine Möglichkeit sah zu erfahren, was mit ihr geschehen war, dann würde er versuchen, diese Chance zu nutzen. Dann gab es nichts, was sie sagen oder tun konnten, um ihn daran zu hindern.

Fin konnte es ihm nicht übelnehmen. Auch er wäre praktisch zu allem bereit, um seine Mutter wiederzufinden. Wenn es etwas gab, was Fin und Ardent miteinander verband, dann, dass sie auf der Suche nach einer geliebten Person waren.

»Wir wollen mit dir spielen«, beharrte Ardent und winkte mit dem Briefumschlag. »Und das hier ist mein Einsatz.«

Margahams Zinnfigur stieß einen Seufzer aus. »Nun gut. Willkommen, Spieler Eins.« Und mit diesen Worten löste sich der Briefumschlag in Ardents Hand in einem Lichtblitz auf.

Ardent nahm seinen Platz am Spielbrett wieder ein und holte einmal tief Luft. Dann reckte er eine seiner Figuren in die Höhe. »Möge das Spiel beginnen«, sagte er grimmig.

Fast im gleichen Augenblick schien die ganze Welt in Lärm und Chaos zu versinken. Das aufgemalte Wasser rund um die *Krake* änderte seine Farbe. Vor dem Bug des Schiffes brannten sich dunkle Linien in die flache Bucht, so dass große Ringe entstanden, die denen des Brettspiels glichen.

Doch anders als auf dem Spielbrett auf dem Tisch, der vor Ardent stand, fingen die Ringe in der Bucht jetzt an sich zu drehen. Margahams Schloss erhob sich in die Luft und zog den Rest des Bretts ebenfalls nach oben, so dass es binnen kurzem zu einem spitzen Turm mit mehreren Stufen geworden war.

Es sah aus wie eine große, mehrstöckige Torte. Jedes Stockwerk besaß seine eigenen Hindernisse, und alle drehten sich mit unterschiedlicher Geschwindigkeit in unterschiedliche Richtungen. Wie ein Berg ragte das Gebilde jetzt vor ihnen auf, und auf der äußersten Spitze thronte das Schloss. Fin kniff die Augen zusammen und konnte schemenhaft Margahams Umrisse im Inneren erkennen.

»Okay, *das* sieht deinen Zeichnungen schon sehr viel ähnlicher«, sagte Marrill zu Ardent. »Nur ein bisschen ...«

Sie konnte ihren Satz nicht zu Ende zu bringen, weil die *Krake* in diesem Augenblick erbebte und das Deck ziemlich in Schräglage geriet. Eine gewaltige Steinfaust reckte sich aus der Bucht nach oben, packte das Schiff und hob es in die Luft.

Fin rannte zur Reling, um besser sehen zu können. Das goldene Wasser des Piratenstroms rieselte als Wasserfall zwischen den Fingern der Faust hindurch nach unten.

»Was ist denn da los?«, brüllte Marrill. Fin schüttelte den Kopf und sah Ardent an. Der Zauberer hatte die Zähne fest aufeinandergepresst, und sein Blick war starr.

Er nahm das Spiel ernst, das wurde Fin in diesem Augenblick klar. Sein Magen krampfte sich zusammen. Dabei hatte sie der Zauberer selbst genau davor gewarnt. »Ardent! Du darfst es nicht ...«

»RITTER, LOS!«, dröhnte Ardent und stellte krachend eine Spielfigur auf das Brett.

Und mit einem Mal fand Fin sich auf der untersten Ebene des Spiels wieder. Die riesige Steinfaust, die die *Krake* gepackt hielt, überragte ihn weit. »Kann doch wohl nicht wahr sein!«, rief er und flüchtete von dem goldenen Wasserfall, der immer noch vom Schiff herabtropfte. Ein Schritt, dann noch einer …

Und dann trat er ins Leere. Er drehte sich im Fall nach hinten und landete unsanft auf dem Boden. Für einen Moment bekam er keine Luft mehr. Fin rollte sich zur Seite und starrte auf die Stelle, wo er um ein Haar abgestürzt wäre.

Er lag auf dem Schachbrettmuster des äußersten Rings des Spiels. Doch das Feld, auf das er soeben getreten war, fehlte, und weiter unten glitzerte drohend das magische Wasser des Piratenstroms. Wenn er sich beim Fallen nicht gedreht hätte, dann sähe er sich vielleicht jetzt schon in eine gewundene Landstraße oder eine gemeine Rotkehlchenmotte verwandelt.

Und so langsam dämmerte es ihm: Er selbst war die Spielfigur. Das Spiel war echt. Das Spielbrett war echt. Und das bedeutete, dass auch die Gefahr echt war.

Er holte tief Luft und konzentrierte sich, so gut es ging. Niemand war in seiner Nähe. Also war sein Zug vermutlich noch nicht zu Ende. Er rappelte sich auf und wollte sich gerade auf den Weg zur nächsten Säule machen, da fielen ihm Ardents Worte ein. *Ritter, los*!

Fin schloss die Augen und versuchte krampfhaft, sich an die Regeln zu erinnern. Der Ritter bewegte sich wie ein L. Vorsichtig berührte er mit der Zehenspitze das Quadrat direkt vor ihm. Es löste sich bei der ersten Berührung in Luft auf.

Er schluckte. »Also gut. Anscheinend bin ich der Ritter.« Er glitt vier Quadrate nach links und blieb dann mit angehaltenem Atem stehen.

»Ende des Zuges!«, ertönte von weit oben Margahams Stimme.

Fin stieß einen erleichterten Seufzer aus.

»LÖWENBÄNDIGER, LOS!«, rief Ardent.

Ohne Vorwarnung tauchte Marrill direkt vor Fin auf. Ihr Kater lag als zerzaustes orangefarbenes Fellbündel auf ihrem Arm. »Was soll denn … oh, hallo Fin«, sagte sie.

»Marrill!« Fin packte sie am Arm. »Pass auf. Wir sind die Spielfiguren. Wir müssen uns auch so bewegen wie die Figuren!«

Sie runzelte die Stirn. »Was soll das denn heißen: Wir sind die Spielfiguren?« Sie blickte nach unten. Dann wieder nach oben. Ihre Blicke begegneten sich. »Wir stehen auf dem Spielbrett«, sagte sie. »Wir sind die Figuren!«

Fin nickte. »Genau. Ich bin der Ritter. Und ich bin mir ziemlich sicher, dass du der Löwenbändiger bist. Das bedeutet, du musst dich im Zickzack fortbewegen …«

In diesem Augenblick sah er Fig, die über ein paar benachbarte Quadrate schlich. Sobald er sie erblickt hatte, verschwand das Quadrat, auf das sie gerade ihren Fuß setzen wollte, und stürzte in den Strom hinab.

»Fig! Pass auf!«

Sie verharrte regungslos und sah ihn mit wutverzerrtem Gesicht an. »Bruder! Ich bin der Schurke! Ich kann mich nicht bewegen, solange du mich siehst!«

Natürlich war sie der Schurke! »Tut mir leid. Ich wollte dir nicht den Zug verderben.«

»Spieler Eins hat seinen Zug beendet!«, verkündete Margaham.

Fin stieß den Atem aus. Die erste Runde hatten sie ohne größere Probleme überstanden. Vielleicht war das Ganze ja gar nicht so übel. Er rieb sich die Hände, betrachtete das Brett und machte sich Gedanken über seinen nächsten Zug. »Okay, dann bin ich wieder an der Reihe. Vielleicht sollten wir dieses Mal versuchen …«

Da unterbrach ihn die dröhnende Stimme Margahams. »Willkommen, Spieler Zwei!«

»Spieler Zwei?« Er warf Marrill einen verwirrten Blick zu. »Ich dachte, wir spielen nur gegen Margaham?«

Marrill biss sich auf die Unterlippe. »Ardent hat ja gesagt, dass es auch mehr als einen Angreifer geben kann …«

»Vielleicht wird das Ganze durch einen zweiten Mitspieler ja ein bisschen interessanter«, sinnierte Fin. »Und macht mehr Spaß?« Selbst in seinen eigenen Ohren klangen diese Worte hohl und leer.

»Irgendwie glaube ich das nicht«, sagte Marrill und deutete in die Ferne.

Hinter dem dicken Arm und dem magischen Wasserregen, der aus der *Krake* herabregnete, kam ein Schiff durch die Schlundschlucht herangesaust. Fin erkannte es auf den ersten Blick: der breite Bug, die quadratischen Segel. Er musste die Seitenwand nicht einmal sehen, um zu wissen, dass das Siegel des Salz-und-Sandkönigs darauf prangte.

Die andere Hälfte seines Volkes war im Anmarsch. Die unaufhaltsame Armee, die nur aus einem einzigen Grund existierte: um den gesamten Piratenstrom zu beherrschen.

Die Schwingen waren in das Große Spiel eingestiegen.

Kapitel 7

(Un)Freundliche Mitspieler

Das Schlachtschiff hielt direkt auf sie zu, und Marrill sah, wie geschickt die Matrosen durch die Rahen kletterten. Sie wussten ganz genau, was sie zu tun hatten. Im Bug waren mehrere Reihen Soldaten in Habachtstellung angetreten, und angesichts ihrer blitzenden Dolche war es nicht besonders wahrscheinlich, dass sie nur auf ein Tässchen Tee vorbeischauen wollten.

Als das Schiff dicht genug herangekommen war, erhob sich eine weitere gigantische Steinfaust aus dem Strom und hob es ebenfalls in die Luft, genauso, wie die andere es mit der *Krake* gemacht hatte. Die beiden steinernen Arme rotierten im Kreis um das Spielbrett, bis sie an zwei gegenüberliegenden Punkten angelangt waren, so dass die Schiffe einander wie Gegner fixierten.

»Willkommen, Spieler, bei meinem Großen Spiel!«, dröhnte Margahams Stimme.

Jetzt trat eine einsame Gestalt mit selbstsicheren Schritten nach vorne und stellte sich an den Bug des

Schlachtschiffes. Marrill konnte sie von ihrem Standort aus und wegen der Entfernung kaum erkennen, aber die Silhouette ließ darauf schließen, dass es sich um eine Frau handelte. Und an ihrer Haltung konnte man erkennen, dass sie eine Kriegerin war.

»Ich bin die Speerspitze der Schwingen. Ich verkünde den Willen unseres Volkes.« Klar und laut und ruhig war ihre Stimme auch über die Entfernung hinweg zu vernehmen. »Dies ist unser Einsatz«, sagte sie und reckte einen frischen weißen Briefumschlag in die Höhe. »Wir spielen mit, und niemand wird uns besiegen.«

Ein leises Summen ertönte, und dann zuckte ein Blitz durch die Luft. Der Briefumschlag verschwand aus der Hand der Frau, und auf der anderen Seite des gewaltigen, mehrstöckigen Spielbretts erschienen drei Gestalten. Sie waren so weit entfernt, dass sie nur undeutlich zu erkennen waren, aber sie bewegten sich mit einer Selbstsicherheit, die Marrill nicht einmal ansatzweise aufbringen konnte.

»Sieht ganz so aus, als hätten die Schwingen ihre Spielfiguren bekommen.« Sie schluckte. »Aber warum sind sie hier? Wie haben sie uns gefunden?«

Fin sagte kein Wort, sondern drehte sich auf dem Absatz um und funkelte ein junges Mädchen, das etliche Felder entfernt stand, wütend an. »Ja, genau, Fig! Wie haben die uns bloß gefunden?« Marrill war verblüfft darüber, wie heftig er diese vollkommen Fremde anblaffte.

Das Mädchen hob abwehrend beide Hände. »Warte doch … es ist nicht so, wie du denkst.«

Fin verschränkte die Arme vor der Brust. »Ich denke, dass du einen Weg gefunden hast, den Schwingen mitzuteilen, wo wir hinwollen, damit sie uns hier auflauern können.«

Das Mädchen schluckte. »Also gut, es ist zumindest *ungefähr* so, wie du denkst.«

Er schüttelte traurig den Kopf. »Und, lass mich raten: Du hast ihnen auch das mit der Wunschkugel gesagt, und deshalb wollen sie uns die abnehmen, stimmt's?« Das Mädchen machte Anstalten zu protestieren, aber Fin brachte sie mit einer Handbewegung zum Verstummen. »Aber du hast trotzdem das Gefühl, dass du dein Versprechen nicht gebrochen hast, weil du nämlich nicht *eigenhändig* versucht hast, die Kugel zu stehlen.«

»Also gut«, gab das Mädchen mit treuherzigem Augenaufschlag zu. »Vielleicht ist es doch ganz genau so, wie du denkst.«

»Moment mal, Moment mal«, mischte Marrill sich jetzt ein. »Was soll das denn heißen?«

»Die Wunschkugel, Marrill«, erläuterte Fin. »Die Schwingen wissen Bescheid. Fig hat es ihnen verraten, und jetzt sind sie hier, um uns die Kugel wegzunehmen und den Salz-und-Sandkönig zu befreien.«

Marrill sog den Atem ein. Natürlich! Was konnte eine führerlose Armee denn anderes wollen, als ihren König zu befreien? »Das dürfen wir nicht zulassen.«

»Du hast recht«, sagte Fin. »Und darum müssen wir das Spiel unter allen Umständen gewinnen.« Dabei huschte ein breites Grinsen über sein Gesicht.

»Nein, Fin!« Marrill packte ihn am Arm. »Mal ganz im Ernst. Wir können nicht gegen sie spielen, wenn die Kugel auf dem Spiel steht! Wir müssen aus dem Spiel aussteigen.« Dann holte sie tief Luft, um lauthals zu verkünden, dass sie aufgeben wollten, doch Fin hielt ihr die Hand vor den Mund.

»Wir können jetzt nicht mehr aussteigen«, sagte er. »Das Spiel hat doch schon angefangen. Wir würden uns nur um die Chance bringen, die Kugel zu retten.«

Da war was dran. Marrill biss sich auf die Lippe und suchte krampfhaft nach einem Ausweg. Sie steckten wirklich übel in der Klemme. Da hockten sie also nun auf einem riesigen, verzauberten Spielbrett und spielten ein Spiel, dessen Regeln sie so gut wie gar nicht verstanden und bei dem jeder Fehltritt mit einem Sturz in den Piratenstrom enden konnte. Und jetzt hatten sie auch noch einen Gegner, der schon per Definition unbesiegbar war.

Mit einem Mal erschien ihr das Spiel noch viel ernster als zuvor.

»Wir müssen schlicht und einfach gewinnen«, stellte Fin sachlich fest.

»Vielen Dank, Captain Superhirn«, knurrte Marrill.

»Oberst Superhirn, bitte«, erwiderte Fin und zwinkerte ihr übertrieben zu.

»LÖWENBANDIGER, LOS!«, ertönte es in diesem Moment hoch über ihren Köpfen. Das war Ardent, der am Bug der *Krake* stand.

»Na, super«, murmelte Marrill. »Einfach super!«

Ihr blieb nichts anderes übrig, als weiterzuspielen. Mit flinken Fingern legte sie sich einen Kurs zurecht, der sie bis zu der vier Meter hohen Mauer bringen würde, die auf die nächste Spielebene führte. Doch als sie dort angekommen war, stellte sie fest, dass die glatte Mauer keinerlei Haltegriffe bot, keine Möglichkeit, daran hinaufzuklettern. Sie legte eine Handfläche an die Steine. Sie fühlten sich kalt und unnachgiebig an und bildeten einen eigenartigen Gegensatz zu Karnis weichem Fell, das sich in ihre andere Hand schmiegte.

Da zuckte ihr ein Gedanke durch den Kopf. *Karni.* Wenn sie der Löwenbändiger war, dann war er ihr Löwe. Und das würde bedeuten, dass sie ihn doch nach den geheimen Pfaden zwischen den Ringen suchen lassen konnte, oder?

Marrill hob ihren Kater wie eine Stoffpuppe hoch und sah ihm direkt in sein eines, gesundes Auge. »Also gut, Karni. Jetzt hängt alles von dir ab. Tu, was du kannst.«

Sie setzte ihn vor ihren Füßen auf den Boden. Träge schlich er auf das nächste Feld … und fiel sofort hindurch.

»Karni!«, kreischte Marrill.

Der Kater berührte die Oberfläche des Piratenstroms und schoss anschließend wie eine Rakete durch die Luft und an der Mauer hinauf bis zum nächsten Ring. Seine Pfoten hinterließen eine feurige Zickzackspur auf der senkrechten Wand. Oben angekommen, setzte er sich hin und starrte auf Marrill herab wie die Grinsekatze aus Alice im Wunderland.

Dem Salz-und-Sandkönig hinterlasse ich einen unerfüllten Wunsch, ein ungestilltes Sehnen, eine führerlose Armee und eine goldene Kugel, gefüllt mit Wassern, so klar und rein wie das Quellwasser des Piratenstroms.

»Erste Sahne«, rief Fin in ihrem Rücken. »Karni ist immer noch stromwasserfest! Sagt er jetzt jedes Mal, wenn er ein paar Spritzer abkriegt, einen Absatz aus dem Testament des Zauberers der Morgendämmerung auf?«

Marrill schüttelte den Kopf. Sie würde nicht zulassen, dass ihr Kater noch einmal mit dem Wasser des Piratenstroms in Berührung kam. Aber neugierig war sie auch, das musste sie zugeben.

Nachdem Karnis Flammenspur erloschen war, blieben – zu Marrills großer Verwunderung – wunderschöne Abdrücke zurück, die sie als Stufen und Griffe nutzen konnte, um ihm hinterherzuklettern. Auf der Mauerkrone angelangt, sah sie, wie Karni sich gleichmütig sauber leckte. Anscheinend hatte er sein ganz normales Katzenwesen wieder.

»Also gut«, sagte Marrill zu sich selbst. »Den ersten Ring hätten wir geschafft. Dann bleiben jetzt nur noch …« Sie hielt inne und zählte stumm. Allem Anschein nach hatte dieses Spiel in Wirklichkeit etliche Level mehr, als auf dem ersten Brett zu sehen gewesen waren. »… ziemlich viele«, murmelte sie.

Sie drehte sich um und ließ den Blick über die neue Spielebene schweifen. Ihr Magen krampfte sich zusammen. Auf den Feldern dieses Levels waren Bilder der Elemente abgebildet: Feuer, Blitz, Wasser und Wind. Hinter dem Labyrinth der Elemente war der nächste Ring zu erkennen, allerdings hoch oben in der Luft, wo er sich, nur gestützt von zwei gläsernen Treppen, langsam um die eigene Achse drehte.

Der Vorteil war, dass sie nicht schon wieder eine Mauer hochklettern mussten. Die Kehrseite der Medaille jedoch war, dass die Schwingen ihre Treppe beinahe schon erreicht hatten. Sie würden das Spiel gewinnen, und zwar mit einem Riesenvorsprung.

»He!«, rief da Fin von unten nach oben. »Kann mir mal jemand helfen?«

Marrill stieß einen Seufzer aus und spähte über die Mauerkante nach unten. Fin versuchte vergeblich, die Mauer emporzuklettern. Jedes Mal, wenn er sich an den Griffen festhalten wollte, rutschte er ab. *Wieso denn bloß?*, fragte sie sich. Fin war ein phantastischer Kletterer, vielleicht sogar der beste aller Zeiten. Wie kam es dann, dass sie mit Hilfe der Griffe problemlos nach oben geklettert war und er es nicht schaffte?

Dann fielen ihr die Spielregeln wieder ein. Der Ritter konnte nicht ohne Hilfe von einem Ring zum nächsten gelangen.

»Ach so, genau.« Sie legte sich auf den Bauch und streckte ihm den Arm entgegen, so weit sie nur konnte. Fin reckte sich ebenfalls, und als ihre Fingerspitzen sich berührten, da flog er praktisch die Wand hinauf und landete neben ihr.

»Cool«, sagte er. Doch als er die Schwingen und ihren riesigen Vorsprung sah, da erlosch sein Grinsen. »Die machen uns so was von fertig«, sagte er mit ungläubiger Stimme.

»Wäre ich nie drauf gekommen, verehrtester Oberst Superhirn«, murmelte Marrill vor sich hin.

Fin ballte die Fäuste. »Das werden wir ja sehen. Ich bin mit meinem Zug jedenfalls noch nicht fertig.« Er trat auf das nächste Feld, und die Flammen, die darauf abgebildet waren, wurden schlagartig lebendig.

Fin sprang zurück und landete auf einem Feld mit einem Blitz. Marrill packte ihn am Arm und rettete ihn aus der Gefahrenzone, unmittelbar bevor ein richtiger Blitz durch die Luft zuckte. »Ich schätze mal, genau das hat Ardent gemeint, als er gesagt hat, dass das Spiel immer gefährlicher wird, je ernster wir es nehmen«, sagte sie.

Fin riss die Arme empor. »Wie sollen wir so was denn nicht ernst nehmen? Schließlich will es uns umbringen!« Missmutig sank er zu Boden. »Das ist ja ein grauenhaftes Spiel. Da spiele ich doch lieber jeden Tag Lass-was-in-den-Piratenstrom-fallen-und-schau-was-draus-wird. Ein Pfefferstreuer, der sich in eine Krake verwandelt, ist viel ungefährlicher als das hier, und lustiger noch dazu. Wenn wir aufgeben, dann können wir wenigstens noch ein bisschen Spaß haben, während wir darauf warten, dass der Salz-und-Sandkönig die Welt in Schutt und Asche legt.«

Aufgeben … Spaß haben … Urplötzlich flackerte in Marrills Kopf eine Glühbirne auf.

»Das ist es!«, brüllte sie los. »Das müssen wir machen: aufgeben und Spaß haben.«

Fin zog eine Augenbraue in die Höhe. »Meinst du das ernst?«

Marrill hüpfte auf der Stelle auf und ab. »Absolut! Fin, wir haben das alles viel zu ernst genommen, und am Schluss verlieren wir sowieso, weil die Schwingen schließlich unbesiegbar sind, oder etwa nicht?«

Er nickte. »Sieht ganz danach aus.«

»Das heißt doch, wenn wir so oder so besiegt werden, dann können wir auch gleich versuchen, dabei so viel Spaß wie möglich zu haben!« Sie drückte ihm den Arm. »Wir waren schließlich schon an noch verrückteren Orten und haben uns vor Lachen kaum mehr eingekriegt. Und immerhin ist das hier ein Spiel. Also los, spielen wir!«

Sie nahm Karnelius auf den Arm und trat auf ein Feld mit einem Wasserbild. »Wer Erster bei der Treppe ist!«, rief sie, während sie von einer Flutwelle quer über das Spielbrett geschwemmt wurde.

»Okay!« Fin sprang auf ein Windfeld, breitete seine Himmelssegel aus und nahm eine L-förmige Flugbahn durch die Luft. »Wenn's heiß ist, wird der Wind noch stärker!«, rief er und berührte mit der Fußspitze ein Feuerfeld. Die Flammen erwachten fauchend zum Leben und hoben ihn über Marrill hinweg.

»Oh-ho-ho-ho nein!«, kreischte sie und sprang auf ein Blitzfeld. Der gewaltige Stromschlag beförderte sie einmal über die ganze Spielebene, bis sie auf einem Wasserfeld landete. Die elektrische Ladung schüttelte sie durch, dass ihre Zähne klapperten und jedes einzelne von Karnis Fellhaaren senkrecht stand. »Mieser Zug«, flüsterte sie leise, so dass nur sie selbst es hören konnte. »Gaaanz mieser Zug!«

Irgendwo in der Nähe hörte sie ein Mädchen lachen. »He, Leute!«, rief es. »Die Blitze kitzeln.«

Im Zickzack, in L-Form oder schlitternd, so bewegten sie sich über die Spielebene. Dabei lachten sie ununterbrochen, feuerten einander an und machten sich übereinander lustig. Schließlich gelangte Marrill zum Fuß der Treppe. Fin war nur wenige Felder hinter ihr. Sie wollte gerade die Stufen hinaufstürmen, als ihr einfiel, dass er nicht ohne Hilfe von einem Level zum anderen gelangen konnte.

»Plapperhain!«, rief sie ihm zu. Mehr brauchte sie nicht zu sagen. Er sprang auf ihren Rücken, und sie rannte die Stufen hinauf. Dabei lachte (und schnaufte) sie ununterbrochen.

Sie kannte das Mädchen nicht, das sie am oberen Ende der Treppe erwartete, prallte aber trotzdem mit voller Wucht mit ihr zusammen, so dass sie als sechsarmiges und sechsbeiniges Knäuel kichernd und prustend weiterkullerten. »Dieses Spiel macht ja irre viel Spaß, wenn man Spaß hat«, sagte Marrill und konnte sich nur mit Mühe das Lachen verkneifen, während Karni sich aus ihrem Arm befreite und ihnen einen vernichtenden Blick zuwarf.

Sie rappelte sich auf und brauchte einen Augenblick, bis sie halbwegs sicher auf den Beinen stand. Die Spielebene unter ihnen drehte sich, so dass sie jetzt fast auf gleicher Höhe mit den Schiffen waren. Immer näher schob sich das Schlachtschiff der Schwingen auf sie zu. Marrill blickte sich um und erkannte, dass etwas fehlte. Oder, besser: dass *jemand* fehlte.

Ungläubig lachend sagte sie: »Fin, du wirst es kaum glauben, aber wir gewinnen gegen die Schwingen! Die sind immer noch auf der zweiten Ebene!«

Als Fin keine Antwort gab, drehte sie sich um. »Hast du gehört? Wir gewinnen …« Doch dann blieben ihr die Worte im Hals stecken. Fin stand wie angewurzelt und mit weitaufgerissenen Augen hinter ihr.

Eine kalte Hand legte sich um Marrills Herz. »Fin?«, sagte sie. »Alles in Ordnung?«

Ganz langsam hob Fin die Hand und bewegte die

Finger, als wollte er das Schlachtschiff der Schwingen greifen, das immer näher kam, während die Spielebene sich im Kreis drehte. »Marrill …«, flüsterte er. »Das ist … das ist …«

Marrill folgte seinem Blick und bekam jetzt zum ersten Mal die Speerspitze der Schwingen klar und deutlich zu sehen. Eine Frau mit dunklen Augen und olivfarbener Haut stand kerzengerade aufgerichtet am Bug des Schlachtschiffes. Sie hatte das eine Bein auf den Sockel des Bugspriets gestützt wie auf den Hals eines Gegners. Ihre Fingerspitzen lagen auf dem Spielbrett, das neben ihr stand. Keine Spur von Leidenschaft, keine Spur des Mitgefühls war auf ihrem Gesicht zu erkennen. Jetzt nahm sie mit einer geschmeidigen Bewegung eine ihrer Spielfiguren in die Hand.

Fin sah Marrill an. Ehrfurcht und Angst und Verzweiflung lagen in seinem Blick. Er streckte den Zeigefinger aus.

»Marrill«, keuchte er. »Das da ist meine Mutter.«

Kapitel 8

Familientreffen

Ihre dunklen Augen sahen nicht so sanft aus wie in seiner Erinnerung, und auch ihre Stimme klang härter, aber er erkannte sie trotzdem. Wieso hatte es bloß so lange gedauert? Schließlich hatte er diese Stimme in Gedanken schon tausendmal gehört, immer mit denselben Worten:

Was auch immer passiert, solange dieser Stern dort scheint, gibt es jemanden, der an dich denkt.

Fins Herz krampfte sich zusammen, so fest, dass er Angst hatte, es könnte implodieren. Nie hätte er geglaubt, dass dieser Tag je kommen würde.

All die Jahre, die er mit Suchen und Fragen verbracht hatte.

All die Zeiten, in denen er beinahe aufgegeben hätte.

All die Nächte, in denen er sich danach verzehrt hatte, in ihren Armen zu liegen.

Aber jetzt, endlich, war seine Mutter zu ihm gekommen.

Hinter ihm schnaubte Marrill laut. »*Diese* Frau da ist deine Mutter?«

Fin nickte. »Ich erinnere mich an sie, Marrill! Ich hab sie schon mal gesehen, damals, nachdem wir Serth zum ersten Mal besiegt haben. Das war, als ich die Überallkarte benutzt habe, kurz, bevor du nach Hause gegangen bist.« Damals, als alle anderen gedacht hatten, er hätte den Schlüssel zerstört, hatte Fin sich heimlich die Karte geholt. »Da hat sie auch im Bug eines Schiffes gestanden. Es hat genauso ausgesehen wie das da.«

Falls Marrill etwas antwortete, dann hörte er es nicht. Er hatte viel zu viel damit zu tun, das Gesicht seiner Mutter zu betrachten, sich jede einzelne Falte darin genau einzuprägen, während das rotierende Spielbrett sie immer näher zueinanderbrachte. Er hatte sich diesen Augenblick eine Million Male vorgestellt, hatte sich gefragt, was er wohl zu ihr sagen würde. Doch jetzt purzelten die Worte in seinem Kopf kreuz und quer durcheinander, und seine Zunge fühlte sich an, als sei sie an seinem Gaumen festgefroren. Letzten Endes brachte er nur ein gequetschtes »Mom?« hervor.

Ihre Augen musterten ihn kühl. Es waren die Augen aus seiner einzigen Erinnerung an sie, dieselben Augen, die ihn unter dem Sternenhimmel von Khaznot Quay angeblitzt hatten. Er wartete auf ein Wort von ihr, irgendeines. Doch ihr Blick glitt einfach über ihn hinweg, als sei er niemand.

Fin taumelte rückwärts. Er brach innerlich zusammen. Sie hatte ihn nicht einmal gesehen. Nein, noch schlimmer als das – er war es schließlich gewöhnt, nicht gesehen zu werden. Sie hatte ihn sehr wohl gesehen. Sie wusste, wer er war. Aber es war ihr offensichtlich *egal*.

Da griff eine andere Hand nach seiner und hielt ihn fest. »Lass mich los!«, knurrte er und wollte sich losmachen. Wollte weglaufen. Wollte alleine sein. Wollte nach Hause, auch wenn er nicht einmal mehr wusste, wo eigentlich sein Zuhause war. Die Dachkammer der Parsnickles, wo man ihn bloß für einen Geist hielt? Seine Kabine auf der *Krake*, wo er ständig nur vergessen wurde?

Marrill drückte noch kräftiger zu. »Du bist noch nicht dran«, ermahnte sie ihn. »Wenn du jetzt einen Zug machst, dann ist das womöglich dein Tod.«

»Mir doch egal«, gab er zurück und versuchte weiter, sich loszureißen.

Sie krallte ihre Finger in seine Schultern, so dass er sich nicht mehr von der Stelle bewegen konnte. »Aber mir nicht. Wir stehen das gemeinsam durch, Fin, vom Anfang bis zum Ende.«

Das Spielbrett drehte sich immer weiter und trug sie jetzt wieder vom Schlachtschiff der Schwingen weg. Als Fin seine Mutter fast nicht mehr erkennen konnte, sah er, wie sie ihre Spielfigur auf das Spielbrett knallte und mit scharfer Stimme rief: »Vell, los!«

Dann begann der kleinste der drei Schwingen-Spieler mit seinem Zug. Allerdings bemühte er sich gar nicht erst, im Zickzack oder in L-Form zu laufen. Immer wieder tauchten Hindernisse vor ihm auf – Feuer, Blitze, Wasser oder Wind –, ohne dass er auch nur ein bisschen langsamer wurde. Ehrlich gesagt, das alles schien ihn nicht einmal zu kümmern.

Er stürmte einfach geradeaus, direkt auf die andere Treppe zu, die zu Fin, Marrill und Fig hinaufführte. So etwas hatte Fin noch nie gesehen.

»Wie macht er das bloß?«, keuchte Marrill.

»Er ist ein Teil der Schwingen«, sagte Fig, die hinter ihnen stand. »Sie sind eine unbesiegbare Armee. Kein Schwert kann sie verletzen, kein Zauber ihnen etwas anhaben.«

»Aber …« Marrills Protest blieb ihr im Halse stecken, als der Spieler der Schwingen die Treppe erreicht hatte und die Stufen hinaufschnellte. Am oberen Ende wurde er von einer dreibeinigen Steinstatue mit einer dreischneidigen Sense erwartet. Doch der Junge zögerte keinen Augenblick. Ganz mühelos sprang er auf den Rücken der Statue und über sie hinweg. Dann machte er einen Salto in der Luft und kam direkt auf Fin und Marrill zugeflogen.

Geschmeidig rollte er sich ab und kam mit elegantem Schwung vor Fin auf die Füße.

Fin hielt den Atem an.

Weil er in einen Spiegel blickte.

Diesen Jungen, das wusste Fin, hatte er schon einmal gesehen, und zwar in der Überallkarte. Dort hatte er gleich neben seiner Mutter gestanden. Aber jetzt, Auge in Auge, war die Ähnlichkeit noch verblüffender. Dieser Junge sah ihm nicht nur *ähnlich*, nein, er sah *genauso* aus wie Fin. Wenn sie also Brüder waren, dann waren sie Zwillingsbrüder.

Natürlich gab es auch Unterschiede. Fins Haare waren struppiger, sein Gesicht schmutziger, sein Körperbau ein klein wenig drahtiger. Und auch ihre Körperhaltung war unterschiedlich. Wenn Fin eine Straßenkatze war, einerseits ein Aufschneider und andererseits jederzeit bereit, die Flucht anzutreten, war dieser *andere* Fin ein schlanker, junger Kater, der Anmut und Kraft zugleich verströmte, und zwar ohne demonstrative Gesten. So was hatte er gar nicht nötig.

Der Junge betrachtete Fin von Kopf bis Fuß. »Mein Schemen. Wir haben echt lange nach dir gesucht.«

»W-w-wer …?« Fin brach die Stimme. »Wer bist du?«

»Und um ein wenig präziser zu sein«, sagte Marrill und trat einen Schritt nach vorne. »Warum siehst du genauso aus wie Fin?«

»Ich bin Vell.« Der Junge reckte das Kinn ein wenig höher. »Deine Schwinge.« Ohne Marrill zu beachten, wandte er sich direkt an Fin. »Und ich sehe keineswegs so aus wie du. *Du* siehst so aus wie *ich*. Weil du nämlich *ich* bist und sonst gar nichts.«

Fin runzelte die Stirn. »Was?«

»Die Schwingen sind Stärke, Macht, Entschlossenheit«, sagte der Junge. Ein verächtlicher Ausdruck huschte über sein Gesicht. »Nach unserer Geburt trennen wir uns von all unseren Schwächen, so dass nur unser wahres Ich übrigbleibt. Und dann nehmen diese Schwächen dieselbe Gestalt an wie das Ding, das ihnen zuvor Sinn und Bedeutung gegeben hat.«

Er zeigte mit dem Finger auf Fin. »Du bist das, was abgetrennt wurde. Du bist mein Schemen. Ich bin dein *wahres* Du. Der Teil, an den man sich erinnert. Den man bemerkt. Der Aufmerksamkeit verlangt. Du huschst einfach nur vorbei, aus den Augen, aus dem Sinn, weil du nämlich in Wirklichkeit *gar niemand* bist.«

Seine Worte trafen Fin wie ein Keulenhieb. Er blickte Fig an, in der Hoffnung, dass sie ihm sagen würde, es sei alles nur ein übler Scherz. Doch sie nickte nur betrübt.

Es war die Wahrheit.

Ein Stein schien sich in Fins Brustkorb zu bilden, schien größer und größer zu werden, während seine Beine immer schwächer wurden. Er war tatsächlich ein Niemand. Buchstäblich gar nichts. Schlimmer noch, er war nur das Schlechte: die Knorpel und das Fett, das wertlose Zeug eben, das der Schlachter nach getaner Arbeit den Hunden zuwirft. Ihm wurde speiübel und schwindelig.

Marrill stemmte die Fäuste in die Hüften. »Niemand darf so etwas zu meinem Freund sagen!«, rief sie. »Fin ist sehr wohl jemand! Er ist ein Mensch aus Fleisch und Blut. Und ich kann mich jedenfalls an ihn erinnern.« Karni, der zu ihren Füßen saß, fauchte zustimmend.

Vell zuckte mit den Schultern. »Das kommt gelegentlich vor, bei Leuten, die sich besonders zu der Schwäche der Schemen hingezogen fühlen. Die eine Schwäche für die Schwäche haben, könnte man sagen.«

Marrill hob den Finger und setzte zu einer Antwort an. »Ich … war das eine Beleidigung oder ein Kompliment?«

Der Junge winkte nur verächtlich ab. »Ich habe nur eine Tatsache festgestellt. Aber du zeigst Nachsicht mit seiner Schwäche, obwohl es sich eigentlich gehört, sie *auszunutzen*.«

»Man soll andere Leute aber nicht *ausnutzen*«, zischte Marrill ihn an.

Vells Grinsen bekam einen gemeinen, brutalen Zug. »Schemen sind keine Leute.«

Marrill hielt die Luft an und wurde knallrot vor Wut. Doch noch bevor sie etwas sagen konnte, meldete sich Fig mit leisem Räuspern zu Wort.

»Du bist dran, Fin«, sagte sie leise.

Vell drehte sich zu ihr um. »Jetzt nennst du ihn also Fin? Als ob Schemen einen Namen verdient hätten …« Er schnaubte, als sei allein der Gedanke daran lächerlich.

Fig krümmte sich augenblicklich zusammen und ließ die Schultern sacken. Dabei murmelte sie eine leise

Entschuldigung und senkte den Blick. Von ihrem vorlaut gereckten Kinn, ihrem selbstbewussten Grinsen, der ununterbrochen gehobenen Augenbraue war nichts mehr zu sehen. Im Angesicht von Vells Zorn hatte sie sich in eine vollkommen andere Person verwandelt.

In eine Person, die nicht glaubte, dass sie etwas wert war. Fin kannte dieses Gefühl sehr gut – schließlich hatte er sich den größten Teil seines Lebens genauso gefühlt.

»Vell!«, rief die Speerspitze jetzt. »Hör auf herumzualbern und bring das Spiel zu Ende. Der Salz-und-Sandkönig wartet!«

Vell nickte kühl. Dann drehte er sich um und bedachte Fig mit einer abfälligen Handbewegung. »Bei diesem Spiel bist du eine von denen, Schwester Schemen. Also los, beeil dich und sieh zu, dass du nicht stirbst dabei.« Er machte auf dem Absatz kehrt. »Es würde deinem wahren Ich große Schmerzen bereiten, wenn es dich ein zweites Mal entfernen müsste.«

Mit diesen Worten jagte er über das Spielbrett zu seinen beiden Mitspielern zurück, die bereits dabei waren, zur nächsten Ebene vorzudringen. Fins Team hatte die Führung verloren.

»Ritter, los!«, hörte er Ardent aus der Ferne rufen. Während alles das, was er soeben erfahren hatte, in seinem Magen Purzelbäume schlug, blickte Fin zu Fig und Marrill hinüber. Was sollte er jetzt machen? Marrill drückte Karni an ihre Brust und erwiderte seinen Blick, wobei sie besorgt auf ihrer Unterlippe herumkaute. Fig starrte nach wie vor zu Boden.

Und dann, mit einem Mal, beschloss Fin, dass es keine Rolle spielte. Mit einem Mal merkte er, dass – ganz gleichgültig, welche Gefühle ihn gerade bedrängten oder welche Gedanken ihm durch den Kopf gingen – er sich damit im Moment nicht beschäftigen musste. Er konnte sie einfach beiseiteschieben und sich auf das Spiel konzentrieren.

Dann zwang er sich zu einem Lächeln. »Ihr seht aber nicht so aus, als hättet ihr Spaß.«

Marrill wollte gerade protestieren, da legte er ihr die eine und Fig die andere Hand auf die Schulter und zog die beiden an sich, so dass sie einen dichten Kreis bildeten. Marrill begrüßte das unbekannte Mädchen leise und nannte ihr ihren Namen.

»Also, wir sind Kinder«, sagte Fin. »Das heißt, wir sollten uns auch wie Kinder benehmen. Wisst ihr, was mir wichtiger ist als alles andere? Mit meinen beiden Freundinnen ein Spiel zu spielen und dabei jede Menge Spaß zu haben. Also, wer macht mit?«

Es dauerte einen Moment, bis die Mienen der beiden Mädchen sich entspannten, doch dann zeigte sich ein leises Lächeln auf Marrills Gesicht. »Geht klar«, sagte sie. »Mal sehen, ob du mithalten kannst!«

Und mit diesen Worten sauste sie im Zickzack über den Ring und warf Karni hoch in die Luft. Er landete auf den Pfoten, schoss über die freie Fläche und ließ sich dann gemütlich auf einem Feld nieder. Es löste sich nach oben schwebend aus dem Spielbrett. Darunter waren lange Seile befestigt.

»Jetzt ist Schaukeln angesagt!«, rief Fin. »Ihr kriegt mich nicht!«

Im Lauf der folgenden zwanzig Minuten lachten, riefen, spielten und tobten sie über die Spielfläche des Großen Spiels. Fin stellte sich einem riesigen, böse dreinschauenden Ritter in den Weg. Er duckte sich, wich aus, reckte die Hand nach oben und kniff ihn in die Nasenspitze. Marrill klatschte in die Hände, als Karnelius eine Rutschbahn entdeckte, und dann stürzten sie sich in die enge Röhre. Laut lachend sausten sie in engen Kreisen bergab und manchmal auch bergauf.

Endlich landeten sie auf der vorletzten Ebene. Nur noch das Schloss thronte hoch über ihnen. Sie befanden sich in einem Wald voller mächtiger Bäume, deren Blätter in allen Regenbogenfarben schillerten. Karni sprang in die Zweige und ließ süße Früchte auf Marrill herabregnen, während sie im Zickzack durch das Zuckerwatte-Unterholz sauste.

Fin blieb einen Moment stehen, um ein wenig mit einem Zuckerwatte-Seidenkäfer zu plaudern, doch dann rief Fig: »Ich hab's geschaaaaaafft!«, weil sie nämlich kichernd inmitten des Waldes an der Seitenwand des Schlosses hing.

Sie hatte tatsächlich das Ziel erreicht!

Marrill stemmte die Hände in die Seiten. »Kann ja

wohl nicht wahr sein!«, sagte sie mit gespielter Empörung. »Na, warte!« Sie klemmte sich Karni unter den Arm, und schon einen Zickzackschritt später schwebte eine Glasfliese in die Luft und brachte sie direkt zu Fig.

Fin lief unterdessen geradeaus, so dass der lange Strich des L ihn bis an den Rand der Ebene brachte. Aber alleine kam er nicht ins nächste Level – er musste warten, bis Fig oder Marrill wieder an der Reihe waren.

Fin ließ den Blick über die Kluft in der Mitte der Ebene hinwegschweifen. Auf der anderen Seite arbeiteten Vell und seine Kameraden sich mit verkniffenen Gesichtern durch ihren Teil des Waldes. Für sie bestand er aus lauter Fallen und Gegnern. Sie waren zwar unbesiegbar, aber weil sie sich ihren Weg mit Gewalt bahnen wollten, blieben sie immer wieder hängen und wurden aufgehalten.

Die Schwingen nahmen das Spiel zu ernst, das wurde Fin in diesem Moment klar, und sie wurden dafür bestraft. Trotzdem würden sie mit dem nächsten Zug das Schloss erreichen. Falls Fin es jetzt nicht schaffte, dann war das Spiel verloren.

Er holte einmal tief Luft. »Macht euch bereit!«, rief er Marrill und Fig zu.

Mit seinem letzten Zug, in der Ecke des L, sprang er senkrecht in die Luft. Fig reckte und streckte sich, so sehr sie nur konnte, aber sie hatte sich verschätzt und kam ein kleines bisschen zu spät. Daraufhin zerrte Fin an den Schnüren seiner Himmelssegel. Er spürte, wie sie sich aufblähten und ihn trugen. Gerade so lange, bis Fig ihn doch noch erreicht hatte.

Bei der ersten Berührung ihrer Fingerspitzen kam ein kräftiger Wind auf und trug ihn bis über die Mauer, so dass er am Fuß von Margahams Schloss landete.

Marrill schloss ihn fest in ihre Arme. »Wir haben es geschafft! Wir haben es tatsächlich geschafft!«, rief sie und hüpfte vor Freude auf und ab. »Weißt du, was das bedeutet? Es bedeutet, dass die Wunschkugel in Sicherheit ist!«

»Ich kann es einfach nicht glauben«, sagte Fig mit staunender Miene. »Wir haben gewonnen. Gegen die Schwingen. Aber wir können nicht gegen die Schwingen gewinnen. Die Schwingen sind unbesiegbar!«

Da zeigte sich ein breites Grinsen auf Fins Gesicht. »Tja, es sieht aber wirklich nicht danach aus!« Er blickte nach unten, wo die Schwingen mit weitaufgerissenen Augen und offenen Mündern stehen geblieben waren. Anscheinend konnten sie das, was gerade geschehen war, genauso wenig glauben wie Fig.

Und er musste zugeben: Der Gewinner zu sein war ein gutes Gefühl.

In diesem Moment dröhnte Margahams Stimme durch die Luft und ließ das ganze, schöne Gefühl in tausend Einzelteile zerspringen.

»Das Spiel ist zu Ende. IHR HABT VERLOREN!«

Kapitel 9

Niemand hat behauptet, dass es ein faires Spiel ist

Ein eiserner Ring legte sich um Marrills Brust. Sie hatten verloren? Wieso denn das? Sie stapfte auf das Schloss zu und stieß die Tür auf. »Aber wir waren zuerst hier!«

Margaham erwartete sie in einer kleinen Kammer. Im Licht der gleißenden Sonne, das von draußen hereinfiel, war er nur als dunkler Schatten zu erkennen. Neben ihm stand ein Pult, und darauf lagen drei weiße Briefumschläge. »Inzwischen gelten andere Regeln. Jetzt gewinnt der Verteidiger, sobald das Team von Spieler Eins das Schloss erreicht.«

»Aber genau das war doch unsere Aufgabe«, protestierte Marrill.

»Die Bedingungen haben sich geändert.« Die Stimme des Zauberers hallte durch die Messingröhren, die sich an der Decke entlangzogen.

Marrill konnte nicht glauben, was sie da hörte. »Was?

Das ist Betrug! Woher hätten wir das wissen sollen? Das ist unfair!«

»Niemand hat behauptet, dass mein Spiel fair ist.«

Sie wollte gerade etwas erwidern, da zupfte Fin sie am Ärmel. »Schau mal«, sagte er leise und zeigte auf die Stelle, wo die Röhren mit Margahams Stimme sich vereinigten. Direkt daneben stand ein Hocker.

Aber es war nicht Margaham, der da auf dem Hocker saß und in die Röhren sprach. Es war ein braungelber Frosch.

Marrills Augen wurden groß. »Ein Sprechfrosch«, flüsterte sie. Sprechfrösche waren die Kassettenrekorder des Piratenstroms. Sie zeichneten Nachrichten auf und gaben sie in genau derselben Stimme wieder, in der sie sie erhalten hatten.

Marrills Ärger verflüchtigte sich und wandelte sich in Unsicherheit, während der Frosch erneut das Maul öffnete und Margahams Stimme ertönte: »So, das ist alles. Das sollte ich doch sagen. Gratulation, du hast das Spiel manipuliert.«

Sie drehte sich zu Margaham um, der immer noch in den tiefen Schatten neben dem Fenster stand. Ihr Herz schlug Purzelbäume, während sie näher trat, nahe genug, um auch die scharfen Kanten zu erkennen. Nahe genug, um zu wissen, dass die Dunkelheit, die ihn umgab, nicht nur von den Schatten kam. Nahe genug, um zu erkennen, dass der Mann, der da vor ihr stand, nicht aus Fleisch und Blut war. Zumindest *nicht mehr*.

Der Unausweichliche Margaham war zu Eisen geworden. Genau wie Forthorn Forlorn in der Aschpassage war er an Ort und Stelle erstarrt, als sei er von der Eisernen Flut überrollt worden.

Und genau das würde mit dem gesamten Piratenstrom passieren, wenn es nach dem Willen des Kapitäns des Eisernen Schiffes ging.

»So ein Mist«, flüsterte Fin neben ihr.

Der Frosch redete immer weiter. »Außerdem glaube ich kaum, dass sie das haben, was du willst. Bin ich jetzt fertig? Was hast du ... Moment mal, was machst du denn da? Was geschieht mit mir? Meine Beine fühlen sich so kalt an. Ich kann mich nicht bewegen. Waaart ...«

Margahams Stimme hing noch lange in der Luft. Der Frosch quakte noch ein letztes Mal und gähnte.

Das Große Spiel von Margaham war zu Ende.

Marrill sackte das Herz bis in die Kniekehlen. »Aber gegen wen haben wir denn gespielt, wenn nicht gegen Margaham?«, krächzte sie. »Wer hat gewonnen?«

Noch während sie diese Worte hervorstieß, wusste sie Bescheid. Sie brauchte den Schatten, der zur Tür hereinfiel, nicht zu sehen, genauso wenig wie das ausdruckslose Gesicht, das schwarze Eisen, den dichten Bart und die blauen Augen, die das einzige Anzeichen für Menschlichkeit waren. Metallene Finger schnitten durch die Luft, als der Kapitän des Eisernen Schiffes die Faust ballte und wieder öffnete.

Marrills Eingeweide gefroren zu Eis. Trotz allem, was

sie bereits gesehen hatten, einschließlich der zu Eisen erstarrten Gestalt Margahams, hatte sie beinahe nicht geglaubt, dass es wirklich wahr sein konnte. Schließlich hatten sie den Kapitän in Monerva mit den Strahlen der Verlorenen Sonne von Dzannin verbrannt. Er war in das Becken voller Stromwasser gefallen, das sich unter der Wunschmaschine gesammelt hatte. Er hätte doch eigentlich tot sein müssen.

Und doch stand er jetzt vor ihnen, kalt und grausam.

Draußen jagten rote Blitze über den urplötzlich schwarzen Himmel. Der Kapitän streckte seinen scharfkantigen Finger aus und deutete auf das Stehpult mit den drei blütenweißen Briefumschlägen der drei Spieler.

Der Ring um Marrills Brustkorb zog sich noch weiter zusammen. Sie griff nach dem Umschlag mit der Aufschrift *Verteidiger*, schob den Daumen unter die Lasche und holte die Karte heraus.

Ihre Augen wurden groß, und sämtliches Blut wich aus ihren Wangen. Das war ja noch schlimmer, als sie gedacht hatte. »Oh, nein«, flüsterte sie.

»Was denn?«, wollte Fin wissen. »Um was hat der Kapitän gespielt?«

Sie drehte die Karte um, so dass die anderen sie lesen konnten. »Die Überallkarte«, sagte sie mit brechender Stimme. »Zusammen mit dem Schlüssel.«

Kaum hatte sie diese Worte ausgesprochen, gab es einen lauten Knall, dann waren die beiden anderen Umschläge vom Ständer verschwunden. Stattdessen lagen dort jetzt eine Pergamentrolle und eine Kristallsonne.

Die Überallkarte mitsamt dem Schlüssel.

Eine furchtbare Angst ergriff von ihr Besitz. In Monerva hatte der Kapitän sich als Serths Leutnant zu erkennen gegeben. Und das hieß, dass er höchstwahrscheinlich hierhergekommen war, um Serths Vorhaben zu Ende zu bringen und den Piratenstrom zu zerstören. Aber das bedeutete …

»Er will das Tor öffnen!«, rief sie. Ohne nachzudenken, machte sie einen großen Satz auf das Stehpult zu. Vielleicht bekam sie die Karte und den Schlüssel ja vor dem Kapitän in die Finger. Aber es war, als ob die Gegenstände von einer Art Kraftfeld umgeben waren. Sie spürte jedenfalls so etwas wie einen heißen Stromschlag, und sie wurde zurückgeworfen.

Der Kapitän sah sie an. Seine eiserne Maske war eine ausdruckslose Wand, ohne jedes Mitleid, und seine eisblauen Augen, die sie durch den schmalen Schlitz hindurch anstarrten, waren genauso kalt wie das umgebende Metall.

Jeder Muskel in ihrem Körper zitterte. »Wer bist du?«, flüsterte sie.

Aber er blieb stumm, wie immer. Dann hob er die Hand und richtete sie auf den Eingang, um einen Energiestoß abzuwehren, der auf ihn gerichtet war.

»Du bist gut, das muss ich immerhin zugeben«, sagte Ardent. Der Tauknochenmann löste die Leinen um seine

Fußknöchel und zog sich zurück. »Ich dachte schon, ich könnte dich überrumpeln.« Fast beiläufig schlenderte er herein, während Flammen um seine Knöchel züngelten. »Du kannst die Maske jetzt abnehmen, Margaham. Ich muss gestehen, es überrascht mich, dass du der Kapitän bist, aber deine Entdeckung war letztendlich unausweichlich. Du hast im Lauf des vergangenen Jahrhunderts offensichtlich fleißig geübt, sonst hättest du gegen mich überhaupt keine Chance.«

Marrill räusperte sich. »Ähm, Ardent?« Sie zeigte auf die Metallstatue in der Ecke. Er sah seinen in Eisen gehüllten Freund an, und ein bedauernder Ausdruck schlich sich auf seine Miene. Dann seufzte er.

Er wandte sich zurück zum Kapitän. »Aha. Also doch nicht Margaham. Na ja, das erklärt zumindest deine Fähigkeiten.« Er musterte sein Gegenüber mit zusammengekniffenen Augen. »Wie du willst, dann behalte dein Geheimnis für dich. Wir kommen dem Kern der Sache immer näher, nicht wahr? Serth, Annalessa, Forthorn, Calixto und jetzt Margaham ... sie alle können wir streichen. Bleiben also nur noch zwei Zauberer von Meres übrig.«

Marrills Blick huschte ununterbrochen zwischen den beiden hin und her. Langsam umkreisten sie einander. In jedem Augenblick würde es zu einem Duell der Zauberer kommen, und sie war sich sicher, dass dieses kleine Schloss hier der Wucht der Zerstörung keinesfalls gewachsen sein würde.

»Tanea Hohlgeblüt?«, mutmaßte Ardent. Er betrachtete sein Gegenüber nachdenklich. »Ich muss gestehen, dass du nicht besonders fraulich gebaut bist. Andererseits jedoch … Tanea hatte in der Tat einen wundervollen Bart.«

Er schnipste mit den Fingern. »Alexter Strate! Natürlich!« Der Kapitän blieb stehen und Ardent ebenfalls, mit einem zufriedenen Lächeln im Gesicht. Sie hatten beide einen Halbkreis beschrieben, so dass Ardent jetzt näher bei der Überallkarte war als der Kapitän. »Ich hätte es wissen müssen. Du warst schon immer der Drittmächtigste, nach mir und Serth natürlich. Und eng mit Annalessa verbunden.« Listig blickte er den Kapitän an. »Wie geht dieser Reim gleich noch mal?«

Wie aus dem Nichts ertönte jetzt erneut Margahams Stimme aus dem Maul des Sprechfroschs in der Ecke.

Die Acht, die Verfluchten, die das Schicksal versuchten.
Als Erster kam Serth, und der Rest kam zu spät.
Ardent, der Kalte, der Held, stets bereit,
Er einte den Strom mit Alexter Strate
Calixto, Margaham, Tanea, die drei eifrigen Zecher
füllen Forthorns Becken und Annalessas Becher.

Marrill schüttelte den Kopf. *Ardent, der Kalte?* Genau so hatte doch auch Margaham – beziehungsweise sein Frosch – Ardent vor Beginn des Spiels genannt. Sie kannten ihn wohl nicht besonders gut. *Kalt* war jedenfalls so ungefähr das letzte Wort, mit dem sie ihn beschreiben würde.

Da, plötzlich, sprang der Kapitän mit einem gewaltigen Satz auf Ardent zu. Dieser wich jedoch mühelos aus und erwiderte den Angriff mit einem Energiestoß. Der Kapitän kam ins Straucheln, aber er hatte es gar nicht auf Ardent abgesehen, sondern vielmehr auf das junge Mädchen, das gerade nach der Überallkarte greifen wollte.

Der Kapitän wischte sie mit dem Arm beiseite, und sie flog durch die Luft und landete an der Wand. »Fig!«, rief Fin. Doch noch bevor er etwas unternehmen konnte, bevor Marrill ihn noch fragen konnte, woher er dieses Mädchen eigentlich kannte, bevor irgendjemand den Kapitän aufhalten konnte, hatte dieser sich die Überallkarte und den Schlüssel vom Pult geschnappt.

Er hielt sie in seinen behandschuhten Händen und reckte sie in die Luft.

»Nein!«, kreischte Marrill.

»Alexter, Tanea, wer immer du bist, sei doch vernünftig!«, flehte Ardent. »Du darfst das Tor auf keinen Fall öffnen!«

Doch der Kapitän zögerte nicht eine Sekunde länger. Er führte den Schlüssel über die Karte. Magie schwirrte knisternd durch das kleine Zimmer.

Die Härchen in Marrills Nacken richteten sich senkrecht auf. Draußen vor dem Fenster ballten sich dunkle Wolken und verdüsterten den Himmel. Rote Blitze zischten darin umher wie die Lichtbögen einer riesigen Teslaspule. Es war die Energie vom Ende der Welt.

Es war zu spät. Sie hatten versagt.

Nach allem, was sie durchgemacht hatten.

Nachdem sie Serth so oft besiegt hatten.

Alles das spielte keine Rolle mehr.

Der Kapitän hatte gewonnen.

Serth hatte gewonnen.

Während unentwegt rote Blitze um sie herum zuckten, breitete sich der durchdringende Geschmack nach Eisen in Marrills Mund aus. Der Kapitän berührte mit dem Schlüssel die Überallkarte.

Und dann erhob sich die Verlorene Sonne von Dzannin.

Kapitel 10

Mit mir habt ihr nicht gerechnet

Als der Kapitän des Eisernen Schiffes mit dem Schlüssel die Überallkarte berührte, hatte Fin das Gefühl, als würde ihm jemand mit einer Rasierklinge den Bauch aufschlitzen. Die Augen des Kapitäns hinter der eisernen Platte drückten regungslose, erbarmungslose Entschlossenheit aus.

»Sofort aufhören!«, dröhnte Ardents Stimme. Laute Schmerzensschreie erfüllten die Luft, als er einen magischen Sturm heraufbeschwor. Feuer, Blitze, dunkle Energien, für die Fin nicht einmal einen Namen hatte, jagten durch das Zimmer. Aber nichts davon konnte den Kapitän aufhalten oder stoppen.

Und dann erkannte Fin, dass die Schreie gar nicht aus Ardents Fingerspitzen kamen, sondern einen anderen Ursprung hatten. Sie wurden immer lauter, schmerzten ihn fast in den Ohren. Die Überallkarte zuckte und wand sich hierhin und dorthin, während der Kapitän ihr den Schlüssel aufdrückte. Sie öffnete sich, faltete sich wieder zusammen, streckte sich, wurde breiter, länger, bis sie die Gestalt einer Tür angenommen hatte, und der Schlüssel saß als Knauf genau in der Mitte.

Tinte rann über die Vorderseite und formte sich zu Käfigstangen. Dahinter sah Fin die dunklen, skizzenartigen Umrisse einer Gestalt sowie einen Vogel, der wie verrückt mit den Flügeln schlug.

Die Karte war zwar immer noch flach und zweidimensional, aber die Gestalt streckte trotzdem eine Hand zwischen den Stangen hindurch. Die Pergamentrolle bebte und bog sich in alle Richtungen. Die Luft zischte und schien zu brennen. Lange, skizzenhafte Finger brachen daraus hervor und packten den Knauf, zerrten daran.

Begleitet von einem ohrenbetäubenden Dröhnen, das die Luft erbeben ließ, brach das Tor zur Verlorenen Sonne von Dzannin auf. Fin wurde von einer Druckwelle nach hinten geschleudert. Gleißendes Licht drang zur Türöffnung herein. Die Zeit schien sich zu verlangsamen, während das Licht immer heller und heißer wurde. Fin hatte keine andere Wahl, er musste die Augen schließen.

Als er sie wieder aufschlug, sah er einen Schatten vor dem blendenden Schein stehen. Eine kalte Hand griff an sein Herz.

Marrill, die neben ihm stand, verkrampfte sich. »Serth«, presste sie hervor.

»W … was ist denn jetzt los?« Fins Stimme zitterte.

Die Gestalt trat einen Schritt nach vorne, während der grelle Glanz immer weiter pulsierte und mit ihr zu verschmelzen schien. Ihr Mantel nahm Farbe an und leuchtete silbern, während die weißen Strahlenkränze zu Schwarzen Löchern wurden, die alles Licht zu verschlingen schienen. Ihr Gesicht war glatt wie poliertes Alabaster, durchzogen von scharfen schwarzen Furchen, die einst die Spuren ihrer Tränen gewesen waren.

Jetzt streckte die glänzende Gestalt die Arme aus, voller Anmut, als wollte sie ihnen etwas schenken. Irgendwie schien sie mehr zu sein als nur eine Energiequelle. Sie *war* die reine Energie. Als würde der Boden unter ihren Füßen vibrieren, als würde sie die Atome des Steins zu schnelleren, kräftigeren Schwingungen veranlassen.

»Ich bin auferstanden«, sagte Serth mit einer Stimme, die nicht im Entferntesten nach seiner eigenen klang. Bei jeder bisherigen Begegnung hatte ihnen das meressianische Orakel gebeugt und mit brechender, bebender Stimme gegenübergestanden. Aber jetzt klang sie fest, gebieterisch und selbstbewusst.

Ein heiseres Krächzen schrillte durch das Zimmer und übertönte das energiegeladene Summen. Ein gefiedertes Knäuel befreite sich aus seinem Gefängnis, stürmte mit wild schlagenden Tintenfedern an Serths schimmernder Gestalt vorbei und schwebte mit hektischen Bewegungen durch die enge Kammer.

»Rose?«, stieß Fin atemlos hervor, als sie an ihm vorbeiflatterte. Die Kompassrose der Überallkarte schwebte jetzt dicht unter der Decke entlang. Serth drehte langsam den Kopf und beobachtete sie. Dann hob er die Hand. Ein kalter Lichtstrahl durchschnitt die Luft und hinterließ einen klaffenden Riss in der Schlossmauer.

»Rose!«, rief Marrill mit schriller Stimme. Der Vogel schlug ein paar gekonnte Haken und entging dem sicheren Tod, der ihr aber nach wie vor auf den Fersen war. Sie sauste einmal im Kreis durch das ganze Zimmer, stieß einen lauten Schrei aus und tauchte ab.

Dann jagte der Vogel an Fin vorbei, der vor Schreck rückwärtstaumelte, und hielt direkt auf den Ausgang zu. Fig sprang beiseite. Ardent duckte sich. Rose erreichte die Türöffnung. Jetzt hatte sie freie Bahn.

Doch im selben Augenblick versperrte der Kapitän ihr den Weg und ließ den eisernen Käfig in seiner Hand zuschnappen. Rose schlug kreischend und krächzend mit den Flügeln gegen die Streben. Der Kapitän hob den Käfig hoch und betrachtete Rose mit seiner ausdruckslosen, eisernen Maske. Dann drehte er sich um und ging weg.

Fin wirbelte herum und sah Ardent an. Der Zauberer würde doch bestimmt etwas unternehmen! Doch Ardent schien jegliches Interesse an dem Kapitän verloren zu haben. Stattdessen starrte er die Gestalt in der Türöffnung an. »Serth!«, rief er und trat auf den Mann im silbernen Mantel zu. Er hob die Hände, zum Zeichen für seine friedlichen Absichten. »Ich bin's. Ardent. Dein Freund. Bitte, komm zur Vernunft. Es ist noch nicht zu spät.«

Das leuchtende Orakel machte einen Schritt auf ihn zu. Das Licht in seinem Rücken erstarb. Die Überallkarte wurde wieder zu Tinte und Pergament und fiel unbeschriftet zu Boden. Jetzt ging alles Licht nur noch von Serth aus.

»Es ist vollbracht.« Die Stimme des Orakels klang ruhig, aber sehr kräftig. Fin spürte, wie sie seine Zähne klappern ließ und ihn bis in die Tiefen seiner Seele erschütterte. **»Ich habe mir ein neues Gefäß genommen. Ich bin wiederauferstanden.«**

Ardent hielt inne, dann stieß er einen langen Seufzer aus. Seine Schultern sanken kraftlos nach vorne. Noch nie zuvor hatte er so gebrechlich ausgesehen.

»Du bist nicht Serth«, flüsterte er.

Das Ding, das Serths Körper in Beschlag genommen hatte, würdigte ihn kaum eines Blickes. Sein Gesicht war vollkommen regungslos, wie eine Maske, ohne jede Spur von Trauer oder Freude, ohne jedes Mitgefühl oder irgendeine andere menschliche Regung. Es war, als würde man direkt in das grausame Licht der Sonne blicken, grell und herzlos und nackt.

»Ich bin das letzte Kind der ersten Zauberer. Sie haben mir Leben und Gestalt geschenkt«, sagte er. **»Ich bin das Ende der Möglichkeiten und die Möglichkeit des Endes.**

Ich bin der Gefangene der Überallkarte, die grässliche Wahrheit, die zu verbergen der Strom geschaffen wurde.«

Fin schluckte. Er musste daran denken, was Ardent ihnen über den Ursprung der meressianischen Prophezeiung erzählt hatte. In den Tagen vor der Erschaffung des Piratenstroms, als alles noch unverfälschte Möglichkeit war, hatten die Dzane nach Belieben neue Welten erschaffen. Alles war damals machbar gewesen, selbst das Ende aller Möglichkeiten.

Hunderttausend Sterne warfen ihr Licht auf hunderttausend verschiedene Schöpfungen. Aber nur ein Stern warf sein Licht auf die Zerstörung.

Dieser Stern war in der Überallkarte gefangen gewesen, gefesselt durch die grenzenlose Kraft des Piratenstroms. Aber jetzt hatte sie sich befreit und war einmal mehr aufgegangen.

»Du bist die Verlorene Sonne von Dzannin«, stieß Ardent atemlos hervor.

Fin machte die Augen zu. War das tatsächlich möglich? Konnte der Mann, der einst Serth gewesen war, zur Verlorenen Sonne geworden sein?

»Dies ist der Name, den die ersten Zauberer mir gegeben haben, denn ich bin das Kind, das sie missraten nannten«, sagte Serths Körper. Erste Risse taten sich in den Steinen unter seinen Füßen auf.

Ardent verzog grimmig das Gesicht. Er hatte zumindest einen Teil seiner vertrauten Widerspenstigkeit wiedererlangt. »Nenn dich, wie du willst. Sei ein Mann oder ein Stern oder von mir aus auch beides, das ist mir egal. Aber ich werde nicht zulassen, dass du den Strom zerstörst.«

Die Verlorene Sonne neigte den Kopf zur Seite und musterte den Mann, der vor langer Zeit einmal Serths bester Freund gewesen war, von oben bis unten. In seinem Blick lagen kein Mitgefühl, keinerlei Hinweis auf das Band, das sie einst verbunden hatte. **»Du hast in dieser Angelegenheit nichts zu sagen.«**

Dann breitete er die Arme aus. Die Energie in seinem Inneren beulte ihn aus und verformte ihn. Für einen Moment sah es so aus, als könnte seine menschliche Gestalt dieser enormen Kraft nicht standhalten. In seiner Haut brachen winzige Risse auf und gaben den Blick auf das darunterliegende, gleißende Licht frei.

Er hob die Hände höher. **»Das Ende ist herbeigekommen.«**

»Serth!« Mit einem Schrei sprang Ardent auf ihn zu.

Aber es war zu spät. Die Kreatur, die einstmals Serth gewesen war, ließ die Hände sinken. Der Boden unter seinen Füßen bäumte sich auf. Fin taumelte rückwärts und zog Marrill mit sich, während der Boden des Schlosses unter ihren Füßen nachgab.

Obwohl ... irgendwie fühlte sich das seltsam an. Fin war in einer Stadt voller Bretterbuden an den steilen Hängen des Khaznot Mountain groß geworden. Er hatte schon eine Menge Häuser einstürzen sehen. Normalerweise fielen sie einfach in sich zusammen und bildeten anschließend einen Trümmerhaufen.

Doch bei Margahams Schloss war das anders. Der Fußboden sackte nicht nach unten weg, nein, er löste sich einfach in Luft auf. Das ganze Schloss hörte auf zu existieren. Und darunter war gar nichts, nur eine riesige, gähnende Schlucht.

Wobei … auch diese Beschreibung war nicht ganz zutreffend. Eine Schlucht hatte ja einen Boden. Sie hatte Wände. Aber davon war hier weit und breit nichts zu sehen. Das hier hatte gar nichts.

Es *war* gar nichts.

Sie sahen, wie das Nichts immer größer und größer wurde und alles andere verschlang.

Ardent blieb tapfer stehen und streckte die Hände aus, so dass seine Handflächen auf das Nichts gerichtet waren. Das Gesicht zu einer angespannten Grimasse verzerrt, so verströmte er eine gewaltige Energie. »Der Strom ist unendlich!«, rief er seinem früheren Freund zu. »Du kannst ihn niemals komplett zerstören!«

Gemächlich kam die Verlorene Sonne auf ihn zu, und mit jedem Schritt fiel die Welt noch mehr auseinander. »**Ich bin nicht Hoffnung. Ich bin Gewissheit. Mag sein, dass der Fluss, den ich beschreite, endlos ist, doch ich kenne seinen Ursprung. Die reinen Quellwasser des Stroms rufen mich zu sich. Meine Essenz wird sich in sie ergießen und alle Möglichkeiten gleichzeitig berühren.**

Und wenn das geschieht, dann wird alle Verwirrung ein Ende finden. Die Möglichkeiten werden aufhören zu existieren. Alle. Für immer.«

Ardent schüttelte aufgebracht den Kopf. »Wir müssen nicht das sein, was man uns sagt«, erwiderte er mit lauter Stimme. »Du hast die Wahl. Du kannst die Zerstörung aufhalten. Deine Prophezeiung ist nur eine Möglichkeit in einem endlosen Meer voller anderer.«

»Du verstehst noch immer nicht«, erwiderte der leuchtende Zauberer. **»Ich bin die Erfüllung deiner Prophezeiung. Ich bin die eine Möglichkeit, die Wirklichkeit geworden ist. Ich bin das Ende jeder Wahl. Ich bin Endgültigkeit. Ich kann nicht aufhören, und nichts kann mich aufhalten.«** Dabei ging er unaufhaltsam weiter. Hinter ihm breitete das Nichts sich immer weiter aus und verschlang die ganze Welt.

»Es ist keine Bosheit«, sagte die Verlorene Sonne, während sie auf Ardent zuging. **»Es ist schlicht und einfach Notwendigkeit. Alles muss enden. Auch du hast in meinem Plan deine Rolle zu spielen.«**

Ardent blieb stehen, weigerte sich für einen Moment, Platz zu machen. Fin hielt den Atem an. Was würde als Nächstes passieren? Dann wich der alte Mann langsam zurück.

»Was sollen wir jetzt machen?«, piepste Marrill in Fins Ohr.

Fin ließ den Kopf hängen. Er hätte sie gerne angelächelt oder eine schlaue Bemerkung gemacht, um ihr ein wenig Hoffnung zu geben. Aber so, wie die Lage im Moment war, sah auch er keinen Ausweg mehr. Serth war schon alleine außerordentlich mächtig gewesen. Aber mit der Macht der Verlorenen Sonne – dadurch, dass er die Verlorene Sonne *war* – schien er vollkommen unaufhaltsam geworden zu sein. Wenn nicht einmal Ardent ihm die Stirn bieten konnte, worauf sollten sie dann noch hoffen? Dass sie die nächsten Augenblicke überlebten vielleicht, aber mehr nicht.

»Verduften?«, sagte er schließlich.

Marrill nickte heftig. »Einverstanden.« Gemeinsam rannten sie zur Tür. Fin blieb kurz noch einmal stehen, um Fig auf die Beine zu ziehen und sie vorwärtszustoßen. Marrill war bereits draußen und stürmte über das Spielbrett. Ohne zu zögern, sprang sie auf die tiefergelegene Ebene hinunter. Fig war dicht hinter ihr.

Fin sprang als Letzter ab, aber kaum hatte er die ersten Schritte auf der nächsten Ebene gemacht, da packte ihn eine Hand am Handgelenk und riss ihn zur Seite. Vell starrte ihn mit wutverzerrtem Gesicht an.

Trotz allem, was geschehen war, konnte Fin es sich nicht verkneifen, ihm die Niederlage der Schwingen noch einmal unter die Nase zu reiben. »Tut mir echt leid, dass ihr nicht bei uns auf dem Siegertreppchen gestanden habt. Ihr hättet beinahe das Ende der Welt verpasst.«

»Die Wunschkugel«, herrschte Vell ihn an. »Wo ist sie?«

Fin klopfte mit der freien Hand seine Taschen ab. »Ich fürchte, ich hab sie nicht dabei. Ausnahmsweise.«

»Vell, bring deinen Schemen mit und komm!«, rief ihre Mutter über das Rauschen und Dröhnen hinweg. »Wir segeln los!«

»Fin, beeil dich!«, rief Marrill von der anderen Seite herüber.

»Die Speerspitze ruft uns zu sich.« Vell wollte Fin mit sich ziehen. Fin blickte seine Mutter an, die im Bug stand und auf ihn wartete. So vieles an ihr kam ihm so vertraut vor, aber gleichzeitig auch gar nichts.

In diesem Augenblick überfiel ihn die Erkenntnis, und zwar so heftig, dass ihm schwindelig wurde. Diese Frau sah aus wie seine Mutter, so wie Vell aussah wie er. Weil sie zu den Schwingen gehörte. Doch die Frau aus Fins Erinnerungen war wie Fin. Ein Schemen.

Die Speerspitze war nicht Fins Mutter. Ihr *Schemen* war es.

Fin wehrte sich mit aller Macht gegen Vells Griff und riss sich los. »Nicht so hastig, Kumpel. Ist jetzt kein besonders guter Zeitpunkt für ein Familientreffen. Zumal du gar nicht zu meiner Familie gehörst!«

Er wartete Vells Reaktion nicht ab, sondern spurtete über das Spielbrett und sprang, ohne zu zögern, auf die nächste Ebene hinab.

Marrill wartete schon auf ihn und nahm ihn an der Hand. »Wir müssen verschwinden!« Dann rannten sie gemeinsam zur *Krake*.

Fin riskierte einen letzten Blick zurück. Ardent stand immer noch vor der Verlorenen Sonne und bombardierte sie mit knisternden Energiestrahlen. Doch der alte Zauberer hatte keine Chance gegen die lebendige Sonne in Menschengestalt. Sie kam immer näher, ohne ihre Schritte zu verlangsamen, und zwang Ardent letztendlich zum Rückzug in Richtung *Krake*.

Auf der anderen Seite des Spielbretts hatte Vell jetzt das Schlachtschiff der Schwingen erreicht. Er stellte sich in den Bug und starrte wütend zu Fin hinüber. »Ihr könnt die Schwingen vielleicht aufhalten!«, rief er. »Aber ihr könnt sie nicht besiegen. Niemals! Wir werden nicht ruhen, bis wir dich und die Wunschkugel wieder in unserem Besitz haben.«

Fin schüttelte den Kopf. Was wollten sie denn immer noch mit der Kugel? Jetzt, wo die Verlorene Sonne wiederauferstanden war, musste man sich um weitaus wichtigere Dinge Sorgen machen.

Als die steinerne Faust, die die *Krake* festhielt, anfing zu zittern und zu beben, erwachte das Schiff zum Leben. Fin machte sich auf eine harte Wasserlandung gefasst, während Margahams Spiel in ihrem Rücken zu nichts zerfiel.

Und die Verlorene Sonne marschierte unbeirrt weiter, als hätte der Strom nur auf sie gewartet.

Kapitel 11

Das Spiel ist aus

Während sie Margahams Spiel hinter sich ließen, stand Marrill mit dem Rest der Mannschaft im Heck der *Krake* und sah zu, wie die Verlorene Sonne ihren Weg unbeirrt fortsetzte. Am Rand des gewaltigen Spielbretts angekommen, trat sie, ohne auch nur einmal zu verharren, auf das Wasser des Piratenstroms und ging einfach weiter. Als wäre der Strom aus Asphalt.

Hinter ihr war nichts als Zerstörung, und mit jedem Schritt ging ein weiteres Stück der Welt in Trümmern auf. Obwohl, *Trümmer* war nicht das richtige Wort, dachte Marrill. Es war eher so, als würde der gesamte Strom sich ins Nichts ergießen, das die Verlorene Sonne geschaffen hatte … wie ein gewaltiger Wasserfall in die Vergessenheit.

Sie konnte zusehen, wie das Nichts sich in alle Richtungen ausbreitete und den Strom Stück für Stück verschlang. Das war das Schlimmste, was sie sich hatten vorstellen können. Genau das hatte die Mannschaft der *Unternehmungslustigen Krake* von Anfang an verhindern wollen, von dem Tag an, als sie Serth im Plapperhain zum allerersten Mal begegnet waren: die Auferstehung der Verlorenen Sonne. Die Zerstörung des magischen Stroms. Nur, dass alles noch viel schrecklicher war, als sie es sich vorgestellt hatte.

»Was wird denn jetzt aus allem?«, erkundigte sich Marrill mit zarter Stimme. Sie konnte den Blick einfach nicht von der um sich greifenden Leere abwenden.

Ardent saß hinter ihr an einem Tisch und hatte die Überallkarte vor sich ausgebreitet. Er hob nicht einmal den Blick, als er sagte: »Es ist für alle Zeiten vernichtet.«

Die Flüsterlianen, die im Heck des Schiffes hingen, wiederholten seine Worte leise, als ob selbst die Pflanzen die große Bedeutung der Situation verstanden hätten.

vernichtetfürallezeitenvernichtetallesvernichtet

Bei der Vorstellung, dass so viele Welten – so viele Möglichkeiten – einfach ausgelöscht wurden, wurde Marrill von einem unbändigen Schrecken gepackt. Wer konnte so etwas wollen? Und warum? »Aber warum sollte der Kapitän so etwas tun? Warum will er die Verlorene Sonne entfesseln und den Piratenstrom zerstören?«

Ardent erwiderte mit einem müden Achselzucken:

»Vielleicht, um zu Ende zu bringen, was Serth angefangen hat. Immerhin scheint der Kapitän so etwas wie sein Erster Offizier zu sein.«

Das war für Marrill auch kein Trost. »Können wir den Schaden irgendwie wiedergutmachen? Ich meine, nachdem wir rausgefunden haben, wie wir ihn aufhalten können.«

Ardent holte tief Luft, stieß den Atem langsam wieder aus und ließ sich ihre Frage sorgfältig durch den Kopf gehen. »Nein«, sagte er dann. »Ich fürchte, alles, was mit der Verlorenen Sonne in Berührung kommt, ist für immer verloren.«

Da ließ sich eine mürrische Stimme neben ihm vernehmen: »Ist euch eigentlich schon mal aufgefallen, dass jede Welt, die ihr besucht, danach kaputt ist oder ganz ausgelöscht wird? Ich meine ja nur. Wird wohl Zeit, dass die Leute euch von der Gästeliste streichen.«

Der Griesgram trampelte zu seinen Angelschnüren, zog an jeder einzelnen, um nachzusehen, ob er schon etwas gefangen hatte, und ließ sich dann auf seinen Stuhl sinken. Schon im nächsten Augenblick sprang Karni auf seinen Schoß, kuschelte sich in eine seiner Armbeugen und begann, zufrieden zu schnurren.

Marrill wollte gar nicht daran denken, was diese Worte zu bedeuten hatten. »Aber wir können ihn doch aufhalten, oder? Bevor er nach Meres kommt und alles zerstört?«

Dieses Mal hob Ardent den Kopf. Er ließ sich gegen seine Stuhllehne sinken. »Ich weiß nicht.«

Die Lianen nahmen seine Bemerkung auf.

weißnichtweißnichtweißnicht

Marrill flatterte mit den Augenlidern. Seit wann wusste Ardent denn keine Antwort mehr?

»Na ja, wir müssen doch bloß rauskriegen, wie wir die Verlorene Sonne wieder zurück in die Überallkarte kriegen, oder?«, sagte sie und deutete auf den Tisch mit der Karte. »Das haben die Dzane doch auch schon mal geschafft, also muss es einen Weg …«

»Und vielleicht würde es ja sogar noch einmal funktionieren, wenn die Karte nicht beschädigt wäre.« Ardent hob sie hoch, so dass Marrill das Loch in der Mitte des Pergaments sehen konnte.

Die Lianen wiederholten, was ohnehin offensichtlich war.

KartebeschädigtfunktionierenbeschädigtKarte

Marrill runzelte die Stirn und fing einen Blick von Fin auf. Er wirkte genauso verdutzt wie sie. Sie trat ein paar Schritte näher, um die Überallkarte ein wenig genauer zu betrachten. »Ist das nicht die Stelle, wo Margahams Spiel war?«, fragte sie und fuhr mit der Fingerspitze an den Rändern des Lochs entlang.

»Genau.« Ardent erhob sich und fing an, unruhig auf und ab zu gehen. »Die Überallkarte ist die Verkörperung des Piratenstroms. Das Nichts, das die Verlorene Sonne geschaffen hat, wächst unaufhörlich mit jedem Schritt, den die Verlorene Sonne macht. Wenn ich raten müsste – und etwas anderes bleibt mir im Augenblick ja wohl nicht übrig –, dann würde ich sagen, dass die Zerstörung der Überallkarte das Vernichtungswerk der Verlorenen Sonne maßstabsgetreu wiedergibt.«

»Heißt das«, fiel Remy ihm ins Wort, »dass immer mehr von der Überallkarte verschwindet, während die Verlorene Sonne immer mehr vom Piratenstrom verschwinden lässt?«

»So könnte man sagen«, knurrte Ardent grimmig. »Wenn man nichts für Präzision übrig hat. Oder für irrelevante, deplatzierte Wortschwallergüsse.«

Die Flüsterlianen versuchten, seinen Satz aufzunehmen, was aber nur zu einem Gewirr aus unverständlichen Wortfetzen führte.

Marrill starrte auf die Überallkarte und all die Welten, die auf ihr schwebten. All die Orte, die sie noch nie gesehen hatte. All die Orte, die einfach verschwinden würden, wenn es ihnen nicht gelang, die Verlorene Sonne aufzuhalten. Auch ihrer eigenen Welt drohte dieses Schicksal.

»Vielleicht funktioniert die Karte ja trotzdem noch«, sagte sie. »Vielleicht ist das mit dem Loch gar nicht so schlimm.«

Ardent seufzte. »Das habe ich bereits versucht.« Er griff zur Demonstration noch einmal zu dem Kristallschlüssel und drückte ihn auf die Kartenoberfläche. Nichts passierte.

»Und wenn wir die Wunschkugel benutzen?«, schlug eine Leichtmatrosin, die Marrill noch nie gesehen hatte, vor. »Könnte man das alles nicht einfach wieder wegwünschen?«

Ardent schüttelte den Kopf. »Ich wünschte, es wäre so.« Als niemand über seinen halbherzigen Witz lachen wollte, räusperte er sich. »Die Wunschkugel ist mächtig. Sie enthält vielleicht das reinste und konzentrierteste Stromwasser außerhalb des Beckens von Monerva.«

Er klopfte mit dem Finger auf die Reling und überlegte. »Aber sie ist nicht ganz bis obenhin gefüllt. Darum nehme ich an, dass sie die Macht der Verlorenen Sonne für kurze Zeit eindämmen, aber nicht wirklich aufhalten könnte. Und der Gebrauch der Wunschkugel würde den Salz-und-Sandkönig sowie die Eiserne Flut entfesseln. Das würde unsere Lage natürlich nur noch schlimmer machen. Denn dann hätten wir plötzlich nicht mehr eine, sondern drei Wesenheiten, die den Piratenstrom zerstören wollen.«

»Richtig«, sagte Fin und starrte die Leichtmatrosin eindringlich an. »Darum: Wunschkugel nicht benutzen. Vielleicht sollten wir sie dann an einem sehr, *sehr* sicheren Ort aufbewahren, was meint ihr?«

»Also gut, mit der Überallkarte und der Wunschkugel kommen wir nicht weiter«, sagte Remy. »Wie lange haben wir, um uns eine andere Lösung zu überlegen?«

»So lange, bis die Verlorene Sonne in Meres angekommen ist und ihre Energie in das Becken schütten kann, würde ich sagen«, erwiderte Ardent.

Remy verdrehte die Augen. »Das ist mir auch klar.« Sie blickte zu Coll hinüber. »Aber wie lange dauert es, bis es so weit ist?«

Der Kapitän meinte achselzuckend: »Kommt drauf an, wie schnell sie vorwärtskommt.«

Ardent richtete den Blick an den Horizont. »Fußgängertempo.«

»Im Ernst?« Remy schnaubte verächtlich. »Der Typ ist das mächtigste Wesen überhaupt, und dann will er zu Fuß bis ganz nach Meres gehen? Wieso zaubert er sich nicht wenigstens ein Boot oder so was in der Art?«

»Die Verlorene Sonne erschafft nicht«, sagte Ardent. »Darüber hinaus nehme ich an, dass sie genau aus diesem Grund keine Eile verspürt. Weil sie das mächtigste Wesen auf dem Strom ist. Sie ist fest davon überzeugt, dass nichts und niemand sie aufhalten kann. Und außerdem …« Er kicherte leise, »… würde es gar nicht so einfach werden, mit einem Schiff zu fahren, wenn jeder Schritt die Vernichtung der Welt bedeutet. Das Schiff würde ja andauernd sinken. Es sein denn, natürlich …«

»Na ja, also weniger als eine Woche«, unterbrach Coll Ardents Ausführungen. Er stand neben dem Tisch und maß mit gespreizten Fingern die Entfernung zwischen

Meres und dem Loch auf der Überallkarte ab. »So viel Zeit bleibt uns noch.«

Jetzt verfielen alle in nachdenkliches Schweigen. Marrill ließ sich mit dem Rücken an einen der Masten sinken und starrte in den Himmel. Vielleicht kam ja von dort eine Inspiration. Hoch oben in der Takelage huschten drei Piratten über die Rahen. Sie unterhielten sich fiepend, dann schoben zwei von ihnen ein Stück Tuch über einen Riss im Segel, während die dritte an den Hinterfüßen baumelte und das Stoffstück mit Hilfe einer winzigen Nadel und Faden festnähte.

Für einen kurzen Augenblick wünschte Marrill sich, dass sie mit ihnen tauschen könnte. Dann hätte sie sich jetzt lediglich mit der Reparatur des Segels beschäftigen müssen und nicht mit der Reparatur der ganzen Welt.

Sie blinzelte. Das war's! Aufgeregt stieß sie sich von dem Mast ab. »Und wenn wir die Überallkarte reparieren?«, stieß sie hervor. »Wenn wir es schaffen, das Loch zu flicken, dann können wir die Verlorene Sonne wieder in der Überallkarte einsperren, so wie die Dzane es damals auch gemacht haben. Stimmt's?«

Ardent schnaubte. »Nun ja, sicherlich. Aber man kann die Überallkarte nicht einfach so mal kurz reparieren.«

Marrill stemmte die Fäuste in die Hüften. »Und wieso nicht?«

»Na ja, weil die *Dzane* sie gemacht haben. Man kann

nicht einfach einen Flicken über das Loch legen und alles ist gut!«

»Und wieso nicht?«, wiederholte Marrill.

Aufgebracht fuchtelte Ardent mit den Armen. »Weil … nun ja … weil man das nicht kann! Ich meine, die Energie, die man bräuchte, um das zu bewerkstelligen …«

»Dann ist der große Zauberer Ardent also nicht groß genug?«, schaltete Fin sich ein. Marrill grinste ihn an.

Ardent klappte den Mund auf und machte ihn wieder zu. »Das habe ich nicht ges…«

Coll räusperte sich und grinste verschlagen. »Ach, nun komm schon, Ardent. Ich habe doch schon öfter mitbekommen, wie du Dinge gemacht hast, die kein anderer Zauberer geschafft hätte. Willst du uns wirklich weismachen, dass du nicht mal eine Landkarte reparieren kannst?«

Ardents Nase zuckte, und eine seiner Augenbrauen auch. Marrill konnte genau sehen, was sich hinter seinen Augen abspielte, wo sein Stolz und seine Bedenken miteinander kämpften. »Also gut, ja, möglicherweise kann ich es schaffen.« Marrill grinste und merkte, wie der Übermut in ihr aufblubberte. »ABER!«, fuhr Ardent mit erhobenem Zeigefinger fort. »Wir brauchen haargenau dieselben Zutaten, die der Zauberer der Morgendämmerung bei der Erschaffung der Überallkarte benutzt hat. Weiß vielleicht jemand, wo man die finden kann?«

Coll blickte augenblicklich zu Boden. Fin wandte sich

ab, als wüsste er nicht ganz genau, wen Ardent mit seiner Frage gemeint hatte.

Marrills Lächeln wurde ein kleines bisschen unsicherer. Aber trotzdem gab sie die Hoffnung nicht auf. Solange es noch eine Chance gab, musste sie an diese Chance glauben. »Was brauchen wir dafür?«

Ardent kam näher und sah sie mit seinem großväterlichen Lächeln an. Er tat sein Möglichstes, um ihre Frage ernsthaft zu beantworten, aber sie sah ihm an, dass er selbst nicht daran glaubte. »Nun, zunächst natürlich das richtige Pergament. Und Tinte. Dann müssten wir das alles zum Bassin von Meres schaffen, noch bevor die Verlorene Sonne dort eintrifft, und mit Hilfe des Quellwassers versuchen, die Geheimnisse des Stroms auf unsere neue Karte zu übertragen.«

Fin rieb die Hände aneinander. »Und worauf warten wir dann? Wir machen einen kleinen Umweg über Khaznot Quay und nehmen ein paar Sachen mit – dort gibt es alles, was man braucht, wenn man nur weiß, wo man suchen muss. Dann ab nach Meres, und *zack* – Krise beendet.« Er nahm Marrill die Karte aus der Hand und suchte nach dem kürzesten Weg nach Khaznot Quay.

»Nicht so hastig, mein unbekannter blinder Passagier«, sagte Ardent. »Wir können dafür nicht einen alten Tuchfetzen und fleckige Tinte nehmen. Wir bräuchten vielmehr Pergament, das in der Lage ist, sich auszudehnen und sich zusammenzuziehen, das sich drehen und wachsen und alle Möglichkeiten des Stromes in sich vereinen kann, und das sind unendlich viele. Ehrlich gesagt, abgesehen von der eigentlichen Überallkarte habe ich noch nie etwas von einem vergleichbaren Material gesehen oder gehört.«

Marrill biss sich auf die Unterlippe. Es muss doch eine Hoffnung geben, sagte sie sich, jetzt, wo sie eine Lösung erdacht hatten. Es muss.

»Wenn ich noch Zugang zu den Erinnerungen des Zauberers der Morgendämmerung hätte, dann könnte ich dort vielleicht die Antworten finden, die wir brauchen. Aber jetzt, wo der Flatterling in deinem Kater aufgegangen ist, ist dieses Wissen verloren.« Er deutete auf Karnelius, der hörbar gähnte, bevor er sich zu einem Nickerchen niederließ.

»Ist es nicht«, sagte Fin.

Ardent sah ihn an. »Und du bist …?«

»Ein Freund mit einer guten Idee«, erwiderte Fin.

»Das kann ich besser beurteilen als du«, sagte Ardent mit hochgezogener Augenbraue. »Also, ob die Idee wirklich gut ist, meine ich. Ob du ein guter oder ein schlechter Freund bist, das kann ich beim besten Willen nicht beurteilen, und das ist ja auch logisch, da jeder Einzelne auf die unterschiedlichen Charaktereigenschaften einer neuen Bekanntschaft ganz unterschiedlich …«

Coll räusperte sich und unterbrach Ardent. »Was wolltest du sagen?«, wandte er sich an Fin und musterte den Jungen misstrauisch.

»Die Erinnerungen des Zauberers der Morgendämmerung sind nicht verloren. Sie haben nur eine andere Gestalt angenommen. Aber wir haben seinen letzten Willen immer noch bei uns. Es könnte doch sein, dass sich dort genau die Informationen befinden, die wir brauchen, oder?«

Marrill nahm ihren Kater vom Arm des Griesgrams, ohne auf das Protestgeschrei der beiden zu achten. »Du glaubst, dass mein Kater weiß, wie wir den Piratenstrom retten können?«

»Ich glaube, der Zauberer der Morgendämmerung hat genau gewusst, wo er sich die Zutaten für seine Karte besorgen kann«, erläuterte Fin. »Und ich glaube, dass es keine heißere Spur zum Zauberer der Morgendämmerung gibt als deinen Kater.«

Ardent klatschte in die Hände. »Coll, dein neuer Leichtmatrose ist ein ziemlich schlaues Bürschchen.« Dann trat er den Saum seines Mantels beiseite, drehte sich um und reckte den Zeigefinger in die Luft. »Piratten! Bringt mir meinen Fadholzkübel. Wir haben einen Kater nass zu machen.«

Überall auf dem Schiff ertönte Jubel. Die vielen vierbeinigen Nager piepsten aufgeregt. Die Aussicht, dass Karnelius ins Wasser getaucht werden sollte, bereitete ihnen offensichtlich viel Freude.

Marrill seufzte. Sie wusste, dass Ardent und Fin recht hatten, aber das bedeutete nicht, dass es ihr gefiel. Als die Piratten mit einem Kübel voller Stromwasser ankamen, drückte sie sich mit dem Gesicht an den Hals ihres Katers und flüsterte: »Tut mir echt leid, Karni.«

Karnelius war ganz und gar nicht einverstanden mit alledem. Kaum hatte Marrill ihn hochgenommen, um ihn in den Wassereimer zu tunken, da wandte er die gleiche Taktik an wie jedes Mal, wenn er in den Katzenkäfig gesperrt werden sollte. Er streckte alle vier Beine von sich und stemmte sich mit aller Macht vom Rand des Eimers ab. Die Schlacht hatte begonnen.

Ganz egal, wie sehr sie auch drückte, ganz egal, wie viele Hände immer wieder seine Pfoten vom Eimerrand losrissen, sie bekamen ihn keinen Millimeter dichter ans Wasser. Er strampelte und wand sich nach allen Seiten, wurde zu einem Wirbelwind aus Fell und Krallen, zappelte wütend so lange hin und her, bis er den Kübel umgeworfen hatte. Hastig sprangen alle zurück, um nicht von dem Zauberwasser getroffen zu werden. Na ja, alle bis auf Ardent. Er bekam, wie üblich, nicht einmal mit, was da los war.

Mit gesträubtem Fell, angelegten Ohren und gefletschten Zähnen, so landete Karni auf allen vieren. Die Lianen nahmen sein wütendes Fauchen auf und verstärkten es so lange, bis sich das Heck des Schiffes anhörte, als würde es von einem riesigen Schwarm wütender Schlangen angegriffen.

Behutsam bückte sich Marrill hinunter, um nach ihrem Kater zu greifen. Doch kurz, bevor es so weit war, rannte Karnelius los. Er wollte zur Luke und sich im

Inneren des Schiffes in Sicherheit bringen. Erst im letzten Moment versperrte Fin ihm mit einem beherzten Sprung den Weg. Karni wich aus und rettete sich auf einen Mast, doch die Piratten verjagten ihn, und er musste wieder zurück aufs Deck.

»Jetzt seht euch an, was ihr angerichtet habt«, murrte der Griesgram. »Er hat doch Angst. Komm her, mein Kleiner, Onkel Knurrhahn beschützt dich.«

Karni schlug seine Krallen in das Deck und wollte sich mit einem schnellen Haken in die Arme seines Beschützers stürzen. Doch in dem Moment, als er lossprang, den ausgestreckten Armen des blauvioletten Echsenmannes entgegen, trat Remy hinter einem Schott hervor und kippte einen vollen Kübel Stromwasser über dem Kater aus.

Es war ein perfekter Hinterhalt. Karni hatte keine Chance. Das Wasser traf ihn mitten im Sprung. Einen Augenblick lang verharrte er regungslos in der Luft, dann fiel er und landete mit lautem Klatschen auf dem Deck.

Verblüfft wanderten alle Blicke zu Remy, aber die zuckte nur mit den Schultern. »Wenn man sieben jüngere Geschwister hat, die nie baden wollten, dann hat man mit der Zeit ein paar Tricks auf Lager.«

Triefend hockte der Kater vor den Füßen der Babysitterin. Mit zusammengekniffenen Augen und wütend zuckendem Schwanz öffnete er das Maul und begann zu sprechen:

Dem Rat des Flüsterns hinterlasse ich das Kartenfeld der Überallkarte. Und ich gebe ihm den guten Rat, es sorgfältig anzuwenden und weise zu gebrauchen, damit nicht Misstrauen und Eifersucht in ihren Herzen Wurzeln schlagen.

»Die Überallkarte!«, sagte Remy.

Fin klopfte sich selbstgefällig an die eigene Brust. »Dann weiß Karni also tatsächlich etwas über die Karte!«

Marrill packte ihn am Arm. Irgendetwas an dieser ganzen Sache kam ihr merkwürdig vor. Schließlich war der Rat des Flüsterns auf mysteriöse Weise verschwunden. Niemand wusste, was aus ihm geworden war. Die Ratsmitglieder hatten die Karte so oft dazu benutzt, andere auszuspionieren und Gerüchte zu streuen, dass diese Gerüchte irgendwann buchstäblich Wurzeln geschlagen hatten und zum Zentrum jenes geschwätzigen Dschungels geworden waren, der allgemein der Plapperhain genannt wurde.

»Ich weiß nicht so recht«, sagte sie. »Meinst du wirklich, dass wir ihm trauen können?«

»Haben wir denn eine Wahl?«, lautete Fins Gegenfrage.

Remy lächelte unsicher. »Na ja, zumindest wissen wir, dass im Testament des Zauberers der Morgendämmerung Informationen über die Überallkarte stehen. Und solange euch nichts anderes einfällt, wie wir sie reparieren können …« Sie hob den Fadholzkübel.

Marrill verzog geschlagen das Gesicht. *Armer Karni.* »Also dann, machen wir den Kater eben noch mal nass.«

***

Eine ganze Weile später saß Marrill am Rand des Vorderdecks und fuhr mit dem Daumen über das immer größer werdende Loch in der Überallkarte. Neben ihr hockte ein klitschnasser, schlechtgelaunter Karnelius und ratterte mit dröhnender Stimme eine endlose Liste der seltsamen Vermächtnisse des Zauberers der Morgendämmerung herunter. Bis jetzt hatten sie zwar nichts Neues mehr über die Überallkarte erfahren, aber aufgeben wollten sie trotzdem nicht.

Der Fee mit dem Stachel namens Teeblatt, die ich beleidigt habe, indem ich sie aus dem Buch der Wundersamen Wesen gestrichen habe, hinterlasse ich einen Fingerhut voller Entschuldigungen, destilliert aus der ersten Entschuldigung aller Zeiten, die mein Bruder Kab, der Träumer, gegenüber einem ziemlich kleinen Stein geäußert hat, über den er in der Zeit vor der Geburt des Stroms einmal gestolpert war.

Karni schniefte und stieß dann einen gewaltigen, selbsttrocknenden Nieser aus. Schon wieder. Die Stimme verstummte, und der Kater fing an sich zu putzen. Marrill stöhnte. »Wer ist jetzt an der Reihe?«

Remy lag ganz in der Nähe in einer Hängematte und blätterte in einem Buch über Segeltechnik für Fortgeschrittene. »Ich nicht«, sagte sie, ohne aufzublicken, und legte einen Finger an ihre Nasenspitze. Coll lehnte nicht weit davon entfernt an einem Mast. Auch er hielt sich einen Finger an die Nasenspitze, genau wie Ardent, der gerade irgendwas in ein zerfleddertes Notizbuch kritzelte.

Schnell tat Marrill es ihnen nach und blickte Fin an. Er lag mit geschlossenen Augen neben ihr und genoss die wärmenden Strahlen der Sonne. Marrill runzelte die Stirn. Kam es ihr nur so vor, oder tat er tatsächlich so, als würde er schlafen? Sie stupste ihn an. »Ich hab es schon das letzte Mal gemacht. Du bist dran.«

Fin setzte sich stöhnend auf. »Dein Kater hasst mich.«

»Im Moment hasst er uns alle.«

Der Griesgram, der auch nicht allzu weit entfernt war, räusperte sich laut und vernehmlich. »Wie kommst du denn darauf?«

Kommstdudenndaraufkommstdudenndarauf
kommstdudenn

Marrill verdrehte die Augen. »Du bist eben gerade sein Liebling. Er freut sich bestimmt riesig, wenn er sich in deinem Schoß zusammenkuscheln kann, während die *Krake* in das Nichts hineingezogen wird, das die Verlorene Sonne liebenswürdigerweise geschaffen hat.«

Der Griesgram, der sich gerade um die Flüsterlianen kümmerte, hob den Kopf und sah sie gekränkt an. »Da muss man doch nicht gleich so böse werden.«

Wenn schon der Griesgram ihr eine Lektion in gutem Benehmen erteilte, dann – das stand fest – war die Lage ziemlich verworren. Seufzend schob sie Fin die Wasserkanone aus Fadholz hin. Ardent hatte sich die Konstruktion ausgedacht, mit der sie zumindest ein bisschen mehr Abstand zu dem Zauberwasser wahren konnten. »Willst du den Piratenstrom retten? Dann mach den Kater nass, und zwar zügig.«

»Na gut.« Er kam auf die Füße. »Aber du musst dieses Mal ein gutes Wort für mich einlegen, wenn Ardent mich ins Bordgefängnis stecken will, weil er mich für einen blinden Passagier hält. Und du musst ihm auch sagen, dass er meine Wunden versorgen soll.«

Marrill versuchte, ein Grinsen zu unterdrücken. Die Gesamtsituation war natürlich alles andere als witzig, aber Fin betrachtete das neue singende Schloss der Gefängniszelle mittlerweile als seine ganz persönliche Herausforderung, und das war durchaus amüsant. »Einverstanden«, sagte sie.

Auch eine Leichtmatrosin, die neben Fin stand, lachte. »Das hast du nun von deiner Erinnerbarkeit, Bruder Schemen – die Leute wissen, wann du an der Reihe bist.« Er starrte sie durchdringend an, aber sie lachte nur noch lauter.

So zärtlich er nur konnte, schnalzte Fin mit der Zunge

und versuchte, Karni anzulocken. Doch der Kater war mittlerweile mehr als misstrauisch geworden und hatte sich irgendwo an Deck versteckt. Wenigstens hatten sie schnell gelernt, alle Luken, die ins Innere des Schiffes führten, dicht zu machen. Beim ersten Mal hatte die wilde Hetzjagd mindestens eine Stunde gedauert.

Marrill wandte sich wieder dem Loch in der Überallkarte zu. Sie ignorierte Karnis Fauchen ebenso wie Fins unterdrücktes Keuchen, während dieser dem Kater auf den Fersen war.

Nach zehn Minuten hörte sie Fin rufen: »Ich hab ihn!«, und dann dröhnte die mittlerweile wohlbekannte Stimme ihres Katers durch die Luft:

Den Muschelwebern von Oneira hinterlasse ich einen Ballen Litze, gesponnen in der Fabrik der Träume. Haltet sie in Ehren, denn aus diesem Stoff habe ich die große Überallkarte gefertigt.

Seit wann kam ihr die Stimme ihres Katers eigentlich bekannt vor? Marrill schüttelte den Kopf. Verrückt, wie schnell sie sich an die Verrücktheiten des Piratenstroms gewöhnt hatte.

Erst danach wurde ihr klar, was sie da gerade gehört hatte. Sie setzte sich ruckartig auf. »Habe ich richtig gehört?« Fin sah sie kopfnickend und mit einem breiten Grinsen im Gesicht an.

Triumphierend drehte Marrill sich zu Ardent um. Der

Zauberer starrte den Kater regungslos blinzelnd an. Dann ließ er ein lautes Lachen hören. »Die Muschelweber von Oneira – brillant! Dann können wir gleich einen weiteren Zauberer von Meres von unserer Liste streichen. Denn wie es der Zufall will, gibt es eine direkte Verbindung zwischen Tanea Hohlgeblüts Traumgarten und den Muschelbänken.«

Er erhob sich und reckte einen Finger in die Luft. »Coll, sag deiner Rudergängerin, dass sie Kurs auf Oneira nehmen soll.«

Marrill warf in freudiger Erwartung die Arme in die Luft. Sie hatte gewusst, dass es einen Ausweg geben musste, und dass sie ihn finden würden, wenn sie nicht aufgaben. »Wir fahren zu den Muschelwebern!«, rief sie. »Wer immer die sind!«

»Und wir sollten uns beeilen!«, unterbrach Coll ihren Freudentaumel mit ernster Stimme. Er nahm Marrill die Überallkarte aus den Händen und hielt sie in die Luft, damit alle sie sehen konnten.

Genau am Rand des immer größer werdenden Lochs in der Mitte der Karte, fast schon in Reichweite des Zerstörungswerks der Verlorenen Sonne, befand sich ein kleiner, runder Punkt. Und daneben waren die Worte MUSCHELBÄNKE VON ONEIRA zu erkennen. Die ersten Buchstaben fingen bereits an sich zu kräuseln.

Kapitel 12

Traummuscheln

Während Remy Kurs auf die Muschelbänke von Oneira nahm und Marrill ihren Kater nach unten brachte, um ihm ein paar Leckereien zu spendieren, zog Fin Fig beiseite. Endlich hatte er Gelegenheit, ihr unbeobachtet etwas zu sagen, was ihm schon lange auf der Seele lastete.

»Du bist schuld, dass die Schwingen uns bei Margahams Spiel gefunden haben«, zischte er sie an und verschränkte dabei die Arme. »Du hast uns ausspioniert.«

Sie erwiderte seinen Blick mit vorgeschobenem Kinn und gab keinen Millimeter nach. »Ich habe doch gesagt, dass ich dir helfe, deine Mom zu suchen.«

Fins Augen wurden schmal. »Du wolltest den Schwingen helfen, die Wunschkugel zu stehlen.«

Sie wandte den Blick ab und zuckte mit den Schultern. »Wenn ich die Wunschkugel stehlen wollte, dann hätte ich das schon längst gemacht.«

»Genau das würde ich auch sagen, wenn ich die Kugel stehlen wollte.« Er schüttelte den Kopf. »Du weißt, dass ich dir nicht vertrauen kann.«

Sie verzog das Gesicht. »Ich weiß.«

Fin stutzte. Wieso hatte sie das so ohne weiteres zugegeben? Er hatte eigentlich damit gerechnet, dass sie alles abstreiten würde. Dass sie versuchen würde, ihn zu überzeugen, ihr noch eine Chance zu geben.

»Ich nehme an, du bist auf die *Krake* zurückgekommen, um deinen Auftrag zu Ende zu bringen?«

Unruhig und nervös trat sie von einem Bein auf das andere. »Aber das ist nicht der einzige Grund.«

Er hob eine Augenbraue.

Sie seufzte. »Ich soll dich auch beschützen, auf Befehl von Vell und der Speerspitze.«

Er brach in lautes Lachen aus. »Mich beschützen?« Was für eine absurde Ausrede. Wie kam sie bloß auf die Idee, dass er ihr das abkaufen würde? »Wieso sollte es *die* interessieren, wenn mir etwas passiert?«

Sie blickte ihn stirnrunzelnd an. »Du hast echt keine Ahnung, wie das alles funktioniert, stimmt's?« Er blieb stumm und wartete auf eine nähere Erklärung. Sie schnaubte. »Die Schwingen und die Schemen sind ... miteinander verbunden.«

»Das habe ich mittlerweile auch kapiert.«

»Nein. Ich meine ...« Sie rang um die richtigen Worte. »Wir sind *buchstäblich* ihre Schwäche. Wir sind der Grund dafür, dass sie unbesiegbar sind. Weil sie keinerlei Schwäche haben, solange wir als getrennte Wesen existieren.«

Fin hatte Mühe, den Sinn ihrer Worte zu begreifen. »Das heißt also, wenn mir etwas zustößt …«

»Wenn du stirbst, dann wird Vell verwundbar«, brachte sie seinen Satz zu Ende. »All seine Schwächen kehren zu ihm zurück. Er kann besiegt, ja, sogar getötet werden.«

»Oh.«

Seitdem Fin die Sache mit Vell und seiner Mutter erfahren hatte, seitdem er wusste, dass er ein Nichts war, hatte er allen Schmerz verdrängt, aber jetzt brachen die Dämme. All diese schrecklichen Gefühle ließen sich nicht mehr länger unterdrücken und kamen an die Oberfläche. Seine tiefsten Ängste waren also wahr. Er war tatsächlich ein Niemand. Er war nur ein Gefäß für die Schwächen eines anderen.

Er ließ den Kopf hängen und versuchte, sich nicht von der unendlichen Leere, die ihn zu überwältigen drohte, verschlucken zu lassen. »Du sollst also dafür sorgen, dass mir nichts zustößt, nur damit Vell der sein kann, der er ist.«

Fig blieb stumm, und das reichte ihm als Bestätigung. Aber dann seufzte sie und lehnte sich neben ihm an die Reling. Ganz leicht spürte er ihre Berührung an seinem Arm. »Wie ist es, wenn man einen Freund hat?«

Er blinzelte überrascht. Damit hatte er nicht gerechnet. »Wieso willst du das wissen?«

Sie hob eine Schulter. »Ich hab eben noch nie einen gehabt.«

Fin bekam fast keine Luft mehr. »Du hast doch ein ganzes Heer von Freunden«, erwiderte er. »Du weißt schon, die, die mit dir zusammen an Bord der *Krake* gekommen sind. Die uns bis zu Margahams Spiel verfolgt haben.«

»Aber bloß, weil sie sich an mich erinnern können, sind sie noch lange nicht meine Freunde.«

»Und was ist mit deiner Schwinge?«

Sie ließ ein leises Kichern hören. »Glaubst du etwa, du könntest jemals mit Vell befreundet sein?«

Fin lachte bellend. »Guter Punkt.« Dann blickte er sie an. »Was du unbedingt wissen musst: Freunde passen aufeinander auf. Und genau das werde ich für meine Freunde von der *Krake* tun. Auch, wenn es bedeutet, dass ich sie vor dir beschützen muss.«

Sie nickte. »Ich kann die Schwingen nicht aufhalten«, sagte sie. »Und sie werden nicht aufhören, dich zu jagen. Jetzt geht es nicht mehr nur um die Wunschkugel, Fin. Jetzt geht es um dich und Vell. Und was die Schwingen wollen, das holen sie sich auch.«

***

Zwei Tage später, als Fin schon dachte, sie hätten vielleicht eine falsche Abzweigung genommen, als er schon dachte, es gäbe nichts zu sehen, da blinzelte er und erblickte die Muschelbänke von Oneira. Direkt vor seinen Augen lagen sie, als seien sie vom Augenblick seiner Geburt an immer schon da gewesen.

Die Muschelbänke lagen auf einem langgestreckten Gewirr aus Korallenfelsen. Teilweise erhoben sie sich als feuchte Plateaus aus dem Wasser, während sie an anderen Stellen von jeder Welle aufs Neue überspült wurden. Fin konnte kaum erkennen, wo das Land endete und der Meeresboden begann.

Die *Krake* glitt durch einen Kanal, der nur für sie gemacht zu sein schien, dann kam sie knirschend zum Stehen. Marrill stellte sich neben Fin, und sie betrachteten gemeinsam das nächste Etappenziel ihrer Reise. Sie waren von Korallenfelsen umgeben, die im Halbkreis, wie eine Art Atoll, angeordnet waren. Das Ganze erinnerte Fin ein wenig zu sehr an die Ringe aus Margahams Spiel. Er schauderte. Aber das war auch schon das Ende der Gemeinsamkeiten. Das Wasser in der Lagune war blau und klar, und das Korallenriff selbst war ein Labyrinth aus scharfen und glatten, hohen und niedrigen, rauen und schartigen Felsen.

Überall auf der zerklüfteten Oberfläche des Atolls hatten sich Gezeitenbecken gebildet, die Fin von seinem erhöhten Standort auf der *Krake* gut erkennen konnte. In den flachsten Becken jagten kleine Wassermänner schillernden Fischchen hinterher. In den tiefsten residierten knochige Meerbischöfe in Tropfsandkathedralen, während daneben spinnenbeinige Hummer ihre Algengärten bestellten. In einem Becken hüpfte ein unbemanntes Boot auf dem Wasser auf und ab. Darunter spielte ein unförmiger Eingeweidefisch Domino mit einem schlanken Stachelgreif.

Die Nachmittagssonne wärmte Fin angenehm die Haut, sanft und einladend wehte eine salzige Brise. Er blickte in die Ferne, wo sich die riesige schwarze Leere am Horizont auftat und gierig alles verschlang, was ihr in den Weg kam. Das war nur der Rand des Nichts, das sich hinter der Verlorenen Sonne, die auf ihrem Weg nach Meres war, unaufhaltsam ausbreitete. Kaum auszudenken, was geschehen würde, wenn sie ihr Ziel erreicht hatte.

Schnell schüttelte Fin diesen Gedanken wieder ab und machte sich stattdessen klar, dass das Ende der Welt zwar langsam näher kroch, dass es aber noch nicht so weit war. Also wollte er die Schönheit dieses Ortes genießen, solange es noch ging.

Doch dann riss ihn das laute Knallen der Gangway aus seinen Gedanken. »Wollen wir?«, sagte Ardent und wies mit einer ausladenden Armbewegung über das Schiff hinweg ans Ufer.

»Ich bin dabei!«, rief Remy und kam über das Deck zu ihnen gelaufen. »Einen Strandurlaub habe ich mir jetzt aber redlich verdient.« Sie zwinkerte Fin und Marrill zu. »Coll kann ja auf das Schiff aufpassen, damit wir während unseres kleinen Sonnenbads nicht vom Ende des Universums verschluckt werden.«

»Einen Moment mal, Matrosin«, sagte Coll und zog sie am Kragen wieder zurück. »Ein Kapitän bleibt immer bei seinem Schiff.«

»Darum bleibst du ja auch hier«, erwiderte sie.

Ein Lächeln spielte um Colls Lippen. »Und du bleibst bei mir.«

»Aber der Traumgarten ...«, protestierte Remy.

»Interessant, dass du gerade jetzt Tanea Hohlgeblüts Traumgarten ansprichst«, sagte Ardent, und seine Miene hellte sich auf. »Während der Haupteingang sich weit, weit weg bei Taneas Haus befindet, gibt es tatsächlich eine direkte Verbindung zu den Muschelbänken. Tanea hatte sehr viel Geschick darin, die Grenzen des Stroms auszuweiten. Sie war schließlich auch die Erste, der es gelungen ist, den transmotarischen Strudel zu hypnotisieren. Unglaublich, nicht wahr?«

»Stimmt!«, erwiderte Remy trocken. »Vielleicht ist es doch besser, wenn ich beim Schiff bleibe«, fuhr sie leise fort und schleppte sich zu Coll auf das Achterdeck. »So können wir wenigstens dafür sorgen, dass wir jederzeit bereit zum Ablegen sind. Mit laufenden Maschinen sozusagen.«

»Maschinen?« Coll sah sie etwas ratlos an.

Remy seufzte, und Fin musste ein Grinsen unterdrücken, aber damit war es gleich vorbei, als er sah, wie Fig versuchte, sich unauffällig zur Gangway zu schleichen. »Du auch, Leichtmatrosin«, sagte er und hielt sie am Ärmel fest. »Du bleibst auch auf dem Schiff.«

»Aber ich soll doch auf dich aufpassen!«, protestierte sie.

Er wies mit einer Kopfbewegung auf Ardent. »Dafür ist der Zauberer zuständig.«

Sie zog eine Augenbraue in die Höhe. »Du traust mir eher, wenn ich an Bord bleibe, als wenn ich bei dir bin?«

»Ja«, antwortete er ohne jedes Zögern. Er wollte an Land nicht ständig auf sie aufpassen müssen. Und außerdem, selbst wenn sie wollte, sie würde die Wunschkugel niemals in die Finger bekommen. Fin hatte selbst schon ziemlich viel Zeit investiert, um eine Schwachstelle in Ardents Sicherheitsmaßnahmen zu entdecken, und nichts gefunden. Und wenn selbst der Meisterdieb von Khaznot Quay die Wunschkugel nicht mopsen konnte, dann würde es Fig auch nicht gelingen, da war er sich ziemlich sicher.

Sie zog ein langes Gesicht. »Aber der Traumgarten … den hätte ich wirklich gerne gesehen«, beschwerte sie sich.

»Fin, nun komm schon!«, rief Marrill ungeduldig und winkte ihm zu.

Er klopfte Fig auf die Schulter. »Ich erzähl dir alles ganz ausführlich.«

Dann lief er über das Deck zu Marrill. »Na, was ist, wollen wir wieder mal die Welt retten?«, fragte er sie verschmitzt.

Sie kicherte und hängte sich bei ihm ein. »Wie üblich!« Dann hüpften sie nebeneinander die Gangway hinunter und landeten neben Ardent an Land. Doch kaum hatten Fins Füße den Korallenboden berührt, musste er ruckartig abbremsen, um nicht mit einem Mann zusammenzuprallen, der – da hätte er schwören können – vor einer Sekunde noch gar nicht hier gestanden hatte.

»Sachte, sachte, Kleiner«, sagte der Mann. Fin musterte ihn für einen Augenblick. Der Mann war kein Mensch, das war klar. Er stand ein bisschen zu gebückt da, und sein Gesicht war einen Tick zu rüsselförmig. Gleichzeitig wirkte seine Haut sehr faltig und trotzdem ein bisschen zu glatt. »Willkommen, Fremdlinge«, sagte er. »Heiße Yurl. Ich wache über die Bücherei der Träume.«

Fin blickte sich um. »Was für eine Bücherei denn?«

»Oh«, meinte Yurl. »Die habt ihr noch gar nicht gesehen. Tut mir leid.« Er zeigte mit einem seiner langen Daumen auf die Lagune in seinem Rücken.

Fin sah hin, auch wenn er ganz genau wusste, dass es dort nichts als Wasser zu sehen gab. Bis er verdutzt feststellen musste, dass ein gewaltiger Korallenturm wie ein riesiger, weitverzweigter Baum aus der Mitte der Lagune hervorragte. Darüber kreiste ein dichter, ringförmiger Seevogelschwarm. Fin war sich sicher, dass vor einem Augenblick noch kein einziger Schrei zu hören gewesen war, aber jetzt war das Gekreische allgegenwärtig.

»Kommt es nur mir so vor, oder tauchen hier plötzlich alle möglichen Sachen auf?«, flüsterte Marrill ihm zu.

Noch bevor Fin antworten konnte, sagte Yurl: »Ja, so ist das hier. Alle möglichen Sachen tauchen plötzlich auf. Irgendwie wie in einem Traum vielleicht, oder so.« Er zuckte mit den Schultern. »Die Logik hab ich bis jetzt immer noch nicht so richtig kapiert, aber na ja, was soll's, ich bin ja auch bloß ein Produkt eurer gemeinsamen Phantasie.«

»Was? Du bist gar nicht echt?«, sagte Marrill.

Yurl kicherte seltsam gepresst. Es klang fast wie ein Quieken. »Äh, *nein*. Bloß eine Projektion der Muschelweber, wie das meiste hier. Mann, ihr seid ja wirklich *komplett* neu hier.«

Fin musterte Yurl, den Mann, der gar nicht da war, etwas genauer. Er sah *eigentlich* ziemlich echt aus, wie eine richtige Person. Ob er auch Gedanken und Gefühle hatte, so wie Fin? Oder war er innerlich hohl, nur eine Illusion, die so perfekt gelungen war, dass sie gar nicht merkten, dass hinter den goldgrauen Augen gähnende Leere herrschte?

»Ist schon okay, Yurl«, sagte Fin schließlich. »Ich bin auch nicht echt.« Er machte sich innerlich auf den Schmerz gefasst, den er beim Klang dieser Worte empfinden würde. Schließlich war das schon immer seine größte Angst gewesen, dass er ein Niemand war, und jetzt? Jetzt hatte er genau das als Tatsache ausgesprochen. Aber seltsamerweise machte es ihm gar nichts aus. Er hatte schon viel zu lange Angst vor der Wahrheit gehabt. Jetzt hatte er sie endlich akzeptiert und stellte fest, dass das viel weniger schlimm war als die Angst.

»Sehr gut«, erwiderte Yurl. Er streckte die Hand aus und klatschte Fin ab. Es fühlte sich sehr echt an. »Herzlich willkommen, eingebildeter Bruder. Die Wirklichkeit ist doof. Wir beide wissen das.«

Fin lief knallrot an, ohne es zu wollen. Ein bisschen seltsam war es doch, ein Niemand zu sein und das auch noch irgendwie okay zu finden.

Yurl wandte sich den anderen zu. »Und ihr seid also die *Echten*, ja?« Dabei zwinkerte er Fin zu. »Seid ihr hier, um eine Spende zu machen, oder wollt ihr euch bloß einen passenden Traum aussuchen?«

Ardent trat einen Schritt vor. »Wir sind auf der Suche nach dem letzten Ballen Litze, den die Muschelweber in uralten Zeiten aus den Händen des Zauberers der Morgendämmerung empfangen haben. Damit wollen wir die Überallkarte reparieren und den Piratenstrom vor dem stetig wachsenden Nichts der Verlorenen Sonne von Dzannin retten, und zwar, bevor sie das Bassin von Meres erreicht und alle Schöpfung zunichte macht.«

Yurl starrte ihn einen Augenblick lang regungslos an. »Also gut. Dann ... wollt ihr wahrscheinlich ein bisschen herumstöbern, nehme ich an.« Er deutete auf die gewaltige Korallensäule in seinem Rücken. Fin sah, dass die vielen Löcher in der rauen Oberfläche gerade groß genug waren, um sich bequem hineinkuscheln zu können. »Wie wär's, wenn ich euch in Muschel Nummer drei platziere, dann könnt ihr die ganze Angelegenheit in aller Ruhe besprechen, hmm?«

Yurl begleitete sie den Strand entlang bis zum Fuß des Korallenbaumes und hielt ihnen dabei einen perfekt einstudierten Vortrag. »Herzlichen Dank für euren Besuch der Bücherei der Träume. Die Bücherei ist eine der bedeutendsten Institutionen des Piratenstroms. Seit Jahrtausenden sammeln die Muschelweber hier Träume aus allen Teilen des Stroms, ja, manche behaupten sogar, auch von jenseits des Stroms. Man weiß nie, was man in einem Traum alles findet.«

Beim Näherkommen konnte Fin die Poren auf der Oberfläche des Korallenbaumes erkennen. Jede einzelne war eine eigene, kleine Muschel, die gemeinsam das große Ganze bildeten. Sie waren allesamt weiß, aber manche glänzten hell wie Elfenbein, während andere matter wirkten, eher wie Horn.

»Da wären wir«, sagte Yurl, als sie am Fuß des Korallenbaumes angelangt waren. Eine der Muscheln klappte auf und machte den Weg ins Innere frei. »Die Kammern sind vielleicht ein wenig eng, aber ich denke, ihr werdet schon reinpassen. Ich hoffe, es macht euch nichts aus.«

»Aber nein, das ist sicherlich sinnvoll«, meinte Ardent und schob sich an Yurl vorbei, um in die gelbliche Kammer zu steigen. Marrill warf Fin einen besorgten Blick zu, dann folgte sie dem Zauberer. Fin quetschte sich achselzuckend ebenfalls hinein. Sie mussten ein wenig hin und her rutschen, bis sie alle ihren Platz gefunden hatten, doch dann stellte Fin verblüfft fest, dass es im Inneren der Muschel zwar eng, aber auch ausgesprochen bequem war.

»So, und wie funktioniert das jetzt?«, erkundigte sich Marrill, nachdem sie sich eingerichtet hatten.

Yurl lächelte sie freundlich an. »Sobald die Träumer es sich gemütlich gemacht haben, schließt sich die Muschel und ihr schlaft einfach ein. Von diesem Augenblick an habt ihr die gesamte Sammlung der Muschelweber zur freien Verfügung. Und wenn ihr lieber euren *eigenen* Traum träumen wollt, dann steht euch ein Weber zur Verfügung, der ihn dann zur Bücherei hinzufügt.«

»Nicht schlecht.« Fin gähnte. »Wann fangen wir an?«

Yurl trat einen Schritt zurück. Gleichzeitig schien sein Körper zu verblassen. Die Öffnung, in der er gerade noch gestanden hatte, hatte sich geschlossen. Nun umgab sie eine Hülle aus geriffeltem Elfenbein. Wie aus weiter Ferne drang Yurls Stimme an ihr Ohr, kaum mehr als ein Echo.

»Ihr habt bereits angefangen …«

Kapitel 13

Gewebte Dunkelheit

Das Zeug schmeckte wirklich lecker, fand Marrill, aber es war wahnsinnig schwierig, in der Karamellmasse rückwärtszuschwimmen. »Wissen Sie was, Herr Pinguin?«, fragte sie. »Wir müssen noch ganz schön viel essen, wenn wir diesen Flur jemals sauber bekommen wollen.«

»Wohl wahr«, trompetete Herr Pinguin. »Wohl wahr!«

Und das Ganze kam ihr vollkommen logisch vor, wie das in Träumen eben so ist.

Marrill machte die Augen zu und leckte sich über die schokoladigen Lippen. Es war so leicht, sich ablenken zu lassen und zu vergessen, dass sie eigentlich nur hier war, um etwas zu suchen. Etwas sehr Wichtiges. Sie überlegte angestrengt. *Ardent*. Richtig. Sie musste Ardent finden.

»Ich muss Ardent finden«, sagte sie laut.

Herr Pinguin räusperte sich mehrmals laut und vernehmlich und ließ jede Menge Blasen aus seiner Pfeife hervorblubbern. »Mal sehen, mal sehen … Ardent … mm-hmmm, ja … im Zaubergewerbe tätig, ist er das?«

Marrill richtete sich auf und strampelte aufgeregt mit den Beinen im Schokoladenkaramell. »Das ist er!«

Herr Pinguin stemmte sich aus seinem Lehnstuhl und schlurfte durch die Schokoladensoße zu einem Fenster, das in Wirklichkeit ein Gemälde war. Er nahm es von der Wand und zeigte es Marrill. Selbst für einen Traum war es ein sehr merkwürdiges Bild: eine kleine Seeanemone, die sich ein Monokel und einen Hut auf ihre Tentakeln gesetzt hatte und vor einem langen Tunnel aus Papier stand. »Probier mal den«, sagte Herr Pinguin grüblerisch. »Den hat der Herr, den du suchst, vor kurzem hier hinterlassen, wenn ich mich nicht irre.«

Mit ein paar kräftigen Brustzügen war Marrill bei ihm. »Danke«, sagte sie und ließ genießerisch das letzte Stückchen Schokolade auf ihrer Zunge zergehen. Dann starrte sie das Gemälde an. Und nun? Doch noch während sie darüber nachgrübelte, spreizte die Seeanemone ihre Nesselfäden zu einem buntleuchtenden Fächer. Der Papierkorridor hinter der Anemone dehnte sich aus, wuchs in alle drei Dimensionen …

… und dann stand sie auf dem Balkon eines hohen Turmes über einem Pilzwald. Mächtige gotische Spitzbögen thronten vor den schneebedeckten Berggipfeln über ihr, während eine sanfte Brise ihr die Haare zerzauste.

Gläser klirrten, und sie drehte sich um. Da, an einem

Tisch auf dem Balkon, saß Ardent. Vor ihm häuften sich die verrücktesten Leckereien: ganze Gläser voller Nebel, Schalen mit Süßigkeiten, die wie Diamanten funkelten, eine geschmorte Keule von einem Tier mit Krallen. An der Seite saß eine Kuh mit Menschenhänden und spielte auf einer Harfe eine leise Melodie. Am anderen Tischende saß die Zauberin Annalessa. Elegant sah sie aus in ihrem jadefarbenen Mantel.

Marrill kreischte laut vor Freude und fiel Annalessa begeistert um den Hals. »Du hast sie gefunden!«, rief sie Ardent zu. »Sie ist hier!«

Annalessas Lachen klang wie Glockenläuten, oder besser: Es *war* ein Glockenläuten. »Ach, Ardent. Hast du ihr gar nicht gesagt, dass du mich besuchen wolltest?« Sie blickte auf Marrill hinab, und ihre Augen funkelten fröhlich. »Ich bin nur ein Traum, Liebes. Ein Traum, den der alte Mann da vor langer Zeit hier hinterlassen hat.« Sie legte den Kopf schief und sah den Zauberer an.

Ardent errötete und hob schuldbewusst die Hände. »Tut mir leid, dass ich mich weggeschlichen habe, Marrill. Eigentlich wollte ich nur einen kurzen Abstecher machen, und ich hatte den Eindruck, als hättest du mit diesem gelehrten Pinguin und seinem außer Kontrolle geratenen Fondue alle Hände voll zu tun.«

Marrill zuckte mit den Schultern. Das Schwimmen in der Schokolade hatte ihr wirklich viel Spaß gemacht. »Wo sind wir denn hier?«, wollte sie dann wissen.

»Ach so«, erwiderte Ardent. »Ja. Das hier ist ein Traum, den ich vor langer Zeit geträumt habe. Ich habe die Bücherei bisher nur ein einziges Mal aufgesucht, und dabei habe ich diesen Traum als meinen Beitrag hinterlassen. Er erschien mir damals sehr bedeutend, deshalb musste ich ihn mir heute unbedingt noch einmal ansehen.«

Er zeigte auf den Balkon und den darunterliegenden Pilzwald. »Alles, was du hier siehst, ist ein Symbol für etwas anderes. Die Pilze stehen für den Verfall der Zauberer von Meres. Der Turm symbolisiert meine unerschütterliche Arroganz. Und wie du sehen kannst, hat Annalessa mich hierhergeholt, trotz alledem.« Annalessa lächelte schüchtern.

Die Kuh ließ einen wundervollen Harfenakkord erklingen. Ardent starrte sie an und hob den Finger an die Lippen. »Aber was die Kuh hier soll, weiß ich, ehrlich gesagt, auch nicht so genau.«

»Okay«, sagte Marrill. Die Vorstellung, dass sie einen tiefen Einblick in Ardents Gedankenwelt bekam, war ihr mehr als unangenehm. »Aber sind wir nicht hierhergekommen, weil wir irgendwas suchen wollten?«

Langsam erhob sich Ardent. »In der Tat. Die Traumlitze. Ich fürchte, dazu müssen wir uns wohl auf den Weg zu den Muschelwebern persönlich machen. Wir brauchen nur Tanea Hohlgeblüt zu suchen und …«

»Ardent, pass auf!«, schrie Annalessa. Marrill sprang mit einem Riesensatz rückwärts. Gelbe Feuerzungen schossen aus Annalessas Händen hervor, und dann stand die Harfe spielende Kuh in Flammen.

»Was, um alles …«

Die brennende Kuh sprang auf und stellte sich wie ein Mensch auf die Hinterbeine. Das Feuer spiegelte sich in der Klinge des Schlachtermessers, das sie in der einen Hand hielt. Ihre Augen waren rot wie glühende Kohlen. Sie muhte laut, riss das Messer nach oben und stürmte auf Marrill und Ardent los.

Marrill sprang zur Seite. Die Harfe spielende Kuh taumelte an ihr vorbei und ließ das Messer durch die Luft sausen, wo es genau an der Stelle landete, an der Marrill eben noch gestanden hatte. Eine Sekunde später wurde sie von ihrem eigenen Schwung über das Balkongeländer geschleudert. Begleitet von lautem Muhen torkelte sie in den Abgrund.

Panik und Adrenalin tobten durch Marrills Adern. »Was sollte *das* denn symbolisieren?«

Ardent legte verwirrt die Stirn in Falten. »Das erlebe ich zum allerersten Mal. Bisher gehörte das nicht zu meinem Traum.« Er sah Annalessa an, und Marrill erkannte die Angst in seinem Blick.

»Albträume«, sagte Annalessa. »Gut möglich, dass die gesamte Bücherei bereits infiziert ist.«

Ardent holte tief Luft. »Und das kann nur bedeuten, dass das Nichts unaufhörlich näher kommt«, verkündete er feierlich. »Es muss schon unmittelbar in unserer Nähe sein.«

»Wir müssen die Muschelweber finden und uns etwas von der Traumlitze besorgen«, half Marrill ihm auf die Sprünge. »Bevor es zu spät ist!«

Annalessa tauschte einen Blick mit Ardent. »Die Albträume«, sagte sie. »Du musst sie beseitigen.«

Er nickte und trat einen Schritt vor. »Pass auf sie auf«, sagte er zu Annalessa. Dann streckte er die Hand aus und streichelte die Luft dicht vor ihrem Gesicht, als hätte er Angst, sie zu berühren, weil sie dadurch verschwinden könnte. »Und auf dich auch.«

Annalessa lachte. »Ich bin doch bloß ein Traum, du dummer alter Mann.«

»Aber du bist *mein* Traum«, erwiderte Ardent.

Sie lächelte ihn an. Dann schnappte sie sich, ohne ein Wort zu sagen, eine volle Suppenschale vom Tisch und drehte sich zu Marrill um. »Da entlang, schnell«, sagte sie und drückte Marrill die Suppenschale in die Hand.

Marrill wollte schon protestieren, doch dann wurde ihr klar, dass vernünftige Argumente in einem Traum ohnehin nichts verloren hatten. Sie starrte ins Innere der Schale.

Die Suppe war braun wie Karton. In der Mitte blubberte jetzt eine Blase an die Oberfläche, zerplatzte und brachte ein zerzaustes Knäuel aus Tentakeln zum Vorschein.

»Iii-giiitt!«, stieß Marrill hervor. Dann zuckten die Nesselfäden und breiteten sich zu einem bunten Fächer in alle Richtungen aus, so wie es die hilfreiche Anemone aus dem Gemälde vorhin auch gemacht hatte. Die Suppe wirbelte im Kreis, und Marrill kam sich vor, als würde sie in einen langen Korridor aus Papier hinabstürzen.

Als sie wieder aufblickte, stellte sie fest, dass sie kopfüber wie eine Fledermaus an der Decke einer Höhle hing. Der Boden unter ihr bestand aus einem Feld voller Blumen, die allerdings nicht die geringste Ähnlichkeit mit den Blumen hatten, die sie bisher kannte. Es sah eher aus wie ein Meer aus vielfarbigen Fächern. Schon wieder fühlte sie sich an die Anemone erinnert.

»He, wo kommst du denn plötzlich her?«, hörte sie da eine Stimme ganz in der Nähe. Sie drehte sich um und sah Fin direkt neben sich stehen. Beziehungsweise hängen, genau wie sie.

»Fin!«, rief sie und schlang ihm die Arme um den Hals. »Dir ist nichts passiert!«

Er erwiderte ihre Umarmung. »Nein. Ziemlich verrückt hier, was?«

Sie ließ ihn los und blickte wieder nach unten auf das riesige Fächermeer. »Hast du eine Ahnung, wo wir eigentlich sind?«

Fin schüttelte den Kopf. »Keinen Schimmer.«

Marrill machte einen behutsamen Schritt und fuchtelte dabei mit den Armen, um das Gleichgewicht nicht zu verlieren. Rund um ihre Hände wirbelten kleine Teilchen durch die Luft. Doch dann merkte sie, dass die Luft gar keine Luft war, sondern Wasser. Sie waren komplett untergetaucht! Trotzdem konnten sie mühelos atmen und sprechen!

Sie drehte sich um und hielt nach einer vertrauten lilafarbenen Mütze Ausschau. »Wo ist Ardent?«, wollte sie von Fin wissen.

»Ich habe ihn nicht mehr gesehen, seit wir hier angekommen sind.« Er kratzte sich am Kopf. »Oder war er vielleicht der Typ mit der Basiliskenechsen-Maske von vorhin?«

Marrill zuckte mit den Schultern. »Möglicherweise«.

Fin schlenderte neben ihr her und schlurfte mit den Füßen über die Höhlendecke, so dass phosphoreszierende Treibsandkörnchen sie umschwebten. »Hast du vielleicht schon irgendwo diese Traumlitze gesehen?«

Niedergeschlagen schüttelte sie den Kopf. »Ich habe ja noch nicht mal die Muschelweber gesehen.«

Fin blieb stehen. »Aber ich dachte …« Er wandte den Blick auf das Fächerfeld, das den Meeresboden unter ihnen bedeckte. »Sind sie das denn nicht?«

Marrill blinzelte. »Moment mal«, sagte sie. »Die Anemonen sind die Muschelweber? Ich dachte, Muschelweber wären Menschen!«

»Ich schätze, nicht«, erwiderte Fin.

Sie legte den Kopf schräg. »Wie hast du das rausgekriegt?«

Er machte den Mund auf und wollte ihr antworten, brachte aber keinen Ton heraus. Mit gerunzelter Stirn antwortete er: »Traumlogik? Manchmal passieren einem doch Sachen im Traum, die man einfach *weiß*, auch wenn man sie nicht erklären kann, stimmt's?«

»Ungefähr so, wie ich vorhin gewusst habe, dass diese Kuh bösartig ist.« Sie runzelte die Stirn. »Obwohl das vielleicht auch klar war. Schließlich hatte sie ja ein Messer in der Hand.«

Fin starrte sie zweifelnd an. »Ähm, ja, gut. Klar. Wahrscheinlich.«

»Vorhin war das alles total logisch.« Sie wies mit einer Handbewegung auf die Meeresfächer. »Also müssen wir nichts weiter tun, als den Muschelwebern unsere Situation erklären und sie um Hilfe bitten.« Sie ging in die Knie, um sich von der Decke abzustoßen und den bunten Geschöpfen näher zu kommen.

Doch Fin packte sie am Handgelenk und hielt sie fest. »Bloß, dass sie dich nicht verstehen würden. Das hab ich vorhin nämlich schon ausprobiert, aber ich glaube, sie sprechen nur in Träumen.«

Marrill machte die Augen zu und nahm einen tiefen Zug Wasser. Dann konnten sie den Muschelwebern also ihre Situation gar nicht erklären? Konnten sie nicht um Hilfe bitten? Wie sollten sie sie dann dazu bringen, ihnen die Litze zu geben?

Sie dachte krampfhaft nach. Ihr ganzes Leben lang hatte Marrill ein besonders großes Herz für Tiere gehabt. Sie verstand sie besser und stand ihnen näher als die meisten anderen Menschen. Man musste einfach ihre Sprache verstehen, das war alles. Man musste sich auf ihre Voraussetzungen einlassen.

Also rief sie sich alles, was sie über diesen Ort wusste, noch einmal ins Gedächtnis. In der Bücherei der Träume wurden Träume aus allen Ecken des Stroms aufbewahrt. Alle möglichen Leute kamen hierher, um hier einen Traum zu deponieren. Genau das hatte auch Ardent gemacht ... Sie stieß einen tiefen Seufzer aus, so dass winzig kleine Planktonpartikel vor ihren Augen umherschwirrten.

Und mit einem Mal fiel es ihr wie Schuppen von den Augen. *Deponieren. Sie* hatte damit gemeint, dass man hier etwas einlagern oder aufbewahren konnte, wie bei einer Bank oder einer Bibliothek zum Beispiel. Aber das Wort *deponieren* kam ja von Deponie, und eine Deponie, das war eine Ansammlung von allen möglichen Stoffen, Müll zum Beispiel, oder Geröll aus einem Baggersee – oder Kalzium, das von Korallen ausgeschieden wurde. Und war das Ganze hier nicht ein einziges großes Korallenriff?

»Wie konnte ich das bloß übersehen?«, murmelte sie vor sich hin.

»Was meinst du denn?« Fin war verwirrt.

»Das sind keine Seeanemonen«, erklärte sie ihm. »Das sind Korallenpolypen. Und ihr Riff besteht aus eingelagerten Träumen.« Sie lachte und konnte immer noch nicht begreifen, wie offensichtlich das alles war. »Yurl hat es uns sogar gesagt, gleich am Anfang!«

Fin sah sie immer noch mit gerunzelter Stirn an. »Äh, na klar. Am besten, ich kaufe dir das einfach mal ab.«

Sie nickte. »Und wenn wir etwas deponieren wollen, dann kommen die Muschelweber und sammeln es ein. Wir brauchen bloß unsere eigenen Träume zu träumen.« Sie verstummte und tippte sich mit dem Finger an das Kinn, während sie sich alles noch einmal durch den Kopf gehen ließ.

»Aber es muss etwas sein, was die Muschelweber auch anspricht. Etwas, das diesen armen, aufgeregten Kreaturen Sicherheit vermittelt, trotz der Albträume, die jetzt gerade die Welt überfluten.«

Fin schluckte trocken. »Albträume?«

»Wegen dem Nichts«, erklärte Marrill. »Es ist schon ganz in der Nähe, und Ardent hat gesagt, dass es schuld an den Albträumen ist.«

Fin blickte sich um. »Sind wir hier denn überhaupt sicher?«

Marrill erwiderte achselzuckend: »Ardent soll die Albträume eigentlich ablenken. Er sagt uns bestimmt Bescheid, wenn es zu gefährlich wird.«

»Aber ...«

Marrill nahm seine Hand und drückte sie fest. »Keine Angst. Träum einfach etwas Schönes, Sicheres.« Sie machte die Augen zu und wusste schon ganz genau, wie ihr Traum aussehen sollte.

Sie wurde schläfrig. »Ich werde meine Mom wiedersehen.«

Kapitel 14

In die Tiefe

Fin sah die funkelnden Lichter von Khaznot Quay. Eine warme Brise wehte über die Bucht und brachte vertraute Gerüche und Geräusche mit: feilschende Piraten auf den Docks, gerösteter Schmalzbraten auf dem Markt, der Wind, der von der Seufzerhöhe herabwehte. Das kleine Boot, in dem er stand, schaukelte sanft, während das Plätschern der Wellen ihn wie ein Wiegenlied umhüllte.

Er stieß einen zufriedenen Seufzer aus.

Marrill hatte gesagt, er solle von etwas Schönem und Sicherem träumen, und das hier war das Schönste und Sicherste, was er je erlebt hatte – die Nacht, als seine Mutter ihn nach Khaznot Quay gebracht hatte.

Jetzt legte sich eine vertraute Hand auf seine Schulter. Er wusste, was als Nächstes passieren würde, und versuchte, die Bilder, die in seinem Kopf abliefen, zu verlangsamen, jeden einzelnen Moment auszukosten. Gleich würde seine Mutter mit dem Finger an den

Nachthimmel zeigen, auf den hellsten aller Sterne, und dann würde sie sagen: »Was auch immer passiert, solange dieser Stern dort scheint, gibt es jemanden, der an dich denkt.«

Er hielt den Atem an, wartete. Doch als sie den Finger ausstreckte und er den Kopf in den Nacken legte, da sah er nur gähnende Leere über sich. Der Himmel war schwarz und undurchdringlich, wie eine zähflüssige Masse.

Kein einziger Stern war zu sehen.

Er wollte sich umdrehen, wollte seiner Mutter in die Augen sehen, aber sie hielt ihn fest. Fast schmerzhaft krallte ihre Hand sich in seine Schulter. Die Wellen wurden jetzt kräftiger und ließen das Boot ruckartig hin und her schaukeln.

»Wo ist mein Stern?«, fragte er mit aufkommender Panik in der Stimme.

Die Antwort seiner Mutter klang kalt und hart: »Tja, das bedeutet wohl, dass man dich vergessen hat.«

Trommeln ertönten im Takt seines schlagenden Herzens. Wurden lauter. Kräftiger. Vertrauter. Die Angst sammelte sich in seiner Magengrube.

»Mom ...«

Die Frau hinter ihm fing an zu lachen. Es waren grausame Laute, schneidend und schmerzhaft. In diesem Augenblick wusste er, dass die Frau, die ihn festhielt, gar nicht seine Mutter war, sondern die Speerspitze der Schwingen. »Ich habe dir doch gesagt, dass ich dich holen kommen werde«, zischte sie ihm ins Ohr. »Weil du zu uns gehörst.«

Fin wehrte sich, wollte sich losmachen, aber er hatte keine Chance. Große, dunkle Schatten umschwirrten ihn in der Dunkelheit – Schlachtschiffe, auf deren Rümpfen das grell leuchtende, in Flammen getauchte Siegel des Salz-und-Sandkönigs zu sehen war, der Drache unter den Wellen.

Sie verfolgten ihn. Jagten sein winziges Boot. Über ihm riss der Himmel jetzt entzwei, wurde von einem Spinnennetz aus roten Blitzen überzogen. Und an der Spitze der Armada der Schwingen brach ein Schiff aus dem Wasser hervor, dessen stählerner Rumpf wie Glas durch die Wogen schnitt.

Am Bug stand eine Gestalt. Sie trug eine Rüstung, die Fin sehr bekannt vorkam, auch wenn die Gestalt selbst kleiner und schmaler war, als er sie in Erinnerung hatte. Als das Schiff näher kam, nahm die Gestalt die Eisenmaske ab, und Fin sah sich selbst dort stehen.

Es war Vell. Das musste er sein. Er trug die Rüstung des Kapitäns des Eisernen Schiffes. Nur, dass seine Haare genauso zerzaust waren wie Fins, dessen Wangen ein bisschen runder als Vells, und er stand auch nicht ganz so gerade. Auf Höhe seiner Hüfte hing Fins Diebestasche.

»Sorry, Kumpel«, sagte der Junge in der Eisenrüstung und befahl Rammgeschwindigkeit. Die Armada – angeführt von dem Eisernen Schiff – fiel über Fins kleines

Boot her. Es konnte sich nur noch um Sekunden handeln, dann würde nicht mehr als ein Haufen Treibholz von ihm übrig bleiben.

Fin hatte keine andere Wahl, er musste von Bord springen. Viel zu spät fiel ihm ein, dass er gar nicht schwimmen konnte. Das brackige Wasser schwappte über ihm zusammen und hüllte ihn ein. Er fuchtelte mit den Armen und strampelte mit den Beinen, aber es war zwecklos. Mit brennenden Lungen sank er immer tiefer hinab.

Atmen, hörte er eine leise Stimme flüstern. Er schüttelte den Kopf. Die Panik durchzuckte ihn wie ein Stromschlag. *Atmen*, sagte die Stimme noch einmal, nachdrücklicher als zuvor.

Er hatte keine andere Wahl. Er zögerte es bis zum allerletzten Moment hinaus, aber irgendwann machte er schließlich doch den Mund auf und sog einen tiefen Schluck Wasser ein. Kalt und nass ergoss es sich in seine Lungen. Er wartete auf das Gefühl des Erstickens, auf den Hustenanfall, der ohne Zweifel gleich kommen würde, aber nichts dergleichen geschah.

Er konnte unter Wasser atmen!

Fliegen, meldete sich jetzt die Stimme wieder. Dieses Mal gehorchte er sofort und griff nach seinen Himmelssegeln. Sie entfalteten sich mit einem leisen Knall, und schon im nächsten Augenblick schwebte er mit ihnen durch das Wasser. Er lachte und stieß einen ganzen Schwall sprudelnder Luftblasen aus. Er flog Kreise und

Kurven, wagte Schrauben und Loopings. Schon nach wenigen Augenblicken hatte er das Ufer erreicht und durchstieß die Wasseroberfläche. Er hatte eigentlich damit gerechnet, die mächtigen Pfähle der Anleger von Khaznot Quay zu sehen und Sand unter seinen Füßen zu spüren. Doch stattdessen befand er sich inmitten eines üppigen Gartens, umgeben von fließenden grünen Blättern und Blumen in allen Farben. Sämtliche vorstellbaren Düfte schwebten durch die Luft, und ein paar unvorstellbare auch.

Fin sah sich um. Khaznot Quay existierte nicht mehr. Aber er konnte immer noch die Trommeln der Schwingen hören und wusste instinktiv, dass sie die Jagd noch nicht aufgegeben hatten. Dass er noch nicht in Sicherheit war.

Er sah einen Pfad und beschloss, ihm zu folgen. Die ersten Schritte setzte er noch sehr behutsam, doch dann wurde er immer schneller. Er schlängelte sich durch die weitverzweigte Gartenlandschaft und fühlte sich immer verlorener, bis er um eine Ecke bog und merkte, dass er nicht mehr alleine war. Er duckte sich hinter ein Gebüsch. Gar nicht weit entfernt, auf einer Parkbank, saß eine Zauberin. Ihr schillernder Mantel umgab sie wie ein Gewebe aus Wolkenbändern. Aber erst, als er ihr Hauptmerkmal bemerkte, wusste er, wer das sein musste: Tanea Hohlgeblüt. Auch sie gehörte den Zauberern von Meres an.

Ardent hatte ja erwähnt, dass sie einen wundervollen Bart besaß. Und Fin musste zugeben, dass er recht gehabt hatte.

Anscheinend redete sie gerade mit jemandem. Fin rutschte vorsichtig näher. Vielleicht bekam er ihren Gesprächspartner ja zu sehen. Jetzt wehte eine kräftige Windbö durch den Garten, so dass die jungen Bäume sich fast bis auf den Boden duckten. Schützend hob er den Arm, während er mit Blättern bombardiert wurde und dicke Regentropfen auf ihn niederprasselten.

»Du kannst aber nicht in die Vergangenheit reisen!« Der Wind trug Taneas Stimme an Fins Ohren. »Möglich wäre es, gewiss, doch die Energie, die nötig wäre, um den Weg frei zu machen, ist unvorstellbar! Noch nie hat es jemand geschafft!«

Über ihnen krachte ein Donner, und ein leuchtend roter Streifen brannte sich durch Fins geschlossene Augenlider. Sein Magen krampfte sich zusammen, und sein Herz raste. Er wusste, was rote Blitze zu bedeuten hatten. Er wusste, mit wem Tanea sich da stritt.

Fin rief ihr noch eine Warnung zu, aber da war es bereits zu spät. Der Kapitän des Eisernen Schiffes kam auf Tanea zu. Sein weißer Bart wippte im Wind, und seine blauen Augen blickten kalt hinter den Schlitzen seiner eisernen Maske hervor.

Tanea hob abwehrend die Hände. »Warte, nein! Bitte!«

Die grausamen Eisenfinger des Kapitäns griffen nach ihrem Mantel. Tanea Hohlgeblüts Kopf wurde zur Seite gerissen. Ihr Blick fiel auf Fin, doch nur wenige Augenblicke später hatten ihre Pupillen einen stumpfen, metallischen Glanz angenommen. Fin blinzelte, und dann war Tanea Hohlgeblüt zu einer eisernen Statue erstarrt.

Fin schlug die Hand vor den Mund, aber es war zu spät. Der Kapitän wusste, dass er hier war. Langsam drehte er sich um die eigene Achse, dann sah er Fin und hob die geballte Faust mit dem eisernen Handschuh. Fin fiel auf den Rücken, krabbelte rückwärts weiter, wollte so viel Abstand wie möglich zwischen sich und den Kapitän des Eisernen Schiffes bringen.

Da stieß er mit dem Rücken gegen etwas Hartes, drehte sich um und sah, dass ein Brunnen ihm den Weg versperrte. Er krabbelte am Rand entlang und stellte dabei fest, dass das Wasser irgendwie seltsam aussah. Wenn er hineinblickte, dann waren darin kein Spiegelbild des Gartens zu sehen, keine Bäume oder Büsche, kein bewölkter Himmel.

Stattdessen sah es aus wie ein Papiertunnel.

Springen, befahl eine leise Stimme. Es war die gleiche Stimme, die ihm schon vorhin geholfen hatte. Doch dieses Mal ertönte sie nicht nur in seinem Kopf. Er drehte sich um. Genau zwischen ihm und dem näher kommenden Kapitän stand eine Frau.

»Hallo Fin«, sagte sie.

»Annalessa«, keuchte er. »Moment mal, du kannst dich an mich erinnern?«

Sie nickte lächelnd. »Aber natürlich.«

Er legte die Stirn in Falten. »Du hast mich gerettet.«

Sie beugte sich nach vorne und streifte seine Wange mit ihrer. »Gib gut auf meinen Zauberer acht, ja?«, sagte sie.

Dann legte sie die Fingerspitzen an Fins Schulter und schubste ihn rückwärts in den Brunnen, und in der bereits vertrauten Papierröhre wurde er in den Traum eines anderen Menschen befördert.

Kapitel 15

Wackel doch mal ein bisschen

Die meisten Leute verstanden den Piratenstrom nicht. Zumindest nicht so, wie Coll ihn verstand. Zwar floss kein Stromwasser durch seine Adern, aber dafür besaß er etwas sehr Ähnliches, das untrennbar mit seinem Körper verbunden war.

Eigentlich war er nicht für ein Leben auf dem Strom vorgesehen gewesen, ganz und gar nicht. Er stammte aus einem alten Prinzen- und Königsgeschlecht. Seine Vorfahren hatten große Verantwortung getragen, und er war eigentlich ausersehen gewesen, noch größere Verantwortung zu übernehmen.

Aber das war längst Vergangenheit, zum Teil aufgrund seiner eigenen Entscheidungen, zum Teil auch nicht. Jetzt arbeitete er für Ardent. Oder Ardent für ihn? Sie bereisten den Strom nun schon so lange gemeinsam, dass es manchmal schwer war, sich zu erinnern.

Coll wusste nur eines: Sein Schiff war sein Zuhause.

Seine Mannschaft war seine Familie. Und seine Treue zu Ardent war tiefer und reiner als das Quellwasser von Meres.

Genau deswegen hatte er so ein ungutes Gefühl dabei, einfach herumzustehen und nichts zu tun, während das gewaltige Nichts immer näher und näher rückte. Er marschierte vom Achterdeck zur Backbordreling und wieder zurück, nur um erneut einen Blick zum Horizont zu werfen. Keine tausend Meter vom Ufer entfernt endete das kühl-blaue Wasser von Oneira. Es nahm keine goldene Färbung an, um sich mit dem Piratenstrom zu vereinen. Es war einfach zu Ende und ergoss sich in eine Art riesigen Wasserfall, der donnernd in die Dunkelheit stürzte.

Das Nichts war ganz in ihrer Nähe. Coll konnte bereits spüren, wie der Sog der zerstörerischen Strömung am Rumpf der *Krake* zerrte.

»Soll ich den Anker lichten?«, wollte Remy wissen. Sie spielte nervös mit einem verknoteten Tau – eine Angewohnheit, die sie von Coll übernommen hatte.

Er schüttelte den Kopf. »Noch nicht.«

»Wie lange noch?«, wollte sie wissen.

»Bis ich es sage.«

Ihre Miene verdüsterte sich schlagartig, und sie lehnte sich mit verschränkten Armen an einen der Masten, um abzuwarten. Unter normalen Umständen hätte er wahrscheinlich gelächelt, aber natürlich nur so, dass sie es nicht sehen konnte.

Aber jetzt herrschten keine normalen Umstände. Ehrlich gesagt, Coll wusste nicht einmal mehr genau, was eigentlich normal war.

Er seufzte. »Also gut.« Dann ging er zur Gangway, dicht gefolgt von Remy. »He, Büchereimann«, rief er, als er das Ufer betrat. »Wann kriegen wir eigentlich unsere Freunde zurück?«

»Er heißt Yurl«, erinnerte ihn Remy.

Der Bibliothekar ging auf den riesigen Baum mit den vielen Muschelreihen zu. »Tja, es funktioniert folgendermaßen, Leute.« Er tippte mit der Fingerspitze auf die Muschelhülle, und sie wurde durchsichtig. Coll konnte deutlich Ardents knochigen Körper erkennen und daneben Marrill, die sich an ihn gekuschelt hatte. Ach, und dahinten in der Ecke saß auch noch ein Junge.

»Oh, sieh mal!« Remy streckte den Finger aus. »Da ist ja der Begleiter.«

Coll sah etwas genauer hin. Rund um die drei Insassen ragten kleine Papierröhren aus der Wand, und an ihren Spitzen schwankten bunte Tentakeln friedlich hin und her wie ein Feld voller Federn.

»In drei Teufels Namen!«, brach es aus Coll hervor. »Was sind das denn für Dinger?«

Der Bibliothekar versetzte ihm einen Klaps auf den Rücken. »Das, guter Mann, sind die Muschelweber. Deine Freunde da drin stehen im direkten Kontakt mit ihnen. Und wenn du mir die Bemerkung gestattest: Das ist auch gut so. Weil, der Wasserfall dahinten, also, ich finde ja, das sind keine besonders rosigen Aussichten für die guten alten Muschelbänke von Oneira. Jedenfalls … man kriegt die Luke erst wieder auf, wenn alles erledigt und aufgezeichnet ist. Vorher nicht.« Er klopfte noch einmal auf die Oberfläche, und sie wurde wieder undurchsichtig. Coll fiel auf, dass die Stellen, die zuvor stumpf gewesen waren, jetzt glänzten wie poliertes Elfenbein.

»Wie lange wird das dauern?«, wollte Remy wissen.

Yurl rieb sich das auffallend glatte Kinn. »Tja, dann wollen wir mal sehen. Ich bin kein Mathemagiker, aber ich würde sagen … wenn man die Abtastrate der Phantasiefilter berücksichtigt … und angesichts des Schattenwurfs … Hypotenuse zum Quadrat …« Er nahm seine Finger zu Hilfe. »Ich würde sagen, einen Tick länger, als wir alle noch zu leben haben.«

Coll scharrte mit den Füßen im Sand. »Wozu bist du überhaupt nütze?«

Yurl zuckte mit den Schultern. »Wer hat denn behauptet, dass ich zu etwas nütze bin?«

Remy bombardierte Coll mit wütenden Blicken. »Aber es muss doch eine Möglichkeit geben, um Marrill, Ardent und den Begleiter aus dieser Muschel rauszukriegen, bevor das Nichts uns verschlingt. Vielleicht können wir den Muschelwebern ein bisschen Dampf machen …«

»Nein«, meinte Yurl.

»Oder das Nichts aufhalten?«, schlug Remy vor.

Coll verschränkte die Arme vor der Brust. »Wenn wir das könnten, dann wären wir ja überhaupt nicht hier.«

Remy hob beide Arme zum Himmel. »Aber es muss doch irgendwie möglich sein!« Und dann starrten sie gemeinsam auf das versiegelte Gefängnis mit ihren Freunden.

Coll betrachtete es sorgfältig, vor allem die Übergänge der einzelnen Muscheln in die Wand. Dabei fiel ihm auf, dass jede Muschel eine separate Einheit bildete. Ihre gebogene Außenhülle vereinigte sich nicht mit der Wand der Bücherei, sondern klebte nur daran. Wie Seepocken am Schiffsrumpf, dachte er.

Und Coll wusste aus langjähriger Erfahrung, dass man Seepocken abkratzen konnte. Die meisten zumindest.

»Wir nehmen das ganze Ding mit«, sagte er. In diesem Augenblick wehte der erste Windstoß von dem gewaltigen Wasserfall herüber und zerzauste Remys Haare. Coll blickte an ihr vorbei auf das stetig näher kommende Nichts.

Da wurde ihm bewusst, wie dicht Remy sich am Rand der ewigen Vergessenheit befand, und sein Magen krampfte sich zusammen. »Remy, du bemannst die *Krake*. Der Tauknochenmann soll uns ein paar Leinen rüberwerfen, damit wir die Muschel losreißen können.« Der Druck, der auf seiner Brust lastete, ließ nach, als sie nickte und zurück aufs Schiff rannte.

»Wie kann ich euch behilflich sein?«, sagte ein junges Mädchen, das in der Nähe auf dem Boden hockte. Er blickte sich um. Wo, um alles in der Welt, kam die denn plötzlich her? Doch da wurde er schon von der nächsten Windbö durchgeschüttelt. Sie hatten nicht mehr viel Zeit. »Hier«, sagte er und reichte dem Mädchen einen Dolch. Dann drehte er sich um und fing an, seine eigene Klinge immer wieder in den Fuß der Muschel zu stoßen. »Wir müssen eine Kerbe für das Seil machen.«

»Also, das finde ich wirklich super, Leute«, sagte Yurl, nachdem sie sich an die Arbeit gemacht hatten. »Schön, dass ihr alle zusammenhaltet und so weiter. Und die Muschelweber werden sich bestimmt freuen, dass ihr wenigstens ein paar von ihnen das Leben rettet, versteht ihr? Ich meine, natürlich *freuen* sie sich nicht wirklich, weil sie ja ganz anders funktionieren, aber ihr versteht doch, was ich meine, oder?«

Coll beachtete den Bibliothekar gar nicht, sondern rammte sein Messer mit aller Kraft in die Muschelschale, bis er eine Kerbe geschlagen hatte. Dann packte er die Muschel an den Rändern und zog mit aller Kraft, um die Muschel zu lockern. Er versuchte, nicht an das Nichts zu denken. An das, was geschehen würde, wenn sie es nicht schafften, das Ding rechtzeitig freizubekommen.

Stattdessen konzentrierte er sich auf die Strömung, die an seinen Füßen zerrte, und versuchte zu berechnen, welchen Einfluss sie auf die *Krake* haben würde.

Dabei hörte er den Wind durch die Takelage pfeifen. Mit vollen Segeln würde das Schiff einen enormen Schub bekommen.

Er wog alles genauestens ab – das Gewicht der Ladung, ob das Promenadendeck gerade da war oder nicht, den Stand der Sonnen und die Strömung zwischen den Muschelbänken –, um möglichst genau zu bestimmen, wie viel Zeit ihnen blieb, bevor es zu spät war für ein Entrinnen.

Die Antwort war wenig ermutigend.

»Achtung!«, rief Remy, als von der *Krake* zwei Taue geflogen kamen. Coll schnappte sich eines davon und klemmte es in die Kerbe, die er vorbereitet hatte. Ein wildfremdes Mädchen knotete das andere fest.

»Zieh, Tauknochenmann!«, rief Coll.

Die *Krake* neigte sich zur Seite. Das Tau straffte sich. Die Muschel wackelte ein bisschen, gab aber nicht nach.

Das Mädchen blickte Coll flehend an. »Kannst du das Schiff vielleicht ein bisschen dichter ranholen?«

Wenn es nur um sein Leben gegangen wäre, er hätte nicht zweimal überlegt. Aber er war auch für den Rest der Mannschaft verantwortlich – Remy, die Piratten, den Tauknochenmann, ja sogar für den Griesgram. Er wollte sie auf keinen Fall noch mehr gefährden.

Das Riff zitterte unter ihren Füßen, erste Risse und Spalten taten sich in den Muschelbänken auf. Das Nichts hatte jetzt den Rand des Korallenriffs erreicht, dort, wo es aus dem Wasser ragte. Coll sah, wie ein ganzer Korallensockel abbrach und einfach vom Wasserfall verschluckt wurde.

Sie hatten keine Zeit mehr. Er bemerkte ein Mädchen, das mit aller Kraft an der Muschel rüttelte, und stutzte. »Verschwinde!«, rief er, damit sie ihn über das grässliche Knirschen der Zerstörung hinweg überhaupt hören konnte. »Geh zum Schiff, da bist du sicher!«

»Legt ihr ab?«, rief sie zurück.

Er wandte den Blick zur *Krake* und sah Remy auf dem Achterdeck stehen. Sie hatte das Ruder mit beiden Händen gepackt und stand breitbeinig da, genau wie er es ihr beigebracht hatte. Die Haare flatterten ihr um den Kopf, so dass ihre hochkonzentrierte Miene noch wilder und entschlossener wirkte als sonst. Sie bellte einen ganzen Schwung Anweisungen, und obwohl er ihre Worte nicht verstehen konnte, sah er, wie das Schiff auf ihr Kommando zum Leben erwachte.

Er lächelte. Sie war eine hervorragende Kapitänin.

Und sie wäre am Boden zerstört, falls Marrill etwas zustieß.

Er verdoppelte seine Anstrengungen und hackte mit aller Kraft auf die Korallen ein, die die Muschelschale festhielten. Dabei ließ er sich selbst von ein paar Schnitten an den Händen nicht aufhalten. Das Riff gab noch ein lautes Knacken von sich, danach bebte es. Coll spürte, wie das Land unter seinen Füßen langsam nachgab und anfing, dem gähnenden Schlund entgegenzurutschen.

Die Bücherei hatten schon bedenkliche Schräglage bekommen, und auch der hochaufragende Korallenbaum neigte sich zur Seite, zum Glück nicht in ihre Richtung. Allerdings riss dadurch der Boden der Länge nach auf, so dass eine Art Kanal entstand, der bis zur *Krake* führte. Entsetzt sah Coll, wie Remy das Schiff wendete und auf ihn zugesegelt kam. Genau auf das Nichts zu.

Sie fuhr dem sicheren Tod entgegen, und er musste hilflos dabei zusehen.

Immer mehr Taue flogen von der *Krake* an Land und krallten sich in der Wand rund um die Muschel fest. Sie war fast vollständig frei, nur an einer Stelle, ziemlich knapp über dem Boden, wollte sie immer noch nicht nachgeben.

Da hüpfte urplötzlich ein kleines Mädchen auf die Muschel, sprang ununterbrochen darauf herum wie auf einem Trampolin und versetzte ihr dadurch Schlag um Schlag. Ein lautes Ächzen erfüllte die Luft. Es klang wie das Todesröcheln eines Riesen. Hinter ihnen gähnte der Schlund des Vergessens und verschluckte eine Korallenbank nach der anderen.

»Das ist ein trauriger Tag«, jammerte Yurl. »Die ganzen Träume, so viel Geschichte, alles verloren. Aber, na ja, was weiß ich schon? Ich bin ja nur eine einfache Verschmelzung von allen möglichen Gedanken und Ideen, die sich zu einer personenähnlichen Erscheinung zusammengeschlossen haben. Vielleicht hat es ja einen

Grund, dass Träume so leicht vergessen werden. Und jetzt, wo ihr sogar ein paar Weber mitnehmt, wer weiß? Vielleicht könnt ihr ja eines Tages ein paar neue Korallenbänke bauen.«

Jetzt zerbröselte das Riff unter den Füßen des Bibliothekars. Der mächtige Korallenbaum bebte, schwankte, fiel. »Ach, jetzt ist es so weit, meine neuen Freunde!«, sagte Yurl. »Die Bücherei der Träume stürzt ein. Am Boden, am Boden ist sie, die Bücherei.«

Als der Korallenbaum auf dem Boden aufschlug, versetzte Coll der Muschel einen allerletzten Schlag. Er legte alle Kraft hinein, während das Mädchen wie wild auf und ab hüpfte und dazu aus voller Kehle brüllte. Gerade, als es schien, dass alle Mühen vergeblich waren, dass das stürzende Korallenriff sie mit sich in das Nichts reißen wollte, da löste sich die Muschel mit einem lauten, ploppenden Geräusch von der Wand.

Sie flog Richtung *Krake* und landete mit einem dumpfen Aufprall an Deck. Ein kräftiges Zittern lief durch das endlich freie Schiff, und goldenes Wasser spritzte über die Reling. Remy riss das Ruder herum.

Coll stand auf dem letzten Rest des Korallenriffs, am Rand des Wasserfalls, und spürte den enormen Sog des Nichts. Er hatte fast das Gefühl, als könnte er die Hand ausstrecken und es mit den Fingerspitzen berühren.

Für einen kurzen Moment fragte er sich, wie das wohl wäre. Wenn er nicht mehr in endloser Folge Tag um Tag aneinanderreihen musste. Wenn er seinen Fluch für alle

Zeiten loswäre. Seine Erinnerungen ihn nicht mehr länger quälen konnten.

Aber dann spürte er, wie ein Seil sachte gegen seine Hand schlug. Er packte zu und merkte, wie das Seil sich straffte. Erst jetzt fiel ihm ganz in seiner Nähe ein Mädchen auf, das jeden Augenblick ins Nichts gesaugt werden würde. Er streckte die Hand aus, bekam ihren Arm zu fassen, und so flogen sie gemeinsam auf die *Krake*.

Sie landeten auf dem Achterdeck, mitten im reinsten Chaos. Von der Reling auf der Backbordseite tropfte Piratenstromwasser auf das Deck. Eine ganze Schar Piratten verteidigte sich mit Topfdeckeln gegen eine Bande Besteck mit großen Reißzähnen. In der Nähe führten drei Stühle einen Kreistanz auf und sangen dazu Kinderlieder, allerdings sehr falsch. Genau zwischen den beiden Grüppchen kauerte Marrills Kater. Wasser triefte aus seinem Fell, und dann begann er zu sprechen.

Dem Mann in Eisen hinterlasse ich seinen Wunsch
und das Wissen, dass die Wasser des Stroms geduldig
und wahrhaftig sind.

Coll warf Remy einen Blick zu. Sie hielt das Ruder fest in den Händen und hatte für das alles keinen Blick. Schließlich war sie voll und ganz damit beschäftigt, das Schiff aus der Gefahrenzone zu bringen. Ihre gedankenschnelle Reaktion und ihr Wagemut hatten ihnen allen das Leben gerettet. Er wusste nicht, was er sagen sollte. Darum zeigte er auf das Durcheinander, das das Stromwasser angerichtet hatte. »Genau deswegen lassen wir keine Sachen an Deck rumliegen.«

Sie lächelte und klopfte ihm auf die Schulter. »Gern geschehen.«

Kapitel 16

Litze und Tinte

Tränen traten Marrill in die Augen. Weinte sie vor Freude oder weil sie traurig war? Sie wusste es nicht. Vielleicht ja beides. Hand in Hand mit ihrer Mutter stand sie am Rand der Klippe, von der sie vor Jahren einmal gesprungen waren. Ein tropischer Wasserfall ergoss sich in das darunterliegende kristallblaue Wasser. Dort breiteten die Muschelweber ihre bunten, von innen heraus leuchtenden Tentakeln aus.

»Siehst du?«, fragte ihre Mutter. »Bist du nicht froh, dass du mit den Füßen voraus gesprungen bist?«

Marrill nickte. Es war ein aufregender Tag gewesen. Angefangen hatte er mit einem erneuten Sprung von der Klippe, aber als sie im Wasser gelandet war, hatte sie festgestellt, dass sie im Piratenstrom schwammen. Aber weil ihre Mutter dabei war, konnte das Wasser ihr nichts anhaben.

Zunächst hatte sie die pulsierende Aufregung rings umher gespürt, die nebulöse Angst, die die Muschelweber erfüllte, die jederzeit überlaufen und den Traum zum Albtraum werden lassen konnte. Doch mit ihrer Mom war das alles gar nicht mehr schlimm. Sie hatten sich wie Tarzan durch den Plapperhain geschwungen, hatten sich gegenseitig angestachelt, um die Höhen von Monerva zu erklimmen, und hatten im Doppel Margahams Spiel gespielt.

Endlich konnte Marrill ihrer Mom all die Wunder des Piratenstroms zeigen. Und solange ihre Mom da war, brauchte sie keine Angst zu haben. Genau wie im echten Leben. Auch da hatte sie Marrill durch jede schwierige Situation begleitet. Ihre Mom wusste immer, was zu tun war. Selbst wenn Marrill eigentlich klar war, dass sie es nicht wusste, war es irgendwie trotzdem so.

Im Lauf des Tages ließ ihre Nervosität dann langsam nach. Furcht wurde zu Fröhlichkeit, Bedenken lösten sich in Wohlgefallen auf. Die ganze Welt war von einem friedlichen, zufriedenen Summen erfüllt.

Dennoch blieb, ganz im Inneren, ein harter, trauriger Kern zurück. Marrill hielt die Hand ihrer Mutter ganz fest und tat so, als wäre er nicht da. Sie wollte, dass dieser Tag nie zu Ende ging. Aber sie wusste auch, dass das nicht möglich war. Ganz egal, was sie tat, es war nur ein Traum. Sobald sie aufwachte, war sie wieder auf dem Piratenstrom, bedroht von der Verlorenen Sonne von Dzannin. Und ihre Mutter lag dann wieder in einem Krankenhausbett in Boston und wartete auf die neuesten Untersuchungsergebnisse.

Sie blickte ihre Mutter an und schniefte. »Ich will nicht, dass du weggehst, Mom.«

Ihre Mutter strich ihr mit den Fingern durch die Haare. »Ach, Schätzchen«, sagte sie. »Noch bin ich ja da. Genieße einfach jeden Augenblick. Selbst wenn es nur ein Traum ist. Weil hier die Träume nämlich ewig dauern können.«

Marrill lehnte sich an sie und kuschelte sich in ihren Arm. Lächelnd sah sie zu, wie die Wände aus Elfenbein und Horn sich zu langen Bändern verknüpften und sie beide einhüllten.

Im nächsten Moment schlug sie die Augen auf. Dieses Mal in echt, nicht im Traum. Die Muschelhülle, die sie umgab, wurde brüchig, rissig und zerfiel schließlich zu Staub. Und bevor sie wusste, wie ihr geschah, lag sie neben Ardent und Fin an Deck der *Unternehmungslustigen Krake*, als sei sie nie weg gewesen.

»OmeinGottseiDank!«, rief Remy und drückte Marrill und Fin fest an sich. »Das war jetzt aber *wirklich* knapp.« Die Babysitterin erhob sich. »Alle Segel setzen!«, rief sie, und das Schiff erwachte zum Leben.

Als der Wind sie erfasste und die *Krake* schneller wurde, blickte Marrill sich um. Die Papierröhren der Muschelweber hatten sich an Deck entrollt und zu einem langen Band zusammengefügt.

Die Traumlitze!, wurde ihr schlagartig klar. Das Rohmaterial für die Überallkarte.

Sie hatten es gefunden! Aber wo waren die Muschelweber geblieben? Sie konnte sie nirgendwo entdecken, bis sie bemerkte, dass sie etwas in der Hand hielt.

Es war eine weiße Muschelschale. Wunderschön und halbmondförmig geschwungen wie eine Venusmuschel, mit Kanten aus Elfenbein und durchzogen von gelblich weißen Hornstreifen.

Sie drückte die Muschel an sich, während die anderen sich auf sie stürzten und in ihre Arme schlossen. Und ganz tief innen konnte sie die Wärme der Weber spüren, gut versteckt und zurückgezogen. Sie warteten ab, bis sie irgendwo, an einem fernen, sicheren Ort, eine neue Bücherei errichten konnten.

***

Später am Abend saß Marrill an dem Tisch, den Ardent – wie so oft, wenn das Wetter schön war – auf das Hauptdeck gestellt hatte. Sie hielt die Traumlitze vorsichtig in der Hand, während Karni auf ihrem Schoß zufrieden schnurrte. Der Zauberer hielt gerade einen lautstarken Vortrag über den Ursprung des Materials und das Wesen der Träume, aber sie hörte kaum hin. Es kam ihr vor, als würde die unbeschriebene Litze zu ihr sprechen, um ihr von unbegrenzten Möglichkeiten zu erzählen. Als würde sie Marrill darum bitten, mit all diesen Möglichkeiten gefüllt zu werden.

»... und wenn man bedenkt, dass die Träume noch gar nicht geträumt worden waren, nun ja!«, erklärte Ardent gerade einer offensichtlich gelangweilten Remy. »Ich kann mir nicht einmal ansatzweise vorstellen, wie man mit ungeträumten Träumen stricken soll. Ach ja, die Wunder der Dzane.«

»Ziemlich abgefahrenes Zeug«, flüsterte Fin Marrill ins Ohr. »Unverarbeitete Träume und so was.«

Sie nickte. »Ich würde am liebsten was darauf zeichnen.«

Fin blickte sich sichernd nach beiden Seiten um. »Hab ich mir gedacht.« Dann holte er eine Packung Buntstifte aus einer seiner Jackentaschen. »Hab ich von dir geklaut.« Er hüstelte. »*Für* dich, meine ich natürlich. Hab mir schon gedacht, dass du die irgendwann mal gebrauchen kannst.«

Marrills Augen leuchteten, als sie die Hand danach ausstreckte. »Du bist der Beste«, sagte sie und meinte es auch so. Sie zog einen Stift aus der Packung und setzte die Spitze auf das weiße Material. »Was soll ich zeichnen?«

Er verzog nachdenklich das Gesicht. »Wie wär's denn damit ... wie ich der Verlorenen Sonne einen kräftigen Tritt in den Hintern verpasse?« Er baute sich mit grimmiger Miene wie ein Boxer vor ihr auf.

Marrill konnte nicht anders, sie musste lachen. »Wie wär's mit ... einem Drachen?«, sagte sie. Mit schnellen Strichen hatte sie eine gefährliche Bestie skizziert, mit einem Kopf, der eigentlich zu groß für den Körper war, einem Maul voller riesiger Reißzähne und einem dicken Schwanz, der um einen Mast der *Krake* gewickelt war.

Bei den letzten Strichen kam plötzlich Bewegung in die Zeichnung, und der Drache spuckte Feuer. Flammen fraßen sich durch die Dunkelheit und leckten gierig am Tisch. Marrill stieß einen Schrei aus, sprang auf und ließ die Litze fallen. Karni sprang von ihrem Schoß und jagte, trotz der lautstarken Proteste der Piratten, den nächsten Mast hinauf.

Ardent hob den Kopf. »Marrill, bei allen vierzehn Sonnen, was …?«

Doch bevor er seinen Satz zu Ende brachte, trat ein riesiger, mit Klauen besetzter Fuß gegen die nahe gelegene Treppe. Marrill sah mit sperrangelweit geöffnetem Mund zu, wie der Drache aus ihrer Zeichnung vom Vorderdeck hüpfte. Sein gewaltiger Schädel baumelte immer hin und her, was ziemlich komisch aussah, und er schnappte fortwährend mit seinem riesigen Maul. Dann schwang er den Schwanz in einem weiten Bogen herum, so dass sie ein Stück zurückweichen musste.

Marrill blickte auf ihre Zeichnung hinab. Der Drache auf der Litze machte genau dasselbe wie der echte!

»Bei allen Dzanen, ein megazephalischer Wyrm!«, rief Ardent.

»Drache!«, kreischte Remy und stürzte zur Hauptluke.

Marrill rollte sich zur Seite, als der nächste Feuerstoß über ihren Kopf hinwegzischte.

»Keine Angst!«, verkündete Ardent und baute sich vor der wilden Kreatur auf. »Dieses Untier ist nicht das erste, dem ich den Garaus machen werde. Hinfort mit dir, Echse!« Grelle blaue Blitze zuckten knisternd aus seinen Fingerspitzen hervor und trafen die übergroße Nase des Drachen.

Doch die Attacke zischte einfach durch den Drachen hindurch, und die Blitze krachten direkt neben Marrill gegen die Spanten. »Ardent, pass auf!«, rief sie.

Der alte Mann starrte zuerst den Drachen, dann seine Hände und dann wieder den Drachen an. »Ich muss schon sagen, das ist mir noch nie passiert«, verkündete er. Und dann riss der Drache sein Riesenmaul auf und verschlang ihn in einem Stück. Marrills Schrei vereinigte sich mit fünf anderen und sie stiegen gemeinsam an den nächtlichen Himmel empor.

Mühsam kam sie auf die Knie. Da stimmte doch etwas nicht. Diese Schreie … auch Ardents war darunter, und das, obwohl er doch aufgefressen worden war. Sie drehte sich zu der Stelle um, wo der Zauberer vorhin noch gestanden hatte … und immer noch stand.

»AAAAaaaaahh … oh. Oh, jetzt verstehe ich«, murmelte Ardent. »Das ist wirklich gar nicht so dumm, wenn ich mich nicht irre.«

Der Drache knurrte und fletschte die Zähne. Aber als er sich auf dem engen Deck umdrehte, da flutschte sein Schwanz einfach durch die Balken der Reling hindurch.

Er war gar nicht echt.

»Fin«, zischte Marrill und zeigte auf die ausgebreitete Traumlitze, aus der die Kreatur entsprungen war. »Radier die Zeichnung weg!« Er sah sie an, als sei sie verrückt geworden. »Der Drache ist eine Illusion«, sagte sie und warf ihm ihren Stift zu.

»Ach sooooo.« Trotzdem huschte er geduckt zum Tisch und wich jedem Angriff des Drachen aus, bis er schließlich das längliche Stück Pergament in den Fingern hatte und anfing, es mit dem Radiergummi zu bearbeiten. Der Drache stieß ein lautes Klagegeheul aus und wurde mit jedem von Fins Wischern ein kleines bisschen durchsichtiger.

Als das Ungeheuer endlich verschwunden war, stieß Marrill einen tiefen Seufzer der Erleichterung aus. Das war das letzte Mal, dass sie etwas auf einer Traumlitze gemalt hatte, so viel stand fest.

»Na, das war ja aufregend«, bemerkte Coll trocken und kam zum Tisch. Remy begleitete ihn, hielt sich aber zur Sicherheit immer hinter seinem Rücken.

Ardent klatschte in die Hände. »Nicht wahr? Erst das zweite Mal, dass ich im Ganzen verschluckt worden bin!« Er biss sich auf die Lippe. Offensichtlich war ihm gerade etwas klargeworden. »Und wenn es euch recht ist, dann möchte ich über das erste Mal lieber nicht sprechen.« Alle beteuerten sofort, dass es ihnen sehr recht war.

Marrill nahm Fin die Litze behutsam aus der Hand. Das Pergament machte jetzt zwar einen harmlosen Eindruck, aber trotzdem spürte sie genau, welche Möglichkeiten in ihm schlummerten. Sie musste sich eingestehen, dass es sie immer noch irgendwie reizte, darauf zu zeichnen.

»Tut mir echt leid«, sagte sie zu den anderen.

Ardent schüttelte den Kopf. »Na ja, das war ja nicht unbedingt abzusehen. Aber vielleicht sollten wir die Traumlitze vorerst unangetastet lassen, zumindest so lange, bis wir in der Lage sind, sie zu unserer neuen Überallkarte zu machen.« Er nahm ihr das Pergament vorsichtig aus den Händen und wickelte es zu einer knitterigen Rolle zusammen. »Gut, dass du nicht die richtige Tinte verwendet hast. Denn wenn doch, dann hätte dein Gekritzel vermutlich … erheblich mehr Substanz gehabt.«

Remy spähte immer noch unsicher über Colls Schulter hinweg. »Was uns zu der Frage bringt, wo wir als Nächstes hinfahren wollen. Ich meine, im Moment sind wir ja eher ziellos unterwegs …«

»Ja, gewiss doch«, sagte Ardent. Er hob die Überallkarte hoch, so dass alle sie sehen konnten. Das Loch in der Mitte war bereits erkennbar gewachsen. Bei ihrer Ankunft an den Bänken von Oneira war es nicht größer gewesen als ein Vierteldollar, aber jetzt hatte es schon den Umfang eines Silberdollars erreicht. Und es wuchs weiter.

»Wie viel vom Strom ist bereits verloren?«, flüsterte Marrill. »Wie groß ist dieses Loch?«

Ardent blickte sie traurig an. »Es mag klein erscheinen, und in gewisser Weise ist es das auch, weil der Strom unendlich ist. Aber dennoch handelt es sich um ein durchaus nennenswertes Gebiet. Viele Welten sind bereits der Vernichtung anheimgefallen.«

Er versuchte, die Aufmerksamkeit seiner Mitstreiter wieder auf das Wesentliche zu lenken. »Also, das hier ist Meres«, sagte er. »Hier will die Verlorene Sonne ihre Energie in das Quellwasser des Stromes ergießen.« Er deutete auf einen Punkt in der Mitte zwischen dem Nichts und der Randlinie, jener Begrenzung der Karte, die verhinderte, dass all die zahllosen Welten darauf über den Rand des Pergaments rutschten. Marrill fiel auf, dass das Loch sich unregelmäßig ausdehnte und die Form einer Träne annahm, deren Spitze genau auf den Punkt zeigte, den Ardent meinte. »Die Verlorene Sonne kommt schneller voran, als wir gedacht haben. In diesem Tempo ist sie vermutlich schon in zwei Tagen in Meres. Vielleicht sogar noch früher.«

Die Vorstellung jagte Marrill einen eiskalten Schauer den Rücken hinunter. »Dann sollten wir uns vielleicht langsam auf den Weg machen, oder?«

Ardent nickte. »Wohl wahr. Glücklicherweise fehlt uns nur noch eine einzige Sache, und das ist Lebendige Tinte. Mit ihr lässt sich alles zeichnen, was war oder sein könnte.«

Marrill seufzte. Sie wusste, was das zu bedeuten hatte. Suchend blickte sie sich um und entdeckte ihren

Kater schließlich hoch oben in der Takelage. Gerade versuchte er, auf unsicheren Pfoten den Besanmast herunterzuklettern. Es war schrecklich, dass sie ihm das schon wieder antun musste, aber sie hatten keine andere Wahl. Sie konnten lediglich hoffen, dass der Zauberer der Morgendämmerung auch die Lebendige Tinte in seinem Testament erwähnt hatte.

»Ich hole die Kanone«, sagte sie.

Doch Ardent winkte ab. »Nicht nötig. Wir wissen ganz genau, wo wir diese Tinte bekommen.«

Marrill hob den Kopf. »Das ist ja toll! Wo denn?«

Anstatt zu antworten, blickte Ardent zu Coll hinüber.

Dieser legte instinktiv die Finger auf das verschlungene Tau, das seine Haut überzog. Jetzt schlängelte es sich gerade über seinen Unterarm. »Zu Hause!«, stieß er heiser krächzend hervor.

Marrill wechselte einen verwirrten Blick mit Remy und Fin. »Und das … ist schlecht?«

Coll nickte, sagte aber nichts.

Der Blick, mit dem Ardent den Kapitän der *Unternehmungslustigen Krake* bedachte, war voller ehrlichem Bedauern. Marrill hatte keine Ahnung, wieso. »Es ist die einzige Möglichkeit, das weißt du. Es ist der einzige Ort, an dem wir uns diese Tinte beschaffen können.«

»Ich weiß«, erwiderte Coll.

Ardent legte seinem Freund die Hand auf die Schulter. »Wir müssen los, Coll.«

Coll nickte erneut. Eine seltsam knisternde Spannung lag zwischen den beiden Männern. »Ich habe gesagt: Ich weiß.«

»Ich würde dich nicht darum bitten ...«

»Und doch tust du es.«

Der Zauberer blickte den Kapitän lange Zeit forschend an. »Ja, mein Freund, das tue ich.« Dann räusperte er sich. »Kurs auf den Tauknotenzwirbel.«

Coll drückte den Rücken durch und straffte sein Hemd. Er nickte kurz, drehte sich um und stieg wortlos die Treppe zum Achterdeck hinauf.

Endlich war es Remy, die das Schweigen durchbrach. »Und? Will mir vielleicht jemand erklären, wieso das so ein Riesending ist, dass wir Colls Zuhause anfahren?«

Ardent schnappte sich die Traumlitzenrolle, rollte sie eng zusammen und starrte sie mit leeren Augen an.

»Da musst du nicht *mich* fragen.«

Kapitel 17

Düsternis und Glanz

Am nächsten Tag – es war bereits später Vormittag – stand Fin auf dem Achterdeck und beobachtete mit einem mulmigen Gefühl in der Magengegend, wie der Strom sich langsam verengte und aus der unendlichen Weite wieder ein Fluss wurde. Der Horizont war mit zahlreichen Segeln gesprenkelt, überwiegend zivile Schiffe auf der Flucht vor dem näher kommenden Nichts. Aber es waren auch einige Schlachtschiffe darunter. Ihre Silhouetten kamen ihm irgendwie bekannt vor, und dann wurde ihm schlagartig bewusst, dass diese Schlachtschiffe direkten Kurs auf die *Krake* genommen hatten.

»Das sind die Schwingen!«, flüsterte Fig ihm aufgeregt zu. »Sie haben uns gefunden. Gegen sie haben wir keine Chance.«

Fin wusste, dass sie recht hatte. Von allen Seiten schnitten die Schlachtschiffe ihnen den Weg ab und kreisten sie ein. Es würde nicht mehr lange dauern, bis die *Krake* vollständig umzingelt war, es sei denn, sie schafften es doch noch, die Blockade zu durchbrechen.

Fin warf einen Blick zu Coll hinüber und versuchte, seinen Gesichtsausdruck zu deuten. Der Kapitän hatte die Lippen zu einem schmalen Strich zusammengepresst und schaute ziemlich grimmig drein, aber lag das wirklich an den bedrohlich näher kommenden Schwingen? Oder vielleicht doch eher an dem bedrohlich näherkommenden Ziel ihrer Fahrt?

Ardent hatte sich, ein wenig nach vorne gebeugt, neben Coll gestellt und starrte mit grimmigem Blick geradeaus. Allerdings bildeten der wehende Bart und die Mütze, die wie ein Windsack auf seinem Kopf hin und her wippte, einen starken Gegensatz zu seinem strengen Gesichtsausdruck.

»Bist du sicher, dass du das durchziehen willst?«, fragte Coll ihn.

»Genau so sicher, wie ich weiß, dass du es nicht willst«, erwiderte der Zauberer.

»Dir ist doch klar, was du da von mir verlangst, oder?«

Ardent nickte. »Und es fällt mir nicht leicht. Zumal ich deine Begleitung über alles zu schätzen weiß. Aber du musst Vertrauen haben. Ich habe dich beim letzten Mal nicht im Stich gelassen, und das habe ich auch dieses Mal nicht vor.«

Der Kapitän drehte sich zur anderen Seite, wo Remy stand und auf ihrer Unterlippe herumkaute. Coll hatte klargemacht, dass sie von jetzt an ununterbrochen an seiner Seite sein musste, jederzeit bereit, das Ruder zu übernehmen.

Aber als Fin sah, wie viele Schiffe ihnen da entgegenkamen, fragte er sich, ob das wirklich der richtige Zeitpunkt für eine Unterrichtsstunde war. Andererseits war es auch nicht der richtige Zeitpunkt, um einen Streit vom Zaun zu brechen. Coll war der Kapitän, und im Augenblick war er ihre einzige Hoffnung, den Schwingen doch noch irgendwie entkommen zu können.

»Sie sind schon viel zu nahe!«, keuchte Remy. »Das schaffen wir nie!«

Coll ließ ein verächtliches Schnauben hören. »Reiß dich am Riemen, Lehrling.« Dann streckte er die Hand aus und spreizte den Zeigefinger und den kleinen Finger ab, so dass sie auf die beiden nächsten Schlachtschiffe links und rechts von ihnen zeigten. »Die beiden sind die Einzigen, die zumindest den Hauch einer Chance haben, uns zu erwischen. Und jetzt pass gut auf.«

Er tippte das Ruder auf der linken Seite an, und der Bug der *Krake* schwang nach rechts. Das Kriegsschiff auf der Steuerbordseite folgte dieser Bewegung, um der *Krake* den Weg abzuschneiden. Gleichzeitig legte sich das Schiff auf der Backbordseite breitseits, damit es sie nach der unvermeidlichen Wende genau im Visier hatte.

Aber Coll machte gar keine Anstalten zu wenden, sondern behielt seinen Kurs unbeirrt bei. Das Steuerbordschiff hielt jetzt direkt auf sie zu. Fin konnte gar nicht anders, als den gewaltigen Rammbock an der Spitze des Schiffes anzustarren. Der war geradezu ideal, um ein gegnerisches Schiff in Grund und Boden zu rammen. Und an Deck machten sich die Kämpfer der Schwingen schon zur Schlacht bereit.

»Sie wollen uns rammen!«, rief er.

Fig, die aufgeregt zappelnd neben ihm stand, sagte: »Genau so wird es kommen. Ich habe das schon mal gesehen. Sie kennen keine Gnade. Sie werden uns zerschmettern und sich die Wunschkugel holen, während wir sinken.«

Coll hob die Hand. »Immer mit der Ruhe …«

Das Schiff der Schwingen kam noch näher, ganz eindeutig auf Kollisionskurs. Bald schon würde die *Krake* voll Wasser laufen, würden die ersten Enterhaken über die Reling fliegen. Jetzt hatte auch das gegnerische Schiff auf der Backbordseite gemerkt, was los war, und steuerte ebenfalls auf die *Krake* zu. Gleich würde es passieren.

Remy legte Coll die Hand auf den Arm, und dieser packte das Ruder fester. »Genau, wie ich gesagt habe«, hörte Fin ihn flüstern. »Uuuuuund … jetzt!«

Er riss das Ruder mit vollem Schwung herum. Die *Krake* drehte sich abrupt und lag dabei fast flach auf der Wasseroberfläche. Das Schwingen-Schiff schoss an ihnen vorbei. Sie sahen zu, wie die Soldaten ohnmächtig vom Bug zur Backbordseite und dann zum Heck liefen.

»Und jetzt!«, rief Coll erneut. Remy war mit einem Satz beim Ruder und drehte es mit aller Kraft in die entgegengesetzte Richtung. Die *Krake* legte sich in voller Fahrt auf die andere Seite und umkurvte mit elegantem Schwung auch das zweite Angreiferschiff.

Marrill klatschte in die Hände, und Fin stieß einen lauten Jubelschrei aus. Fig schnaufte erleichtert. Der Griesgram hatte sich umgedreht, so dass sie seine Hände nicht sehen konnten, aber Fin wusste, dass er den Schwingen ein paar wütende Gesten hinterherschickte.

»Und so, meine Freunde, steuert man ein Schiff«, sagte Coll und grinste. Dann lenkte er die *Krake* lässig in den schmaler werdenden Fluss.

Fig starrte Fin an. Ihre Augen waren vor Verblüffung weitaufgerissen. »Ich kann nicht glauben, dass wir das geschafft haben.«

Er entgegnete achselzuckend. »Coll ist eben der Beste.«

»Aber wir haben die Schwingen geschlagen. Zum dritten Mal.« Sie starrte ihn an, als sei ihm gerade die Nase abgefallen. »Die Schwingen sind unbesiegbar!« Fin wollte sie gerade darauf hinweisen, dass sie offensichtlich unrecht hatte, aber sie winkte ab. »Du verstehst mich nicht. Ich habe gesehen, wie sie ganze Welten eingenommen haben. Weit entfernte Orte, einfach nur zur *Übung*. Sie sind rücksichtslos und unerbittlich, und keiner hat sie je besiegt. Nicht einer. Das erzählen sie uns jedenfalls im Zwinger …« Plötzlich versagte ihr die Stimme.

Fin zog eine Augenbraue in die Höhe. »Im Zwinger?«

Fig wich seinem Blick aus. »O ja, genau, also … na ja, da wo sie die Schemen-Kinder unterbringen. Und die Ungehorsamen. Und die, die man beschützen muss, so wie dich …« Sie schlug die Hand vor den Mund.

Fin beugte sich etwas dichter zu ihr und zischte: »Was soll das denn heißen, *wie mich*?«

»Gar nichts«, zwitscherte Fig. »Es ist bloß … so wie ich gesagt habe … die Schwingen und die Schemen sind miteinander verbunden. Wenn ein Schemen stirbt, dann kehren die ganzen Schwächen wieder zu seiner Schwinge zurück.« Sie zitterte. »Das ist das Schlimmste, was man sich vorstellen kann. Deine Schwinge ins Verderben ziehen. Das ist das größtmögliche Versagen.«

Fin seufzte. Er wusste gar nicht, was schlimmer war: ein Niemand zu sein oder noch weniger als das – eine lebende Verkörperung des Versagens. »Das heißt also, sie stecken uns in einen Zwinger?«

Fig zuckte mit den Schultern. »Zumindest einige von uns. Wie gesagt, die Kleinen, die noch erzogen werden müssen, und die Ungehorsamen, und dann noch die, die zu einer besonders wichtigen Schwinge gehören und deshalb beschützt werden müssen. Es ist nicht sehr schön da, aber … wir haben es ja nicht anders verdient.«

Fin schüttelte den Kopf. Da hatte er sich doch bestimmt verhört, oder nicht? »Soll das ein Witz sein? Das haben wir überhaupt nicht verdient! *Niemand* hat es verdient, in einem Zwinger zu hausen.«

»Aber ...«

»Kein *Aber*! Die behandeln Menschen wie Vieh. Kein Wunder hat meine Mom mich von dort weggebracht ...«

Und dann, mit einem Mal, machte es klick. *Seine Mom hatte ihn weggebracht, um ihm das Leben in einem Zwinger zu ersparen.* Damit er frei sein konnte. Sein eigenes Leben leben konnte. Mit einem Mal kam ihm der ganze Schmerz, den er in den vergangenen Jahren empfunden hatte, dumm und kindisch vor. Seine Mutter hatte alles aufs Spiel gesetzt, um ihn zu befreien, damit er nicht irgendwann so dachte wie Fig – damit er nicht irgendwann glaubte, dass er es verdient hatte, wie ein Gefangener behandelt zu werden.

»Weißt du, was?«, sagte er. »Du behauptest ständig, dass wir der schlechte Teil sind. Aber ich habe Vell kennengelernt, und so langsam glaube ich, dass du unter *schlecht* etwas anderes verstehst als ich.« Er reckte stolz das Kinn in die Höhe. »Ich hoffe, du hast nichts dagegen, aber ich bin überzeugt, dass ich nicht in einen Zwinger gehöre, genau so wenig wie du. Und außerdem, nach allem, was wir gerade erlebt haben, würde ich sagen, dass die Schwingen vielleicht nur deshalb noch nie besiegt worden sind, weil sie es noch nie zuvor mit der *Unternehmungslustigen Krake* zu tun bekommen haben. Hab ich recht, Marrill?« Er hob die Hand, damit sie ihn abklatschen konnte.

Marrill hatte sich über die Reling gelehnt. Jetzt drehte sie sich um und schlug ein. »Wobei hast du recht?« Dann glitt ihr Blick zu Fig, und ihre Miene wurde noch verwirrter.

Fin wollte ihr nicht zum hundertsten Mal an diesem Vormittag erklären, wer Fig war, darum lenkte er Marrill ab, während Fig sich auf die andere Seite des Schiffes verzog. »Halt dich gut fest, gleich wird es stürmisch, so wie's aussieht.«

Weiter vorne musste das Wasser sich zwischen zerklüfteten Felswänden hindurchschlängeln, die so hoch waren, dass ihre Spitzen in den Wolken verschwanden. Immer reißender wurde die Strömung, während die *Krake* auf dem tosenden Fluss entlangschlingerte. Die riesigen Felsen kamen immer näher und näher, verdeckten die Sonne und hüllten sie in ein düsteres Dämmerlicht, das nur vom Schimmern des schäumenden Wassers durchbrochen wurde. Fin hielt sich an der Reling fest, als ein brausendes Tosen ertönte.

Zuerst dachte er, dass sie auf einen gewaltigen Wasserfall zufuhren, bis ihm klarwurde, dass es mehr sein musste als das. Das Geräusch war nicht nur vor, sondern auch *neben* ihnen. Er warf einen Blick auf die rissigen Felswände. Hinter den Spalten glitzerte es golden.

Dort floss ein weiterer Flussarm, direkt neben ihnen! »He, schau mal!«, rief er Marrill zu. »Da ist ja noch ein Fluss.«

»Ich weiß«, erwiderte sie. »Ich kann ihn sehen.«

»Ich auch«, meldete sich Fig von der anderen Seite des Schiffes aus zu Wort.

Fin wirbelte herum. Tatsächlich drang auch auf Figs Seite dieser goldene Glanz zwischen den zerklüfteten Felsen hervor. »Oh, wow«, sagte er. »Es gibt sogar *drei.*«

»Vier«, knurrte der Griesgram und kicherte dabei leise. Er stand in der Mitte des Schiffes und zeigte mit einer Hand nach oben.

Fin hob den Blick und erschrak. Sie befanden sich in einer gewaltigen Höhle! Und an der Decke, direkt über ihnen, floss ebenfalls ein schimmernder Fluss entlang.

»Fünf«, sagte der Griesgram und nahm eine zweite und dann eine dritte Hand zu Hilfe. »Sechs. Sechzehn. Dreiundsechzig.«

»Oh-haa«, stieß Fin atemlos hervor und drehte den Kopf nach allen Seiten. Sie fuhren auf einem von Hunderten identischen Flüssen, die an den gewölbten Höhlenwänden entlangflossen, als ob es keine Schwerkraft gäbe. Sie rauschten alle in dieselbe Richtung, irgendeinem unsichtbaren Punkt in der Ferne entgegen.

»Hast du so was schon mal gesehen?«, ließ sich Fig vernehmen, die sich wieder neben Fin gestellt hatte.

Er schüttelte den Kopf. »Nicht mal *gehört* hab ich davon. Ich meine, klar gibt es Stellen, wo einzelne Teile des Stromes zusammenfließen. Viele sogar. Aber so was wie das hier …?«

»Komm mit, Fin!«, rief Marrill ihm zu. »Mal sehen, ob

wir rauskriegen, was das alles soll!« Sie rannte die Stufen zum Achterdeck hinauf, wo Coll mit scharfem Blick Remy beobachtete. Sie hielt gerade mit schneeweißen Knöcheln das Ruder umklammert. Fin und Fig waren Marrill dicht auf den Fersen und wären um ein Haar gemeinsam die Treppe hinaufgepurzelt.

»Das machst du prima«, versicherte Coll Remy. »Versuch, dich ein bisschen zu entspannen. Wenn du zu sehr verkrampfst, werden deine Bewegungen zu ruckartig. Lass dich von der Strömung treiben, so lange es geht, aber sei jederzeit bereit, dich mit aller Kraft dagegenzustemmen, sobald es sein muss.«

»Das ist also dein Zuhause?«, wollte Fin von Coll wissen.

Coll sah ihn mit hochgezogener Augenbraue an. »Einer von denen ist heimlich an Bord gekommen«, flüsterte er Remy zu. »Bin wohl ein bisschen zu dicht an ihnen vorbeigefahren. Gib mir mal meine Axt.«

Fin riss beide Hände in die Luft. »Ich bin ein Freund! Ein Freund!« Er konnte praktisch spüren, wie Fig in seinem Rücken bereits kehrtmachte und unauffällig die Stufen hinunterschlich.

Coll sah Marrill an, die heftig mit dem Kopf nickte. »Befehl nicht ausführen«, sagte er zu Remy, zuckte mit den Schultern und beantwortete Fins Frage. »Ja. Zuhause. War es mal. Irgendwie.«

»Wie viele Flüsse gibt es denn hier?«, wollte Marrill wissen.

»Mehr, als man zählen kann. Das alles hier …« Er deutete auf die Höhlenwände, den Höhlenboden, die ganze Umgebung, »… ist bloß ein kleiner Teil des Ganzen.«

»In der Tat!«, verkündete Ardent und kam vom Heck des Schiffes herangeschlurft, als hätte er die ganze Zeit dort gestanden und nur darauf gewartet, dass jemand dumm genug war, eine Frage zu stellen, die er mit einer unnötigen und viel zu langen Erklärung beantworten konnte.

»Ihr werdet euch erinnern«, setzte der Zauberer an, »dass der Piratenstrom nicht ein einziger Fluss ist, sondern viele, und selbst der offene Strom besteht gewissermaßen aus vielen Flüssen, die alle gleichzeitig neben- und miteinanderfließen.«

»Na klar«, meinte Fin. »Sagen wir einfach, dass wir uns daran erinnern.«

»Pschscht!«, machte Marrill, aber sie grinste dabei. »Also, ich kann mich wirklich daran erinnern«, kicherte sie dann.

»Schwindelhusten. Schwindel…«, Fins Worte an sie wurden durch einen Huster unterbrochen, »…husten!«

Ardent fuchtelte ein paarmal mit der Hand durch die Luft, bis er unvermittelt ein langes Taschentuch in der Hand hielt. »Du meine Güte«, sagte er. »Ein Schwindelhusten ist eine fürchterliche Krankheit. Hier hast du ein Täuschentuch.« Fin griff halbherzig danach, aber in dem Moment, als er es berührte, verdampfte es.

»Wie gesagt«, fuhr Ardent fort. »Draußen auf dem Strom können alle diese Flüsse nebeneinander- und übereinander- und durcheinanderfließen, aber immer in unterschiedliche Richtungen. Der Tauknotenzwirbel ist der einzige Ort, wo alle Flüsse des Stromes zusammenkommen, wo sie sich an einem Punkt vereinen.«

»Und wieso weiß dann niemand etwas davon?«, wollte Fin wissen. »Eigentlich müsste so was doch für eine Menge Aufmerksamkeit sorgen.«

»Fin, schau doch mal«, flüsterte Fig ihm ins Ohr und versetzte ihm einen Stoß. Das Tattoo mit dem verschlungenen Tauknoten, das immer über Colls Körper wanderte und ihn einmal sogar beinahe erwürgt hätte, lugte unter seinem linken Hemdärmel hervor. Unter seinem rechten auch. Und unter seinem Kragen.

Es wuchs und wurde immer größer.

Ardent musste es auch bemerkt haben, jedenfalls blieb sein Blick daran hängen, während er weiterredete. »Natürlich findet nicht jeder hierher. Es ist vielmehr ein Geheimnis, das nur den besten Kapitänen auf dem Strom bekannt ist. Nur ganz besondere Persönlichkeiten, wie zum Beispiel unser Freund Coll hier, schaffen es, unfallfrei durch die Passage zu kommen.«

»Aber«, meldete Marrill sich zu Wort, »wir sind doch einfach immer nur einen geraden Fluss entlanggefahren.«

Coll schüttelte den Kopf und löste Remy am Ruder ab. »Er kommt dir nur gerade vor, weil ich genau weiß, was ich tue. Ansonsten würde die ganze Sache ganz schön anders aussehen, das kann ich dir garantieren. Hier lauern überall verborgene Strudel und Stromschnellen. Jeder Kapitän, der damit nicht klarkommt, wird unweigerlich unter Wasser gezogen und auf der anderen Seite wieder ausgespuckt ... wenn er Glück hat.«

»Schwer zu finden, kaum zu erreichen und so gut wie unbekannt«, sinnierte Fin. »He, Griesgram, ich glaube, wir haben dein neues Zuhause gefunden.«

»Nein«, sagten Coll und Ardent wie aus einem Mund.

»Dies ist kein Ort zum Verweilen«, fuhr Ardent fort. Dann wandte er sich mit seltsam düsterer Miene dem Kapitän der *Krake* zu.

Der Blick, den er dafür erntete, war alles andere als freundlich. »Sofern man es vermeiden kann zumindest«, fügte Coll hinzu. Angst lag in seiner Stimme, echte Angst. Hatte es das je zuvor schon mal gegeben? Fin konnte sich nicht erinnern.

Der Kapitän packte das Ruder fester. »Wenn es nicht um das Ende des Stromes ginge, Ardent ...«

»Ich weiß«, erwiderte der Zauberer. »Ich weiß.«

Der Tunnel machte eine Biegung, und sie wurden immer schneller und tiefer hineingezogen. Die wirbelnde Gischt wuchs an und wurde zum tosenden Brüllen eines gewaltigen Wasserfalls, der schnell näher kam und größer sein musste, als Fin es sich überhaupt vorstellen konnte. Er kniff die Augen zusammen, versuchte, nach vorne zu schauen und etwas zu erkennen, aber die Düsternis und der schimmernde Glanz ließen alles irgendwie ineinander verschwimmen. Was immer das Ziel ihrer Fahrt sein mochte, ihnen blieb nichts weiter als die Hoffnung. Hoffentlich reichte das.

Remy stampfte kräftig mit dem Fuß auf das Deck. »Nein.«

»Verzeihung?«, sagte Ardent und hielt sich eine Hand hinters Ohr.

Das junge Mädchen wirbelte herum und zischte den Alten an. »Ich habe gesagt: Nein!« Dann wandte sie sich an Coll. »Und das gilt auch für dich, Mister, und zwar doppelt. Ihr benehmt euch seltsam und geheimniskrämerisch, und ihr macht mir Angst. Das läuft mit mir nicht! Also los, raus mit der Sprache: Was ist hier los? Wo fahren wir hin? Und was passiert, wenn wir da sind?«

Ardent wollte gerade antworten, da hob Coll die Hand. »Sie hat recht. Und wir können jetzt sowieso nicht mehr umkehren. Tatsache ist, dass unsere Reise hierher einen Preis hat. Genau wie beim ersten Mal ...« Er holte tief Luft. »... vor vierhundertdreiundsiebzig Jahren.«

»Was?«, krächzte Remy.

Fin starrte Marrill an. Ihre weitaufgerissenen Augen leuchteten weiß in der Dunkelheit und seine eigenen bestimmt auch.

Sicherlich gab es Mittel und Wege, ein Leben zu verlängern, ganz ohne Zweifel. Am Piratenstrom lebten viele Geschöpfe, deren Lebensdauer die eines normalen Menschen überschritt. Ardent zum Beispiel war mindestens zweihundert Jahre alt, vermutlich sogar noch erheblich älter. Und Coll hatte schon immer weiser gewirkt, als man ihm zugetraut hätte.

Schließlich sah er aus wie allerhöchstens sechzehn und ganz bestimmt nicht wie jemand, der stramm auf die Fünfhundert zuging.

»Genau die Reaktion habe ich erwartet«, sagte Coll. Der Wasserfall röhrte so laut wie nie zuvor, und Coll musste brüllen, damit die anderen ihn überhaupt hören konnten. »Aber um deine zweite Frage zu beantworten: Wir fahren *da* hin.«

Während die *Krake* einen Bogen beschrieb, zeigte er nach vorne. Dort endeten die Felsen, ja, die ganze Höhle öffnete sich und sie gelangten in eine riesige Weite ohne erkennbare Decke, ohne Himmel, ohne Boden oder Wände.

Von allen Seiten kamen Flüsse mit schimmerndem Wasser herangebraust. Hunderte flossen alleine aus dem Tunnel, durch den sie gekommen waren, aber solche Tunnel gab es noch tausendfach, und jeder brachte seine eigenen Flüsse mit, deren Wasser sich in die endlose Leere, die vor ihnen lag, ergoss.

Am Ende der Tunnels brachen die Flüsse einfach ins Freie. Manche stürzten als mächtige Wasserfälle nach unten, andere versprühten ihr Wasser nach oben. Zahlreiche Regenbogen spannten sich wie Spinnweben durch die Luft. Andere Flüsse wickelten sich umeinander und verknoteten sich zu haarsträubenden Mustern.

Aber im Mittelpunkt des Ganzen hing eine phantastische Kathedrale. Sie saß wie eine Spinne inmitten des Regenbogennetzes, wie eine Perle auf einer Schnur aus reinster Magie, getragen von den Strömen, die unter ihr dahinbrausten, umgeben von den Flüssen, die um und über und durch sie hindurchflossen. Und auf diese Kathedrale war Colls Zeigefinger gerichtet.

»O-haa«, machte Fig. Fin hatte den Mund sperrangelweit aufgerissen und nickte nur.

»Der Tauknotenzwirbel«, sagte Coll. »Das ist unser Ziel.« Seine nächsten Worte waren so leise, dass sie im Rauschen des Wassers beinahe untergingen. »Aber was passiert, wenn wir da sind? Ich habe keine Ahnung.«

Kapitel 18

Der Tauknotenzwirbel

Während die *Krake* den Windungen der Zauberflüsse folgte, starrte Marrill das bedrohlich wirkende Bauwerk, das da vor ihnen lag, an. Aus der Ferne hatte es wie ein einziges massives Gebäude gewirkt, aber aus der Nähe erkannte sie, dass es eher ein Labyrinth aus vielen, zusammenhängenden Konstruktionen war.

Alle waren sie im selben Stil gebaut: Langgezogene, abgerundete Kanten und Bögen, alle irgendwie ineinander und miteinander verschlungen, rankten sich um die Zauberflüsse, als wollten sie den ganzen Strom umfassen.

Wie ein Knoten, dachte Marrill bewundernd. Das ganze Ding sah aus wie ein riesiger, verschachtelter Knoten, der um die unzähligen Arme des Piratenstroms gewickelt war.

Sie kniff die Augen zusammen, aber trotzdem konnte sie nicht erkennen, aus welchem Material er eigentlich bestand. Er war glatt wie Marmor, aber gleichzeitig auch weich und elastisch. Die Oberflächen des Gebäudes glitzerten im Schimmer des Stromwassers.

»Hier wohnt der Siehsiehfusch. Die Kreatur, der alle großen Navigatoren absoluten Gehorsam schuldig sind – und vor der sie sich fürchten«, sagte Coll im Flüsterton. Dann wies er an: »Alles fertigmachen zum Anlegen.«

Marrill suchte schnell noch einmal das Hauptdeck ab, um sicherzugehen, dass Fin nicht vergessen wurde und Karnelius in Sicherheit war (auf dem Arm des Griesgrams, wo er zurzeit praktisch jede Minute verbrachte). Zufrieden drehte sie sich wieder um und stellte fest, dass Remy sich inzwischen vor dem Ruder aufgebaut hatte. Sie starrte Coll genau in die Augen.

»Wir machen uns für gar nichts fertig, bevor du uns nicht haarklein erzählt hast, was das hier alles soll«, sagte die Babysitterin.

Coll beugte sich ein wenig zur Seite, um an ihr vorbeizuschauen, doch Remy folgte seiner Bewegung, um ihm die Sicht zu versperren. Er warf Ardent einen hilfesuchenden Blick zu, aber der Zauberer blieb stumm.

Da nutzte Marrill die Gunst der Stunde. »Ganz genau! Niemand verlässt das Schiff, bis du nicht alles ausgespuckt hast.« Ihre Augen wurden zu schmalen Schlitzen. *»Alter Mann!«*

Coll spitzte die Lippen. »Ihr wollt es wirklich wissen?«

Sie nickten alle gleichzeitig.

»Also gut.« Er nahm für einen kurzen Moment die Hände vom Ruder und schob einen Hemdärmel nach oben. Die Taue seines Tattoos schlängelten sich über seine Haut wie lebendige Aale. »Dieses Ding hier«, sagte Coll, »ist ein Geschenk des Siehsiehfusch. Alle großen Segler, alle die, die es ohne fremde Hilfe bis zum Tauknotenzwirbel geschafft haben, werden vom Siehsiehfusch mit dieser Gabe belohnt. Damit spüren sie jederzeit, wenn die Strömung sich ändert, und sie finden immer den Weg zurück zum Knoten. Aber gleichzeitig ist es auch ein Fluch.«

Marrill lief es eiskalt den Rücken hinunter. »Fluch? Das klingt aber gar nicht gut.«

Coll sah sie vollkommen unbeeindruckt an. »Ja, da hast du recht. Ein Fluch ist ganz grundsätzlich nichts Gutes. Der Preis für die Gabe des Siehsiehfuschs ist, dass man niemals sesshaft werden kann. Schon nach ein, zwei Tagen im Hafen wird das Tattoo unruhig. Ihr habt ja mitbekommen, dass es mich in Monerva fast erwürgt hätte – wir hingen dort fest, aber das Tattoo wollte, dass wir weiterfahren. Wenn wir dann nicht endlich weggekommen wären … gut möglich, dass es mich tatsächlich umgebracht hätte.«

Marrill stockte der Atem. Remy ließ den Kopf sinken. Fin wandte sich ab, während die neue Leichtmatrosin unruhig von einem Bein auf das andere trat. »Heißt das, du musst immer und ewig unterwegs sein?«, erkundigte sich Marrill. »Für alle Zeiten?«

Coll zuckte mit den Schultern. »Mehr oder weniger.«

»Weil du unsterblich bist«, stellte Remy beklommen fest. Man hörte ihr an, dass sie hoffte, dass er ihr widersprach.

Coll zuckte erneut mit den Schultern. »Mehr oder weniger.« Er starrte auf seine Fußspitzen hinab. »Jedenfalls war es gut, dass ich noch so jung und attraktiv war, als ich das erste Mal hierhergekommen bin. Sonst wäre ich jetzt im Körper eines alten Mannes gefangen.«

Marrill verschränkte die Arme vor der Brust. Irgendetwas kam ihr an der ganzen Geschichte komisch vor. »Aber wenn du schon einmal hier warst und diese Gabe bekommen hast, warum hast du dann jetzt so viel Angst davor?«

Coll hob den Blick zu dem glitzernden Bauwerk, das aussah wie eine gewaltige, vielfach verschlungene Schlange, die sich um das Herz des Piratenstroms gelegt hatte. »Jeder Segler, der hier war, kommt irgendwann einmal wieder. Und wenn es so weit ist, dann hält das Siegel des Siehsiehfusch ihn hier fest ... für immer.«

»Was?«, keuchte Remy.

Coll holte tief Luft. »Wer zum zweiten Mal den Tauknotenzwirbel ansteuert, kommt nie wieder weg.«

»*Fast* nie«, meldete sich Ardent jetzt endlich zu Wort. »Einige wenige haben es tatsächlich geschafft.« Coll bedachte ihn mit einem langen, vernichtenden Blick. »Stimmt doch!«, rief der Zauberer. »Zumindest einer!

Und ich bin zuversichtlich, dass es erneut geschehen wird!«

»Aber ...«, wandte Marrill ein. »Wieso? Wieso will der Siehsiehfusch all diese Seeleute nicht mehr weglassen?«

Ardent räusperte sich. »Der Siehsiehfusch ist eine Kreatur der uralten Magie. Für sie gelten andere Gesetze als für die ... eher Sterblichen unter uns.« Er blickte sie todernst an. »Befehlen, Führen, Umschlingen. Das ist das Gesetzbuch des Ungeheuers. Zu etwas anderem ist es nicht in der Lage, sonst wäre es nicht, was es ist.«

Marrill und Remy platzten fast vor lauter Fragen, aber Coll hob gebieterisch die Hand. »*Fertigmachen zum Anlegen*, hab ich gesagt!« Seine Stimme klang so bestimmt, dass niemand wagte, ihm zu widersprechen.

Als die *Krake* näher glitt, ging mit dem vor ihnen liegenden Gebäude eine Verwandlung vor sich. Marrill sah mit großen Augen zu, wie sich eine der gewaltigen Stromwindungen löste und in ihre Richtung schwang. An ihrer Oberkante befand sich ein steinerner Anleger. Der Tauknochenmann schlang mehrere Leinen um die Pylonen und zog das Schiff dann dicht heran. Die Piratten eilten zu den Rahen herab, um die *Krake* noch besser zu sichern, damit sie nicht Gefahr lief, von der schnellen Strömung mitgerissen zu werden.

»Fasst ja nichts an, wenn wir drin sind«, sagte Coll, während sie bereits die Gangway ansteuerten. Er warf

Marrill einen strengen Blick zu. »*Überhaupt* nichts, kapiert?«

»Nichts anfassen. Kapiert?« Sie sah Fin an, um sicherzugehen, dass er die Warnung auch gehört hatte. Aber er war anscheinend gerade abgelenkt und stritt sich mit einer Leichtmatrosin, die Marrill noch nie gesehen hatte. Sie wollte gerade seinen Namen rufen, da nahm Coll sie am Ellbogen und schob sie die Gangway hinunter. Der Boden fühlte sich seltsam schwammig an, und sie hüpfte ein paarmal auf und ab, um auszuprobieren, wie gut er federte.

Coll drückte noch ein bisschen fester zu. »Und mit niemandem reden«, fügte er noch hinzu.

Als er sicher war, dass sie ihn verstanden hatte, drehte er sich um, um Remy zu helfen. »Der Siehsiehfusch hat im Lauf der Zeit jede Menge Seeleute hier versammelt«, fuhr er fort. »Sie werden euch garantiert ansprechen. Aber ihr ignoriert sie. Ganz egal, was sie sagen. Denkt immer daran: Ihr könnt ihnen nicht helfen.«

»Mit niemandem reden. Verstanden«, wiederholte Marrill laut genug, dass auch Fin es hören musste, der hinter ihnen die Gangway herunterkam. Das Mädchen in seinem Rücken nahm sie kaum wahr.

»Auch wenn wir vor dem Siehsiehfusch stehen, sprecht ihr ihn auf gar keinen Fall direkt an«, beendet Coll seine Anweisungen. »Er wird mit mir sprechen, weil ich ein Navigator bin, und mit Ardent, weil sogar *er* Respekt vor Zauberern hat. Aber falls er das Wort an jemand anderen richtet, dann ist das ein ganz schlechtes Zeichen.«

Ardent nickte würdevoll. Dann richtete er sich auf und streckte den Rücken durch. Sein Mantel war frisch gewaschen und gebügelt, seine Mütze sauber und ordentlich. Bisher hatte Marrill noch nie mitbekommen, dass er sich für einen bestimmten Anlass schick gemacht hatte.

Ihr Magen krampfte sich zusammen. Was hatten sie sich da wohl eingebrockt?

Völlig geräuschlos schwebte die Flusswindung mitsamt dem Anleger jetzt in die Höhe und trug sie zum Hauptgebäude. Bewundernd ließ Marrill den Blick über die Architektur gleiten. Jede Windung schien beabsichtigt, jeder Bogen mit höchster Sorgfalt geschaffen worden zu sein. Überall auf der Oberfläche waren Bilder von Meerjungfrauen, Drachen und Segelschiffen in dunkler Tinte zu erkennen, fast so, als ob das ganze Bauwerk tätowiert war.

Aber es gab ein Motiv, das allgegenwärtig war, und das war ein vielfach verschlungener Tauknoten.

»Soweit man weiß, existiert der Siehsiehfusch seit den Zeiten der Dzane«, dozierte Ardent, während der Anleger vor einer hohen, aus bauchigen Wülsten bestehenden Mauer zur Ruhe kam. Es sah aus wie übereinandergestapelte Riesenschlangen. Über ihren Köpfen floss ein Arm des Piratenstroms entlang, und die Mauer schlängelte sich um den Wasserlauf herum, so dass er freie Bahn ins Innere hatte. »Die Legende besagt, dass er sich von Anfang an hier niedergelassen hat, damit er mit seinen Fingern jeden Lauf des Stroms berühren kann.«

Coll kratzte sich an den Rändern seines Tattoos. Es war mittlerweile so groß geworden, dass die Tintentaue nicht nur seine Hände und Arme bedeckten, sondern sogar um seinen Hals lagen.

Mit einem Mal stellte Marrill sich die Frage, ob es wirklich eine gute Idee gewesen war, hierherzukommen. Aber dann dachte sie an das Loch in der Überallkarte, das sich langsam immer weiterfraß, und schluckte. Das Schicksal des ganzen Stroms hing davon ab, dass sie die Tinte fanden und noch vor der Verlorenen Sonne in Meres waren.

Jetzt veränderte die Mauer ihre Gestalt. Die Wülste lösten sich auf, zogen sich zurück und gaben den Blick auf einen unendlich langen Korridor frei. So weit das Auge blicken konnte, fanden sich keinerlei Türen oder Fenster … nur der Nebenarm des Stroms, der oben an der Decke entlangfloss und den ganzen Weg in einen goldenen Schimmer tauchte.

Sie wollten losgehen, doch da baute sich ein Mädchen, das die ganze Zeit neben Fin gestanden hatte, vor Coll auf und streckte ihm die Hand entgegen. »Bist du sicher, dass ihr diese Tinte nicht doch irgendwie anders besorgen könnt?«

Colls Blick wurde unsicher, wanderte zu Ardent und

dann wieder zurück zu dem Mädchen. Dann schob er sich wortlos an ihr vorbei.

Marrill holte tief Luft und ging ihm nach, aber als ein Durcheinander aus vielen verschiedenen Stimmen an ihr Ohr drang, blieb sie ruckartig stehen. Überall an den Wänden hingen Seeleute, die mit dicken Ranken dort festgebunden waren. Sie riefen einander ununterbrochen etwas zu. Zuerst klang es wie Schmerzensschreie, und Marrill lief es vor Mitleid und Angst kalt den Rücken hinunter. Doch dann hörte sie etwas genauer hin und nahm die Worte war, die sich wie Tentakeln durch die Luft schlängelten.

»Zweimal is' der Wal hochgekomm' un'
zweimal bin ich knapp an ihm vorbei …

»Und dann sagt der Maat, also,
der Maat sagt: ›Und wer hat jetzt
die Fock!‹ KAPIERT?«

»Ein Sturm, wie wir noch nie einen
erlebt haben, und die Seekuh, o Mann,
diese Seekuh mit ihren riesigen Zähnen …«

Also, die Hirschhorn-Sirenen,
die singen ein bisschen höher als die …»

Marrill schüttelte den Kopf. »Die erzählen ja Geschichten.«

Coll sah sie an. »Natürlich erzählen die Geschichten. Hör gar nicht zu – neunzig Prozent davon ist kompletter Blubberquatsch.«

»Aber …«, wandte Marrill ein. »Aber sie lachen doch.«

»Wahrscheinlich ist da auch ziemlich guter Blubberquatsch dabei«, meinte Fin.

Coll legte eine Hand vor den Mund. »Viele von denen wollen nur höflich sein«, flüsterte er.

Von allen möglichen Geschichten umschwirrt, marschierte die Besatzung der *Krake* den Korridor entlang. Der Geruch nach Salzwasser und Meeresluft war allgegenwärtig. Algen baumelten an den Tauen, die die Seeleute festhielten, und auf dem Boden sammelten sich Meerwasserpfützen.

Überall war das Motiv der verschlungenen Taue zu erkennen – zum Beispiel in Form der Schlingen, die die plappernden Seeleute an der Wand hielten, oder als Muster auf den freien Flächen. Und immer sah es dem lebendigen Tattoo, das Colls Haut mittlerweile voll und ganz bedeckte, verdächtig ähnlich. Sogar die Wände und der Boden wölbten sich wie gigantische, nebeneinanderliegende Taue.

»He, ihr da!«, rief einer der Gefesselten ihnen zu. »Ahoi, Matrosen! Kommt nach achtern und nehmt Platz. Erzählt uns ein paar neue Geschichten, eh?«

Noch bevor Marrill reagieren konnte, streckte Coll den Arm aus. »Nicht! Sprich nicht mit ihnen, lass dich auf nichts ein. Denk immer daran, du kannst ihnen nicht helfen.« Er hielt ihrem Blick einen langen Augenblick lang stand, während von allen Seiten Geschichten auf sie einprasselten.

Marrill nickte eifrig. Aber als sie den Blick endlich von Coll abwandte, sah sie, dass Fin sich unbemerkt abgesondert hatte und bei einem alten Seemann stand, der ihm eine Geschichte nach der anderen erzählte. Mit jedem Wort beugte Fin sich noch ein bisschen dichter zu ihm. Er schien gar nicht zu bemerken, dass die Knotenzeichnungen an der Wand sich bewegten und Zentimeter um Zentimeter näher kamen.

Marrill zuckte zusammen. »Fin!«, rief sie. »Pass auf!«

Fin riss den Kopf zurück. Hinter ihm, direkt unterhalb des immer noch redenden Seemanns, löste sich eine der Knotenzeichnungen mit elegantem Schwung auf. Am Ende des Taus befand sich eine spitze Nadel. Jetzt löste es sich von der Wand und bäumte sich auf, um zuzuschlagen.

»Sofortige Erschlaffung!«, rief Ardent und ließ seine Hand durch die Luft sausen. Das Tau mit der Nadel sank kraftlos zu Boden und streifte dabei wie eine halbgare Nudel über Fins Nacken.

»Igitt!«, rief er und sprang mit einem großen Satz zur Seite. »Was war denn das?«

Ardent schnaubte. »Du hast Glück gehabt, dass Marrill mich auf dich aufmerksam gemacht hat«, sagte er. »Einen Augenblick später, und du wärst ... infiziert gewesen.«

»Infiziert?«, stieß Marrill hervor. Hektisch blickte sie sich nach allen Seiten um. Die Tintenzeichnungen verschoben sich ununterbrochen, sammelten sich in den Schatten der Seeleute und huschten verstohlen über die Säulenreihen, welche die Wände bildeten.

Coll nickte feierlich, während Fin sich wieder zu den anderen gesellte. »Sehr richtig. Wir befinden uns im Herzen der Krankheit. Ein Stich, und man ist für alle Zeiten infiziert.«

Remy stemmte die Fäuste in die Hüften. »Ich dachte, du hast dir das freiwillig stechen lassen? Ich dachte, du wärst wegen der ›Gabe‹ hierhergekommen.« Sie zeichnete mit einer dramatischen Geste Anführungszeichen in die Luft.

»Das stimmt auch«, erwiderte Coll. »Aber da war ich schon infiziert. Dafür braucht man kein Tattoo. Die Krankheit beginnt mit den Geschichten – und durch die Geschichten sorgt der Siehsiehfusch dafür, dass er in aller Welt bekannt wird.«

Marrill riss die Augen auf. Wenn sie nicht mit eigenen Augen gesehen hätte, was sie alles gesehen hatte, dann hätte sie angenommen, dass Colls Worte nur im übertragenen Sinn gemeint waren. Dass eine Geschichte niemals wirklich eine Krankheit übertragen konnte. Aber auf dem Piratenstrom ... nun ja. Einmal hatte sie eine Traube in den Strom geworfen, und die hatte sich daraufhin in Verwirrung verwandelt. Es hatte Ewigkeiten gedauert, bis sie dahintergekommen waren.

Die Seeleute um sie herum stemmten sich gegen ihre Fesseln. »Es gibt einen guten Grund, wieso die Mütter ihre Kinder vom Hafen fernhalten«, knurrte einer.

»Die Geschichten der Seeleute«, heulte ein Zweiter, »die lassen dich nicht mehr los.« Und jetzt erhob sich ein ganzer Chor von Stimmen.

Die Versprechungen des Abenteuers.

Das Entdeckerleben.

Der Lockruf des Stroms und des Meeres.

»Sie ziehen dich zu sich«, sagte einer, »und dann hast du's im Blut. Du hast keine andere Wahl, als zu segeln und immer weiterzusegeln.«

Die Versprechungen des Abenteuers.

Das Entdeckerleben.

Der Lockruf des Stroms und des Meeres.

»Und je länger du segelst«, machte der Nächste weiter, »desto besser wirst du, desto mehr Geschichten hörst du und desto verlorener bist du.«

Die Versprechungen des Abenteuers.

Das Entdeckerleben.

Der Lockruf des Stroms und des Meeres.

»Bis du eines Tages eine Geschichte hörst, die alle bisherigen in den Schatten stellt«, sagte einer.

»Oder du lernst einen Mann mit einem seltsamen Tattoo kennen!«, brüllte der Nächste.

»Oder du findest eine Geschichte, eingeritzt ins Treibholz!«, fügte ein dritter hinzu.

Coll beugte sich nach vorne und unterbrach ihren Redefluss. »Die unglaublichste Geschichte von allen … ein Geheimnis, das nur den Besten der Besten, die je ein Schiff kommandiert haben, bekannt ist.«

»Der Siehsiehfusch«, stieß Marrill atemlos hervor.

»Der Siehsiehfusch!«, riefen die Seeleute wie aus einem Mund.

»Ganz genau«, sagte Coll. »Und dann … machst du dich auf den Weg.«

Der Lärm verstummte, und für einen Augenblick herrschte eine seltsam feierliche Stimmung. Ein leises Stöhnen wehte durch den Korridor. Marrill hätte schwören können, dass der Boden unter ihren Füßen schwankte, wenn auch nur ein winziges bisschen.

»Wir sollten uns beeilen«, sagte Coll. »Der Siehsiehfusch wartet.«

Kapitel 19

Der Muschelaltar

Fin rieb sich die schmerzende Stelle, wo das schlaffe Tau mit der Tätowiernadel ihn getroffen hatte. Gebannt starrte er die wogenden, seilförmigen Tintenstriche an, die sich über Colls Hals bis zu seinen Handgelenken spannten. Wenn Marrill und Ardent nicht gewesen wären, dann würde er jetzt auch so ein Ding mit sich herumschleppen. Er wäre dazu verdammt, für immer umherzuirren, ohne Zuhause, ohne irgendwo sesshaft werden zu können.

Nicht, dass das eine große Veränderung gewesen wäre. Obwohl – kein festes Zuhause zu haben war vermutlich immer noch besser, als in einem Zwinger zu leben, dachte er. Doch dann schüttelte er den Kopf und verscheuchte diesen Gedanken wieder.

»Alles okay?« Marrill war zu ihm gekommen und untersuchte die geschwollene Stelle. Hinter ihr war Fig zu sehen, die ihn mit besorgter Miene musterte.

Er nickte den beiden zu. »Alles in Ordnung«, sagte

er, und dann betrachtete er mit gerunzelter Stirn abwechselnd Colls Tattoo und die verschlungenen Zeichnungen, die bedrohlich über die Wände huschten. Sie hatten die dünnen Nadeln gehoben und waren jederzeit bereit zuzustechen. »Was meint ihr? Ist das die Tinte, die wir suchen?«

Ardent zuckte mit den Schultern. »In gewisser Weise, ja. Sie wurde jedenfalls für diese Zeichnungen verwendet. Allerdings sollten wir eine Quelle ausfindig machen, die ein bisschen weniger … bösartig ist.« Er gelangte ans Ende des Flurs und blieb vor einer massiven, kreisförmigen Tür stehen. »Aha, da wären wir.«

Der Zauberer machte einen Schritt auf die Tür zu, die sich daraufhin nicht etwa öffnete, sondern sich eher entfaltete. Dahinter erwartete sie ein großer, runder Raum. Auch hier waren die Seile in der Architektur wiederzuerkennen, in Form von dicken, dicht nebeneinanderstehenden Säulen, die in der Ferne immer höher zu werden schienen. Zwischen den Säulen gab es fast unsichtbare Ritzen, die das Stromwasser in die Kammer und wieder hinausfließen ließen. Es sah aus wie goldene Ringe, die sich um dicke Finger schmiegten, Hunderte davon, so weit Fin sehen konnte.

Doch die Kammer selbst war leer. Keine Seeleute, kein Siehsiehfusch, gar nichts, bis auf einen merkwürdigen, geschwungenen Altar, nicht höher als Fins Hüfte, der still und unbeweglich in der Mitte stand. Die Oberfläche war glatt, und der Deckel lief spitz zu, fast wie ein Habichtschnabel. Die Ränder wirkten scharf wie Muschelschalen.

»Wir sind da«, sagte Coll feierlich. Er trat vor und verbeugte sich respektvoll vor dem Altar. »Heil sei dir, großer Siehsiehfusch. Heil dem Zwirbel, der die tausend Pfade vereint.«

Kaum hatte er diese Worte gesprochen, da öffnete sich ein gähnender Spalt in der Mitte des Altars. Eine Stimme dröhnte durch die Kammer.

»Keiner, der hierherkommt, geht für immer. Und doch kehrst du so schnell wieder zu mir zurück. Bist du in deinem zweiten Leben schon ausreichend gesegelt?«

Unmittelbar nach dem letzten Wort klappte der Altar mit einem lauten Schnappgeräusch wieder zu. Fin fragte sich, wie klein der Siehsiehfusch wohl sein mochte, dass er dort hineinpasste, ohne dass auch nur ein Fitzelchen von ihm zu sehen war. Aber gleichzeitig ließ seine Stimme die Luft in der Kammer vibrieren. Das passte doch irgendwie nicht zusammen.

Fig dachte offensichtlich dasselbe. »Unter uns«, flüsterte sie kaum hörbar, »gibt es noch eine Kammer. Muss so sein.«

Coll richtete sich auf und holte tief Luft, dann sprach er den Siehsiehfusch an. »Keineswegs«, lautete seine Antwort auf die Frage der Kreatur. »Ich bin nicht gekommen, um zu bleiben.«

»Und doch bist du hier, zusammen mit dem verfluchten Zauberer, der versucht hat, mich zu bestehlen. Zauberer,

Zauberer, warum bereitest du mir solchen Kummer? Habe ich dir nicht meinen tüchtigsten Kapitän geborgt?«

Coll sah Ardent an. Der alte Mann legte dem jüngeren – genauer gesagt, dem jünger aussehenden – zum Zeichen seiner Unterstützung und seiner Freundschaft die Hand auf den Arm. »In der Tat. Den tüchtigsten und besten, den der Strom je gesehen hat, ganz ohne Zweifel.«

»***Wohlan, so sprich. Ich höre.***«

Ardent verschränkte die Arme hinter dem Rücken. »Deine Finger berühren jede Strömung, daher ist dir zweifelsohne klar, dass der Strom einer tödlichen Gefahr ausgesetzt ist.«

»***Viele Flüsse sind vertrocknet***«, erwiderte der Siehsiehfusch. »***Viele Wasserläufe durchtrennt.***« Der Altar in der Mitte der Kammer klappte zu und anschließend wieder auf.

Fin fing einen Blick von Fig auf. Sie nickte. Sie hatten eindeutig denselben Gedanken. Es musste noch einen zweiten Raum unter diesem hier geben. Eine verborgene Kammer mit einem einzigen Zugang: durch das scharfkantige Muschelschalenmaul des Altars. Falls es hier etwas gab, was unbedingt beschützt werden musste – beispielsweise ein paar Fläschchen Zaubertinte, mit denen sich die Überallkarte reparieren ließ –, dann war das genau der richtige Aufbewahrungsort.

Fin leckte sich die Lippen. Da lag ein Raubzug in der Luft, das spürte er deutlich.

»Bist du deshalb zu mir gekommen, Seemann?«, fuhr der Siehsiehfusch fort. ***»Um Zuflucht zu suchen? Einen sicheren Hafen vor dem wütenden Sturm?«***

Coll biss kurz die Zähne zusammen. »Wir sind hier, weil wir deine Hilfe benötigen. Nicht mehr und nicht weniger.«

Die Wände, die sie umgaben, vibrierten sachte. ***»Meinen Segen hast du schon erhalten. Was kann ich dir sonst noch bieten? Welche Hilfe kann dein Zauberer dir nicht geben?«***

Ardent räusperte sich und trat einen Schritt vor. »Wir sind gekommen, weil wir etwas brauchen, was du besitzt.«

Jetzt schien der Boden unter ihren Füßen kleine Wellen zu schlagen. Ein tiefes Brummen erfüllte die Kammer. Man hatte fast das Gefühl, als würde das ganze Bauwerk die Stimmung des Siehsiehfusch widerspiegeln.

»Dann bist du also endlich zurückgekehrt, um die Kompassrose abzuholen?«, dröhnte die Stimme.

Fin zog eine Augenbraue in die Höhe. Rose? Das ergab doch gar keinen Sinn. Zuletzt hatten sie Rose in den Händen des Kapitäns des Eisernen Schiffes gesehen, bei Margahams Spiel. Wie sollte sie denn hierhergekommen sein?

Auch Ardent zog eine seiner langen Eulenaugenbrauen in die Höhe. »Die Kompassrose?«

Erneut bebte der Boden. Das muss wohl das Lachen

des Siehsiehfusch sein, dachte Fin. Wenn man dieses grässliche Geräusch wirklich als Lachen bezeichnen wollte. Eigentlich hörte es sich eher wie ein bösartiges Gackern an.

»O ja, Zauberer. Vor Jahren bist du zu mir gekommen und hast um einen Kapitän gebeten, der dir bei der Suche nach ihr behilflich sein kann. Und dabei war die Kompassrose die ganze Zeit hier, in meinen Händen.«

Ardent taumelte ein Stück zurück. »Rose war damals schon hier? Wie denn das?«

»Sie wurde mir anvertraut, hier, wo alle Wege zusammenführen, vom Zauberer der Morgendämmerung, dem letzten der Dzane. Denn selbst er konnte sich den Gesetzen dieses Ortes nicht widersetzen. Keiner verlässt ihn …«

»… ohne etwas Wertvolles zurückzulassen«, beendete Ardent den Satz. Er ließ den Kopf auf die Brust sinken und atmete langsam aus. »Bis auf mich.«

»Bis auf dich!« Die Stimme des Siehsiehfusch klang beinahe vergnügt. *»Oh, welche Überheblichkeit! Hast du ernsthaft geglaubt, du könntest die Gesetze dieses Ortes ungestraft missachten? Hast du geglaubt, dass sie für alle gelten, nur für dich nicht? Nein. Du hast nur nicht begriffen, was du zurückgelassen hast – nämlich jede Hoffnung, genau das zu finden, was du suchtest.«*

Fin schaute Marrill fragend an, aber sie zerrte bereits an Ardents Ärmel. Ihre Miene war ein einziges Fragezeichen. »Was redet er denn da?«, flüsterte sie ihm zu.

Ardent seufzte. »Lange, bevor ich Annalessa verloren

habe, war ich hier, auf der Suche nach der Überallkarte. Natürlich habe ich sie damals nicht gefunden. Aber offensichtlich lag einer ihrer Bestandteile genau vor meiner Nase.« Er schloss die Augen. »Ach, wie konnte ich das nur übersehen?«

Marrill nahm den alten Mann tröstend an der Hand. Fin hingegen fragte sich, was es für eine Rolle spielte, dass Ardent Rose damals nicht gefunden hatte. Denn schließlich hatte er doch irgendwann alle Teile der Überallkarte beisammengehabt.

Fig tippte ihm auf die Schulter und machte eine Kopfbewegung. Jetzt, wo alle anderen abgelenkt waren, war der richtige Zeitpunkt gekommen.

Erneut klappte das Muschelmaul auf, und die prahlerische Stimme des Siehsiehfusch füllte die Kammer. Fin schlich behutsam auf den Altar zu, während Fig sich von der anderen Seite her näherte.

»Damals hast du versagt«, fuhr der Siehsiehfusch fort. ***»Darum hat ein anderer die Kompassrose mitgenommen. Eine Zauberin, die um die Gesetze dieses Ortes wusste. Sie hat meine Kompassrose mitgenommen und mir stattdessen einen Teil von sich selbst hiergelassen.«***

Fin erstarrte. *Sie?*

Schlagartig änderte sich Ardents gesamte Haltung. Er wirkte wacher, angespannter, jederzeit bereit zu kämpfen. »Annalessa?«, sagte er mit unbewegter Stimme.

Der ganze Raum erzitterte unter dem tiefen, grollenden Gelächter des Siehsiehfusch.

»Ich warne dich, Kreatur, wage es nicht, mit mir zu spielen«, sagte Ardent, und seine Stimme klang kalt und hart wie Stahl. »Erinnere dich, was bei meinem letzten Besuch hier geschehen ist.«

Fin schluckte und versuchte, sich auf die vor ihm liegende Aufgabe zu konzentrieren. Vielleicht war Annalessa hier gewesen. Vielleicht hatte sie auch die Kompassrose mitgenommen. Aber aus seiner Sicht war das alles ewig her. Und während Ardent mit dem Siehsiehfusch ein Schattenboxen veranstaltete, verschlang das Nichts eine Welt nach der anderen und breitete sich immer weiter aus.

Er hielt den Blick auf den schwammigen Boden gerichtet und näherte sich auf Zehenspitzen dem Altar. Fig tat es ihm auf der gegenüberliegenden Seite nach.

»***Woran soll ich mich erinnern, Zauberer? Daran, wie du dir mit Feuer einen Weg in meine Kammer gebahnt hast? Wie du mein Fleisch versengt hast, bis ich bereit war, dir einen Seemann zu geben? Einen Seemann, der seine Tage bereits gesegelt hatte und nach Recht und Gesetz in alle Ewigkeit an mich gebunden war?***«

Ganz am Rande hörte Fin, wie Remy den Atem anhielt. Er wagte einen schnellen Blick und sah, wie sie sich zu Coll umdrehte. Der Kapitän hatte seine dunklen Augen zu Boden gerichtet und wirkte geschlagen.

»Du warst schon mal hier!«, sagte Remy anklagend. »Du warst also schon einer von denen!«

»***Wer spricht da?***«, dröhnte der Siehsiehfusch, so

dass der Boden bebte. Fin, der gerade einen Schritt tun wollte, verlor das Gleichgewicht und stürzte. Aber wie alle Kinder aus Khaznot Quay wusste er auch genau, wie er sich abrollen musste, und landete hinter dem Altar, auf dem Rücken liegend, den Kopf an die harte, muschelähnliche Oberfläche des Altars gelehnt.

Zum ersten Mal berührte er mit den Händen den Fußboden. Er fühlte sich seltsam an – fest und gummiartig, kühl und unruhig. Er blickte sich um. Ob Marrill schon gemerkt hatte, was er vorhatte? Nein, ihre Aufmerksamkeit galt zum Glück einzig und allein dem Streit, der sich da vor ihren Augen zusammenbraute.

»Remy, pscht!«, zischte Coll. Dabei hatte er die Augen fest zusammengekniffen. Selbst aus dieser Entfernung glaubte Fin, die Tränen zu erkennen, die zwischen seinen geschlossenen Lidern hervorquollen. »Ja, über hundert Jahre lang war ich hier«, stieß der Seemann jetzt hervor. »Zuerst ist es ein gutes Gefühl, endlich sesshaft zu werden. Aber dann denkt man an das Meer, den Strom. Man spürt, wie das Fernweh an einem zerrt. Aber man kann nicht weg. Man sitzt für immer und ewig hier fest. Die Geschichten … die Geschichten sind alles, was man noch hat.«

»Und wenn ich dir gebe, was du verlangst, Zauberer? Zum zweiten Mal?«, erhob der Siehsiehfusch erneut die Stimme. »***Was bekomme ich dann als Gegenleistung? Keiner verlässt mich, ohne etwas Wertvolles zurückzulassen.***

Das ist mein unverbrüchliches Gesetz. Was wirst du also im Tauknotenzwirbel zurücklassen?«

»Du behauptest, ich hätte hier die Hoffnung zurückgelassen, das zu finden, was ich suche, und doch habe ich schließlich die Kompassrose gefunden und die Überallkarte vervollständigt. Du siehst also, ich habe damals nichts zurückgelassen, und ich werde auch dieses Mal nichts zurücklassen«, erwiderte Ardent trotzig. »Aber Annalessa hat dir etwas gegeben, und das möchte ich haben!«

Der Altar öffnete sich erneut. Ein starker, bitterer Wind blies über Fin hinweg. Er roch nach durchnässten Tauen und säuerlich stinkendem Moder und sehr, sehr fischig.

»Schon in der Vergangenheit hast du nach dem falschen Objekt verlangt«, dröhnte der Siehsiehfusch. ***»Ist es etwa deine Absicht, denselben Fehler noch einmal zu begehen, Zauberer?«***

»Ich bin nicht gekommen, um zu verhandeln, sondern um zu fordern!« Ardent stampfte so kräftig mit dem Fuß, dass der ganze Boden zitterte. Ein Schmerzenslaut kollerte durch die Kammer. »Du wirst mir alles geben, was ich verlange! Was hat Annalessa dir zurückgelassen?«

»Ardent, deswegen sind wir doch gar nicht hier!«, schaltete Marrill sich mit flehender Stimme ein. »Die Tinte …«

»Wer spricht da?«, wollte der Siehsiehfusch erneut

wissen. ***»Wer wagt es, mich anzusprechen, ohne Recht und ohne Macht?«***

»Meine Macht reicht für alle!«, blaffte Ardent ihn an. »Du kennst doch die Macht eines Zauberers, gerade hier an diesem Ort!« Er riss die Arme empor. Fin bekam eine Gänsehaut nach der nächsten. Die Flüsse an der Decke wurden turbulenter. Das Plätschern hallte von allen Seiten wider. Magie hing fast greifbar in der Luft.

Die Situation wurde immer angespannter. Sie hatten nicht mehr viel Zeit, um sich die Tinte zu schnappen und zu verschwinden. Fig gab ihm von der anderen Seite des Altars her Zeichen. Wenigstens sie hatte ihr eigentliches Vorhaben nicht vergessen: die Tinte zu stehlen.

»Edler Siehsiehfusch«, rief Coll ehrerbietig. »Das Schicksal des Piratenstroms steht auf dem Spiel. Was Ardent sagen wollte, ist Folg…«

»Schweig still, Seemann!«

Das war die Gelegenheit! Als der Altar sich erneut auftat, steckte Fin den Kopf in das Muschelmaul. Aber dort gab es keinen Fisch zu sehen, keine Kreatur, keine Schatzkammer, keine Tinte. Vor ihm gähnte ein klebriger, fleischiger Tunnel. Speichelnasse Muskeln voller Widerhaken aus Austernschalen wanden sich abwärts, so weit das Auge reichte.

Es war eine einzige, gewaltige Kreatur. Das *alles* hier war eine einzige, gewaltige Kreatur.

Er blickte geradewegs in den Schlund des Siehsiehfusch hinab.

Eine Sekunde später schnappte das Muschelmaul wieder zu, und wenn Fig ihn nicht beiseitegestoßen hätte, hätte es ihm den Kopf vom Rumpf getrennt. »Aufpassen!«, zischte sie ihm zu.

»Schon wieder spricht jemand anders!«, grollte der Siehsiehfusch.

Fin spürte, dass die Kreatur vor Wut bebte. Und im Augenwinkel sah er, dass Marrill ihm verzweifelt Zeichen gab, wieder zur Gruppe zurückzukehren.

Aber Fin hatte etwas gesehen: den schwarzen Schleim, der in die Kehle der Kreatur getropft war. Er hatte exakt die gleiche Farbe wie Colls Tattoo und die Zeichnungen, die über die Wände des Gebäudes huschten. Und er war ebenso lebendig wie sie, nur ohne jede Form.

Das war Tinte.

»Du drohst mir nicht nur, nein, du verschmutzt meine Kammer auch noch mit der Anwesenheit von Unwürdigen!«

Fin steckte die Hand in seine Diebestasche und schloss die Finger um ein leeres Glas, das er genau für solche Gelegenheiten immer bei sich hatte. Schnell schraubte er den Deckel auf und wartete auf den nächsten Wutausbruch.

»Reg dich wieder ab, du Tintenfisch!«, keifte Ardent zurück. »Gib mir, was sie zurückgelassen hat, oder ich richte die Macht des gesamten Stroms gegen dich.«

Fig zählte mit den Fingern. Eins … zwei …

»Du närrischer Zauberer! Ich schicke dich ins … krrrk!«

In dem Moment, als der Schnabel sich öffnete, tauchte Fin zwischen die beiden Muschelschalen ein. Mit einer einzigen, geschmeidigen Bewegung führte er das Glas über die Kehle der Kreatur und füllte es mit Tinte.

»Akkch … äärrgh … krrrk …«

Die Säulen ringsherum gerieten ins Wanken und entwirrten sich. Die Windungen der Tür glitten auseinander, und der Korridor wurde zu einem einzigen Durcheinander aus unzähligen Tentakeln. Die Kreatur löste sich auf.

Fin sprang auf. »Ich hab sie!«, rief er und reckte das Glas mit der Tinte in die Luft.

»Veeeeeer-deeeeeer-beeeeeeen!«, beendete der Siehsiehfusch seinen Satz.

Kapitel 20

Das Lied des Siehsiehfusch

Nur unter Aufbietung aller Kräfte gelang es Marrill, auf den Beinen zu bleiben, während die Welt sich auflöste. Was vorher Säulen gewesen waren, dick wie Mammutbäume, zuckte und wirbelte jetzt um sie herum durch die Luft. Und durch die Lücken zwischen den mächtigen Tentakeln flossen Ströme aus goldenem Wasser in alle Richtungen.

Mit einem Mal wurde ihr klar, dass das ganze Bauwerk nichts anderes war als eine einzige, gewaltige Kreatur. Da waren kein Land, kein Himmel, sondern nur Luft, ungebremste Magie und die gewaltige Masse des Siehsiehfusch.

»Was hast du getan?«, kreischte Coll, als Fin auf sie zugerannt kam. In der Hand hielt er ein Glas mit einer dunklen, dicklichen Flüssigkeit.

»Wir haben die Tinte!«, rief er und reckte sie triumphierend in die Luft. »Los, verschwinden wir hier!«

»Dieb!«, bellte der Siehsiehfusch.

Er schleuderte ihnen einen Fangarm hinterher. Marrill duckte sich. Fin schrie auf, und als Marrill den Blick hob, sah sie ihn mit seinen Himmelssegeln durch die Luft schweben. Eine Sekunde später stieß sie mit einem Mädchen zusammen, das wie aus dem Nichts vor ihr aufgetaucht war und das sie bis jetzt gar nicht bemerkt hatte.

»Hey«, sagte das Mädchen.

»Hallo?«, erwiderte Marrill automatisch.

Sie hatte keine Zeit, Fragen zu stellen. Der Boden bog sich unter ihnen weg.

Plötzlich fingen sie an zu rutschen und dann

zu

fallen.

Marrill kreischte laut, und ihre Stimme vereinigte sich mit denen der anderen zu einem Chor.

Die Luft wurde ihr aus den Lungen gepresst, als sie gegen die gummiartige Haut einer dicken Tentakel prallte. Mühsam rappelte sie sich auf, kniete auf allen vieren und merkte, wie sie urplötzlich emporgehoben wurde. Sie sah sich um.

Coll und Remy und das neue Mädchen befanden sich

gleich neben ihr und versuchten ebenfalls aufzustehen. Und da sah sie auch Fin in höchster Panik durch die Luft gleiten, immer darauf bedacht, nicht von dem wogenden Fleisch oder dem tödlichen Wasser erfasst zu werden.

Die Spitzen kleinerer Tentakeln
peitschten vorbei,

nicht größer als Telefonmasten und
mit tanzenden Tattoos übersät.

Seemänner wehten vorüber, gefesselt bis
zu den Fingerspitzen,

unter Gezeter und Gebrüll
auf der grässlichsten Karussellfahrt,
die man sich bloß vorstellen kann.

»Au weia, jetzt geht's euch an den Kragen«,
sagte einer im Vorbeihuschen.

»Schaut mal, wer den Siehsiehfusch
aufgeweckt hat«, rief ein zweiter.

»Hoffentlich lasst ihr euch gerne zu Brei
zerstampfen!«, ein dritter.

Weiter vorne hatte der Boden sich zu einer Wand aufgetürmt und sich anschließend umgedreht, um den Blick auf einen massigen Körper von der Größe eines Fußballstadions freizugeben. Ein Auge, groß wie ein Schwimmbad, wurde jetzt auf sie gerichtet.

»Ich bin so alt wie der Strom«, dröhnte das mächtige Ungeheuer, ***»geboren in seinen allerersten Anfängen. Ich bin der Herr der Seeleute, der Herrscher alles Fließens. Blicket auf meine Gestalt und erzittert!«***

Marrill setzte sich auf die Hacken, den Blick starr nach unten gerichtet, damit sie nicht abrutschte. Aus dem fahlen Fleisch zwischen ihren Fingern bildete sich ein Zopfmuster. Es sah aus wie ein Muskelstrang.

Sie zog die Hand weg und fiel nach hinten. Eine lange Nadel stach ein Loch in die Luft, genau an der Stelle, wo sie soeben noch gewesen war. »Tattoos!«

»Passt auf, dass sie euch nicht stechen!«, brüllte Coll. Sie krabbelten rückwärts auf allen vieren davon, während die lebendigen Muster immer näher kamen und sie umzingelten. Und von oben sah sich das riesige Auge des Siehsiehfusch alles an.

»Niemand verlässt diesen Ort, ohne etwas Wertvolles zurückzulassen. Wer opfert seine Freiheit? Wer trägt fortan meine Tinte auf der Haut, im Tausch gegen die Tinte, die ihr mir genommen habt?«

Panik machte sich in Marrills Brust breit. Ganz egal, wohin sie sich auch wandte, von allen Seiten kamen neue Taumuster auf sie zu. Da ballte sich schon das nächste zusammen, machte sich bereit zuzustechen. Marrill hielt den Atem an.

In diesem Augenblick sauste eine unsichtbare Kraft dicht an ihrer Nase vorbei, und dann wurde vor ihren Augen ein breiter Tintenstreifen ausgelöscht, einfach so, wie von einem Radiergummi.

»Eine Tätowierung ist eine schwerwiegende Entscheidung, junge Dame«, ertönte Ardents Stimme über ihr. »Und ich fürchte fast, dass du dieses spezielle Muster schon sehr bald bitter bereuen würdest.«

Der Zauberer balancierte auf einer dünnen Frisbeescheibe aus reinster Energie. Aus einem der unzähligen Nebenflüsse des Piratenstroms ragte ein langer Wasserarm hervor und sorgte dafür, dass die Scheibe einigermaßen stabil blieb. Selbst für Ardent mit seinen Fähigkeiten war das ein absolut verblüffendes Kunststück. Jetzt fiel das Auge des Siehsiehfusch auf den Zauberer. Der Koloss wand sich, rollte sich zusammen und veränderte seine Lage. Tentakeln zischten auf Ardent zu. Marrill hielt den Atem an.

Aber der Flussarm schleuderte die Scheibe samt Zauberer durch die Luft, und Ardent lachte laut, als ein weiterer Wasserstrahl aus einem goldenen Flussarm hervorschoss und ihn sanft auffing. Immer wieder wurde er von einem Arm zum nächsten weitergereicht. Seine Fingerkuppen feuerten unterdessen unentwegt Energiestöße ab. Es roch auffallend nach frittierten Calamari.

»Wenn das alles ist, was du zu bieten hast«, brüllte Ardent, »dann war ich bei meinem letzten Besuch zu großzügig! Jetzt rück raus, was Annalessa hinterlassen hat!«

»Du nimmst und nimmst und nimmst«, dröhnte der Siehsiehfusch, ***»aber du hast mir immer noch kein Angebot gemacht.«***

Jetzt trat die Tentakel, auf der sie standen, in Aktion. Während Marrill noch um das Gleichgewicht rang, reparierte sich das Tattoo, das Ardent zerschlagen hatte, von selbst. Sie konnten unmöglich hierbleiben. »Wir müssen weg!«

»Aber wohin?«, schrie Remy zurück.

»Wir müssen zur *Krake*!«, sagte Coll. Dicke Tintenstränge wölbten sich auf seiner Stirn. Taue krochen über seine Ohren. »Selbst wenn Ardent dieses Ding dazu zwingen kann, nachzugeben, der Siehsiehfusch wird euch niemals ungezeichnet wieder gehen lassen. Daran kann Ardent ihn garantiert nicht hindern.«

Marrill spähte in einen Abgrund voller ineinanderverschlungener Tentakeln hinab, auf der Suche nicht nur nach der *Krake*, sondern auch nach Fin. Sie konnte weder die eine noch den anderen entdecken. Ein Schauer lief ihr den Rücken hinunter. Hoffentlich war ihm nichts passiert.

Der Siehsiehfusch kam jetzt so richtig in Fahrt. Sein massiger Körper wand sich zwischen den unzähligen, gewundenen Flussarmen hindurch, und er jagte Ardent hinterher, der von einem Wasserarm zum nächsten geschleudert wurde. Die Welt bestand nur noch aus umherfliegenden Tentakeln und Flussschleifen. Allein zu wissen, wo oben und unten war, war alles andere als leicht.

»Da!«, rief ein Mädchen neben ihr und streckte den Zeigefinger aus. Tief unter ihnen glitt die *Krake* wie ein Wasserskifahrer entlang. Sie hing an einer Tentakel des Siehsiehfusch. Wie konnten sie zu ihr gelangen, ohne einem der tödlichen Tattoomuster zum Opfer zu fallen, die um sie herumschwebten und unentwegt ihre Gestalt veränderten?

Jetzt kam eine weitere Tentakel von unten her auf sie zu – obwohl, vielleicht war es auch umgekehrt. Aber wie es auch sein mochte, zwischen den Tattoos dieser anderen Tentakel klafften deutlich größere Lücken als auf dieser hier. Das machte es leichter, ihnen auszuweichen.

»Wir müssen springen!«, sagte sie zu Remy. Und noch bevor das ältere Mädchen reagieren konnte, ergriff Marrill ihre Hand, packte auch noch das fremde Mädchen, das neben ihr stand, am Ellbogen und stieß sich mit aller Kraft ab. *Das ist ja nicht mal das Verrückteste, was ich in letzter Zeit gemacht habe*, sagte sie sich mitten im Sprung.

Prustend landeten sie auf der unteren Tentakel. Einen Augenblick später stand Coll bereits neben ihnen, mit grimmiger Miene und zusammengebissenen Zähnen.

Das Tauknotentattoo wogte jetzt über seinen gesamten Körper, so dass sein Fleisch sich fortwährend kräuselte.

Über und unter und neben ihnen waren Ardent und der Siehsiehfusch in einen Kampf auf Leben und Tod verstrickt. Die massige Kreatur schlug mit Tauen und Tentakeln nach dem Zauberer, und Ardent wehrte sie mit Feuer und Blitzen ab. Marrill blieb gar nichts anderes übrig, als sich festzuhalten und den umherschwirrenden Tattoos auszuweichen. Solange Ardent anderweitig beschäftigt war, gab es niemanden, der die Lebendige Tinte in Schach halten konnte.

»Springt noch mal!«, befahl Coll. »Jetzt!«

Sie hüpften auf einen anderen vorbeischwebenden Fangarm, dann auf noch einen, flüchteten vor den angreifenden Tattoos und wichen immer wieder dem tödlichen Stromwasser aus, das sich zu allen Seiten durch die Luft schlängelte. Singende Seeleute sausten an ihnen vorbei, immer noch an ihre Tentakel gefesselt.

Wollt ihr nicht mit uns segeln geh'n?
Für immer?
Mit uns singen, vom Meer erzähl'n?
Wär' das nicht fein?
Wollt ihr nicht den Salzwind schmecken?
Für immer?
Ihr seid frei, sagt ihr,
doch frei werdet ihr niemals sein!

Marrill rollte sich zur Seite, als sie nur wenige Meter unter einer Spirale aus reinster Zauberkraft hindurchtauchten. Der Fangarm, auf dem sie sich befanden, schwang sich hoch in die Luft und drehte sich dabei, so dass sie auf der Stelle laufen mussten, um nicht herunterzufallen. So kämpften sie sich hüpfend und rollend durch das Labyrinth aus Tentakeln und Wasserläufen, während die gefesselten Seemänner nicht aufhörten, ihr Lied zu singen.

Wollt ihr nicht mit uns segeln geh'n?
Für immer?

»Was hat sie zurückgelassen?«, brüllte Ardent, und seine Stimme bildete einen hohen Kontrast zum rauen Refrain der Seemänner.

Mit uns singen, vom Meer erzähl'n?
Wär' das nicht fein?

»Sag es mir!«

Wollt ihr nicht den Salzwind schmecken?
Für immer?

»Raus mit der Sprache! Oder ich sorge dafür, dass nur ein Häufchen Asche von dir übrig bleibt!«

Ihr seid frei, sagt ihr,
doch frei werdet ihr niemals sein!

Marrill riss die Armee empor, als sie wieder nach oben schwebten und sich vom Schiff entfernten. Jedes Mal, wenn sie auf einen tieferen Fangarm hüpften, wurden sie noch höher gehoben. »Wir kommen da nicht runter«, erkannte sie. »Wir müssen die *Krake* hier hochholen.«

Remy nickte. »Das müsste gehen. Sie ist jedenfalls schnell genug, um mit dem Siehsiehfusch mitzuhalten, das steht fest.«

Coll grinste breit. Es war das erste Mal, seitdem sie Kurs auf den Tauknotenzwirbel genommen hatten, dass Marrill ihn lächeln sah. »Das ist gut«, sagte er. »Du kennst das Schiff genauso gut wie dich selbst. Du wirst garantiert eine spitzenmäßige Kapitänin, im Handumdrehen.«

Marrill rollte mit den Augen. »Trotzdem muss jetzt jemand zum Schiff«, sagte sie mahnend.

In diesem Augenblick sauste Fin an ihnen vorbei. Sie stieß einen Seufzer der Erleichterung aus. Zum Glück war ihm nichts passiert. Seine Himmelssegel schnitten durch die Luft, während er zum Schiff hinabschwebte. Einen Augenblick später landete er ein klein wenig unsicher an Deck. Er ließ den Blick über das Tentakelgewirr schweifen, und als er Marrill entdeckt hatte, streckte er ihr das Glas mit der Tinte entgegen.

Sie sollte wissen, dass er seine Beute nicht verloren hatte.

»Fin ist an Bord, zusammen mit der Tinte«, teilte sie den anderen aufgeregt mit. »Er kann uns helfen ...« Dann brach sie ab. Sie sah, wie Fin aufgeregt kreuz und quer über das Deck rannte und versuchte, die Festmacher zu lösen. Doch die *Krake* reagierte nicht. Natürlich nicht ... das Schiff konnte sich genauso wenig an ihn erinnern wie alle anderen auch.

»Ist ja auch egal«, beendete sie ihren Satz. »Einer von uns muss jedenfalls zum Schiff!«

Ein Mädchen, vielleicht gehörte sie ja zu den Matrosen, meldete sich zu Wort. »Und was ist mit dem Griesgram?«

Marrill, Coll und Remy schauten einander einen langen Augenblick lang an.

»Einer von *uns* muss zum Schiff«, wiederholte Remy. Alle nickten zustimmend.

Coll richtete sich ein wenig auf. Die tätowierten Taue auf seinen Armen sahen so aus, als würden sie jeden Augenblick aus seiner Haut hervorplatzen. »Tja, sie ist mein Schiff«, sagte er. »Also muss ich sie auch holen.«

Und dann sprang er ab.

Marrill traute ihren Augen nicht. Während überall um sie herum die Schlacht zwischen dem Zauberer und dem Monster tobte, während die Seeleute ihr Lied sangen und die lebendigen Muster ihnen bedrohlich nahe kamen, stürzte Coll in die Tiefe, breitete die Arme aus und brüllte laut vor Schmerz.

Wollt ihr nicht mit uns segeln geh'n?
Für immer?

Taue lösten sich von Colls Haut und machten sich an vorbeisausenden Tentakeln fest. Das eine riss ihn hierhin, das andere zerrte ihn dahin. Er schwang sich zwischen ihnen hindurch, drehte sich um die eigene Achse und zog mit aller Kraft. Löste erst das eine und dann das andere Tau aus seiner Verankerung.

Mit uns singen, vom Meer erzähl'n?
Wär' das nicht fein?

Sofort versuchten sie, sich irgendwo anders festzumachen. Es war ganz eindeutig, dass seine Tattootaue ihn in die Arme des Siehsiehfusch schleudern wollten. Doch währenddessen stürzte Coll immer weiter in die Tiefe, schwang sich um die eigene Achse, bremste seinen Fall, kontrollierte ihn. Es war großartig und es war grauenhaft. Er war eine Art Superheld und zugleich ein Gefangener.

Wollt ihr nicht den Salzwind schmecken?
Für immer?

Endlich, begleitet von einem letzten Schrei, landete Coll an Deck der *Krake*. Sofort erwachten die Segel zum Leben.

Marrill hatte so gebannt seinen Sturz verfolgt, dass sie das Tattoo, das sich neben ihr zusammenknotete, gar nicht bemerkt hatte. Erst als eine Nadel hervorgeschossen kam. Die Zeit verging schlagartig langsamer, bis sie schließlich ganz erstarrte. Nur noch ein einziger Herzschlag, dann würde sie für alle Zeiten zwölf Jahre alt bleiben, verdammt dazu, für immer und ewig als lebender, atmender Wandschmuck des Siehsiehfusch ihr Dasein zu fristen.

Da wurde sie von hinten gepackt und von der Tentakel geschubst, landete auf einem anderen Fangarm und bekam durch die Wucht des Aufpralls erst einmal keine Luft mehr. Eine Sekunde später setzte Remy mit einem spitzen Schrei neben ihr auf.

Marrill sah ihre Babysitterin an. »Das war knapp«, flüsterte sie. Remy nickte ernst. »Danke«, flüsterte Marrill noch.

»Ich bin die beste Babysitterin von ganz Nord-Arizona«, entgegnete Remy. »Glaubst du wirklich, ich würde zulassen, dass einer meiner Schützlinge den Rest der Ewigkeit in einem riesigen Tintenfisch zubringen muss?«

»Du wagst es, mich zu reizen?!?«, brüllte Ardent ein ganzes Stück über ihnen. Marrill hob den Blick und sah ihn durch die Luft wirbeln. Grelle Lichtblitze zuckten aus seinen Fingerspitzen hervor. Knapp außerhalb seiner Reichweite schwenkte eine Tentakel, die nicht dicker war als ein Arm, ein Blatt Papier durch die Gegend.

»Das hier ist es, was du begehrst, Zauberer«, stichelte die Kreatur. ***»Die Worte einer verlorenen Liebe. Du kannst sie haben, wenn du nur meinen Regeln folgst. Lass etwas zurück. Sag mir, wer mein Zeichen tragen soll, dann gehört dieser Brief dir.«***

»Ardent, nun komm schon!«, brüllte Marrill. Ihre Beine schmerzten. Die zahlreichen Stöße und harten Landungen hatten ihr jede Menge blaue Flecken auf den Rippen und am Rücken beschert. Aber wenn Ardent nicht mitkam, dann spielte es auch keine Rolle, ob sie lebend das Deck der *Unternehmungslustigen Krake* erreichte. Sie konnten ihn ja wohl schlecht zurücklassen.

Ardent breitete die Arme aus. Lichtbögen schossen aus seinem Körper hervor und bohrten sich in das Fleisch des Seeungeheuers. Der Siehsiehfusch röhrte und zuckte und wand sich unter der Gewalt von Ardents Zorn. Marrill zuckte zusammen. Sie konnte es nicht ertragen, wenn ein anderes Geschöpf Schmerzen leiden musste, auch wenn es sich um ein dickköpfiges, gieriges, zorniges Geschöpf handelte.

Doch in dem Moment, als die *Krake* sich einen Weg durch das Tentakelgewirr unterhalb der beiden Kampfhähne bahnte, sah sie es. Der Fangarm mit Annalessas

Brief schwebte genau zwischen ihr und dem Deck des weit unterhalb auf sie wartenden Schiffes entlang.

Ohne nachzudenken, ohne zu zögern oder gar irgendetwas zu planen, sprang Marrill los.

»Marrill, nein!«, rief Remy ihr hinterher.

Marrill hatte kaum genügend Zeit, um zu merken, dass ihr Magen sich umdrehte. Dass tintenschwarze Stacheldrahtarme nach ihr greifen wollten, als sie in die Tiefe taumelte. Sie hatte alle Sinne auf das Blatt Papier gerichtet, das da an dieser Tentakel flatterte.

Der beißende Wind trieb ihr die Tränen in die Augen, und sie konnte nur noch verschwommen sehen. Ihre Finger streiften den Brief, und sie griff zu, hoffte wider alle Vernunft, dass er dabei nicht zerriss, und zerknüllte ihn in ihrer Faust.

Zugleich wurde sie an den Füßen gepackt und beiseitegezogen. »Neeeeiiiin!«, kreischte sie. Jetzt hatte sie einer der Fangarme also doch noch erwischt. Doch bevor sie wusste, wie ihr geschah, landete sie auf dem ziemlich schiefen Deck der *Krake*. Ein Tau, das ihr sehr bekannt vorkam, wickelte sich von ihren Fußknöcheln ab. Jetzt landete Remy neben ihr, mit einem kleinen Mädchen auf dem Rücken. Fin kam zu ihnen gerannt und half ihnen, sich zu entwirren.

»Danke, Tauknochenmann«, schnaufte Marrill. Sie bog ihre Finger auseinander und sah nach. Der Brief war nicht zerrissen! Sie reckte ihn triumphierend in die Höhe. »Ardent! Ich hab ihn!«

Der Siehsiehfusch brüllte vor Wut. Sein stinkender Atem wehte über sie hinweg.

»Diebe, Diebe und nochmals Diebe! Ihr entkommt mir nicht! Niemals!«

Coll legte die Hände als Trichter um den Mund und brüllte, so laut er konnte: »Ardent, komm! *Sofort!*«

Schon eine Sekunde später schwirrte der Zauberer auf seiner fliegenden Scheibe auf die *Krake*. Er stieg ab, und die Scheibe drehte sich um die eigene Achse, schrumpfte zusammen und wurde zu einer Goldmünze, die er sich in die Manteltasche steckte. Blaue Blitze und grüne Flammen zuckten über seine Fingerknöchel, und immer noch zerfurchten Zornesfalten sein Gesicht.

»Alle Segel setzen!«, brüllte Coll aus voller Kehle. Das Knotentattoo fraß ihn jetzt praktisch auf, legte sich über seine Wangenknochen, kroch seinen Unterkiefer und sein Kinn entlang.

Die *Krake* nahm Fahrt auf, schoss in einen spiralförmig abwärts führenden Stromarm, tauchte in das Labyrinth aus Tentakeln ein und wieder auf. Der Siehsiehfusch beobachtete sie. Sein riesiges Auge war blutrot, sein Äußeres lädiert, seine Tentakeln kraftlos. Sie zuckten zwar noch ein-, zweimal, aber es schien, als hätte er keine Lust mehr zu kämpfen.

Das Monster war geschlagen.

Der Gesang der Seeleute erstarb, und das Ungeheuer zog sich wieder in das Gewirr der Flüsse zurück. Der Tauknotenzwirbel verschwand langsam in der Ferne.

Ardent stieß einen tiefen Seufzer aus. Wortlos nahm er Marrill den Brief aus der Hand und betrachtete ihn für einen kurzen Moment, dann schob er ihn in den Ärmel seines Mantels. »Nun ja«, sagte er. »Das war ein Abenteuer. Aber letzten Endes haben wir nichts zurückgelassen.« Er klopfte seinen Mantel ab und fuhr sich durch den Bart. »Ich nehme an, wir haben jetzt alles, was wir brauchen. Dann wird es Zeit, der Verlorenen Sonne ein Ende zu bereiten.«

Die Mannschaft starrte ihren Zauberer einfach nur an. Marrill hatte das dringende Bedürfnis, etwas zu sagen, irgendetwas. Über den Siehsiehfusch. Über Annalessa. Darüber, wie er sich benommen und dass er ihr Angst gemacht hatte. Aber ihr fehlten die Worte.

»Coll«, sagte der Zauberer. »Kurs nehmen auf Meres.«

Coll starrte einen langen Moment lang vom Achterdeck herab. Die Tintentaue wirbelten wie wild über seine Haut. »Ich …«, fing er an.

Und dann flog er nach hinten über die Reling und war nicht mehr zu sehen.

Remy kreischte. Eine junge Leichtmatrosin warf sich gegen die Reling, als könnte sie ihn doch noch festhalten. Marrill rannte nach backbord, gerade noch rechtzeitig, um zu sehen, wie Coll von einem Fangarm in die Dunkelheit gezerrt wurde. Das grollende Lachen des Siehsiehfusch dröhnte aus dem Abgrund herauf.

»Keiner verlässt mich, ohne etwas Wertvolles zurückzulassen!«

Marrill starrte mit offenem Mund in die Tiefe. Dann blickte sie Fin an, dann Remy, dann Ardent. Alle drei machten genau dasselbe Gesicht wie sie.

Coll war verschwunden.

Ihr seid frei, sagt ihr,
doch frei werdet ihr niemals sein!

Kapitel 21

Zurückgelassen

Fin starrte auf die Stelle, an der Coll noch vor wenigen Augenblicken gestanden hatte. Er war erschüttert. Gelähmt. Sprachlos.

Ganz im Gegensatz zu Remy.

»Was war das denn gerade?«, wollte sie wissen, und als Ardent nicht sofort antwortete, stampfte sie mit dem Fuß auf und schrie noch aufgeregter als zuvor: »Wo ist Coll hin?«

Ardent schüttelte den Kopf. »Es sieht ganz so aus, als hätte der Siehsiehfusch ihn sich zurückgeholt.«

Remy funkelte ihn an. »Dann wende ich jetzt.« Fin war klar, dass dieser Satz ebenso ihr selbst galt wie den anderen. »Wir müssen umkehren.« Sie wirbelte herum und machte sich auf den Weg zum Achterdeck.

»Wir können aber nicht umkehren«, sagte Ardent leise.

»Was?« Remy erstarrte.

»Ja, genau. Was?« Fin traute seinen Ohren nicht. Coll

war Teil der Mannschaft. Und wer zur Mannschaft gehörte, den ließ man nicht zurück. Sie ließen ja nicht einmal den Griesgram zurück, und der war ein nutzloser Grantler, der den Hals nicht vollkriegen konnte und tagein, tagaus nichts anderes machte, als Essen zu stehlen und alle anderen zu beleidigen. Aber jetzt ging es um Coll! Um ihren Kapitän. Wie konnte Ardent überhaupt daran denken, nicht umzukehren und ihn zurückzuholen.

»Wir können es nicht«, wiederholte Ardent. »Das ist mir inzwischen klargeworden. Wir können gegen den Siehsiehfusch nicht gewinnen.«

Remy ließ den anderen keine Chance. »Soll das ein Witz sein? Du hast dem Ding doch die Tinte abgetrotzt. Es hat aufgegeben. Los jetzt, hol Coll zurück!«

Ardent schüttelte traurig seufzend den Kopf. »Ich habe mich getäuscht. Ich *wollte* glauben, dass die Regeln für mich nicht gelten. Dass ich der Einzige bin, der dieser Kreatur etwas wegnehmen kann, ohne sich in ihren Fängen zu verheddern. Aber ich habe mich geirrt.«

Tiefe Falten bildeten sich in den Augenwinkeln des Zauberers. Er sah alt und traurig und müde aus. »Die Kreatur hat mir Coll vor langer Zeit überlassen, weil sie gewusst hat, dass ich eines Tages wiederkommen muss, wenn ich die Überallkarte jemals finden will. Aber wie dem auch sei, ich habe mich als Sieger gefühlt, obwohl ich damals meinen allergrößten Wunsch beim Siehsiehfusch zurückgelassen habe.

Und jetzt hat er uns Coll genommen, im Tausch gegen die Tinte und Annalessas Brief. Und wenn wir jetzt umkehren und Coll wiederhaben wollen, dann wird er uns etwas noch Wertvolleres dafür abnehmen. Und unterdessen geht der Strom dem sicheren Untergang entgegen.«

Er griff in die Innentasche seines Mantels und holte die Überallkarte hervor. Das tränenförmige Loch in der Mitte hatte bereits den Umfang von Fins Handgelenk. Und noch während sie sich die Karte ansahen, wurden weitere Welten ins Nichts gezogen.

Ardent zeigte auf die Träne. Sie schien an ihrer Spitze zu hängen, so, als könnte sie sich jeden Augenblick lösen und herabfallen. Dicht darüber war die Zeichnung eines Brunnens zu erkennen. Dort lag Meres.

»Sie ist fast da«, sagte Marrill mit gedämpfter Stimme. Ardent nickte. Fin spürte, wie es in seinem Magen brodelte. Sie hatten wirklich nicht mehr viel Zeit.

Gleichzeitig drehten sie sich zu Remy um. Sie rümpfte die Oberlippe, so dass ein Eckzahn sichtbar wurde. »Wir brauchen Coll. Er ist unser Kapitän, oder habt ihr das schon vergessen?«

Ardent lächelte ihr aufmunternd zu. »Ich habe volles Vertrauen zu dir. Allem Anschein nach kannst du doch auch gut mit dem Schiff umgehen.«

Remy verengte die Augen zu schmalen Schlitzen. »Ich kann *hervorragend* mit dem Schiff umgehen, wenn du's genau wissen willst.« Dann wandte sie sich ab.

»Aber ich bin nicht die Nummer eins. Das ist Coll. Und nur der beste Kapitän ist in der Lage, uns aus diesem Schlamassel rauszubringen.«

Fins Herz wurde schwer, als er sah, wie die Falten rund um Ardents Augen einen mitfühlenden Ausdruck annahmen. Der alte Zauberer trat behutsam zu ihr und sagte mit sanfter Stimme: »Coll war auch mein Freund. Dass er nicht mehr bei uns ist, bereitet mir mehr Kummer, als du dir vorstellen kannst.«

Remys Unterlippe zitterte. Sie rieb sich die Seite, als wollte sie den Schmerz packen, den sie im Inneren fühlte. »Und warum hast du ihn dann gezwungen, an diesen grässlichen Ort zu fahren? Wir hätten uns bestimmt auch was anderes überlegen können. Wir – *du* – hätten auf ihn aufpassen müssen. Er hat das bloß gemacht, weil du ihn darum gebeten hast.«

Die Enttäuschung und der Schmerz waren ihr deutlich anzuhören, und Fin empfand genau dasselbe.

Ardent seufzte niedergeschlagen und legte ihr besänftigend die Hand auf den Arm: »Weil er ein großartiger und treuer Gefährte und Freund ist.«

Remy dachte kurz über seine Worte nach. »Tja, das heißt aber, dass du ein miserabler Freund bist, weil du ihn nämlich gefragt hast«, stieß sie dann hervor. »Wenn du nicht so krampfhaft hinter diesem Brief her gewesen wärst, vielleicht …« Sie geriet ins Stocken, war viel zu wütend, um den Satz zu Ende zu bringen.

Dann schüttelte sie Ardents Hand ab und stürmte

quer über das Deck zum Ruder. Fin huschte hastig beiseite, um ihr nicht in die Quere zu kommen.

Marrill neigte besorgt den Kopf. Fin war froh, dass sie da war. Er war in solchen Situationen komplett überfordert, aber Marrill wusste immer, was zu tun war. Sie machte ein paar Schritte und sagte: »Remy …«

Die Babysitterin wirbelte mit gestrecktem Zeigefinger herum. *»Nein!«*, zischte sie. Marrill wich sofort zurück. Damit hatte sie eindeutig nicht gerechnet. Fin schluckte. Noch nie hatte er Remy so aufgebracht erlebt. Dabei war sie schon öfter mal *ziemlich* wütend gewesen.

Remy sah die anderen der Reihe nach an und bedachte sogar Fig mit einem längeren Blick. Mit einer solchen Wut im Bauch nahm man anscheinend *alle* wahr. Nicht einmal Ardent hatte jetzt noch den Mut, ihr zu widersprechen.

»Die Verlorene Sonne kommt von Süden her auf Meres zu«, sagte Remy schließlich. »Und wir von Norden. Das heißt, wir können bis zum Bassin vordringen, ohne dass wir Angst haben müssen, dass sie die *Krake* zerschmettert.«

Sie drehte sich um und rannte die Treppe hinauf, immer zwei Stufen auf einmal nehmend. Dann packte sie mit festem Griff und versteinerter Miene das Ruder. »Alle Segel setzen«, rief sie.

Aber nichts rührte sich. Ohne Colls ausdrückliche Erlaubnis hörte das Schiff nicht auf sie. »Alle Segel setzen!«, wiederholte sie noch lauter.

»Tauknochenmann«, sagte Ardent mit schwacher Stimme. »Piratten … ihr habt eine neue Kapitänin. Gehorcht ihr.« Schlagartig erwachte das Schiff zum Leben. Die Piratten flitzten über die Rahen, und der Tauknochenmann holte die Leinen ein.

In diesem Augenblick kam der Griesgram zur Luke auf das Hauptdeck herausgestürzt. »He, du Schwachmat, wenn dein Schiff schon ein Deck hat, das ständig durch die Gegend wandert, weißt du, was dann ganz praktisch wäre? Ein *Wegzeiger*! Ich hatte jedenfalls die letzten anderthalb Tage alle Hände voll zu tun, weil ich einen Haufen bekloppter Marmeladenanbeter überreden musste, dass sie mich wieder freilassen sollen …« Er hielt inne. Die anderen starrten ihn an. Er warf einen Blick auf Remy. »Moment mal. Das Cheerleader-Mädchen ist jetzt Kapitän?«

Ardent seufzte und machte sich auf den Weg in seine Kabine. Remy hingegen starrte die unförmige Gestalt wütend an. »Wenn du mich noch einmal Cheerleader-Mädchen nennst, werfe ich dich ins Bordgefängnis.«

Der Griesgram stocherte mit der Schere einer Papageienschnabelkrabbe zwischen seinen Zähnen herum. »Ääh«, sagte er im Weggehen und zuckte mit allen vier Schultern. »Solange es da keine brutalen Wilden mit einer ziemlich kranken Ehrfurcht vor eingekochtem Obst gibt, hab ich schon Schlimmeres erlebt.«

Remy sagte kein Wort, packte einfach nur das Ruder fester und blickte grimmig an den Horizont.

»Jemand muss mal mit ihr reden«, sagte Fig und wies mit einer Kopfbewegung auf Remy.

Marrill blickte Fin an. »Du hast recht«, sagte sie, als sei der letzte Satz aus seinem Mund gekommen und nicht aus dem des Schemen-Mädchens. »Aber ich hab's schon probiert. Jetzt bist du dran. Ich rede derweil mal mit Ardent.«

»Aber ...« Doch noch bevor er seine Einwände aussprechen konnte, schubste Marrill ihn Richtung Achterdeck, machte auf dem Absatz kehrt und klopfte an Ardents Kabinentür. Ein kurzes »Herein!« ertönte, und dann standen Fin und Fig alleine an Deck und sahen einander an.

»Na ja, ich kann das nicht machen«, sagte Fig. »Sie erinnert sich ja gar nicht an mich.«

»Aber an mich auch nicht«, sagte Fin. »Für sie bin ich bloß irgendein Junge, auf den sie aufpassen muss. Marrills Begleiter.«

Fig verschränkte die Arme. »Also für mich hört sich das verdächtig nach erinnern an.«

Fin seufzte. Sie hatte natürlich recht. Und außerdem rieselte ihm jedes Mal, wenn Remy ihn »Begleiter« nannte, ein leichter Schauer den Rücken hinunter. Er nickte ihr also entschlossen zu, holte tief Luft und ging die Stufen zum Achterdeck hinauf.

Remy stand am Ruder und starrte stur und mit wütender Miene geradeaus. Trotzdem konnte er sehen, dass in ihren Augen unvergossene Tränen glitzerten.

Fin hatte keine Ahnung, was er sagen sollte. Also entschied er sich für den erstbesten Gedanken, der ihm durch den Kopf ging.

»Also … weißt du denn, wo du hinwillst?«

Sobald sie seine Stimme hörte, drückte sie den Rücken durch und hob das Kinn. Ihre Antwort fiel kurz und knapp aus. »Ja.«

Fin wartete ab, aber mehr sagte sie nicht.

Er räusperte sich. »Und *woher* weißt du das?«

Remy sah ihn nicht einmal an. »Ich möchte jetzt allein sein, wenn du nichts dagegen hast.«

Es war nicht das erste Mal, dass Fin so abgebügelt wurde. Auch nicht das zweite oder das tausendste Mal, genau genommen. Er nickte. »Natürlich. Alles klar. Ich bin dann da drüben.« Er machte eine vage Geste und ging gemächlich die Stufen zum Hauptdeck hinunter.

»Tja«, sagte er zu Fig, »ich hab's wenigstens …«

Sie zählte an den ausgestreckten Fingern ab »Drei … zwei … und jetzt hat sie komplett vergessen, dass sie je mit dir gesprochen hat. Nächster Versuch.«

Fin seufzte wieder und ging erneut los. Dass jetzt jemand *wirklich* verstehen konnte, wie es war, er zu sein, ging ihm langsam ein bisschen auf die Nerven.

»Oh, wie ich höre, haben sie dich gerade zur Kapitänin ernannt«, sagte er, während er näher trat. »Ziemlich beeindruckend, besonders in deinem Alter.«

Remy warf ihm einen Blick zu. »Manche Leute sind älter, als sie aussehen«, sagte sie, begleitet von einem langgezogenen Seufzer. »Aber wenn du nichts dagegen hast ...«

Er hob beide Hände. »Oh, klar, du willst allein sein, kein Problem. Ich bin dann da ...« Er ließ den angefangenen Satz in der Luft hängen und ging die Treppe hinunter.

»Drei ... zwei ...«, zählte Fig.

»Ja, ja«, knurrte Fin. Wenige Sekunden später stand er wieder auf dem Achterdeck.

»Folgendes ...«, stieß er mühsam hervor. »Wieso lügen Skelette nie?«

Remy zog die Augenbrauen hoch.

»Sie sind zu leicht zu durchschauen«, ergänzte sie finster. Dann fuhr sie sich mit der Hand übers Gesicht. »Wenn du nichts dagegen hast ...«

Sie musste ihren Satz gar nicht zu Ende bringen. Er war bereits wieder am Fuß der Treppe.

Fig hob die Hand. »Lass ihr ein paar Sekunden mehr Zeit«, sagte sie. »Das wird sie nicht so schnell vergessen.« Während der Wartezeit lehnte sie sich mit dem Rücken an die Treppe. »Aber Remy hat recht«, sagte sie nachdenklich. »Wir brauchen Coll, wenn wir den Schwingen entkommen wollen. Sie wissen, dass die Verlorene Sonne auf dem Weg nach Meres ist, und dass wir da auch hinwollen, um zu versuchen, sie aufzuhalten. Darum kommen sie garantiert auch nach Meres.«

»Ich glaube nicht, dass Remy deswegen so wütend ist«, entgegnete Fin.

»Ich weiß«, meinte Fig. »Und es war echt bescheuert von Ardent, dass er Coll gezwungen hat zurückzukehren. Schließlich hat er gewusst, dass wir ihn dann verlieren würden.«

Fin streckte beide Hände aus. »Moment mal, Moment«, sagte er. »Ardent hat Coll nicht gezwungen. Er hat ihn darum gebeten, das stimmt, aber Coll hätte auch Nein sagen können. Es war genauso seine Entscheidung wie Ardents.«

»Was?« Fig lachte. »War es nicht! Das würde doch freiwillig keiner machen!«

»Ich schon!«, platzte Fin heraus. »Ich meine, wenn Marrill mich bitten würde, so etwas zu tun, um ihrer Mom das Leben zu retten, dann würde ich auch Ja sagen. Und dann wäre es meine eigene Entscheidung, nicht ihre.«

Fig sah ihn mit einem merkwürdigen Gesichtsausdruck an. »Du würdest dein eigenes Leben riskieren, nur um ihrer Mutter zu helfen, die du noch nie gesehen hast?«

»Natürlich«, erwiderte Fin. Er konnte nicht einmal den Sinn dieser Frage verstehen. »Sie ist doch meine Freundin. Für sie würde ich alles tun.«

»Ohne dass die Schwingen oder sonst jemand es dir befiehlen?«

Also, das war jetzt eine *vollkommen* sinnlose Frage. »Mir befiehlt niemand was«, antwortete er. »Aber die Mannschaft der *Krake*, das ist meine Familie. Ich würde alles für sie tun, und zwar weil ich sie wahnsinnig gerne mag, und nicht, weil mich jemand dazu zwingt.« Er hielt für einen Moment inne. »Das hat meine Mom ja auch für mich getan.«

Das Schemenmädchen schüttelte den Kopf, und ein leises Lächeln huschte ihr übers Gesicht.

»Was denn?«, wollte Fin wissen.

»Nichts«, erwiderte sie. »Es ist nur ... so etwas bekommt man bei den Schwingen und den Schemen nie zu hören, mehr nicht.« Sie wandte sich ab.

Fin wartete noch ein paar Sekunden, dann sagte er: »Ich habe gesehen, wie du Coll am Arm packen wolltest. Als der Siehsiehfusch ihn weggerissen hat. Du wolltest ihn retten.«

Sie zog die Schultern hoch, sagte aber nichts.

Fin ließ nicht locker. »Wenn du es geschafft hättest, dann wärst du wahrscheinlich zusammen mit ihm weggerissen worden und würdest jetzt für alle Zeiten bei den anderen Seeleuten im Zwirbel festsitzen.«

Sie gab immer noch keine Antwort, sah ihn nicht einmal an.

»Und wie war das in Oneira? Remy hat uns erzählt, wie Coll versucht hat, unsere Muschel von der Korallenbank abzulösen, obwohl das Nichts schon ganz in der Nähe war. Aber ich habe gleich gewusst, dass in ihrem Bericht was fehlt, und das warst du. *Du* hast Remy und Coll geholfen. *Du* hast uns vor dem Nichts gerettet, obwohl du selbst in Lebensgefahr warst.«

Er trat auf sie zu. »Niemand hat dir befohlen, dieses Risiko einzugehen, Fig.« Er legte ihr die Hand auf die Schulter und drückte sie sanft. »Und weißt du, was? So was macht nur jemand, der von ganzem Herzen ein Teil der Mannschaft ist.«

Fig trat unruhig von einem Bein auf das andere. Es war ihr eindeutig unangenehm, so viel Aufmerksamkeit zu bekommen. Aber trotzdem, Fin hatte recht. Sie *wollte* ein Teil der Mannschaft sein. Diese Leute waren ihr wichtig, auch wenn ihr das selbst kaum bewusst war. Warum sonst hatte sie bereits mehrfach ihr eigenes Leben aufs Spiel gesetzt, um ihnen zu helfen?

Erneut trat sie auf das andere Bein und räusperte sich. »Der Countdown ist abgelaufen. Zeit für den nächsten Versuch.«

»Richtig«, sagte er, aber als er die Stufen hinaufging, war er mit den Gedanken immer noch bei ihrem kurzen Gespräch. Oben angekommen, blieb er stehen und drehte sich zu Fig um. Dann steckte er die Hand in seine Diebestasche und holte etwas heraus. »He, Fig …«

Sie blickte ihn an.

»Fang!« Er warf ihr das Ding zu, und sie fing es, ohne nachzudenken, auf. Zwischen ihren Fingern hing, glitzernd im schimmernden Licht des Piratenstroms, ihr Silberarmband. Figs Augen strahlten, als sie es überstreifte.

Sie öffnete den Mund, schloss ihn wieder und schluckte mehrfach, bevor sie leise »Danke« sagte.

Er nickte ihr lächelnd zu und setzte seinen Weg auf das Achterdeck fort. Immer noch schwirrten ihm alle möglichen Gedanken durch den Kopf – über die Mannschaft der *Krake*, die Schwingen und die Schemen, Coll, Ardent und seine Mutter. Er wusste nicht, was er zu Remy sagen sollte. Er wollte einfach nur für sie da sein, damit sie sich ein wenig besser fühlte.

Also lehnte er sich wortlos an die Reling und blickte zum Himmel hinauf. Der Strom lag immer noch als verknoteter Zopf vor ihnen, aber wenigstens hatten sie die Höhle des Siehsiehfusch verlassen. Es war dunkel, und Fins Stern – der, den seine Mutter ihm vor langer Zeit gezeigt hatte – schwebte knapp über dem Horizont. Fin lächelte ihn an.

Sie war immer noch irgendwo da draußen, das wusste er. Die Frau, die ihn vor dem Zwinger bewahrt hatte, in dem die arme Fig aufgewachsen war. Die Frau, die alles riskiert hatte, damit er vielleicht eine Chance bekam. Und Coll hatte genau dasselbe getan, für sie alle.

Ein stechender Schmerz machte sich in seiner Brust bemerkbar, und er sah Remy an. Trotz ihrer kerzengeraden Haltung und obwohl sie den Blick stur geradeaus gerichtet hatte – die Traurigkeit war ihr deutlich anzusehen.

»Coll wird mir fehlen«, sagte er. Er meinte es ernst. Coll war ein guter Kapitän, auch wenn er sich nie an Fin erinnert hatte. Aber er hatte auch nie gezögert, seinen Freunden zur Seite zu stehen.

Remys Kinn fing an zu zittern. »Mir auch.«

Er zögerte. »Möchtest du darüber reden?«

»Eigentlich nicht.«

Fin blieb trotzdem noch einen Moment stehen. Er überlegte, was ihm am liebsten wäre, wenn er an ihrer Stelle wäre. »Hast du was dagegen, wenn ich noch ein bisschen länger hierbleibe? Ich lass dich auch ganz bestimmt in Ruhe, versprochen.«

Sie warf ihm einen Blick zu. »Ehrlich gesagt, Begleiter …« Fin stieß sich bereits von der Reling ab, um die Stufen hinunterzugehen. Doch dann huschte der Hauch eines Lächelns über ihr Gesicht. »… das würde mir gefallen. Sehr sogar.«

Fin erwiderte ihr Lächeln. »Super! Ich bin dann erst mal hier. Du weißt schon, falls du mich brauchst.«

Remy nickte, und als sie sich wieder ihrer Aufgabe zuwandte, das Schiff durch die vielen, feinverzweigten Arme des Piratenstroms zu lenken, da wirkten ihre Schultern ein kleines bisschen entspannter als zuvor.

Fin ließ sich wieder gegen die Reling sinken. Er wusste, dass er höchstwahrscheinlich bereits wieder vergessen war, aber er wollte trotzdem nicht einfach weggehen. Umso mehr überraschte es ihn, als einige Minuten später ein leises »Danke« aus Remys Mund ertönte.

Kapitel 22

Meereswellen

»Ardent?« Vorsichtig schob Marrill sich in die dunkle Kabine. Der Zauberer hatte die Hände hinter dem Rücken verschränkt und starrte zum Fenster hinaus. Dahinter schimmerte das goldene Kielwasser der *Krake* und ließ leuchtende Funken emporsteigen.

»Als ich den Siehsiehfusch das erste Mal aufgesucht habe«, sagte Ardent, ohne sich umzudrehen, »da habe ich geglaubt, dass die Überallkarte mich zu den Geheimnissen der Dzane führen würde.«

Marrill stieß, ohne es zu wollen, ein höhnisches Lachen aus. »Das hat ja prima geklappt.«

»Stimmt«, pflichtete er ihr bei. »Obwohl ich dabei nicht unbedingt an die Verlorene Sonne von Dzannin gedacht hatte. Das war, noch bevor Serth vom Stromwasser getrunken hatte, vor der meressianischen Prophezeiung. Damals wusste ich noch so gut wie gar nichts über die Verlorene Sonne. Nein, mein allergrößter Wunsch damals war, die Macht der Dzane zu erlangen. Die Überallkarte war für mich das höchste aller Ziele. Jetzt zu wissen, dass der Siehsiehfusch die Kompassrose für sich behalten hat … diese Kreatur hat mich ordentlich an der Nase herumgeführt.«

Marrill ließ die Tür ins Schloss fallen und näherte sich dem Schreibtisch des Zauberers in der Mitte der Kabine. Wie immer lagen darauf alle möglichen Sachen herum. Nur eine Ecke sah einigermaßen aufgeräumt aus. Dort sah sie eine dicke, zum Teil ausgerollte Schriftrolle. »Was ich nicht verstehe«, sagte sie. »Du hast gesagt, dass der Siehsiehfusch dir etwas Wertvolles weggenommen hat, und das war die Kompassrose. Aber dann hat er Annalessa die Kompassrose gegeben, so dass du sie schließlich doch noch bekommen hast.«

Ardent drehte sich zu ihr um. Sein einer Arm hing schlaff an der Seite herab, und in der Hand hielt er den zerknitterten Brief. Es sah aus, als könnte er jeden Augenblick herunterfallen. »In der Tat«, sagte er. »Denn er hat gemerkt, dass er mir etwas nehmen kann, was mir noch mehr bedeutet.«

Er holte tief Luft. »Bei meiner Suche nach der Überallkarte habe ich manchmal wochenlang nur geforscht, bevor ich eine Reise unternommen habe. Ich wollte sicherstellen, dass ich nur verlässlichen Spuren folge, wollte genau wissen, wonach ich eigentlich suchte, um auch wirklich jeden denkbaren Hinweis erkennen zu können. Aber als Annalessa verschwunden war, habe ich all diese Grundsätze über Bord geworfen. Ich war kopflos unterwegs, habe jeden nur denkbaren Ort aufgesucht, so schnell ich nur konnte, und das jahrelang, ohne jeden Erfolg.«

Er wies mit einer Handbewegung auf die Schriftrolle auf seinem Schreibtisch. Marrill trat vorsichtig näher. Sie erkannte darauf eine Liste mit lauter Orten: die Prahler-Küste, Kittargh & Yaracdala, die Große Braue der narbigen Schleier, Gutshof Gugelhupf. Die meisten waren bereits durchgestrichen, und von den anderen fielen ihr vor allem drei Einträge ins Auge, die ganz unten auf der Liste standen. Sie schimmerten in sanftem Gelb, als wären sie mit Kerzenlicht geschrieben worden. Und diese drei kannte sie.

Monerva

Margahams Spiel

Der Tauknotenzwirbel

Ardent schnipste mit dem Finger, und die Schriftrolle entrollte sich, fiel über die Schreibtischkante und breitete sich dann quer durch die Kabine aus. Marrill hielt den Atem an. Das mussten ja Tausende von Orten sein, und alle waren sie durchgestrichen. »Da warst du überall?«

Ardents Stimme klang sehr erschöpft. »An vielen sogar zweimal.«

Marrill kannte den Ausdruck auf seinem Gesicht. Es war derselbe, den ihr Vater immer vor ihr zu verstecken versuchte – der, den er am späten Abend aufsetzte, wenn seine Gedanken sich nur noch um die Gesundheit ihrer Mutter drehten. Darin lagen Angst und Sorge und tiefer, abgrundtiefer Schmerz. In diesem Moment wurde ihr klar, dass Ardent und ihr Dad etwas gemeinsam hatten. Beiden war es nicht möglich, das Schicksal der Person, die sie liebten, irgendwie zu beeinflussen.

»Was steht in dem Brief?«, erkundigte sich Marrill.

Ardent seufzte und zuckte mit den Schultern. Dann streckte er ihr das Blatt mit zitternden Fingern entgegen. »Du hast ihn mir zurückgebracht. Dann hast du auch das Recht zu erfahren, was er enthält.«

Marrill ließ sich ihre Verblüffung nicht anmerken und nahm den Brief hastig entgegen, bevor er es sich anders überlegen konnte.

Lieber alter Narr, stand da.

Bei unserem Zusammentreffen in Monerva wusste ich, dass ich Serth und seine zerstörerische Prophezeiung nicht aufhalten kann. Meine Zukunft war deine Vergangenheit, also wie hätte ich das ändern können? Mir blieb nichts anderes übrig, als seinen Pfaden zu folgen, von ihm zu lernen und darauf zu hoffen, dass sich eines Tages eine Antwort offenbaren würde. Was ich aber nicht begreifen konnte, war, dass meine Schritte immer im Kreis führten, dass ich als Verfolgerin immer auch verfolgt wurde. Jetzt folgt mir der lebendige Schatten des Mannes, den ich einst kannte, ein verbittertes Spiegelbild der einen Person, die mir einst ebenso lieb war wie ich selbst. Er weiß bereits, wo der Pfad uns hinführen wird, und es gibt kein Entrinnen. Aber selbst er weiß nicht, was uns dort widerfahren wird.

Dennoch habe ich gefunden, was ich brauche. Ich kann die Prophezeiung nicht aufhalten, das weiß ich, aber ich glaube zumindest, dass ich die Art und Weise, wie sie sich erfüllen wird, ein wenig beeinflussen kann. Das könnte die Chance für den Strom sein, das Aufgehen der Verlorenen Sonne zu überleben.

Um zu tun, was getan werden musste, brauchte ich die Kompassrose. Und um sie zu bekommen, musste ich etwas Wertvolles zurücklassen. Der Siehsiehfusch hatte nur eine einzige Forderung: Ich musste im Angesicht der Zauberkraft des Tauknotenzwirbels versprechen, dass ich weder mit dir sprechen noch dich wiedersehen werde, bevor meine Aufgabe vollständig erfüllt ist. Der Siehsiehfusch hat mir versichert, dass du eines Tages zurückkehren und dir diesen Brief holen wirst. Er hat sogar darauf bestanden, dass ich ihn schreibe. Allem Anschein nach will er, dass du ganz genau über unsere Abmachung Bescheid weißt.

Ich wünschte so sehr, dass du mit mir gekommen wärst, damals, als ich dich in deinem Turm besucht habe. Jetzt haben wir keine Chance mehr. Ich muss das alleine durchstehen.

Der Magnetstein – die Kompassrose, die du schon so lange suchst, liegt schwer in meiner Hand. Sie führt mich zum Bassin von Meres, dorthin, wo Zauberer und Zauberei einander be-

gegnen. Was dort geschehen wird? Ich weiß es nicht. Vielleicht sende ich dir eines Tages einen Brief, in dem steht, dass ich meine Aufgabe erfüllt habe, dass der Fluch des Siehsiehfusch besiegt ist und wir einander wiedersehen können. Vielleicht auch nicht.

Aber in jedem Fall bitte ich dich, vertraue mir und glaube dies: Eines Tages wirst du mich wiedersehen, auch wenn die Zeit und die Gezeiten uns unkenntlich gemacht haben.

Bis dahin bleibe ich für immer

Deine

AnnaL

»Also darum habe ich sie nie gefunden. Weil sie genau das mit dem Siehsiehfusch vereinbart hat!« Ardent zog seine Mütze ab und wischte sich mit den Fingern über die Stirn, um die Anspannung loszuwerden. Ohne die Mütze schwebten seine weichen weißen Haare wie eine Wolke um seinen Kopf, so dass er noch seltsamer aussah als sonst.

Marrill runzelte die Stirn. So wie sie das sah, hatte Ardent diesen Brief komplett falsch verstanden. Sie dachte an ihren ersten Besuch auf dem Strom zurück, daran, wie Ardent ihr zum ersten Mal von seiner Suche nach Annalessa berichtet hatte. Und diese Suche hatte damit begonnen, dass *sie ihm einen Brief geschickt hatte.*

»Ähm, Ardent?«, rief sie aufgeregt. »Das sind doch großartige Neuigkeiten!«

»Wie kommst du denn darauf?« Skeptisch zog Ardent eine seiner weißen Augenbrauen in die Höhe.

»Der Brief«, sagte sie und zitterte dabei am ganzen Körper. »Der, den Annalessa dir geschickt hat und der dich überhaupt erst dazu gebracht hat, nach ihr zu suchen. Wenn sie den Brief *nach* diesem hier geschrieben hat, dann bedeutet das doch, dass die Abmachung mit dem Siehsiehfusch gar nicht mehr gültig ist!«

Ardent legte die Stirn in Falten. »Nun, gewiss, dann wäre es so, Marrill. Aber wir wissen ja gar nicht, in welcher Reihenfolge die Dinge geschehen sind. Und außerdem hat sie mir genau genommen gar keinen Brief geschickt, sondern …« er hielt inne, und dann riss er die Augen auf. »Die Kompassrose!«, keuchte er.

Jetzt war Marrill diejenige mit der verwirrten Miene. »Hä?«

Doch in Ardents Augen blitzte jetzt die Erkenntnis auf. »Das habe ich dir nie erzählt. Sie hat mir die Kompassrose geschickt. Ich habe ihren Brief damals geöffnet, und dabei ist sie weggeflogen. Du musst wissen, dass Annalessa meine Suche nach der Überallkarte nie gutgeheißen hat. Sie hatte Sorge, dass meine Besessenheit mich zerstören könnte, und tatsächlich hat sie mich eines Tages auch überredet, die Suche aufzugeben. Aber dass sie mir die Kompassrose geschickt hat, also einen Teil der Karte, nun …«

Er trat den Saum seines Mantels beiseite und fing an, auf und ab zu gehen. »Sie hätte mich doch niemals aufgefordert, meine Suche nach der Überallkarte fortzusetzen, wenn die Lage nicht sehr bedrohlich gewesen wäre. Wenn es nicht tatsächlich die allerletzte Möglichkeit gewesen wäre. Ich habe sofort gewusst, dass ich ein Narr gewesen bin. Dass ich der einen Person, die mir am wichtigsten war, den Rücken zugewandt habe. Dass es, wenn sie für immer verloren war, allein meine Schuld wäre. Und ich habe mir geschworen, dass ich das keinesfalls zulassen würde.«

Marrill grinste. Sie war froh, dass er wieder ein wenig lebhafter geworden war. »Wenn sie dir also die Kompassrose zugeschickt hat, dann kann sie das nur getan haben, *nachdem* sie diesen Brief hier geschrieben hat.« Sie verschränkte die Arme vor der Brust. »Weißt du, was? Ich glaube, der Siehsiehfusch hat dich nur an der Nase herumgeführt. Annalessa scheint ja überzeugt zu sein, dass du sie wiedersehen wirst – vielleicht erwartet sie dich sogar in Meres. Und falls es so sein sollte und der Siehsiehfusch nichts weiter ist als ein riesiger, bescheuerter Angeber ... wer weiß? Vielleicht können wir uns dann Coll tatsächlich zurückholen.«

Ardents Wangen röteten sich. »Da könntest du recht haben, Miss Acsterwest. Da könntest du absolut recht haben.« Er beugte sich über den Tisch und wuschelte ihr liebevoll durch die Haare. Sie lachten gemeinsam, und es war – nachdem Ardent sich im Umgang mit dem Siehsiehfusch so grausam und skrupellos gezeigt hatte – ein gutes Gefühl zu sehen, dass er wieder ganz der Alte war.

Jetzt lächelte der alte Mann ihr großväterlich zu und drehte sich wieder zum Fenster um. »Nun«, sagte er dann, »es ist spät geworden. Heute Nacht sollten wir tief und fest schlafen und von fröhlichen Wiedersehen und glorreichen Siegen träumen. Denn morgen legen wir in Meres an.«

***

Der nächste Tag begann nicht mit der Dämmerung, sondern schnappte gewissermaßen schlagartig in die Welt.

Marrill hatte entlang des Piratenstroms schon etliche ziemlich unglaubliche Orte gesehen. Und sie war davon ausgegangen, dass die Insel Meres, der Treffpunkt der Zauberer, ein ganz besonders magischer Ort war. Mehr als magisch. *Super*magisch.

Doch als sie am nächsten Morgen an Deck kam, war keine Spur davon zu entdecken. Felsen ragten aus den rauen Wellen des Stroms, manche sogar größer als die *Krake*. Sie bildeten ein Labyrinth, das viel zu eng zu sein schien, um hindurchzusegeln. Aber wozu auch? Denn soweit sie sehen konnte, gab es dahinter nichts weiter als ein flaches Stück Brachland voller abgestorbener Bäume. Düster und verloren sahen sie unter dem sorgengrauen Himmel aus.

Marrill stieg zum Achterdeck empor, wo Remy an einem Pfosten lehnte. Mit einem Finger hielt sie die *Krake* auf Kurs. »Bist du sicher, dass wir hier richtig sind?«, erkundigte sich Marrill.

Remy antwortete mit einem gewaltigen Gähnen und einem Blick aus ihren blutunterlaufenen Augen. »Natürlich. Das ist die Strömung, die nach Meres zieht.« Sie wies mit einer Kopfbewegung auf die umliegenden Felsen und rieb sich geistesabwesend die Seite. »Und das bedeutet, dass das da die Insel Meres sein muss.«

Marrill verzog das Gesicht. Ihre Enttäuschung war offensichtlich. »Aber … die ist so öde … und so hässlich.«

Remy zuckte mit den Schultern. »Ich schätze mal, es kann nicht überall das Land der Einhörner und Regenbogen sein.«

»Ach was, da war ich an meinem dritten Jahrestag«, knurrte der Griesgram von einem Tisch in der Nähe herüber. »Wird überschätzt.«

Marrill blickte ihn von der Seite her an. »Was denn für ein Jahrestag?«

»Der Jahrestag des Scher-dich-um-deinen-eigenen-Kram«, giftete der Unhold herüber. »Ach so, Moment mal. Du scherst dich ja gar nicht um deinen eigenen Kram. Dann kannst du natürlich auch keinen Jahrestag feiern. Aber wenn's so weit ist, notier ich's mir, damit ich mitfeiern kann.«

»Gibt es was zu feiern?«, erkundigte sich Ardent, der in diesem Augenblick gähnend aus seiner Kabine trat.

Der Griesgram erhob sich und schlurfte zur Luke. »Nur wenn eine dämliche Idee, die uns alle das Leben kosten wird, ein Grund zum Feiern ist. Aber wenn das so ist, dann könnt ihr Vollpfosten ja jeden Tag eine Party schmeißen.« Am oberen Ende der Treppe begegnete er Fin.

»Morgen«, flötete Fin.

Der Griesgram bedachte ihn mit einem vernichtenden Blick. »Gratuliere. Du hast die Tageszeit erkannt. Jetzt musst du noch lernen, wie viele Finger du hast, und schon bist du offiziell klüger, als du aussiehst.« Er fuhr Fin mit einer seiner dicken Hände übers Gesicht. »Ja, ja, typisch Griesgram«, knurrte er noch, bevor er die Treppe hinunterpolterte.

Fin schüttelte betrübt den Kopf und stellte sich dicht neben Marrill. »Schön, dass der Griesgram noch da ist. Ich baue ständig das Hinweisschild ab, das er auf dem Promenadendeck aufgestellt hat, aber er geht da ja sowieso nicht mehr hin.« Er schnappte sich eine Käserinde von einem Tisch in der Nähe und kaute nachdenklich darauf herum. »Apropos Hinweis, hat schon jemand einen Hinweis auf die Schwingen und die Schemen entdeckt?«

Marrill schüttelte den Kopf. »Keine Spur weit und breit. Sieht alles ganz entspannt aus.«

Er nickte. »Gut. Fig ist sich aber sicher, dass sie noch auftauchen werden.«

Marrill sah ihn lange an. *Fig*? Hatte Fin noch eine andere Freundin, von der sie nichts wusste? Sie hatte in letzter Zeit durchaus das Gefühl gehabt, als sei er ab und zu nicht ganz bei der Sache. Eigentlich schon während der ganzen Reise. Als würde er die Hälfte der Zeit gar nicht mit ihr reden.

Irgendwo im Hinterkopf spürte sie ein eigenartiges, durchaus vertrautes Ziehen. Es war, als ob sie die Lösung dieses Problems bereits kannte. Sie bekam sie nur nicht so richtig zu fassen …

»Das ist also Meres«, unterbrach Fin ihre Gedanken. »Macht ja nicht gerade einen einladenden Eindruck, oder?«

Ardent warf ihnen ein verschmitztes Lächeln zu. »Noch nicht, würde ich sagen. Meres enthüllt seine Geheimnisse nicht jedem. Passt mal auf.« Er trat den Saum seines Mantels beiseite und schlenderte zur nächstgelegenen Reling, schniefte herzhaft und spuckte einen dicken Schleimklumpen in den Piratenstrom.

»Igitt!«, sagte Marrill. »Wieso sollten wir uns das denn anschauen?«

Aber noch während sie das sagte, breiteten sich von der Stelle, wo er ins Wasser getroffen hatte, Wellen nach allen Seiten aus. Es war, als würde eine bunte Farbenpalette im Strom zum Leben erwachen. Alles, was vorher schwarzbraun gewesen war, blühte auf, erhielt Farbschleier, die immer kräftiger wurden. Die Felsenklippen schienen zurückzuweichen und der *Krake* den Weg frei zu machen. Dahinter war die beeindruckende Küste der Insel zu sehen. Die kahlen Bäume drehten sich und wuchsen, so dass ihre Zweige sich ineinander verhakten.

Marrill blinzelte. Es kam ihr vor, als hätte ihr jemand einen Schleier von den Augen gezogen. Anstelle der vorher herrschenden bräunlichen Dürre war jetzt eine üppige Blütenpracht getreten. »Wow«, flüsterte sie.

»Es bedarf der Wasser eines Zauberers, um die Wasser von Meres aufzuschließen«, sagte Ardent und richtete sich kerzengerade auf. »Die anderen wollten das immer etwas theatralischer angehen und haben einen Blutstropfen genommen, aber an Nadeln oder Messern hatte ich noch nie großen Gefallen.«

»Das war der beste Rotzer aller Zeiten«, verkündete Fin.

Ardent beugte sich zwischen ihn und Marrill. »Ihr hättet mal sehen sollen, was passiert ist, als ich reingepinkelt habe«, flüsterte er ihnen zu.

»Igitt, widerlich. Das hab ich gehört«, stöhnte Remy.

Ardent räusperte sich und streckte den Arm aus. »Mmm-hmm, ja. Was ich sagen wollte: Willkommen in Meres! Geburtsort des Piratenstroms! Jetzt, wo der Weg frei ist, bringt uns doch bitte an Land, Madame Kapitän.«

»Was glaubst du eigentlich, was ich die ganze Zeit

mache, alter Knabe?«, murmelte Remy leise. Und tatsächlich hatte sie die *Krake* bereits in den entstandenen Kanal gesteuert und suchte sich jetzt einen Weg durch die neuformierten Lücken zwischen den massiven Felsblöcken hindurch, die sie von beiden Seiten umschlossen.

Nun hatten sie nur noch die Insel vor sich, und Marrill wurde urplötzlich klar, dass das hier die perfekte Stelle für eine Falle war. Sie wandte den Blick nach achtern und tatsächlich ... da glitten bereits mehrere Schlachtschiffe hinter dem größten Felsblock hervor.

»DIE SCHWINGEN!«, rief ein Mädchen auf dem Hauptdeck. Genau das hatte Marrill befürchtet.

Remy hielt den Kurs und umklammerte krampfhaft das Ruder. »Das sieht nach Stress aus, Leute«, sagte sie. »Wir können ihnen nicht davonfahren, und umkehren können wir auch nicht. Also steuern wir entweder die Insel an und riskieren, dass wir in der Falle sitzen, oder wir müssen irgendwie versuchen, das Schiff an denen vorbeizukriegen.«

»Kurs halten«, befahl Ardent. »Die Verlorene Sonne ist fast schon in Meres. Wir müssen unbedingt vor ihr das Bassin erreichen ... auch wenn wir dabei die *Krake* opfern müssen.«

»Die *Krake* opfern?«, flüsterte Marrill. Das wäre ja, als würden sie Coll noch einmal verlieren. Sie schluckte trocken und versuchte, diesen Gedanken wieder zu verscheuchen. Wenn sie ständig über alles nachdachte, was sie bei ihrem Vorhaben verlieren konnten, dann war sie vor Angst bald völlig gelähmt.

»Schnell«, fuhr Ardent fort. »Rafft alles zusammen, was wir für den Landgang brauchen. Es sieht so aus, als würde das Ganze ein Wettrennen werden.«

»Die Traumlitze hab' ich«, sagte Marrill, nahm die Pergamentrolle, die neben ihren Zeichenblöcken lag, in die Hand und steckte sie in die Tasche mit ihren Zeichenutensilien. »Fin, hast du die Tinte?«

»Hab' ich«, sagte Fin und gab ihr das Glas. Sie steckte es ebenfalls ein.

Ardent nickte ihm zu. »Vielen Dank, unbekannter junger Mann.« Dann klopfte der Zauberer auf seinen Mantelärmel. »Und ich habe die Überallkarte und die Wunschkugel.« Er beugte sich etwas näher zu ihnen und fügte hinzu: »Wir wollen sie ja nicht hier an Bord lassen, damit die Schwingen sie sich schnappen können, während wir uns der Verlorenen Sonne entgegenstellen, nicht wahr? Immer eine Apokalypse nach der anderen, würde ich sagen.«

Bevor er aber zur Reling gelangen konnte, versperrte ihm ein Mädchen den Weg. »Das ist ein Rennen, das ihr nicht gewinnen könnt«, sagte sie warnend und packte ihn am Arm.

Marrill erschrak. Waren die Feinde etwa bereits an Bord? Aber Fin legte erst ihr und dann dem Mädchen die Hand auf die Schulter. Der Name *Fig* ging Marrill durch den Kopf. Er hörte sich irgendwie … vertraut an.

»Ist schon okay«, sagte Fin. »Sie ist eine von den Guten. Und sie hat recht.«

»Nun sieh mal einer an!«, stieß Ardent hervor.

Fin zeigte nach achtern. »Die Schwingen sind sehr schnell … sie holen uns garantiert ein, bevor ihr das Bassin erreicht habt.«

Sie schwiegen für einen Moment und sahen, wie die Schlachtschiffe der Schwingen hinter ihnen in den Kanal einfuhren. Keine zehn Minuten mehr, dann würden sie sie erreicht haben. Ihr Vorsprung war fast aufgebraucht.

Erst jetzt wurde Marrill klar, was Fin da gerade gesagt hatte. »Wie hast du das denn gemeint: *bevor ihr das Bassin erreicht habt*?«

Fin schenkte ihr ein eigenartiges Lächeln. »Du gehst mit Ardent schon mal vor. Ich bleibe hier und verschaffe euch ein bisschen mehr Zeit.«

»Das ist Wahnsinn«, erwiderte sie und verschränkte die Arme vor der Brust. »Die sind eine unbesiegbare Armee. Wie, um alles in der Welt, willst du sie aufhalten?«

Fin schaukelte auf den Hacken hin und her und setzte sein übliches freches Grinsen auf. »Mach dir um mich mal keine Gedanken. Ich habe mir einen spitzenmäßigen Plan ausgedacht.«

Marrill verdrehte die Augen. »Fin, ich mein's ernst. Irgendwie … es kommt mir komisch vor, dass wir uns trennen sollen. Bisher haben wir immer zusammen gegen das Ende des Piratenstroms gekämpft.« Sie holte tief Luft. »Und außerdem ... eigentlich wollte ich auf dieser Reise doch *dir* helfen, deine Mom zu suchen. Aber jetzt ... jetzt kommt es mir so vor, als hätte ich alles das aus dem Auge verloren und dich alleingelassen. So wie in Monerva.«

Im nächsten Augenblick fand Marrill sich in einer stürmischen Umarmung wieder. »Marrill«, sagte Fin, »du bist meine allerbeste Freundin auf dem gesamten Strom. Und ich weiß, dass du mir helfen möchtest. Das musst du mir nicht ununterbrochen beweisen.«

»Wir landen!«, rief Remy. Die *Krake* kam knirschend zum Stillstand, und ihr tintenfischförmiger Anker senkte sich unter lautem Kettenrasseln ins Wasser.

Fin löste sich aus der Umarmung und packte Marrill an den Schultern. Seine Miene wurde ernst – oder zumindest so ernst, wie es ihm möglich war.

»Die Schwingen sind vielleicht eine unbesiegbare Armee, aber das heißt nicht, dass sie keine Schwäche haben. Jeder hat eine Schwäche, und ich habe vor, genau das auszunutzen. Außerdem würden sie mir nie etwas antun. Vell braucht mich.«

Marrill zog Fin erneut in eine Umarmung. »Pass trotzdem gut auf dich auf.«

Trotz der heraufziehenden tödlichen Gefahr lächelte Fin. »Pffft, ich hab doch den leichtesten Job bei dem allem. Und jetzt los: Du und Ardent, ihr müsst die Welt retten«, sagte er augenzwinkernd.

»Ich bleibe auch hier«, verkündete Remy jetzt. Marrill blickte sie verdutzt an, aber ihre Babysitterin meinte es todernst. »Die *Krake* hat schon mal einen Kapitän verloren«, sagte sie. »Ich lasse sie nicht im Stich. Außerdem passt ja Ardent auf dich auf. Ich bin zwar die beste Babysitterin in ganz Nord-Arizona, aber einem Zauberer mache ich keine Konkurrenz.« Remy nickte ihr zu. »Du schaffst das schon, Marrill.«

Marrill holte tief Luft, dann trat sie zu Ardent ans Heck. »Sieht ganz so aus, als wären wir wieder mal zu zweit«, sagte der Zauberer und bot ihr seinen angewinkelten Ellbogen zum Einhaken an. »Wollen wir?«

Während der Tauknochenmann sie an Land brachte, blickte Marrill noch einmal zurück. Das Ufer war nicht viel mehr als ein schmaler Streifen aus zerklüfteten Felsen, gesäumt von einem dunklen Wald. Als sie sich zwischen die Bäume schlugen, winkte Fin ihnen vom Bug aus zu.

Vor ihnen tauchten düstere Schatten auf. Niemand konnte wissen, was sie dort erwartete.

Doch was immer es sein mochte, die *Unternehmungslustige Krake* würde ihnen den Rücken freihalten.

Kapitel 23

Schwingen im Sturzflug

Fin reckte das Kinn in die Höhe und die Brust nach vorne, bis er sicher war, dass Marrill und Ardent in dem furchteinflößenden Wald verschwunden waren. Dann ließ er den Kopf und die Schultern sinken. Über ihm ertönte das höhnische Geschrei einer Möwe, während die salzige, nach Algen schmeckende Luft ihm in den Lungen brannte.

»Tja«, sagte er dann. »Ehrlich gesagt, habe ich überhaupt keine Idee. Falls also jemand einen Tipp für mich hat, jederzeit.«

Fig ging neben ihm unruhig auf und ab. »Gar nichts können wir machen«, murmelte sie leise. »Die Schwingen sind unbesiegbar. Sie lassen sich nicht aufhalten.«

»Okay«, sagte Fin und klatschte in die Hände. »Das bringt uns aber nicht wirklich weiter. Hat vielleicht irgendjemand noch was zu sagen, wie das Ganze nicht zwangsläufig darauf rausläuft, dass wir alle sterben müssen?«

Hinter ihnen donnerten die Schlachtschiffe durch die Brandung. Sie fuhren sehr viel schneller zwischen den Felsen hindurch, als jeder halbwegs vernünftige Kapitän es gewagt hätte, da vernünftige Kapitäne schließlich um ihr Leben fürchten mussten. Aber diese Furcht kannten die Schwingen nicht. Nicht mehr lange, dann hatten sie sie erreicht.

»Ich hätte einfach in Arizona bleiben sollen«, murmelte Remy leise vor sich hin. »Ach so, genau, ich habe ja nie gesagt, dass ich da überhaupt wegwill.«

Fin schluckte. »Also gut, schnappt euch einfach alles, was ihr in die Finger kriegen könnt«, sagte er. »Wir versuchen eben, sie so lange wie möglich aufzuhalten. Wir wehren uns, bis sie uns überwältigt haben, und dann tue ich so, als würde ich sie zu der Wunschkugel in Ardents Kabine bringen.« Er kicherte schon bei der Vorstellung, dass Vell von oben bis unten mit Kreischgel verschmiert werden würde. »Noch Fragen?«

Die ersten Enterhaken zischten bereits durch die Luft und bohrten sich in das Fadholz des Hauptdecks. Fin holte tief Luft und machte seine Kletterdolche bereit. Fig ging immer noch unruhig auf und ab. Auf dem Achterdeck zog Remy das Entermesser, das Coll neben das Steuer gehängt hatte, aus der Scheide. Aber sie hielt es so, dass die Klinge möglichst weit weg zeigte. Anscheinend hatte sie ziemliche Angst davor.

Jetzt kam die nächste Enterleine auf die *Krake* geflogen, und dann noch eine. Die Soldaten der Schwingen sammelten sich an ihrer Reling, geduckt und bereit zum Sprung auf das andere Schiff.

»Okay!«, sagte Fin. »Jetzt ist es so weit. Reißen wir diesen Geflügelten mal ein paar Federn aus!«

Die ersten Schwingen landeten bereits auf dem Achterdeck. Remy stürmte mit erhobenem Entermesser los, doch da tauchte wie aus dem Nichts ein Schemen auf und stellte ihr ein Bein. Sie krachte gegen die Seitenwand von Ardents Kabine, wo sie von noch mehr Schwingen und Schemen umzingelt wurden.

Weitere Soldaten kamen auf das Deck geflogen und gingen auf Fin zu. Dem Ersten wich er aus, und an dem Zweiten rollte er sich vorbei. Doch den Dritten sah er erst, als dieser die Hand nach ihm ausstreckte. Fin schlug sie mit seinem Dolch beiseite, sprang hoch, stieß sich von der Reling ab und drehte sich um, kaum dass er wieder an Deck gelandet war.

Doch jetzt kamen immer mehr Schwingen an Bord. Sie hatten Remy in ihrer Gewalt, und Fig schien sich allem Anschein nach überhaupt nicht gewehrt zu haben. Sogar die Piratten hatten die Hände über den Kopf gereckt und ihre Zahnstocherschwerter zum Zeichen der Aufgabe auf den Boden gelegt.

Die Besatzung der *Krake* hatte keinen allzu großen Widerstand geleistet. Jetzt kam es ganz auf Fin an, die Schlacht möglichst in die Länge zu ziehen.

»Sei gegrüßt, Bruder Schemen«, hörte er sich in seinem Rücken sagen.

Fin wirbelte herum, ließ instinktiv den Dolch durch die Luft sausen, rechnete mit einer Parade und wollte die Abprallenergie zu einer Ausweichbewegung nutzen. Aber Vell stand einfach nur da und ließ zu, dass das Messer ihm einmal quer über die Brust fuhr.

Die Klinge zerschnitt seine Kleider wie Papier und sauste unter hörbarem Zischen über Vells nacktes Fleisch. Fin sog den Atem ein und hörte, dass Remy genau dasselbe machte.

Aber da war kein Blut. Vell verzog keine Miene. Fin starrte ihn entsetzt an, dann hob er noch einmal seinen Dolch, wenn auch nur halbherzig. Sein Zwillingsbruder blinzelte nicht einmal. Mit einer einzigen, geschmeidigen Bewegung schlug Vell den Dolch beiseite, packte Fins Handgelenk und drehte es herum, bis Fin das Messer fallen ließ. Anschließend rammte er ihm den Ellbogen mitten ins Gesicht.

Fin taumelte rückwärts. Der Schmerz dröhnte in seinem Schädel und ließ ihn auf die Knie sacken. Seine Schwinge musterte ihn ungerührt. »Wir schneiden uns nicht«, sagte Vell und ließ die Knöchel knacken. »Wir verbrennen uns nicht. Wir bluten nicht. Wir sind die Schwingen. Wir sind unbesiegbar, kapiert?«

Da schallte eine andere Stimme über das Deck. »Lass die Spielchen sein, Vell!« Die Schwingen rückten beiseite.

Die Speerspitze persönlich war auf die *Krake* gekommen.

Sie schnipste mit den Fingern, und Vell stellte sich gehorsam neben sie. »Du weißt, weshalb wir hier sind«, sagte sie. »Die Wunschkugel.« Ihre Blicke huschten über Fin hinweg, der an Deck kauerte und eine Hand auf die immer dicker werdende Schwellung auf seiner Brust drückte. »Und um dich in Gewahrsam zu nehmen natürlich. Es ist ja ein Wunder, dass du ohne unsere Führung nicht schon längst den Tod gefunden hast. Du handelst immer so ... unüberlegt. Ist dir eigentlich klar, wie schmerzhaft es für Vell wäre, wenn du wieder ein Teil von ihm wärst? Wenn all deine Ängste und Zweifel und Unsicherheiten in ihn fließen und ihn sterblich machen würden?«

Tränen schossen Fin in die Augen, ohne dass er sagen konnte, wieso eigentlich. War es der Schmerz von Vells Ellbogenschlag oder der Stich, den die Worte der Speerspitze ihm versetzt hatten? Er blickte die beiden an – sie wirkten so unwirklich, wie sie da vor ihm standen. Endlich hatte er seine Mutter wiedergefunden ... aber trotzdem war *er* diesen beiden vollkommen gleichgültig.

Es war so schwierig zu verstehen. Er musste an die Zuneigung und die Verbundenheit denken, die er für die Mannschaft der *Krake*, für seine Adoptiveltern, die Parsnickles in Khaznot Quay, ja, selbst für den Griesgram empfand. Alles Leute, die sich nicht an ihn erinnern konnten und die er dennoch liebgewonnen hatte. Vell war seine Schwinge – das bedeutete, dass sie früher einmal ein und dieselbe Person gewesen waren. Und mit seiner Mutter und der Speerspitze war es genau dasselbe. Sie waren also irgendwie verwandt miteinander. Das musste doch etwas zu bedeuten haben!

Er kämpfte nicht gegen die Tränen an. Ist alles Taktik, sagte er sich. Die Schlacht war verloren, darum wurde es jetzt Zeit für Plan B.

»Also gut«, sagte er. »Ihr sucht die Wunschkugel? Ihr könnt sie haben. Wir wehren uns nicht mehr.«

»Fin, nein!«, schrie Remy. Es hörte sich so falsch an, dass Fin innerlich zusammenzuckte. Und als er sie ansah, zwinkerte sie ihm zu allem Überfluss auch noch besonders auffällig und höchst dramatisch zu. Eine bemerkenswerte Schauspielerin war sie jedenfalls nicht.

Er holte tief Luft. Hoffentlich hatte sie jetzt nicht alles verraten. Langsam hob er seinen zitternden Zeigefinger und deutete auf Ardents Kabine. »Sie ist da drin. Auf der hinteren Seite vom Schreibtisch des Zauberers. Da steht eine Kommode, und da liegt der Wunsch drin. Nehmt ... euch einfach das ganze Ding, und ich komme dann auch mit.«

Die Speerspitze schien seine Worte nicht einmal gehört zu haben. Ihr starrer Blick ging vielmehr an ihm vorbei zu Fig. Die Schwingen hatten das Schemenmädchen nach vorne geholt, so dass sie jetzt dicht hinter Fin stand. Sie hatte die Arme verschränkt und eine Hand in ihre Weste geschoben. Ihr Kopf war gesenkt, und sie wich Fins Blicken ebenso aus wie denen der Speerspitze.

»Hast du sie?«, wollte die Speerspitze jetzt wissen.

Fig nickte zögerlich.

Fins Herz schlug plötzlich schneller. Verwirrung und Furcht kochten in ihm auf. Was machte Fig denn da? Hatte sie etwa einen anderen Plan, von dem er nichts wusste? Aber warum hatte sie ihm nichts davon erzählt?

Doch als Fig die Hand aus ihrer Weste zog, waren all seine Fragen beantwortet. Darin hielt sie, gefüllt mit der leuchtend hellen, konzentrierten Zauberkraft des Piratenstroms, die Wunschkugel.

»Oh nein«, stöhnte Fin. Er schlug sich mit der flachen Hand gegen die Stirn. Ganz dunkel erinnerte er sich, dass Fig Ardent am Arm gepackt hatte, um ihn und Marrill aufzuhalten, als sie das Schiff verlassen wollten. Dabei musste sie sich unbemerkt die Wunschkugel genommen haben.

Fig war besser, als er ihr zugetraut hatte. Nicht, weil sie den Zauberer beklaut hatte – das war kein großes Problem. Aber weil es ihr gelungen war, ihn hinters Licht zu führen. Weil er geglaubt hatte, dass ihr etwas an ihm und den anderen auf der *Krake* lag.

Weil sie sein Vertrauen gestohlen hatte.

Figs Hände zitterten. »Es tut mir leid, Fin«, stammelte sie. »Ich hatte keine andere Wahl. Vell hat es befohlen, schon bei Margahams Spiel. Er hat gesagt, dass ich die Wunschkugel sicherstellen soll, bevor wir uns das nächste Mal sehen …«

Verzweiflung und das Gefühl des Verrats überschwemmten Fins Herz wie Wasser ein leckgeschlagenes Schiff. »Und das hast du getan. Du hast dich für sie entschieden und gegen uns. Gegen mich.«

Die Speerspitze trat einen Schritt nach vorne. »Nun mach schon«, sagte sie. »Die Schemen sind doch gar nicht echt. Sie haben keine Wahl. Ein guter Schemen muss tun, was die Schwingen befehlen. Und jetzt befehle ich dir, mir die Wunschkugel zu geben.«

Fig zögerte, den Blick starr auf den sanft schimmernden Wunsch in ihrer Hand gerichtet. Fin sah, dass sie mit sich rang. Kurzentschlossen trat er zu ihr. Die Schwingen hatten sich in dichten Reihen auf dem Deck der *Krake* postiert. Die Schemen spähten zwischen ihnen hindurch, unauffällige Gesichter, die die Reihen schlossen.

»Nein«, sagte Fin laut. Die Sonne glühte auf seinen Wangen. Salzige Luft, die vor kurzem noch in seinem Mund gebrannt hatte, entfachte jetzt ein Feuer in seinen Lungen. »Nein, die kriegt ihr nicht.«

Jetzt sah die Speerspitze ihn direkt an. Fin musste seine gesamte Willenskraft aufbringen, um ihrem Blick nicht auszuweichen. Und als er das tat, da sah er in ihren Augen etwas aufflackern, womit er nicht gerechnet hatte.

Unsicherheit.

Mit einem Mal geriet alles, was er über die Schwingen wusste oder zu wissen glaubte, ins Wanken. Er hatte jetzt einen Vorteil. Und den musste er nutzen. »Ihr behauptet immer, dass die Schwingen unbesiegbar sind«, stieß er hervor. »Und, na gut, vielleicht könnt ihr euch nicht schneiden oder verletzen oder so was. Aber so, wie ich das sehe, haben wir euch sehr wohl geschlagen, und zwar immer und immer wieder.«

»Halt deine Zunge im Zaum«, sagte die Speerspitze, aber ansonsten unternahm sie nichts.

Fin merkte, wie ein leises Lächeln über seine Züge huschte. »Tatsache ist doch«, fuhr er fort, »dass wir euch jedes Mal besiegt haben, wenn ihr uns über den Weg gelaufen seid.«

»Ganz genau!«, meldete Remy sich vom Achterdeck zu Wort. »Zum Beispiel, als Coll eure kleine Blockade auf dem Weg zum Siehsiehfusch einfach ausgetrickst hat.«

»Und beim Spiel auch ...«, murmelte Fig.

Fins Lächeln wurde zu einem breiten Grinsen. »Und als wir euer Schlachtschiff in der Straße des Schlummers abgehängt haben.« Er verschränkte die Arme. »Ehrlich gesagt, eure unbesiegbare Armee kommt mir ziemlich besiegbar vor.«

Zum ersten Mal überhaupt schien so etwas wie ein Zittern durch die starren Reihen der Schwingen zu gehen. Sogar Vell schien sich, wie Fin aus dem Augenwinkel erkennen konnte, nicht mehr so recht wohl in seiner Haut zu fühlen. Es stimmte. Und sie wussten es alle.

»Du redest wirres Zeug!«, blaffte die Speerspitze ihn

an. »Und jetzt steh nicht länger zwischen mir und meinem Wunsch!«

Sie starrte ihn an und legte ihm eine Hand auf die Schulter. Fin schlug sie beiseite und zischte: »Fassen Sie mich nicht an!« Er spürte, wie sie mit dem Finger am Reißverschluss seiner Himmelsseglerjacke hängen blieb. Sie zog die Hand zurück, und der unterdrückte Laut, den sie dabei ausstieß, klang fast wie ein Schmerzensschrei.

Die Speerspitze blickte ihre Hand an. Dort, ganz oben auf der Fingerkuppe, war ein leuchtend roter Blutstropfen zu sehen.

»Sie bluten«, flüsterte Fin.

Sie nickte langsam, und dann begegnete sie erneut Fins Blick. Dieses Mal jedoch war eine Fülle an Gefühlen darin enthalten: Furcht, Bedauern, Resignation.

Ungläubiges Gemurmel lief durch die Reihen der Schwingen und der Schemen an Bord der *Krake*. Sogar Vell, der bis jetzt keinerlei Emotionen gezeigt hatte, war wie vor den Kopf gestoßen. »Das kann nicht sein«, protestierte er. »Die Schwingen bluten nicht. Es sei denn …«

Die Erkenntnis traf Fin viel härter als Vells Ellbogen vorhin. Die Schwingen waren unverwundbar, weil all ihre Schwächen entfernt und in den Schemen konzentriert worden waren. Und solange ihr Schemen lebte, blieben sie auch unverwundbar.

Solange ihr Schemen lebte.

»Nein«, stieß er erstickt hervor.

Die Speerspitze nickte. In ihrem Blick lag keine Überheblichkeit. Keine Härte. Nur Trauer. »Nun kennst du also mein Geheimnis.«

Fin konnte nicht glauben, was er da sah, was er da hörte. Die Anführerin der unbesiegbaren Armee war verletzlich, genau wie er. Sie empfand Furcht, genau wie er. Sie konnte versagen, genau wie er.

Die Speerspitze der Schwingen war sterblich. Und das konnte nur Eines bedeuten. Ihr Schemen ... Fins *richtige* Mutter ...

»Meine Mom ist tot«, keuchte er.

Kapitel 24

Wie es am Anfang war ...

Marrill starrte den schmalen Pfad entlang, der in die Tiefen des Waldes hineinführte. Sie kam sich vor wie in einem Albtraum, der aus all den Märchen, die sie in ihrem Leben schon gelesen hatte, zusammengesetzt war. Zumindest aus allen furchterregenden Märchen. Es hätte sie kaum überrascht, wenn hungrige Wölfe oder gackernde Hexen sie aus dem Schatten angesprungen hätten.

Andererseits ... sie waren hier auf dem magischen Strom. Wölfe und Hexen waren eine viel zu harmlose Vorstellung im Vergleich zu den Schrecken, die hier tatsächlich lauerten.

Ardent stand am Rand des Waldes mit seinen ineinander verschlungenen Bäumen und ließ den Blick über die Umgebung schweifen. »Es gibt lediglich drei Regeln, die du hier unbedingt beachten musst«, sagte er und zählte sie an seinen Fingern ab. »Erstens: Immer auf dem Pfad blieben. Zweitens: Auf keinen Fall verlaufen. Und drittens ...« Er hielt inne und runzelte die Stirn. »Ich hätte schwören können, dass es noch eine dritte Regel gibt. Und wenn ich's mir recht überlege, dann ist *auf dem Pfad bleiben und sich nicht verlaufen* im Prinzip mehr oder weniger dasselbe ...« Er zuckte mit den Schultern. »Na ja, sieh zu, dass du am Leben bleibst, schätze ich mal. Ist ja auch egal, wir müssen los.«

Er rückte seine Mütze zurecht und marschierte los, der Düsternis entgegen.

An dieser Stelle hätte Marrill normalerweise Fin angeschaut und auf eine ironische Bemerkung gewartet. Dann hätte sie sich gleich ein bisschen besser gefühlt. Aber Fin war nicht hier. Er war an Bord der *Krake* zurückgeblieben, um die Schwingen und die Schemen aufzuhalten.

Marrill holte tief Luft. Wenn er den Mut hatte, sich ohne jede Aussicht auf Erfolg einer unbesiegbaren Armee entgegenzustellen, dann konnte sie auch einen furchterregenden Wald durchqueren.

»Kein Problem«, flüsterte sie, um sich selbst Mut zu machen. Dann tauchte sie in den Wald ein.

Schlagartig wurde es kälter. Die Luft fühlte sich irgendwie komisch an, schien an manchen Stellen dicker zu sein als an anderen. Jede Zelle ihres Körpers fing an zu vibrieren, während sie versuchte, mit Ardents selbstbewusstem Schritt mitzuhalten. Manchmal hatte sie sogar das sehr seltsame Gefühl, als würden unterschiedliche Körperteile sich mit unterschiedlicher Geschwindigkeit fortbewegen.

Immer dichter wurde der Wald. Zweige neigten sich knarrend und ächzend auf sie zu, fast so, als würde sie eine magnetische Anziehungskraft ausüben. Aus dem Augenwinkel glaubte sie, ein paar Lichter zu erkennen, aber sobald sie etwas genauer hinsehen wollte, erloschen sie wieder wie Glühwürmchen.

Und dann waren da noch die Laute. Sie hätte schwören können, dass inmitten der Schreie seltsamer Kreaturen und dem schlüpfrigen Wischen auseinandergleitender Blätter geflüstert, ja, sogar gekichert wurde. Und als Hintergrundgeräusch war ein Summen zu hören, das jedes Mal, wenn sie den Kopf drehte, die Tonhöhe veränderte. Beunruhigende Schatten tanzten am Rand ihres Sichtfeldes entlang. »Bin ich eigentlich die Einzige, die Gespenster sieht?«, wandte sie sich an Ardent.

Dieser schlug sich mit der Hand gegen die Stirn. »Natürlich, genau! Wie dumm von mir! *Das* ist die dritte Regel.« Er drehte sich blitzschnell zu ihr um. »Was du da siehst, sind keine Gespenster. Das sind Echos. Ich würde ihnen an deiner Stelle lieber nicht zu nahe kommen.«

Er drehte sich um und ging weiter. Marrill hastete ihm hinterher. »Was meinst du denn damit? Echos wovon?«

»Oh, von allem möglichen! In der Regel von uralter Magie. Du darfst nicht vergessen, dass der Piratenstrom ein Fluss ist, der von einem anderen Fluss abzweigt.

Wenn man sich also den Piratenstrom als Seitenarm des Schöpfungsflusses vorstellt, dann ist Meres eine Insel, die genau an der Abzweigung liegt. Manche würden sogar sagen, es *ist* der Seitenarm.«

Er drehte sich zu ihr um. »Das macht diesen Ort ja so besonders magisch! Es ist die einzige Welt, die zugleich am Schöpfungsfluss und am Piratenstrom liegt. Alle Wasser des Stroms passieren diesen Ort.«

Ein Schauder krabbelte wie eiskalte Finger Marrills Rücken empor. Doch dann wurde ihr klar, dass da *tatsächlich* ein eiskalter Finger ihren Rücken emporkrabbelte. Sie stieß einen lauten Schrei aus und wirbelte herum, wollte wissen, was sie da gerade angefasst hatte.

Doch da war nichts als dunkler Wald, obwohl sie sicher war, dass sich hinter den raschelnden Blättern ein glockenhelles Lachen versteckte. »Das reicht jetzt«, sagte sie und legte eine Hand auf ihr rasendes Herz. »Dieser Wald hier ist eindeutig schlimmer als jeder Albtraum.«

»Das hier?« Ardent winkte ab. »Das ist der sichere Weg. Das alles hier ist nichts weiter als ein sanftes Kräuseln auf dem Ozean, der Meres heißt.«

Marrill schluckte. »Es wird noch schlimmer?«

Ardent warf den Kopf in den Nacken und lachte laut. »O ja, in der Tat. Noch viel schlimmer.« Dann ging er weiter, und Marrill war sich sicher, dass er dabei leise vor sich hinkicherte: »Viel, viel, viel schlimmer.«

Von nun an blieb sie immer dicht hinter dem Zauberer. Ardent hielt dabei ausgedehnte Vorträge über irgendwelche esoterischen Zusammenhänge, und obwohl sie nicht jedes Wort mitbekam, war sie dankbar, dass seine Stimme die merkwürdigen Geräusche des Waldes übertönte. Doch je weiter sie gingen, desto stärker machte sich ein Rauschen bemerkbar und desto schwerer war Ardent zu verstehen. Es begann sanft und leise, wurde aber mit jedem Schritt eindringlicher, bis es sich zu einer donnernden, beinahe körperlichen Präsenz gesteigert hatte.

Weiter vorne lichtete sich die qualvolle Dunkelheit der Bäume, wurde es lichter und luftiger. Als Marrill jedoch den Waldrand erreicht hatte, sackte ihr das Herz bis in die Kniekehlen. Mit offenem Mund stand sie da und musste sich am Mantel des Zauberers festhalten, um nicht das Gleichgewicht zu verlieren.

»Das Bassin von Meres.« Ardents Stimme klang ehrfürchtig, und seine Augen waren bei dem Anblick feucht geworden.

Sie standen am Rand einer kreisförmigen Schlucht von so gewaltigen Ausmaßen, dass die andere Seite kaum mehr zu erkennen war. Sie wurde vollkommen von einem dunklen, undurchdringlichen Wald umschlossen, der direkt bis an die Kante reichte. Aus der Mitte ragte ein spitzer Turm in den Himmel, so dass die Schlucht wie eine Art Burggraben wirkte.

Ungefähr auf halber Höhe besaß der Turm große,

schlundartige Bogenfenster, aus denen goldenes Wasser hervorbrach, reine Magie, die in die unendlichen Tiefen der Schlucht hinabstürzte. Schimmernde Nebelschwaden schwebten aus der Tiefe empor und ließen Farbexplosionen entstehen, als ob der Sonnenuntergang persönlich verdampft war und nun hier in der Luft hing.

Das war auch der Ausgangspunkt des dröhnenden Geräuschs – es war der Donner des herabstürzenden Wassers. Hier, erkannte Marrill, befand sich die Quelle aller Magie. Der Ursprung des Piratenstroms.

Auf der Spitze des Turmes war ein Gebäude zu erkennen, das aussah, als wäre es nicht erbaut, sondern aus dem Stein herausgehauen worden. Ardent betrachtete es einen Augenblick lang, dann warf er den Zipfel seiner Mütze über die Schulter nach hinten. »Tja, dann bleibt uns jetzt nichts anderes mehr zu tun, als zum eigentlichen Bassin vorzudringen, die Überallkarte zu reparieren und die Verlorene Sonne von Dzannin wieder einzusperren, bevor sie die gesamte Schöpfung vernichten kann.«

»Aha«, murmelte Marrill leise. »Das Übliche eben.«

»Sehr richtig«, erwiderte Ardent, der ihren Sarkasmus offensichtlich nicht bemerkt hatte. »Alsdann, auf zum Bassin von Meres!« Und noch bevor Marrill ihn daran hindern konnte, machte der Zauberer einen Schritt über die Klippe und war aus ihrem Blickfeld verschwunden.

»Ardent!« Mit einem Schrei sprang Marrill nach vorne, fiel auf die Knie und rutschte so weit wie nur irgend möglich an die Kante. Keine dreißig Zentimeter unterhalb blitzten sie zwei blaue Augen an.

»Oh, du solltest mal dein Gesicht sehen«, kicherte Ardent. »Das wird einfach nie langweilig, wirklich nie. Na ja, aber jetzt komm mit, mir nach. Und pass auf, wo du hintrittst, in der Mitte wird es manchmal ein bisschen schwierig.« Mit diesen Worten marschierte er über die Schlucht hinweg schnurstracks auf den Turm zu.

Erst jetzt erkannte Marrill, dass der schimmernde Nebel knapp unterhalb der Felskante zu einer bunt schillernden Linie geronnen war, so dass nun ein funkelnder Regenbogen die Schlucht überspannte. Allerdings wirkte er ein kleines bisschen schlüpfriger, als es ihr lieb war. Trotzdem holte sie tief Luft, schwang das Bein über die Kante, stellte den Fuß so fest wie möglich ab und ließ sich dann auf die Brücke aus schimmerndem Tau gleiten.

Der Wind, der vom Wasser herüberwehte, zerrte an ihnen, während sie sich dem Turm näherten, und bedeckte sie mit einer Schicht aus glitzerndem Nebel. Er juckte und kitzelte gleichzeitig auf der Haut, und dann verwandelte er sich in kleine Blasen. Gelegentlich krabbelte auch mal ein einzelnes Haar ihren Arm hinunter. Aber glücklicherweise reichte die Wassermenge nicht aus, um *echte* Magie zu bewirken.

Irgendwann wurde aus der Brücke dann eine Treppe. Ardent war mittlerweile so weit vor ihr, dass er nur noch als lilafarbener Klecks in der Ferne zu erkennen war. Mit brennenden Oberschenkeln und schnaufend holte sie ihn schließlich wieder ein.

»Hätten die Zauberer nicht vielleicht was Bequemeres bauen können?«, stieß sie keuchend hervor.

Ardent schüttelte den Kopf. »Das Bassin von Meres lässt sich nur unter Schwierigkeiten erreichen. Andernfalls würden wir feststellen, dass es sich weiter von uns entfernt hat.«

»Zaubererlogik ergibt echt keinen Sinn«, murmelte sie leise vor sich hin.

Er stürmte weiter treppauf und ließ die Hände wie Vögel durch die Luft sausen, während er sich wieder seiner Lieblingsbeschäftigung widmete, nämlich langatmigen Ausführungen über seltsame magische Prinzipien. »Es gab in der Tat Spekulationen, dass das Verhältnis von Raum und Zeit auf dem Piratenstrom einzig und allein durch die Summe des Aufwandes, der für eine Reise vom einen zum anderen betrieben wird, bestimmt ist. Darin liegt ein Teil der Faszination, die vom Kapitän des Eisernen Schiffes ausgeht!«

»Vom Kapitän des Eisernen Schiffes?« Marrill hielt den Blick starr auf die Ränder des fast unsichtbaren Treppenhauses gerichtet. Bei jedem Schritt musste sie sich neu entscheiden, ob sie sich beeilen oder lieber langsam gehen sollte, um nicht ins Verderben zu stürzen. »Glaubst du, dass wir ihm dort begegnen werden?«

Ardent blieb stehen und blickte sie über die Schulter hinweg an. »Meine liebe Marrill, es würde mich außerordentlich verwundern, wenn wir es nicht täten. Erinnere dich daran, dass der Flatterling mir eine Begegnung des Kapitäns mit dem Zauberer der Morgendämmerung gezeigt hat, obwohl die beiden eigentlich gar nie zur selben Zeit existiert haben. *Und* die letzten Worte, die uns von Tanea Hohlgeblüt überliefert sind, zeigen, dass sie sich mit der Möglichkeit der Zeitreise beschäftigt hat. Um eine solche Reise zu bewerkstelligen, bedürfte es allerdings einer Energie, die größer ist als alles, was ich bisher gesehen habe. Vielleicht wäre nur die Verlorene Sonne selbst dazu in der Lage … aber wie das funktionieren sollte …?«

Nachdenklich strich er sich über den Bart. »Jedenfalls hat der Kapitän einen unglaublichen Einsatz an den Tag gelegt, um die Verlorene Sonne zum Leben zu erwecken. Was immer seine Gründe auch sein mögen, ich kann mir nicht vorstellen, dass er dieser Konfrontation aus dem Weg gehen will.«

»Na, toll.« Marrill schauderte. Sie war ohnehin schon unglaublich nervös, da war eine Begegnung mit dem Kapitän des Eisernen Schiffes wirklich das Letzte, was sie noch gebrauchen konnte.

Endlich, endlich hatten sie den Fuß des Gebäudes auf der Turmspitze erreicht. Marrill ließ sich keuchend gegen die Steinmauer sinken. Wenn man das Bassin von Meres nur nach gehöriger Anstrengung erreichen konnte, dann hatte sie sich den Zutritt redlich verdient.

Ardent hingegen schien nicht einmal besonders außer Puste zu sein. Er legte ihr eine Hand auf die Schulter, und schon wurde sie von Wärme durchströmt. »Bist du bereit?«, erkundigte er sich.

Sie nickte. Er trat den Saum seines Mantels beiseite und ging durch ein schmales Eingangstor. Es war so eng, dass er sich seitlich hindurchschieben musste. Marrill tat es ihm nach. Dabei fiel ihr Blick auf die gegenüberliegende Seite der Schlucht. Schlagartig blieb ihr jeder Laut im Hals stecken, und sie spürte, wie ihr Magen sich zusammenzog.

Auf der anderen Seite der Insel, an der die *Krake* festgemacht hatte, jenseits des dichten Waldes, brach der Himmelsbogen plötzlich ab. *Alles* brach ab. Die schimmernden Wasser des Piratenstroms ergossen sich in die Dunkelheit, als wollten sie sich voller Häme über die Wasserfälle lustig machen, die überall um sie herum aus dem Becken stürzten.

Die absolute Leere des Nichts. Der Sog der Verlorenen Sonne, der wie ein Schwarzes Loch immer näher kam und gierig alles verschlang, was ihm in die Quere kam. Eine silberne Gestalt schritt mit entschlossenen Schritten voran, spazierte über die Oberfläche des Piratenstroms wie über eine glatte, breite Straße. Ihre

Fußspuren waren der Ausgangspunkt, von dort breitete sich das Nichts immer weiter aus.

Die Verlorene Sonne von Dzannin hatte sie beinahe erreicht.

Kapitel 25

Vergossenes Blut

»Meine Mom ist tot.«

Fin erstickte fast an seinen eigenen Worten. Leises Gemurmel pflanzte sich unter den Schwingen und den Schemen fort. Vell ging aufgeregt auf und ab, die Finger an die Schläfen gedrückt, und versuchte, das, was er da gerade erfahren hatte, zu verarbeiten.

Die Speerspitze schenkte ihnen allen keine Beachtung. Sie ließ Fin nicht eine Sekunde lang aus den Augen. »Ja«, sagte sie schließlich und krümmte den verletzten Finger in ihre Faust. Das Blut hinterließ tiefrote Streifen auf ihrer Handfläche.

Fin stieß einen erstickten Schrei aus. So lange suchte er jetzt schon nach seiner Mutter ... so viele Nächte hatte er zu dem Stern hinaufgeblickt, den sie ihm gezeigt hatte, und davon geträumt, dass er sie eines Tages wiedersehen würde, dass sie ihn wieder in ihre Arme schließen würde. So sehr hatte er auf ein Zuhause, eine Familie gehofft. Und jetzt war sie tot.

Schon lange tot.

Seine Träume waren eine Lüge gewesen.

»Wie lange schon?« Seine Stimme kroch als Schluchzen, als Husten, als Flüstern, als Mischung aus allen dreien aus seiner Kehle.

Vell schubste Fin einfach beiseite. »Ja, genau, *Mutter*«, stieß er mit verächtlicher Miene hervor. »Wie lange schon? Wie lange schon versteckst du deine Schwäche vor uns? Wie lange schon hat diese Abscheulichkeit Bestand?«

Sie bedachte Vell mit einem kalten Blick, der Fin klarmachte, dass jedes bisschen Grausamkeit, das sie ihm gegenüber an den Tag gelegt hatte, durch und durch echt gewesen war. »Das geht dich nichts an«, zischte sie. Wie schwach oder verletzlich sie auch sein mochte, sie war immer noch die Speerspitze. Immer noch die Frau, die Fig losgeschickt hatte, um die Wunschkugel zu stehlen, immer noch fest entschlossen, den Salz-und-Sandkönig freizulassen. Sie war immer noch durch und durch skrupellos.

»So lange, dass du es nicht einmal offenbaren willst?«, fauchte Vell zurück. »Warum gestattest du der Schwäche, sich in dir auszubreiten? Warum hast du sie nicht wieder abgetrennt?«

Doch das war Fin ziemlich gleichgültig. Dafür interessierte ihn seine Frage sehr viel mehr. »Wann ist meine Mutter gestorben?«

Die Speerspitze machte einen Schritt zurück und

nahm die beiden Jungen gleichzeitig ins Visier. Ihr Rücken war immer noch kerzengerade. Ihr Blick war immer noch gnadenlos. Doch in der Art, wie ihre Augenwinkel sich nach unten senkten, lag echtes Gefühl. Und auch ihre Körperhaltung schien irgendwie offener geworden zu sein – vielleicht nicht gerade einladend, aber auch nicht mehr so abweisend wie bisher. So, wie sie dastand, verkörperte sie eine seltsame Mischung aus Grausamkeit und Mitgefühl, Härte und Nachgiebigkeit, Schwäche und Stärke.

Sie ist eine Person, dachte Fin. Keine gefühllose Schwinge und auch kein unbedeutender, unbestimmter Schemen. Einfach nur eine Person.

Die Speerspitze seufzte laut. Es klang nicht ungeduldig, sondern eher erschöpft. Als hätte sie die Bürde ihrer Schwäche schon viel zu lange mit sich herumgeschleppt. Sie blickte Fin an. »Deine Mutter ist gar nicht richtig tot«, sagte sie. »Sie ist jetzt ein Teil von mir, ein Teil der Person, zu der ich geworden bin.«

Ihre Miene war ein wenig weicher geworden, und er suchte nach vertrauten Hinweisen – Hinweisen auf den Teil von ihr, der ihn im Arm gehalten hatte, als sie nach Khaznot Quay gesegelt waren.

»Warte mal ... heißt das, Sie ... du bist meine Mom?«, wollte Fin mit brüchiger Stimme wissen.

Die Speerspitze nickte. »In gewisser Weise, ja. Ihre Individualität, ihre Persönlichkeit, ihre Gedanken – das alles ist für alle Zeiten verloren. Aber ihre Erinnerungen sind in meinen Besitz übergegangen. Sie sind Teil der Essenz ihrer Existenz, und die ist immer noch da, tief in mir. Ich konnte einfach nicht zulassen, dass sie noch einmal abgetrennt werden.«

Sie ergriff seine Hand und ging vor ihm in die Knie, so dass ihre Gesichter auf gleicher Höhe waren. »Ich weiß, dass das kaum zu erkennen ist. Ich weiß, dass ich manchmal grausam wirken … dass ich grausam *sein* kann. Aber du kannst mir glauben, dass ich dich auf jeden Fall beschützt hätte.«

Fin wich zurück. So, wie er das sah, hatte ihr bisheriges Verhalten nichts, aber auch gar nichts mit Beschützen zu tun gehabt. »Indem du mich in einen Zwinger wirfst? Indem du Leute wie mich zu Sklaven machst und uns sagst, dass wir niemand sind?« Er drehte sich zu Fig um. Auf ihrem Gesicht spiegelten sich Furcht, Trauer und Verwirrung. Die schimmernde Wunschkugel hatte sie fest an ihre Brust gedrückt. »Indem du die Wunschkugel stiehlst und den Salz-und-Sandkönig befreist?«

Die Speerspitze packte ihn am Arm und zog ihn zu sich. »Ja!«, sagte sie. »Wenn der Salz-und-Sandkönig kommt, dann wendet sich für die Schwingen und die Schemen alles zum Guten. Nach Jahrtausenden haben wir endlich eine echte Chance auf ein besseres Leben! Doch dafür brauchen wir jemanden, der unserem König das alles erklären kann. Jemanden, der den Rang einer Schwinge besitzt, aber nicht deren Herzlosigkeit.«

Fin schnaubte verächtlich. »Ich soll dir also glauben, dass du zwar einerseits den Salz-und-Sandkönig befreien und ihm helfen willst, den gesamten Piratenstrom unter seine Herrschaft zu bringen, aber dass du andererseits auch mir und den Schemen helfen willst?« Ungläubig schüttelte er den Kopf. »Als Nächstes behauptest du wahrscheinlich, dass du auf mich und Vell gleichermaßen stolz bist.«

»Das bin ich«, erwiderte die Speerspitze. Zum ersten Mal – vielleicht ja zum allerersten Mal überhaupt – stahl sich ein Lächeln auf ihr Gesicht. »Die Leute sind kompliziert, Fin.«

»Die Leute sind *kompliziert*, weil sie *schwach* sind«, schaltete Vell sich ein. Dann grinste er Fin hämisch an. »Jedenfalls war sie schon zu lange *deine* Mutter.« Er winkte verächtlich ab.

Dann schob er Fin beiseite, so dass er die Speerspitze direkt ansprechen konnte. »Ich kann verstehen, wieso das alles passiert. Die Schemen sind schwach und bescheuert. Sie machen dämliche Sachen, sie sterben und sie müssen entfernt werden. Was ich nicht verstehe, ist, wieso du dieser Schwäche gestattet hast, sich in dir niederzulassen.«

»Menschlichkeit hat nichts mit Schwäche zu tun«, begann die Speerspitze mit einer Erklärung.

Doch Vell fiel ihr laut und schroff ins Wort. »Deshalb haben wir das Spiel verloren! Deshalb sind sie unserer Blockade entkommen, sind uns überhaupt beim ersten Mal entwischt!« Er redete jetzt immer schneller, während er sich spannte wie eine Raubkatze vor dem Sprung. »Das erklärt, wieso wir die Wunschkugel immer noch nicht in Händen haben. Wieso wir unseren König noch befreien und den Strom erobern müssen.« Er nahm die Speerspitze ins Visier. »Weil du schwach bist.«

Die Speerspitze ignorierte ihn und wandte sich erneut an Fin. Sie kehrte Vell den Rücken zu, als dessen Miene sich schlagartig veränderte, weil eine plötzliche Erkenntnis in ihm aufzuckte. »Weil du *schwach* bist«, wiederholte er flüsternd.

Zu spät erkannte Fin, was dieser Satz zu bedeuten hatte. Vell war bereits einen Schritt vorgetreten, hatte bereits sein Messer aus der Scheide gezogen.

Und noch bevor Fin auch nur den kleinen Finger rühren konnte, ja, noch bevor er eine Warnung ausstoßen konnte, rammte Vell seine Klinge in den Rücken der Speerspitze.

Sie riss die Augen weit auf. Ein lautloser Schrei des tödlichen Entsetzens drang über ihre Lippen, und einen Augenblick später färbte ihre Brust sich blutrot.

»Nein!«, brüllte Fin.

Er sprang auf seine Mutter zu und fing sie auf, bevor sie zu Boden stürzen konnte. Ganz behutsam ließ er sie auf das Deck sinken.

Das war alles viel zu viel, und es geschah viel zu schnell. Er hatte sie doch gerade erst wiedergefunden, auch wenn er sich nicht ganz sicher war, wen er da eigentlich gefunden hatte. »Warum hast du … warum hat sie mich weggebracht?« Seine Stimme zitterte, und Tränen liefen ihm übers Gesicht. »Warum habt ihr mich alle *beide* verlassen?«

»Weil Liebe keine Schwäche ist.« Sie packte ihn am Arm. Ihr Atem ging in kurzen, schnellen Stößen, und ihre Augen waren schwarz vor Schmerz. »Denk immer an unseren Stern, Fin.« Immer schwerer fiel ihr jedes einzelne Wort. Sie legte ihm ihre zitternden Finger an die Wange. »Ich habe ihn nie vergessen.«

Es gab so vieles, was Fin ihr noch sagen wollte. So viele Geschichten, die er all die Jahre für sie aufbewahrt hatte. Doch die Worte blieben ihm einfach im Hals stecken.

Und dann war sie nicht mehr.

Fins Herz zersprang in so viele winzig kleine Teilchen, dass er nicht wusste, ob er es je wieder zusammensetzen konnte. Unruhe verbreitete sich unter den Schwingen und den Schemen, doch Fin achtete nicht darauf. Er machte die Augen zu und legte seine Stirn an ihre.

Die Speerspitze. Seine Mom. Es war ihm egal, wer sie war, weil sie ihn nie vergessen hatte. Während all dieser Jahre hatte sie des Nachts am Himmel nach dem Stern Ausschau gehalten, der sie an Fin erinnerte.

Vell stieß einen schrillen, triumphierenden Schrei aus. Dann drehte er sich schwungvoll um die eigene Achse und warf sich vor seinen Soldaten in Positur. »Da ich die neue Speerspitze der Schwingen bin, fällt mir die Aufgabe zu, die Wunschkugel zu erbeuten«, verkündete er. »Ich werde derjenige sein, der unseren König herbeiruft. Ich werde derjenige sein, der uns nach seinem Willen vereinigt!«

Er durchbohrte Fin mit finsteren Blicken. »Platz da, Bruder Schemen. Du stehst meinem Schicksal im Weg.«

Fin holte tief Luft. Er schauderte. Er war am Boden zerstört, geschlagen. Jeder Widerstand erschien ihm zwecklos. Und doch wusste er, während er seine Mutter im Arm hielt, dass er nicht aufgeben durfte. Irgendjemand musste sich zwischen die Schwingen und die Wunschkugel stellen. Irgendjemand musste die Wiederkunft des Salz-und-Sandkönigs verhindern. Und er wusste jetzt, dass er das konnte.

Jemand hatte ihn geliebt. Jemand hatte sich an ihn erinnert. Er war etwas wert. *Und heute Abend,* dachte er, während er mühsam auf die Beine kam, *heute Abend, wenn es dunkel wird am Himmel, dann wird mein Stern dort oben scheinen.*

Falls die Verlorene Sonne diesen Himmel nicht vorher zum Einsturz brachte.

Kapitel 26

Wiedervereinigungen

Im Inneren des Turmes waren die Flüsterstimmen aus dem Wald wieder da, nur lauter und kräftiger als je zuvor. Marrill fühlte sich überhaupt nicht wohl in ihrer Haut. Unwillkürlich machte sie einen Schritt zurück und zuckte erschrocken zusammen, als sie gegen etwas Festes und doch nicht Festes stieß. Es fühlte sich an wie eine Wand aus dicker, gefrorener Luft.

Sie wirbelte herum. Schatten kamen ihr entgegen und huschten durch sie hindurch, als sei sie überhaupt nicht da. Irgendwie waren sie sehr massiv und unwirklich, dunkel und hell zugleich. Aber Marrill konnte sie *spüren.* Ihre Nackenhärchen richteten sich auf. Ihre Haut fühlte sich schwerer an, als würde sie das Gewicht der Schatten tragen, die durch Marrill hindurch auf das vor ihr liegende, mit kunstvollen Schnitzereien verzierte Portal zuschwebten.

Marrill stieß einen spitzen Schrei aus und suchte Ardents Nähe. Wie gut, dass wenigstens er da war.

»Fürchte dich nicht«, raunte er ihr leise zu, während er die vorbeiziehenden Schatten beobachtete. »Die Echos sind nichts weiter als Erinnerungen, die durch die Magie dieses Ortes und die mächtigen Ereignisse, die sich zugetragen haben, hier festgehalten werden. Auch wenn sie dir unangenehm sind, können sie dir nichts anhaben.«

Jetzt verharrte einer der Schatten vor dem Portal und drehte sich ein wenig zur Seite, Richtung Ardent und Marrill. Fast schien es, als könnte er ihre Gegenwart spüren.

Ardent lächelte leise.

Mit angehaltenem Atem beobachtete Marrill, wie die Gesichtszüge des Echos immer deutlicher hervortraten. Die Ähnlichkeit war erschreckend und frappierend. Die Schultern des Echos waren breiter, der Rücken gerader, sein Gesichtsausdruck ernsthafter, sein Blick durchdringend, sein Kinn scharfkantig und ohne die weichen Linien des Rauschebartes.

Aber seine Körperhaltung. Die Art und Weise, wie er beim Betreten der Kammer seinen Mantelsaum beiseitetrat. Das war genau dieselbe Bewegung, die Marrill immer und immer wieder gesehen hatte, an Bord der *Krake*, auf der Mauer von Monerva, ja sogar hier und jetzt, vor dem Eingang zu diesem Turm.

Dieses Echo war Ardent. Ein jüngerer Ardent, ja, aber dennoch Ardent.

»Die Erinnerungen treten deutlicher hervor, wenn die

Person, die sie erlebt hat, in der Nähe ist. Ich fürchte, wir werden Echos von dem Tag zu sehen bekommen, an dem die Prophezeiung ins Leben gerufen wurde. Sie ist durch eine mächtige magische Kraft, die so stark ist, dass sie sogar Raum und Zeit ihren Stempel aufgedrückt hat, untrennbar mit diesem Ort verwachsen.«

Jetzt huschte die nächste vertraute Gestalt hinter dem Ardent-Echo durch das Portal. »Ach, Annalessa«, murmelte der echte Ardent. Auch sie war jünger, sah elegant und fast ein wenig hochnäsig aus, ganz anders als die gütige Zauberin, die Marrill kennengelernt hatte. Zögernd blieb sie am Eingang zu der Kammer stehen und wartete.

Als Marrill sah, wer da den beiden Echos folgte, krampfte sich ihr Magen zusammen.

Die Gestalt am Schluss der Prozession war groß und hager, und obwohl sie nur ein Echo war, konnte Marrill die vielen Sterne auf ihrem Mantel deutlich erkennen. Sie wusste sofort, dass es sich um das Echo des jungen Serth handeln musste, aber es fiel ihr schwer, dieses Bild mit dem wahnsinnigen Propheten, den sie kannte – und der jetzt die wahnsinnige Verkörperung der Verlorenen Sonne geworden war –, in Einklang zu bringen. Seine Miene wirkte gelöst, beinahe glücklich. Seine Haut war weich und glatt. Von den schwarzen Furchen, die Jahrhunderte voller Tränen dort hinterlassen hatten, war noch nichts zu sehen.

Er war so jung. So stark und entschlossen. »Er sieht … ganz normal aus«, murmelte Marrill. *Falls Zauberer überhaupt normal sein können*, fügte sie in Gedanken hinzu.

Der Anblick ließ sie augenblicklich wieder an jene andere Gestalt denken, die unaufhaltsam immer näher kam. Die Verlorene Sonne von Dzannin hatte sich in Serths Körper eingenistet und wollte nun ihre gesamte zerstörerische Energie in die Quelle des Piratenstroms gießen.

Ardent hatte mittlerweile die Augen geschlossen und das Kinn auf die Brust gesenkt, während seine Freunde aus uralten Zeiten gemeinsam die Kammer betraten. Er ließ sich gegen die Wand sinken und stieß lange und bebend den Atem aus. Marrill nahm ihn am Arm.

»Komm mit«, sagte sie. »Wir müssen die Überallkarte reparieren, bevor die Verlorene Sonne hier ist.«

Der Zauberer nickte. »Ja, gewiss. Du hast natürlich recht. Ich … ich hatte nur nicht erwartet, dass es so schwierig werden würde. Und es wird ja noch schlimmer.« Er richtete sich auf und winkte ab, als Marrill versuchte, ihn zu trösten. »Ist ja gut, ist ja gut. Keine Sorge, ich komme schon zurecht.«

Marrill nickte und drückte vorsichtig das Portal mit den Schnitzereien auf. Doch kaum hatte sie einen Blick in das Innere des Saales geworfen, blieb sie regungslos stehen. Die Pracht, die sie dort zu sehen bekam, war überwältigend. Steinerne Mauern erhoben sich Dutzende Stockwerke hoch in die Luft, bevor sie in eine Deckenkuppel aus vielfarbigem Glas mündeten.

Doch am auffallendsten war das Wasserbecken mitten im Raum. Es bestand aus demselben Stein wie die Wände und der Fußboden, als ob der ganze Raum um das Becken herum ausgehöhlt worden war. Es wurde von einer Empore umschlossen, die den Zugang zu dem großen Pool erleichterte.

Es konnte keinen Zweifel geben: Das war das Bassin von Meres. Das Licht, das es abstrahlte, hüllte den ganzen Raum in ein magisches Leuchten.

Ardent stand neben ihr. »Der Ursprung des Piratenstroms«, murmelte er ehrfürchtig. »Das Quellbecken, so wie es hier vor uns liegt, wurde von Forthorn Forlorn geschaffen, aber die Quelle selbst befindet sich seit Anbeginn der Zeiten hier an diesem Ort.«

Seine Worte gingen fast unter im vielstimmigen Gelärme der Echos, die sich im Saal versammelt hatten. Es war so eng, dass Marrill gar nicht anders konnte, als bei jeder Bewegung mit einem von ihnen zusammenzustoßen. Eine dunkle Kälte kroch über ihre Haut und zerrte an ihr. Die unzähligen Echos überlagerten sich vielfach, so dass es sich noch geschäftiger anhörte als ein Großstadtbahnhof mitten in der Hauptverkehrszeit.

»Ich dachte, es gibt nur acht Zauberer von Meres.« Marrill musste schreien, damit Ardent sie überhaupt verstehen konnte.

»So ist es auch«, erwiderte Ardent. »Die meisten Echos waren schon vorher da.« Sie starrte ihn ratlos an. »Meres ist ein Ort großer Macht«, fuhr er fort. »Was du hier siehst, das sind die Schatten der Dzane. Und hier, wo die Wasser des Piratenstroms in ihrer reinsten und konzentriertesten Form auftreten, befand sich das Zentrum ihrer Macht.«

Er breitete die Arme weit aus. »Hier haben sie einst die Verlorene Sonne eingefangen und eingesperrt. Und hier werden wir sie erneut einfangen! Wenn wir Glück haben, dann bekommen wir vielleicht sogar die Schatten jener ersten Schlacht zu sehen, solange wir hier sind.«

»Glück?«, fragte Marrill ungläubig.

Ardent räusperte sich. »Ach so, nun ja. Jetzt ist wohl nicht der richtige Zeitpunkt dafür, nicht wahr?« Er versetzte seinem Mantelsaum einen Fußtritt und ging auf die Empore zu. »Also dann, fangen wir an.«

Marrill verzog das Gesicht und machte sich so schmal wie möglich. Dann schoben sie sich durch das dichte Gewimmel der Echos. Irgendwann fiel ihr auf, dass die Schatten flimmerten, dass sie ihre Gestalt immer wieder veränderten. Unterschiedliche Szenen spielten sich ab und wurden abgebrochen, Schattenschauspieler spielten tausend Rollen, die einander ständig überlagerten.

Manche lösten sich auf, erhielten deutlich erkennbare Züge, wurden lebendig, als Ardent an ihnen vorbeiging.

Vermutlich angeregt durch seine Erinnerungen, nahm Marrill an. Sie erkannte auch Margaham, obwohl sie ihn nur als Eisenstatue gesehen hatte. Er sang und vollführte seltsame Bewegungen. Der Geist von Forthorn Forlorn holte eine steinerne Schale hervor, die ein perfektes Ebenbild des Bassins war. Ihr wurde klar, dass sie gerade den Augenblick vor sich hatte, in dem das Becken in seiner jetzigen Form entstanden war.

Ihr Blick blieb am Echo des jungen Serth hängen, der sich jetzt dem Bassin näherte. Die Schatten-Annalessa brachte ihm einen steinernen Becher, und Serth tauchte ihn in das Wasser.

Jetzt wusste Marrill ganz genau, was sie da vor sich hatte. Die Geschichte hatte sie jedenfalls schon etliche Male zu hören bekommen. »Das ist der Anfang der Prophezeiung, stimmt's?«

Ardents Blick ging zur Empore. »In der Tat«, sagte er feierlich. »Wenn wir es doch nur gewusst hätten«, fügte er im Flüsterton hinzu.

»Seht, dass die Wasser mir nichts anhaben können«, verkündete das Serth-Echo jetzt und reckte den Becher in die Höhe. Wasser tropfte über den Rand und lief ihm über die Finger, ohne dass es ihm etwas ausmachte.

Dann legte er die Lippen an den Rand des Bechers. Ein kurzer Moment des Zögerns folgte. War da eben der Hauch eines Lächelns über seine Lippen gehuscht? Marrill war sich nicht sicher. Und dann trank er den ganzen Becher Stromwasser in einem Zug leer.

Das war der Augenblick, in dem sich alles verändert hatte, das wusste Marrill. Serth würde zu Boden stürzen und die Worte hervorstoßen, die zur meressianischen Prophezeiung werden sollten. Dieser Moment war der Ausgangspunkt für alle Ereignisse, die zum Jetzt geführt hatten.

Wie um diesen Augenblick zusätzlich zu unterstreichen, hallte ein gewaltiger Donner durch den Saal. Der Himmel vor den Südfenstern hatte sich schwarz verfärbt. Ein kräftiger Wind fing an zu wehen, aber ohne jede Spur von Regen. Das, was da am Himmel aufgezogen war, das waren keine dunklen Wolken. Das war nur Dunkelheit, reine, endlose Dunkelheit.

Das Nichts kam näher.

»Ardent«, sagte Marrill, um ihn daran zu erinnern, wie wenig Zeit ihnen noch blieb.

Der Schatten-Serth wand sich auf dem Boden, so dass der steinerne Becher ihm entglitt und Piratenstromwasser über seinen Mantel tropfte.

»Ich weiß«, erwiderte der Zauberer und holte aus einer geheimen Tasche seines Mantels die Überallkarte hervor. Das Loch in ihrer Mitte sah aus, als hätte es jemand mit der Faust hineingeschlagen. Die Tränenspitze berührte die Küste von Meres. Die Verlorene Sonne war gelandet.

»Schnell, schnell«, sagte Ardent und stieg die Stufen zur Empore hinauf. »Die Litze und die Tinte. Uns bleibt nur wenig Zeit.«

Marrill hatte bereits angefangen, in der Tasche zu wühlen. Und auch dieses Mal begann ihre Phantasie zu rasen, kaum dass ihre Hand die Traumlitze berührte. Unzählige phantastische Bilder tauchten vor ihrem geistigen Auge auf, und sie hätte nichts lieber getan, als sofort loszuzeichnen und sie zum Leben zu erwecken.

Doch sie unterdrückte diesen Drang und lief mit Litze und Tinte, so schnell sie konnte, zu Ardent. Auf den Stufen tauchte plötzlich eine Fratze vor ihr auf, schuppig und rot, mit Zähnen, die in der Dunkelheit funkelten. Sie stieß ein lautes Gebrüll aus, dann zischten Flammen über Marrill hinweg.

Sie schrie auf, aber sie spürte keine Hitze. Die Flammen züngelten bis an das hintere Ende des Saals. »Was war denn *das*?«

Ardent kam zu ihr und nahm ihr die Litze und die Tinte aus der Hand. »Es scheint, als würden wir doch noch die Schlacht der Dzane gegen die Verlorene Sonne zu sehen bekommen.« Dann ging er zurück zum Bassin. »Ich hatte nicht damit gerechnet, dass es so lebhaft und bunt zugehen würde. Aber andererseits – wir haben ja einen Besucher, der sich genau an die Ereignisse von damals erinnern kann.« Er starrte in die Dunkelheit draußen vor dem Fenster.

Marrill schluckte trocken. Überall lösten sich seltsame Wesen, die sie sich trotz aller Phantasie nicht hätte ausmalen können, aus den Echos und wanden sich wild hin und her, schienen sich gegen irgendetwas zu wehren. All ihre Anstrengungen waren auf einen Schatten gerichtet, der ganz am Rand des Saals stand, einen Schatten, der dunkler war als alle anderen.

Der Schatten der Verlorenen Sonne. Während draußen die echte Verlorene Sonne bedrohlich nahe kam, erweckten ihre Erinnerungen bereits die Echos der Dzane zum Leben.

Behutsam legte Ardent die Überreste der Überallkarte neben die anderen Utensilien auf den Rand des Beckens. Dann starrte er mit hochkonzentriertem Gesichtsausdruck darauf hinab.

»Du weißt aber schon, was du da tust, oder?«, sprach Marrill ihn an.

Er warf ihr einen tadelnden Blick zu. »Selbstverständlich. Ich bin der große Zauberer Ardent. Und heute bin ich der mächtigste lebende Zauberer auf dem gesamten Piratenstrom. Falls überhaupt jemand die Magie der Dzane beherrschen kann, dann bin ich es. Und genau das werde ich tun. Jetzt aber geh beiseite und sorg dafür, dass ich nicht gestört werde.«

Er wickelte die Traumlitze auseinander und schob sie unter die Karte mit dem Loch. Dann öffnete er das Glas mit der Siehsiehfuschtinte und zögerte. Sein Blick wanderte zwischen Litze und Tinte hin und her. Schließlich zuckte er mit den Schultern und neigte das Glas, so dass ein Klecks Tinte in die Mitte der Litze tropfte. Mit einem hörbaren Platsch landete sie dort und drang in das empfindliche Material ein.

Marrill sah mit angehaltenem Atem zu. Tintenfinger breiteten sich aus, krochen über die Litze und bildeten ein unregelmäßiges Muster. Es sah aus wie ein Rorschachtest. Aber das war alles.

Mehr passierte nicht. Die Tinte ließ keine Inseln oder Kontinente entstehen. Keine Welten erschienen auf der Karte. Keine Meerengen und keine Siedlungen.

»Hmmm.« Mit gerunzelter Stirn schubste Ardent die Litze über die Balustrade, bis eine Ecke so weit ins Bassin hing, dass sie das Stromwasser berührte. Sofort löste sie sich auf, wie Zuckerwatte in einem Glas Wasser.

Nicht weit entfernt gab Serths Echo ununterbrochen Prophezeiungen von sich, während das Echo des jungen Ardent fieberhaft jedes Wort mitschrieb. Auf der anderen Seite des Saals, in einer Zeit, die noch weiter zurücklag, führten die Echos der Dzane Krieg gegen den aufziehenden Schatten der Verlorenen Sonne.

»Ich kann mich nicht konzentrieren«, stellte Ardent sachlich fest. »Hier ist viel zu viel Lärm. Ich brauche mehr Ruhe.«

Marrill holte tief Luft und ließ den Blick durch den Raum schweifen. Wie konnte sie dem Zauberer am besten helfen? Neben ihr legte eine Gestalt mit einem katzenähnlichen Gesicht – das Echo des Zauberers der Morgendämmerung – die Hände zusammen und schöpfte damit Wasser aus dem Becken, um eine eigene Miniaturwelt zu schaffen. Anschließend warf er sie dem

Schatten beim Portal zu, der die Welt mühelos auffing und sie anschließend zu Staub werden ließ.

Wie sollte sie das Heulen des Windes, der in das Nichts der Verlorenen Sonne gezogen wurde, zum Schweigen bringen? Wie sollte sie das ununterbrochene Gemurmel der meressianischen Prophezeiung verstummen lassen? Von den kämpfenden Dzanen ganz zu schweigen. Es war unmöglich!

Ardent presste verärgert die Lippen zusammen und nahm sich ein frisches Stück Litze sowie einen Klecks Tinte.

Da hatte Marrill eine Idee. »Ardent, kann ich mir ein Stückchen Litze und ein bisschen Tinte borgen?«

Der Zauberer blickte sie misstrauisch an. »Marrill, jetzt ist nicht der richtige Zeitpunkt, um herumzukritzeln …«

»Vertrau mir«, bat sie ihn. »Ich will dir helfen.«

Seufzend riss Ardent die Pergamentrolle entzwei. Dann zauberte er ein kleines Glas herbei und füllte es mit Tinte.

Marrill wollte schon danach greifen, doch dann zögerte sie. »Du hast nicht zufällig vielleicht einen Pinsel zur Hand?«

Ardent war mit seiner Geduld eindeutig am Ende, doch dann schnipste er mit den Fingern und ließ drei Pinsel erscheinen. Sie sagte »Danke«, schnappte sich einen davon und stippte ihn in die Tinte. Dann fertigte sie mit schnellen Strichen eine Skizze von Ardent und dem Becken an, umgeben von einer Glaswand. Nach einer kurzen Pause fügte sie noch Noten hinzu, die vom Glas abprallten.

Eine Sekunde später erwachte die Zeichnung zum Leben. Marrill hielt den Atem an, während die Glaswand sich rings um Ardent aufbaute. Der Zauberer blickte erstaunt zwischen den Tintenrändern seiner neuen Kabine nach draußen. Dann machte er den Mund auf, aber es war kein Laut zu hören.

Marrill lachte. Es hatte geklappt! Sie hatte eine schalldichte Kabine gezeichnet, und die war sofort Wirklichkeit geworden.

Ardent ließ ein breites Lächeln sehen, zeigte ihr die nach oben gereckten Daumen und machte sich wieder an die Arbeit.

Marrill stieß einen Seufzer der Erleichterung aus. Jetzt brauchte sie sich lediglich zurückzulehnen und konnte genüsslich zusehen, wie der Zauberer die Welt rettete. Es war ein gutes Gefühl, den ganzen Druck endlich los zu sein. Neben ihr verwandelte sich ein gestaltwandlerischer Dzane von einem lebenden Felsen in einen Tiger aus Eis und schleuderte Frost auf das Echo der Verlorenen Sonne.

Doch dann sah sie, wie der Schatten der Verlorenen Sonne sich in zwei Teile zu spalten schien. Während seine schwarzen Hände sich reckten und den Froststoß abwehrten, kamen dahinter zwei neue Arme zum Vorschein. Aber sie waren weder hohl noch durchscheinend. Sie waren fest und voller Farbe. Silberne Ärmel hingen über ihre Handgelenke.

Die gesichtslose Vision begann zu flackern und brachte aus den formlosen Tiefen ein Porzellangesicht hervor. Zuerst glaubte Marrill, dass der Schatten einfach nur deutlicher wurde. Aber so war es nicht. Vielmehr schob sich etwas durch ihn hindurch.

»**Ich bin nun bei euch**«, sagte eine Stimme, die nicht Serth gehörte, während er durch das Echo der Verlorenen Sonne hindurchschritt.

Kapitel 27

Was echt ist und was nicht

Mühsam kam Fin auf die Beine. Seine Gliedmaßen fühlten sich bleischwer an. Das Deck der *Unternehmungslustigen Krake* hätte genauso gut ein gähnender Abgrund sein können, dessen Anziehungskraft ihn zu seiner toten Mutter hinabziehen wollte. Zu seiner Mutter, die er nie mehr wiedersehen würde.

Vell – seine Schwinge, der Junge, dessen Existenz auch ihn bestimmte – hatte soeben ihre gemeinsame Mutter ermordet. Und jetzt würde er den Salz-und-Sandkönig befreien, die Eiserne Flut auslösen und den gesamten Strom ins Verderben stürzen. Als ob die Verlorene Sonne von Dzannin nicht schon genug wäre.

Wenn es noch eines Beweises bedurft hätte, dass die Schwingen skrupellos und gefühllos waren, dann war er jetzt erbracht. Auch wenn er und Vell gleich aussahen und denselben Ursprung hatten, sie waren trotzdem vollkommen unterschiedlich.

»Schwester Schemen«, wandte Vell sich jetzt mit kalter, gefühlloser Stimme an Fig. »Bring mir die Wunschkugel.«

Fig zögerte und blickte immer abwechselnd zwischen den beiden identischen Jungen hin und her. Unsicherheit spiegelte sich auf ihrem Gesicht.

»Tu es nicht, Fig«, sagte Fin ruhig. »Er hat keine Macht über dich.«

Vell rollte mit den Augen. »Schwester Schemen, das war ein *Befehl.*«

Mit zitternden Fingern hielt Fig den schimmernden Wunsch umklammert. »Ich kann ihm nicht widerstehen«, sagte sie. »Er gehört zu den *Schwingen.* Wir müssen den Befehlen der Schwingen gehorchen.«

Fin zitterte vor Zorn am ganzen Körper, aber er schluckte den schrillen Wutschrei, der sich in seiner Kehle sammelte, hinunter. »Du musst *gar nichts*, Fig«, grollte er. »Du triffst deine eigenen Entscheidungen.«

Sie schüttelte den Kopf. »Nein, Fin«, flüsterte sie. »Das tun wir nicht. Keiner von uns. Vom ersten Moment unserer Existenz an sind wir nichts weiter als die abgetrennten Überreste der Schwächen eines anderen. Wir sind nicht *echt.*«

»Fin«, schnaubte Vell verächtlich. »*Fig.* Ihr habt euch ja sogar Namen gegeben. Wie lächerlich.« Kopfschüttelnd blickte er Fin an. »Sie hat recht, Bruder Schemen. Du bist durch und durch Schwäche, in jeder Hinsicht das Gegenteil von meiner Stärke.« Sein Blick wanderte zurück zu Fig. »Die Kugel, Schwester Schemen. *Jetzt!*«

»Hau ihm eine aufs Maul, Begleiter!«, brüllte Remy vom Achterdeck herüber. »Zeig ihm, wer hier der Schwächling … mmpfff!« Eine besonders große Schwinge schlug ihr die Hand vor den Mund und ließ sie verstummen.

Aber es war zu spät. Remys Worte hatten gereicht. Mit einem Mal fügten sich alle Dinge zusammen. Endlich hatte er begriffen, wo Vells Schwäche lag. Wo die Schwäche aller Schwingen lag. Jetzt musste er es ihnen nur noch demonstrieren.

Und er würde jede einzelne Sekunde genießen.

Er stellte sich also zwischen Vell und Fig und blickte seine Schwinge mit einem riesigen, spöttischen Grinsen im Gesicht an. »Na los, hol dir die Kugel«, sagte er gleichmütig. »Du brauchst ja nichts weiter zu tun, als mich zu töten.«

Vell verzog hämisch das Gesicht und trat einen Schritt zurück.

»Was ist denn los?« Fin lachte. »Ich bin doch bloß ein Schemen. Nichts als eine schwache Schwäche, die ausgesprochen schwächlich ist. Du aber hast Superkräfte. Du brauchst mir doch bloß dein Messer in den Leib zu rammen, so wie unserer Mutter.«

Vells Nasenlöcher vibrierten. Seine Hände gingen zu dem Dolch, der an seiner Seite baumelte. Aber er zog ihn nicht. Er konnte nicht. Und jetzt wussten sie es beide.

»Nun mach schon!«, drängte Fin. »Ich meine, natürlich würdest du so enden wie unsere Mutter. Ich würde ein Teil von dir werden, all meine Zweifel und Ängste und Unsicherheiten würden dir im Kopf herumspuken. Du könntest bluten, könntest leiden, könntest sterben.« Er zuckte mit den Schultern. »Aber so schlimm ist das auch wieder nicht. Für mich ist das ganz normal.« Er schwenkte den Arm über das Deck. »Für alle Schemen ist das völlig normal.«

Ein Murmeln ging durch die Reihen der Schemen. Die Soldaten der Schwingen drehten sichtlich beunruhigt die Köpfe. Allen, sowohl den Schwingen als auch den Schemen, schien gleichzeitig ein Licht aufzugehen.

Fin ließ nicht locker. Seine Worte galten Fig und den Schemen ebenso wie Vell. »Oder ist es …«, sagte er und ließ seine Worte in der Luft hängen, um die Spannung ein wenig zu erhöhen. Genau so hatte er es in Khaznot Quay immer gemacht: das Spiel bis zum Letzten ausreizen. Den Gegner in Grund und Boden bluffen. Nur dass das hier gar kein Bluff war. Es war ganz zweifellos nichts anderes als die Wahrheit. »Die ganze Zeit habt ihr den Schemen eingeredet, dass sie nicht echt sind. Dass *wir* nicht echt sind. Und dabei sind es in Wirklichkeit die Schemen, die alle Macht in den Händen halten.«

Vell bebte fast vor Wut. »Du hast gar nichts in der Hand, weil du nämlich gar nichts bist«, spie er hervor.

Fin schüttelte den Kopf. Er war nicht länger bereit, das zu glauben. »Gar nichts, außer dem Schlüssel zu deiner Sterblichkeit.«

»Und welchen Wert besitzt du darüber hinaus?«, blaffte Vell ihn an. »Welchen Wert hast du selbst, ohne mich? Wer, *Bruder Schemen*, bist du, außer einem Geist, der im Schatten *meines* Ruhmes haust?«

In der anschließenden Stille legte sich ein kaltes, siegesgewisses Lächeln über Vells Gesicht.

Vielleicht hatte er ja recht? Fin kannte jetzt die Antwort auf alle Fragen, die ihn sein Leben lang beschäftigt hatten, und trotzdem hatte sich nichts verändert. Er war immer noch Fin. Er war immer noch vergessbar.

Doch er unterdrückte dieses Gefühl wieder. Weil mit ihm nämlich alles in Ordnung war. Weil seine Vergessbarkeit ein Teil von ihm war. Sie hatte ihre Nachteile, klar, aber sie hatte durchaus auch Vorteile. Wenn er nicht vergessbar wäre, dann hätte er Marrill niemals kennengelernt. Er hätte die Überallkarte niemals gefunden. Er hätte es niemals geschafft, Serth an Bord des *Schwarzen Drachen* zu besiegen oder die Eiserne Flut in Monerva aufzuhalten oder den Salz-und-Sandkönig wegzusperren, jene alles vernichtende Feuersbrunst, die sein Ebenbild aufseiten der Schwingen so unbedingt wieder befreien wollte.

Und das war der entscheidende Punkt. Vell wollte Fin einreden, dass er wertlos war, ohne einen eigenen Willen. Und doch hatte *Fin* seinen eigenen Weg gewählt, während *Vell* sich ganz in den Dienst eines Königs gestellt hatte, den er noch nie gesehen hatte.

Vell wollte Fin einreden, dass er nichts war, weil Vell

dann alle Macht besaß. Aber dieser Trick funktionierte nur dann, wenn Fin ihm auch glaubte.

Und das tat er nicht.

»Wer ich bin?« Fin richtete sich kerzengerade auf und reckte das Kinn nach oben. »Ich bin Fin U. Lanu, Sohn der Speerspitze der Schwingen. Ich bin der Geist aus dem Pfützenweg. Ich bin der Meisterdieb von Khaznot Quay und Besatzungsmitglied der *Unternehmungslustigen Krake*. Ich bin Marrill Aesterwests Freund, Figs Kamerad und Remys Begleiter. Ich habe dem großen Siehsiehfusch eigenhändig seine Tinte gestohlen, und ich habe dafür gesorgt, dass euer König weiter im Gefängnis hockt.«

Er trat einen Schritt vor und genoss Vells entgeistertes Gesicht in vollen Zügen. »Ich bin vielleicht dein Schemen, aber das bedeutet gleichzeitig, dass du meine Schwinge bist. Also verbeug dich vor mir oder bring mich um und werde *ich*.«

Vells Blick wurde düster vor Zorn. »Ihr Schwingen!«, sagte er betont und überdeutlich. »Bitte legt meinem Schemen Fesseln an.«

Zahlreiche Gestalten mit harten Mienen setzten sich in Bewegung und kamen auf Fin zu. »Ach, was soll's«, murmelte Fin leise. Zumindest hatte er es probiert.

»NEIN!«

Fin, Vell und die Schwingen verharrten regungslos. Fin drehte sich um und sah Fig breitbeinig dastehen. Sie hielt die Wunschkugel fest in beiden Händen. Ihre

Miene war verkniffen, und sie hatte die Zähne fest aufeinandergebissen.

»Nein?«, fragte Vell.

»Nein?«, echote Fin.

»Nein«, wiederholte sie. Dann schwenkte sie ihre Hand im Bogen durch die Luft. »Brüder und Schwestern Schemen«, rief sie. »Beschützt unseren Bruder Fin.«

Zunächst passierte gar nichts. Aber dann setzten sich die Schemen langsam in Bewegung und schoben sich zwischen den wie gelähmt dastehenden Soldaten der Schwingen hindurch nach vorne. Einer nach dem anderen bildeten sie einen Kreis um Fin.

Fin versuchte, sich seine Verblüffung nicht anmerken zu lassen. Ein warmes Gefühl breitete sich in ihm aus. Es hatte funktioniert. Die Schemen hatten es begriffen. Und Fig auch. Endlich war sie auf seiner Seite.

Sie war seine Freundin.

Er musste sich in die Wange beißen, um nicht zu grinsen.

Vell fing an zu stammeln, doch Fig hob die Hand und brachte ihn damit zum Schweigen. Dann stellte sie sich neben Fin. »Wenn die Schwingen etwas unternehmen wollen, bitte sehr. Aber dann müsst ihr uns alle umbringen. Und dann spürt ihr, wie es ist, schwach zu sein. Jeder tote Schemen bedeutet eine sterbliche Schwinge. Mit jedem Schlag, den ihr uns zufügt, schadet ihr euch selbst.«

Fin grinste Vell an. »Sieht ganz so aus, als würden den Schemen bei gewissen Gelegenheiten durchaus auch Schwingen wachsen, was?« Vell stöhnte, und Fin meinte achselzuckend: »Sinn für Humor ist wahrscheinlich auch eine Schwäche.«

Fig verpasste ihm einen kräftigen Schlag in die Rippen. »Das war eh nicht besonders witzig«, sagte sie und drückte ihm die Wunschkugel in die Hand. »Und jetzt mal im Ernst«, flüsterte sie. »Nimm das Ding und verschwinde. Die Schwingen haben bisher noch allen Schwierigkeiten getrotzt. Irgendwann fangen sie bestimmt aus reiner Gewohnheit an sich zu wehren.«

»Und was wird aus dir?«, fragte er zurück und ergriff ehrlich besorgt ihre Hand.

»Mach dir um mich keine Sorgen, Bruderherz. Ich komm schon klar.«

Er nickte und wollte ihr anerkennend auf die Schulter klopfen. Doch dann hatte er das Gefühl, als wäre das zu wenig, um seine Dankbarkeit zu zeigen, also drückte er ihr ein Küsschen auf die Wange. »Danke, meine Freundin.«

Sie verdrehte die Augen und würgte kurz. »I-gitt. Eklig!« Einen Augenblick später jedoch drückte sie seinen Arm, und an den glitzernden Tränen in ihren Augen erkannte er, wie ernst ihr die folgenden Worte waren. »Pass auf dich auf, Fin!«

»Kein Problem!« Er lachte und huschte zwischen den dichtgeschlossenen Reihen der Schemen hindurch an den wankenden Schwingen vorbei zum Bug des Schiffes.

Als er auf das Vorderdeck sprang, stürmte der Griesgram zur Hauptluke heraus. Er hatte sich einen Dreispitz auf den Kopf gestülpt und hielt in jeder Hand ein Entermesser. »Deckung, *en garde*, ihr Müllschlucker!«, rief er.

Fin sah ihn verwundert an.

Der Griesgram schnaubte und ließ den Blick über das Deck schweifen. »Bin ich schon wieder zu spät dran? Ich bin schon wieder zu spät dran.« Er warf seine Schwerter zu Boden und zeigte mit allen vier Armen in unterschiedliche Richtungen. »Ich hasse euch, jeden Einzelnen von euch. *Gleichermaßen*«, knurrte er, machte auf dem Absatz kehrt und stürmte wieder unter Deck.

»Typisch Griesgram«, sagte Fin. Dann schnappte er sich ein Tau und schwang sich an Land. Mit einem letzten Blick zurück sah er, wie die Soldaten im Bug zögerlich vor den unscheinbaren Gestalten ihrer eigenen Schwächen zurückwichen. Dann drehte er sich um, lief in den Wald und ließ die Schwingen und die Schemen hinter sich zurück.

Kapitel 28

Was kann ein Pinsel schon ausrichten?

Marrill sah, wie zahlreihe Echos vor der Verlorenen Sonne einfach verdampften. Der Saal füllte sich mit gleißendem Licht. Die Schatten der Dzane kämpften zwar mit aller Macht dagegen an, doch gegen die sehr reale Gestalt, die nun den Raum betrat, hatten die Erinnerungen keine Chance. Die Verlorene Sonne von Dzannin ging genau auf das Herz von Meres zu, im Gleichschritt mit ihrem eigenen Echo, das ihr einen schillernden Schleier aus Licht und Finsternis verlieh.

Die Stimme eines Dzane erklang und dröhnte wie Tagesanbruch und Donner aus den Tiefen der Geschichte empor. »Macht euch bereit. Der Stern der Zerstörung ist über uns!«

»Wie überaus passend, dass ihr zu meiner Begrüßung gekommen seid.« Die Verlorene Sonne sprach durch die Lippen des Zauberers Serth, aber ihre Worte galten nicht Marrill und auch nicht Ardent, sondern den

Echos der Dzane, den Erinnerungen an die letzte große Schlacht.

Während er sich durch den dichtgefüllten Saal schob, wurde jeder Schatten, den er mit seinem Mantel berührte, ausgelöscht. Als ob die Überreste der Magie, die die Erinnerungen hier festgehalten hatten, durch seine Gegenwart einfach überschrieben wurden.

Marrill schluckte und konnte kaum atmen, während die Verlorene Sonne den Blick durch den Saal schweifen ließ. »**Das Bassin von Meres**«, sagte die Verlorene Sonne, als ihr kalter Blick auf die Empore fiel. »**Am Ort meiner ersten Niederlage werde ich also den endgültigen Sieg erringen.**«

Gleichzeitig betete das Echo des jungen Serth in Marrills Rücken die Zeilen der meressianischen Prophezeiung herunter. »… und wie es am Anfang war, so wird es enden …«

»Ardent!«, rief Marrill. »Was sollen wir denn jetzt machen?«

Doch der Zauberer blieb merkwürdig stumm. Sie drehte sich um und sah, dass er die Überallkarte zusammengerollt und mit Traumlitze umwickelt hatte. Jetzt nahm er das Glas und kippte etwas vom Inhalt auf die Karte. Kleine Tintenschnörkel wanden sich hervor, und es sah aus, als hätte jemand versucht, in die Luft zu schreiben. Dann flackerten sie kurz auf und erloschen.

Ardent schüttelte den Kopf, warf die gebrauchte Litze

beiseite und griff nach einem neuen Stück. Er war voll und ganz auf seine Aufgabe konzentriert. Seine Lippen bewegten sich, ohne dass ein Laut nach draußen drang.

Er kann ja nichts hören, erkannte Marrill jetzt. Ihr brillanter Plan erwies sich als grausames Eigentor. Und was noch schlimmer war – Ardent schien bei der Reparatur der Überallkarte keinerlei Fortschritte zu machen.

Sie wandte sich wieder der Verlorenen Sonne zu und spürte am ganzen Körper, welch ungeheure Energie sie abstrahlte. Der Boden zu Füßen der Sonne platzte auf, Risse wurden zu Spalten und schließlich zu gähnenden Abgründen, die auch die hintere Wand nicht verschonten. Und überall wuchs das Nichts. Sie war sich sicher, dass die Verlorene Sonne mit einer einzigen Berührung alles zerstören konnte, was sie wollte. Auch Ardent. Auch sie.

Sie musste Ardent mehr Zeit verschaffen. Und ihr fiel nur eine einzige Möglichkeit ein, wie sie das bewerkstelligen konnte.

So gut sie konnte, versuchte sie, ihre zitternden Hände zu beruhigen, und nahm die halbe Rolle Traumlitze, die Ardent ihr gegeben hatte. Dann kauerte sie sich auf den Rand der Empore, stellte die Tinte vorsichtig neben sich ab und zwang sich zu absoluter Ruhe und Konzentration. Behutsam tauchte sie den Pinsel in die Tinte.

Die Echos der Dzane rings um sie herum wehrten sich mit solcher Macht, dass sie die Energie der Attacken noch nach vielen Jahrtausenden beinahe körperlich spüren konnte. Die Verlorene Sonne wehrte jedoch alle Angriffe ab und schritt zeitgleich mit ihrem Schatten voran. Dadurch entstand der Eindruck, als würde die Schlacht jetzt in diesem Moment stattfinden.

»Haltet ihn auf«, krächzte die schwache Stimme des Zauberers der Morgendämmerung. »Die Karte ist beinahe vollständig!«

Marrill machte die Augen zu, holte tief Luft und begann zu zeichnen. Mit jedem Pinselstrich floss frische Tinte auf die Litze und brachte Bilder hervor, die genau das zeigten, was sich in ihrer Vorstellung abspielte. Als Erstes waren da die scharfen Umrisse eines Käfigs. Dann begann sie, die Umrisse zu füllen, und zwar mit ganz besonders kräftigen und widerstandsfähigen Streben.

Und schon sah sie im Augenwinkel, wie der Käfig Realität wurde. Im selben Augenblick stürzte sich ein Dzane in Gestalt eines Uhrwerk-Greifs auf die Verlorene Sonne. Die Schattensonne wich dem Angriff aus und trennte sich von ihrem gegenwärtigen Ebenbild, das direkt vor Marrill zum Stehen kam. Rund um die Verlorene Sonne entstand ein Käfig, als hätte eine magische Hand der Tinte eine dreidimensionale Gestalt verliehen.

Es war faszinierend zu sehen, wie jeder Tintenstrich sich vor ihren Augen materialisierte. Doch Marrill hatte keine Zeit, den Anblick zu bestaunen. Hastig fügte sie Strebe um Strebe hinzu, verwob sie immer enger miteinander, bis die Verlorene Sonne von einem Gefängnis aus dicken Tintenstrichen umgeben war. Draußen vor dem Käfig kämpfte ihr Schatten mit einem Dzane, der sich in Gestalt einer Schlange aus Eis und Feuer um seinen Gegner geschlungen hatte.

Im Inneren des Käfigs schlug die gegenwärtige Verlorene Sonne fast beiläufig gegen die Gitterstäbe. Es dröhnte laut, als ihre Hand auf das harte Metall prallte. Sie taumelte ein Stück zurück, gleichzeitig taumelte auch die Schattensonne, die Schlange drückte zu, und der Greif schnappte nach ihren Armen und Beinen.

Marrill lächelte. *Damit hast du nicht gerechnet, ha!* Ein Gefühl des Triumphes breitete sich in ihr aus.

Doch es hielt nicht lange an. Die Verlorene Sonne packte zwei Gitterstäbe und bog sie mit einer einzigen Handbewegung so weit auseinander, dass sie kurz darauf brachen. Die Litze in Marrills Schoß riss entzwei, während die Verlorene Sonne den Käfig in seine Einzelteile zerlegte.

Zugleich konnte die Schattensonne einen Arm aus der Umklammerung befreien und schwenkte ihn durch die Luft. Daraufhin wurde der Uhrwerk-Greif weggeweht wie Sand am Meer. Mit der anderen Hand packte er die Schlange an der Kehle und drückte so lange zu, bis sie sich in Rauch aufgelöst hatte.

»**Vor mir herrschte überall nur Chaos**«, verkündeten vergangene und gegenwärtige Sonne einstimmig. »**Ich habe dem Urstrom erst Form und Gestalt gegeben.**«

»Macht weiter!«, rief der Zauberer der Morgendämmerung. »Er darf auf keinen Fall seine Essenz in die Quelle gießen, bevor die Überallkarte fertig ist!«

Marrill wusste, dass der Zauberer der Morgendämmerung nur eine Erinnerung war, und dass seine Worte an die anderen Erinnerungen ringsherum gerichtet waren. Trotzdem hatte sie das Gefühl, als würde er zu ihr sprechen, als würde er sie auffordern weiterzuzeichnen, bis Ardent fertig war.

Sie rollte noch ein Stück Litze aus und beugte sich darüber. Dieses Mal zeichnete sie eine Mauer, stapelte Backstein auf Backstein. »Sie muss ja nicht schön sein«, murmelte sie vor sich hin. »Hauptsache stabil.«

Marrill zeichnete und zeichnete, während sich gleichzeitig ein Dzane nach dem anderen der Verlorenen Sonne entgegenwarf. Doch egal, wie schnell sie den Pinsel über das Pergament sausen ließ, er riss jede ihrer Skizzen sofort in Fetzen. Mauern, Käfige, Zäune, Schutzwälle, Barrikaden – alles, was sie sich nur vorstellen konnte, doch nichts hatte Bestand. Die Gegner konnten den Vormarsch der Verlorenen Sonne zwar ein wenig verlangsamen, aber aufhalten konnten sie sie nicht.

»Gleich ist es so weit!«, rief der Zauberer der Morgendämmerung schließlich.

»Ich allein bin Ordnung«, psalmodierten die beiden Verlorenen Sonnen einstimmig. **»Ich allein bin Endgültigkeit. Und wenn meine Essenz sich in die Quelle der**

Magie ergießt, dann wird diese Endgültigkeit sich über den gesamten Fluss der Schöpfung legen.« Der Schatten der vergangenen Verlorenen Sonne reckte die Hand in die Höhe. Schwarze Lichtstrahlen bündelten sich an seinen Fingerspitzen.

Marrill blickte sich voller Hoffnung um. Das Echo des Zauberers der Morgendämmerung lief zum Bassin und schwenkte die Überallkarte wie einen Umhang vor sich hin und her. »Nun komm, heller Stern«, rief er und faltete die Karte auseinander, während das Licht der Schattensonne auf ihn zuwaberte. »Und leuchte hier hinein!«

Doch im Jetzt und Hier gab es keinen solchen Sieg. Stattdessen stand Ardent immer noch über das Bassin gebeugt da, während zahlreiche mit Tintenklecksen beschmierte Pergamentfetzen zu seinen Füßen auf der Empore lagen, ohne dass er erkennbare Fortschritte gemacht hatte.

Marrill versuchte, die Panik wegzuschieben. Das Schicksal des Stroms lastete schwer auf ihren Schultern. Sie brauchten mehr Zeit.

Trotz der Krämpfe in ihrer Hand griff Marrill nach der Traumlitze und bearbeitete sie mit wütenden Pinselstrichen, aus denen die reinste Verzweiflung sprach. Dieses Mal zeichnete sie mehrere schwere Eisenketten, die kreuz und quer durch den Saal liefen und mit massiven Schlössern zusammengekettet waren. Danach zeichnete sie neue Ketten über die alten Schlösser, und dann neue Schlösser für die neuen Ketten, und anschließend versah sie die neuen Schlösser an den neuen Ketten mit spitzen Dornen.

Währenddessen hatten die Dzane einen einstimmigen Gesang angestimmt. Die Überallkarte verschluckte das Licht der Schattensonne. Gleichzeitig trat der gegenwärtige Serth in seinem silbernen Gewand einen Schritt zurück. Von Ketten umzingelt, sah er zu, wie seine Niederlage aus der Vergangenheit sich noch einmal vor seinen Augen abspielte.

Mit klopfendem Herzen brachte Marrill die letzten Striche ihres Meisterwerks auf das Pergament der Traumlitze. Doch kaum war sie mit dem letzten Schloss fertig geworden, fing die Zeichnung an, sich selbständig zu machen und zerriss sich in tausend Fetzen, genau wie alle anderen zuvor.

Das Echo des Zauberers der Morgendämmerung faltete seine Karte wieder zusammen. Der Schatten der Verlorenen Sonne verblasste. Die gegenwärtige Verlorene Sonne trat mitten durch den Nebelschleier ihres eigenen Echos. Zerrissene Ketten lagen zu ihren Füßen.

»**Hier trennen sich Vergangenheit und Gegenwart**«, verkündete sie.

Marrill schluckte und wollte sich das nächste Stück Traumlitze nehmen, doch ihr Griff ging ins Leere – sie hatte ihren ganzen Vorrat aufgebraucht.

Sie hastete zu Ardent hinüber und hieb mit der Faust gegen die schalldichte Wand, die sie selbst geschaffen hatte. »Ich brauche mehr Litze!«, schrie sie, ohne dabei die Verlorene Sonne aus den Augen zu lassen.

Doch Ardent stand völlig regungslos da. Seine Arme hingen schlaff zu beiden Seiten herab, und er nickte traurig. Langsam hob er den Kopf, bis er Marrills Blick begegnete. Seine Lippen bewegten sich, ohne dass ein Laut herauskam.

»Was sagst du?«, formte sie mit ihren Lippen.

Die Verlorene Sonne breitete die Arme aus. **»Keine Barrieren mehr.«**

Im selben Augenblick zerbarsten die Mauern, die das Bassin umgaben, wie Glas. Auch die Skizze von der schalldichten Kabine löste sich auf. Marrill taumelte rückwärts, und Ardent stand einsam vor den zerfetzten Überresten der Traumlitze. Die letzten Tropfen der Siehsiehfusch-Tinte rannen aus dem Glas. Die Überallkarte schwebte sanft zu Boden, und das Loch in ihrer Mitte hatte sich schon wieder vergrößert.

Ardent stieß einen bebenden Seufzer aus. »Ich habe versagt«, keuchte er hervor.

Kapitel 29

… so wird es enden

Fin stürmte aus dem Wald nach draußen, doch die Flüsterstimmen klebten immer noch wie Spinnweben an seinen Gehirnwindungen. Er warf einen Blick über die Schlucht hinweg und sah, weit jenseits des hohen Turmes, dass ein Riss durch den Rand der Schlucht ging. Dort war der Boden bereits dem Nichts gewichen, das sich immer weiter in das Gewebe der Wirklichkeit hineinfraß. Über dem Dröhnen der Wasserfälle krachten Blitze und grollten Donnerschläge aus den Fenstern des Gebäudes, das hoch oben auf der Turmspitze thronte.

Dort tobte eine Schlacht.

Fins Herz krampfte sich zusammen. Da oben war die Verlorene Sonne, zusammen mit Marrill und Ardent. Sie brauchten seine Hilfe, und zwar schnell – auch wenn er nicht wusste, wie. Aber er musste es wenigstens versuchen.

Weit und breit war keine Brücke zu sehen, und er hatte auch keine Zeit, eine zu suchen. Also sprang er, ohne noch einmal nachzudenken und seinen Entschluss womöglich rückgängig zu machen, vom Rand der Schlucht und zog an den Schnüren in seinen Jackenärmeln, um seine Himmelssegel auszubreiten. Er versank im Nebel, der sich aus den Tiefen heraufwälzte. Magie tanzte über seine Haut, manchmal sogar ganz buchstäblich. Seine Augenwinkel fühlten sich so an, als wollten sie die Plätze tauschen, und das Innere seiner Nase *roch*. Die Luft schmeckte nach Kardamom und Sehnsucht.

Kurz bevor die Magie ein gefährliches Ausmaß erreicht hatte, wurde er von den aufsteigenden Nebelschwaden erfasst und hochgehoben. Fin stieß einen Freudenschrei aus und umkreiste im Aufwind den Turm. Doch seine Erleichterung war nur von kurzer Dauer.

Je höher er stieg, desto klarer wurde ihm, wie dicht sie alle vor der völligen Vernichtung standen. Die Verlorene Sonne zog eine Schneise des absoluten Nichts hinter sich her. Es sah aus, als sei die Welt ein Kuchen, aus dem irgendjemand ein riesiges Stück herausgeschnitten hatte.

Fin flog zu den höchsten Fenstern des Turmes und klammerte sich mit den Fingerspitzen an den Sims. Einen Augenblick lang hing er dort an der Wand, während tief unter ihm ein schäumender Wasserfall toste und sich in eine scheinbar bodenlose Schlucht ergoss. Er holte tief Luft, wappnete sich mit Entschlossenheit und schwang sich durch das Fenster ins Innere.

Eigentlich hatte er geglaubt, dass er auf alles vorbereitet war. Aber wie hätte er ahnen sollen, welches Chaos sich dort im Saal abspielte? Eine unübersehbare Zahl von Schatten schien tausend unterschiedliche Szenen aus tausend unterschiedlichen Zeiten nachzustellen, und zwar gleichzeitig. Manche waren gut sichtbar und dunkel gefärbt, wie jene, die er schon auf dem Weg durch den Wald gesehen hatte. Andere hingegen waren schon halbverblasst, als hätte das Licht der Verlorenen Sonne sie gebleicht. Und wieder andere waren im Gespräch mit Partnern, die schon längst nicht mehr da waren.

Vorsichtig ließ Fin sich vom Fensterbrett auf den Steinfußboden gleiten, nicht weit von einer Art Empore entfernt. Vor ihm kauerte der Schatten eines jungen Mannes, der eine auffallende Ähnlichkeit mit Ardent hatte, neben einem weinenden Serth und kritzelte wie wild mit, während das Orakel seine Prophezeiung hervorsprudelte. Eine gleichermaßen junge Annalessa beugte sich über die beiden, versuchte, den Wahnsinnigen zu trösten und gleichzeitig Ardent zu verscheuchen. Ein Stapel mit zerrissenen Zeichnungen lag neben ihnen. Die Ecken des Pergaments fingen bereits an, wellig zu werden. Dahinter, im Zentrum der kreisförmigen Empore, sprudelte Stromwasser aus einer Quelle. Etliche mit Tinte verschmierte Fetzen Traumlitze schwammen darin herum.

Jetzt sah er auch Marrill. Sie stand mit schneeweißem, angstverzerrtem Gesicht neben der Quelle und neben Ardent. Dieser ließ den Kopf hängen und machte einen gebrochenen Eindruck. Und hinter den beiden schritt ein hochaufgerichteter, düsterer Serth die Stufen empor.

Das ist nicht Serth, machte Fin sich noch einmal bewusst. *Es ist die Verlorene Sonne von Dzannin.*

»Habe ich was verpasst?«, murmelte er leise vor sich hin.

»Fin!«, rief Marrill. Sie rannten aufeinander zu, und dann warf sie sich in seine Arme und erdrückte ihn beinahe mit ihrer stürmischen Umarmung. »Wir stecken in riesigen Schwierigkeiten«, stieß sie atemlos hervor.

»Sieht ganz danach aus«, erwiderte Fin und zeigte auf die vielen Schatten, die die Kammer bevölkerten.

Marrill winkte ab. »Das sind bloß Echos – alte Erinnerungen, die durch Zauberei wachgerufen wurden.« Er wollte sie um eine etwas ausführlichere Erklärung bitten, doch sie schnitt ihm das Wort ab. »Unser Plan hat nicht funktioniert. Ardent konnte die Überallkarte nicht reparieren.«

Fin traute seinen Ohren kaum. Wenn Ardent tatsächlich gescheitert war … dann war auch die letzte Chance, das Ende des Piratenstroms zu verhindern, dahin. Das war doch nicht möglich. Ausgeschlossen! Oder?

Er begegnete Marrills Blick, und die qualvolle Niederlage war ihr überdeutlich ins Gesicht geschrieben. »Was sollen wir jetzt machen?«, seufzte sie.

Fin wandte sich zu Ardent. Es musste doch einen Plan B geben. Ein geheime Lösung, mit der sie in der allerletzten Minute den Strom doch noch retten konnten. Aber der Zauberer schüttelte nur den Kopf.

»Ich weiß es nicht«, murmelte er.

Da tat sich eine unendliche Leere in Fin auf. Seine Knie gaben nach. Nicht nur Ardent hatte versagt, nein, sie alle hatten versagt. Nach allem, was sie unternommen hatten – nach all den Mühen und Kämpfen, nachdem sie seine Mutter gefunden und wieder verloren hatten –, hatten sie genau gar nichts erreicht. Der Strom würde unwiederbringlich zerstört werden.

Mit klopfendem Herzen sah Fin zu, wie die Verlorene Sonne die letzten Stufen der Empore erklomm.

»Ihr sollt euch nicht schämen«, sagte der Stern der Zerstörung zu ihnen. Er hatte die Arme weitausgebreitet, als wollte er sie herzlich in die Arme schließen, anstatt ihnen den schnellen Tod bringen. **»Ihr habt hart und tapfer gekämpft. Aber Ihr konntet Eure Aufgabe niemals erfüllen. Von dem Moment an, als mein reinigendes Licht den wirren Wahnsinn der Schöpfung erhellte, war dieser Tag unausweichlich. Denn jedes Ding und jede Person muss ein Ende finden.«**

Zu Fins Verblüffung sprang Marrill mit geballten Fäusten auf: »Nein!«, brüllte sie. »Das stimmt nicht! Der Piratenstrom *muss* nicht enden. Es gibt auch andere Möglichkeiten!«

Die Verlorene Sonne neigte den Kopf zur Seite und

sah sie an. Trotz der Entfernung konnte Fin sehen, wie die Energie des Schwarzen Sterns unter seiner Haut pulsierte und durch winzig kleine, fast unsichtbare Risse nach außen drang. Als ob sein menschlicher Körper es einfach nicht schaffte, all diese Energie bei sich zu behalten.

»**Es muss genau so enden**«, erwiderte die Verlorene Sonne. »**Das Chaos des Stroms sehnt sich nach meinem Licht, das ihm Form und Gestalt gibt, das ihm Sicherheit verleiht. Ich werde zu seinen reinsten Wassern hingezogen, den letzten hochkonzentrierten Überresten roher, ungebundener Möglichkeiten. Sie fordern mich auf, dieses irdische Gefäß zu verlassen, mein Licht in sie zu verströmen und dadurch alle bestehenden Möglichkeiten gleichzeitig zu berühren ... und zu beenden. Es gibt keinen anderen Weg. Das ist das Schicksal. Unumstößlich.**«

»Genug!«, rief Ardent. Seine Miene war immer düsterer geworden, hart und abweisend wie ein verwitterter Fels. Schlagartig wurde es kälter, und Fin bekam eine Gänsehaut nach der anderen. Funkensprühende Energiestöße hüpften über Ardents Fingerknöchel. »Es steht dir nicht zu, den Piratenstrom zu zerstören«, knurrte er. »Und wenn du es dennoch versuchen willst, dann musst du dazu erst mich überwinden.«

Die Verlorene Sonne sah ihn nicht an und sagte kein Wort. Sie machte lediglich eine sanfte Handbewegung, wie eine Katze, die vorsichtig ein Blatt Papier betastet.

Die Wirkung war jedoch gewaltig. Ardent wurde von

den Füßen gerissen und quer durch den Saal geschleudert. Er prallte mit solcher Wucht gegen die hintere Wand, dass die dicken Steine einen Knacks bekamen. Benommen sank er zu Boden und rollte sich stöhnend herum.

»Ardent!« Marrills Schrei schien aus weiter Ferne zu kommen. Fin stand wie gelähmt da und war immer noch damit beschäftigt, das Geschehene irgendwie zu verarbeiten, während sie bereits zu dem gestürzten Zauberer lief.

»Eigentlich hätte ihn das vernichten müssen«, sagte die Verlorene Sonne nachdenklich. **»Euer Freund ist wahrhaftig mächtig. Vielleicht wäre er ja ein besseres Gefäß gewesen als dieses hier …«** Er blickte auf Serths Porzellanhände hinab. **»Aber das alles spielt nun keine Rolle mehr, da ich diesen Körper schon bald verlassen werde.«**

Fin hörte ihn kaum. Irgendwie fühlte sich das alles falsch und hohl an. Vor seinem geistigen Auge lief immer und immer wieder derselbe Film ab: der Augenblick, als das Blut über die Finger der Speerspitze geflossen war. Wie sie sich nach ihrem Sturz an Fin geklammert hatte. Der Klang ihrer Stimme – so vertraut und gleichzeitig so fremd.

Ihr lebloser Körper in seinen Armen, nachdem sie gestorben war.

In einer kleinen, verletzten Nische seines Herzens erwachte die Frage, ob die Verlorene Sonne womöglich recht hatte. Das Ende von allem bedeutete auch das Ende aller Schmerzen, allen Kummers und all des Leides, das die Leute tagtäglich erdulden mussten. Es bedeutete, dass niemand seine Mutter sterben sehen musste und dass kein Schemen in einem Zwinger leben musste oder ständig zu hören bekam, dass er ein Niemand war.

Die Verlorene Sonne ließ den Blick über die Empore schweifen. Dort, wo die Geburt der Prophezeiung zu sehen war, verharrte sie. Schwarze Tränen kullerten aus Serths Augen, während er die in seinem Geist gespeicherten Bilder wiedergab. Annalessas Echo versuchte, ihn zu trösten, trotz seines zu Eis erstarrten Mantels.

»Die Verlorene Sonne von Dzannin wird wieder entdeckt werden …«, murmelte Serth und klammerte sich an Annalessa.

»Die Dzane glaubten, sie könnten die Gewissheit in einem Gefängnis der endlosen Möglichkeiten festhalten«, sagte die Verlorene Sonne durch Serths Mund. **»Doch in der Fülle der endlosen Möglichkeiten muss es auch die Möglichkeit des Endes geben.«**

»Hilf mir doch, ihm zu helfen!«, flehte die junge Annalessa den jungen Ardent an.

»Ich schreibe ja, so schnell ich kann!«, zischte Ardents Echo zurück.

»Es zählt doch nicht, was er sagt! Er benötigt unsere Hilfe«, beharrte sie.

Der Schatten des jungen Ardent sah sie nicht einmal an. »Das, was er sagt, ist das *Einzige*, was zählt.«

»Und wie es am Anfang war …«

Die Verlorene Sonne streckte Serths Hand nach seinem früheren Ich aus, und mit dem Hauch einer Berührung war das Echo verschwunden.

»… so wird es enden«, beendete die Verlorene Sonne ihren Satz. Jetzt endlich stand sie direkt vor dem Bassin von Meres. Der Schimmer des reinsten Stromwassers fiel auf ihr Gesicht und brachte die schwarzen Furchen, die sich tief in ihre Haut eingegraben hatten, besonders deutlich zum Vorschein. Ihre leeren Augen wurden groß und erwartungsvoll. Sie hob den gestreckten Arm über das Becken.

Fin unterdrückte seinen Schmerz und seine ganze Verzweiflung. Er drehte sich zu Marrill um, die Ardent sanft in den Arm genommen hatte. Wenn die Verlorene Sonne alles zerstörte, dann würde auch sie nie wieder Schmerz empfinden.

Aber sie würde auch nie wieder lächeln. Das Ende des Leidens bedeutete gleichzeitig das Ende des Glücks. Eine Welt ohne Furcht war eine Welt ohne Lachen. Eine Welt ohne Tränen war eine Welt ohne Freunde.

Fin schüttelte den Kopf und durchbrach die Lähmung, die ihn erfasst hatte. Er musste etwas unternehmen. Er musste die Verlorene Sonne aufhalten. Aber wie? Ihm blieb keine Zeit mehr.

Serths erhobene Hand begann zu leuchten. Erste Risse taten sich darin auf, während die Verlorene Sonne ihre Energie bündelte. Der ganze Saal brummte vor

Energie. Licht sammelte sich rund um seine Fingerspitzen, machte sich bereit, jederzeit loszusprudeln. **»Sogar jetzt noch rufen sie mich«**, dröhnte die Verlorene Sonne. **»Die reinen Wasser des Stroms ... ihr Chaos fleht um Ordnung – sie ziehen mich an!«**

Aus irgendeinem Grund machte dieser Begriff Fin stutzig. *Die reinen Wasser.* Wieder und wieder verwendete die Verlorene Sonne diesen Ausdruck, darum hatte er sich in Fins Kopf festgesetzt. *Die reinen Wasser des Piratenstroms. Sie rufen mich ... sie ziehen mich an.* Aber er hatte diese Worte noch in einem anderen Zusammenhang gehört, vor nicht allzu langer Zeit.

Urplötzlich riss Fin die Augen auf, als ihm nämlich die Zeilen aus dem Testament des Zauberers der Morgendämmerung einfielen, die Karnelius zitiert hatte:

Dem Salz-und-Sandkönig hinterlasse ich
einen unerfüllten Wunsch, ein ungestilltes Sehnen,
eine führerlose Armee ...

»... und eine goldene Kugel«, fuhr Fin fort, »gefüllt mit Wassern so klar und rein wie das Quellwasser des Piratenstroms!« Hastig klopfte er seine Jackentaschen ab, wurde immer panischer, bis er endlich den Wunsch in der Hand hielt.

Die Hand der Verlorenen Sonne war jetzt hell wie weißglühendes Metall, und das grelle Licht vertrieb die Schatten von Meres. Alle Kraft schien aus Serths Körper zu weichen und sich voll und ganz in seiner Hand zu konzentrieren.

Draußen heulte der Wind, und das Nichts griff wie ein Fieber um sich, während die Verlorene Sonne die letzten Augenblicke ihres Triumphes in vollen Zügen auskostete. Das Ende war gekommen.

Jetzt oder nie.

Fin sprang auf und reckte die Kugel so hoch wie möglich in die Luft. Sein Herz klopfte wie verrückt. Er hatte keine Ahnung, ob das, was er vorhatte, unglaublich brillant oder unglaublich dämlich war.

Falls das Letztere der Fall war, dann würde er wenigstens nicht mehr so lange leben, dass er es bereuen konnte.

»He, du Sonnenschein«, rief er. »Fang!«

Und dann schleuderte er die Wunschkugel mit voller Wucht dem Porzellangesicht der Verlorenen Sonne entgegen.

Die Energie, die sich in Serths Körper aufgestaut hatte, hatte sich bereits in Bewegung gesetzt und floss auf das Bassin von Meres zu. Aber ein letzter Rest von Menschlichkeit steckte noch in ihm, und dieser Rest reagierte mit einem Reflex. Bevor die Kugel ihr Ziel erreicht hatte, fing die Verlorene Sonne sie mit der erhobenen Hand auf.

Dann begann sie zu beben und zu zittern. Das grelle Licht wurde von den reinen Wassern der Wunschkugel aufgesaugt und erlosch. Die Essenz der Verlorenen

Sonne verließ zwar Serths Körper, aber sie kam nie im Bassin von Meres an. Die Wunschkugel saugte gierig jedes Fitzelchen davon auf.

Serths Körper krümmte sich zusammen, als die Energie aus ihm entwich. Das Silber im schwarzen Mantel des Zauberers verblasste. Seine in Stein gemeißelten Gesichtszüge wurden wieder zu bleichem Fleisch, als der Stern der Zerstörung ihn verließ.

»Dieses Gefängnis … wird mich nicht festhalten …« Die Stimme der Verlorenen Sonne war nur noch ein heiseres Räuspern, das genau wie ihre Energie schwächer und schwächer wurde. **»Es kann mich nicht zügeln …«**

Serths Körper fiel auf die Knie. Grell lag der Wunsch in seiner emporgereckten Hand, und es sah fast so aus, als würde einzig die Kugel dafür sorgen, dass er nicht umkippte.

»Das Ende … wird nur … hinausgezögert«, keuchte die Verlorene Sonne. **»Ich werde … bald … wieder … frei sein.«**

Die letzten Lichtpunkte auf seinen Lippen, in seinen Augen erloschen. Dann fiel der Körper, der einst die Verlorene Sonne von Dzannin beherbergt hatte, den Stern der Zerstörung, die mächtigste Schöpfung der Dzane, kraftlos nach vorne und landete auf seinem Gesicht.

Kapitel 30

Rose, Kompass, Kompassrose

Marrill starrte den leblos daliegenden Körper an. »Hast du gerade …?« Sie versuchte, ihre Gedanken zu entwirren. »War das etwa …?«

Behutsam ließ sie den bewusstlosen Ardent zu Boden sinken und kam auf die Füße. Zusammen mit Fin trat sie an den Rand des Bassins, neben den Toten. Draußen verstummte das Heulen des Nichts. Die Risse in den Wänden wuchsen nicht mehr weiter. Die allumfassende *Nichtigkeit*, die im Inneren des Saals geherrscht hatte, löste sich auf und wurde schlicht zu Luft.

Marrill schüttelte ungläubig den Kopf. »Haben wir geraden den Piratenstrom gerettet?«

Fin meinte achselzuckend: »Ja?«

In Marrills Kehle sammelten sich ein paar übermütige Kicherlaute und schwebten dann über ihre Lippen nach draußen. Es war ein irres Gefühl, nach allem, was sie gerade durchgemacht hatten. »Wir haben gewonnen!«, sagte sie und ließ der Freude und der Erleichterung, die von ihr Besitz ergreifen wollten, freien Lauf. »Wir haben den Strom gerettet!«

Sie nahmen einander an den Armen und hüpften begeistert auf und ab.

»Wieder mal«, ergänzte Fin.

Marrill stieß ein helles Lachen aus. »*Wieder mal*«, wiederholte sie. Doch dann fiel ihr Ardent ein, und ihre Jubelstimmung wurde ein wenig getrübt. Der Zauberer konnte zwar unglaublich viel verkraften, aber die Verlorene Sonne hatte ihn mit voller Wucht erwischt. »Am besten bringen wir Ardent möglichst schnell zur *Krake* zurück«, sagte sie.

»Oh«, erwiderte Fin und streckte den Zeigefinger aus. Ardent lag nicht länger als regungsloser Haufen vor der Wand. Er war aufgestanden und zum Mittelpunkt des Saals gegangen. Dort stand er jetzt, ohne ein Wort zu sagen, und starrte das Eingangsportal an.

Im Gleichschritt hasteten sie zu ihm. »Ardent?«, sprach Marrill ihn an. »Ardent, ist alles in Ordnung?« Sie beugte sich nach vorne und versuchte, ihm in die Augen zu sehen. »Du hast vielleicht eine Gehirnerschütterung«, fuhr sie fort.

»Nein«, erwiderte der Alte. »Nein, Marrill, es geht mir gut.«

Sie stieß einen erleichterten Seufzer aus. »Also, wenn das so ist ... du hast gerade *echt* was verpasst! Das Ende der Welt war praktisch so gut wie sicher, und die Verlorene Sonne hat die ganze Zeit WUUMM-tschaka-

WUUMM-tschaka-WUUMM gemacht.« Sie streckte die Hand aus und ahmte die Laute der Verlorenen Sonne nach, wie sie ihre Energie gebündelt hatte, um sie in das Bassin zu ergießen. »Und dann hat Fin gesagt ›Fang!‹ und dann …«

Doch Ardent schien gar nicht zuzuhören. Er sah sie nicht einmal an, sondern starrte ununterbrochen zum Portal. »Annalessa«, stieß er hervor.

Marrill drehte sich ruckartig um. Am hinteren Ende betrat eine Gestalt die Kammer – Annalessa. Sie sah genauso aus wie in Monerva: lange schwarze Haare, eleganter Mantel, leicht vorstehende Wangenknochen.

Marrills Herz machte einen Freudensprung. Sie hatten sie gefunden! »Annalessa!«

Doch Annalessa schien sie gar nicht zu hören. Sie wirkte irgendwie gehetzt, beinahe panisch, als hätte sie es furchtbar eilig. Mit schnellen Schritten durchquerte sie den Saal. Ganz so, als würde sie die anderen gar nicht bemerken.

Und mit einem Mal war Marrill auch klar, wieso. »Sie ist ein Echo«, sagte sie laut.

Alle anderen Echos waren verschwunden, waren verbrannt im Licht der Verlorenen Sonne. Doch Annalessa war hier, so deutlich, als sei sie leibhaftig bei ihnen.

»Es muss jemand hier sein, der sich an diese Szene erinnert«, sagte Marrill und dachte zurück an das, was Ardent ihr bei ihrer Ankunft erzählt hatte. »Heißt das denn, dass Annalessa tatsächlich *in echt* hier ist?«

Ardent nickte knapp, ohne den Blick von Annalessa zu nehmen, die jetzt die Empore erklomm und sich hinter das Bassin von Meres stellte.

»Ich weiß, dass du hier bist«, flüsterte sie. Ihr Blick schweifte suchend durch die Kammer. Sie hob das Kinn. »Nichts kann mich von meinem Vorhaben abbringen.«

Marrill stockte der Atem. Ihre Stimme klang so ernst. Aber außer ihr war niemand im Raum. Wer konnte mit diesen Worten gemeint sein?

Jetzt stellte Ardent sich an den Fuß der Empore, direkt vor Annalessas Echo, so, als würde sie mit ihm sprechen, als würde sie ihn sehen. Der Schmerz, der überdeutlich auf seinem Gesicht abzulesen war, trieb Marrill die Tränen in die Augen.

Vielleicht, dachte sie, war das ja eine Botschaft für Ardent. Vielleicht hatte Annalessa gewusst, dass er eines Tages hierherkommen und beobachten würde, was sie vorhatte. Vielleicht war das ihr Versuch, sich selbst und ihn in derselben Zeit am selben Ort zusammenzubringen und zu ihm zu sprechen, obwohl sie nicht in Fleisch und Blut hier sein konnte.

»Marrill«, zischte Fin ihr zu und zeigte auf das Eingangsportal.

Die Gestalt, die dort aufgetaucht war, ließ Marrills Theorie augenblicklich zu Staub zerfallen: groß, ausdruckslos und von Kopf bis Fuß in kaltes Eisen gehüllt. In einer Hand hielt sie einen leeren Käfig.

Der Kapitän des Eisernen Schiffes.

Panik ergriff von Marrill Besitz. Sie taumelte rückwärts, versuchte, so viel wie möglich Abstand zwischen sich und die furchtbare Gestalt zu bringen. Fin hielt sie fest. »Der ist nicht echt«, murmelte er ihr zu. »Das ist auch bloß ein Echo.«

Marrill schluckte und nickte. Jetzt sah sie es auch: Der schimmernde Lichthof, der den Kapitän umgab, der Zeitabstand, der seinen Körper irgendwie unwirklich erscheinen ließ. Sie war froh, dass Ardent unrecht gehabt hatte, dass der Kapitän nicht zu der allerletzten Konfrontation mit der Verlorenen Sonne erschienen war. Aber was wollte sein Echo hier, bei Annalessa?

»Wir haben uns getäuscht«, sagte Annalessa zum Kapitän. Ihre Stimme klang hohl, verzerrt und sehr entfernt. »Wir hätten uns damals noch viel mehr anstrengen müssen, um Serth aufzuhalten. Du kannst sagen, was du willst, aber wenn wir ehrlich sind, dann haben wir es überhaupt nicht versucht. Die Zauberer von Meres strebten nach der Macht der Dzane. Der Macht der Schöpfung. Und nun sieh, was wir stattdessen bekommen haben: Zerstörung. Wir sind für alles das hier genauso verantwortlich wie er, und das weißt du genau.«

Marrill schluckte. Dann stimmte es also. Ganz egal, was ihn zu dem gemacht hatte, der er heute war – eine Zeitreise, ein Pakt des Bösen, ein verunglückter Zauber –, der Kapitän des Eisernen Schiffes war einst auch ein Zauberer von Meres gewesen.

Sie fuhr sich mit den Fingern durch die Haare und versuchte, sich auf alles das einen Reim zu machen. »Letztendlich landen wir immer wieder beim Kapitän des Eisernen Schiffes«, flüsterte sie. »Er war dabei, als Serth an Bord des *Schwarzen Drachen* das Tor geöffnet hat. Und er war es auch, der uns durch den Strudel nach Monerva getrieben hat.«

»Er hat auch die Wunschkugel am Siphon mit Wasser gefüllt«, ergänzte Fin.

Und natürlich war es der Kapitän gewesen, der die Verlorene Sonne in Margahams Spiel befreit hatte. Und jetzt war er schon wieder hier – na ja, nicht jetzt, sondern eben als Echo – und zwar zusammen mit Annalessa. Marrill schüttelte den Kopf.

Warum? Was *wollte* er denn bloß?

Während sie noch überlegte, schritt das Echo des Kapitäns bis in die Mitte des Saals.

Annalessas Echo hielt inne. »Du kannst mich nicht aufhalten«, sagte sie. »Und das *weißt* du auch.« Sie griff in die Innentasche ihres Mantels und holte einen Steingutbecher hervor. Es war, wie Marrill erkannte, eine perfekte Nachbildung jenes Bechers, aus dem Serth vor langer Zeit getrunken hatte.

»Ich habe das Original angefertigt, weißt du noch?«, sagte Annalessa mit einem halbherzigen Lachen. »Hast du etwa geglaubt, ich könnte keinen zweiten machen?« Den Becher fest in der Hand, so schritt sie auf das Bassin zu.

Ardent, der bis zu diesem Augenblick stumm und starr zugesehen hatte, erwachte aus seiner Trance. »Oh, Anna, nein!« Sein Schrei schien alle Wärme aus dem Saal zu vertreiben. Marrill taumelte rückwärts und zitterte plötzlich vor Kälte. Die Gefühle des Zauberers waren völlig außer Kontrolle und ergossen sich in die Welt, die ihn umgab.

Aber Annalessa konnte ihn nicht gehört haben – sie war ja nur eine Erinnerung an ein längst vergangenes Ereignis. Trotzdem hob sie den Kopf. Tränen schimmerten in ihren Augen.

Ardent machte einen Schritt auf die Empore zu. »Anna, bitte«, flehte er.

Doch Annalessa war gefangen in einer anderen Zeit. Sie konnte ihn nicht hören. Stattdessen holte sie noch etwas aus ihrem Mantel. Es handelte sich um ein ziemlich eigenartiges Ding. Marrill fand, es sah aus wie eine Kreuzung aus einem Löffel und einem Krug, jedenfalls war es am einen Ende abgerundet, wie eine flache Schale vielleicht, und lief am anderen Ende spitz zu. Annalessa balancierte das Ding jetzt auf ihrer Hand, und es fing an, sich ganz von alleine zu drehen und hin und her zu schaukeln. Erst zeigte es zur einen Seite, dann zur anderen, dann wieder zurück, bis es schließlich zur Ruhe kam. Die Spitze war jetzt genau auf das vor ihr liegende Bassin gerichtet.

Ardent hielt den Atem an. »Der Magnetstein … das ist die Kompassrose!«

Marrill war verwirrt. *Das* war doch nicht die Kompassrose. Rose, der hingekritzelte Vogel, sie war doch der Kompass.

Die Echo-Annalessa ließ den Magnetstein in den Steingutbecher fallen.

Ardent schien zu begreifen, was hier vor sich ging, ganz im Gegensatz zu Marrill. »Nein, Annalessa!«, keuchte er, sprang mit einem Satz auf die Empore und rannte zu ihr, bis seine Nasenspitze nur wenige Zentimeter von ihrer entfernt war. »Nein!«

Sein Schmerz und seine Panik waren so gewaltig, dass sie als sicht- und spürbare Energiestöße durch den Saal jagten. Marrill und Fin mussten sich wegducken, sonst hätten sie sich womöglich verbrannt.

»Ardent, beruhige dich wieder!«, rief Marrill. Doch falls der Zauberer sie überhaupt hörte, ließ er sich nichts anmerken. Genau wie Annalessa keinerlei Anzeichen offenbarte, dass sie *ihn* hören konnte.

Annalessa lächelte, während ihr eine Träne über die Wange kullerte. »Dies tue ich, um uns alle zu retten.« Sie tauchte den Becher in das Bassin. Fin und Marrill hielten den Atem an, als ihre Haut das Stromwasser berührte. »Seht, dass die Wasser mir nichts anhaben können«, sagte sie feierlich.

Genau diese Worte hatte Marrill schon einmal gehört, aus Serths Mund, unmittelbar, bevor er aus genau diesem Becher getrunken hatte. Das ungute Gefühl in ihrer Magengegend verwandelte sich in schreckliche Angst.

Annalessa holte tief Luft. »Meine Liebe zu dir, Ardent, ist so groß und tief und wild wie der Strom.« Sie hob den Becher an ihre Lippen und trank.

»Anna!« Ardent streckte die Hand nach ihr aus, aber seine Finger fanden nur Echos und Schatten.

Marrill drückte ihr Gesicht an Fins Schulter. Sie konnte nicht mitansehen, welchen Albtraum der Strom sich für ihre Freundin ausgedacht hatte. Allerdings … mit einem Auge spähte sie trotzdem noch nach draußen, weil sie es eben auch nicht über sich brachte, *nicht* hinzusehen.

Annalessas Schatten flackerte, bis er kaum mehr zu erkennen war. Dann erwachte er zu neuem Leben, so kraftvoll, dass sie beinahe wirklich aussah. Sie riss die Augen weit auf. »Ich kann nicht …« Sie ließ den Becher sinken und taumelte rückwärts, sank auf die Knie. »Was habe ich …«

Ardent lief zu ihr, um sie aufzufangen, doch seine Hände glitten einfach durch sie hindurch, während sie zusammenbrach. Annalessas Echo schüttelte verzweifelt den Kopf. Ihr langes schwarzes Haar wirbelte wild durch die Luft. Die Strähnen schienen immer dicker und länger zu werden.

»Ardent!«, rief sie. Es klang erstickt, fast wie ein Krächzen.

Das Echo verblasste – oder war es Annalessa selbst, die verblasst war? Jedenfalls wich sämtliche Farbe aus ihr, so dass nur schwarze Striche zu sehen waren, wie bei einer zum Leben erwachten Zeichnung. Dann verformten sich auch die Striche. Ihr ganzer Körper schien sich aufzulösen, so dass nur Kritzeleien übrig blieben. Aber die Kritzeleien ordneten sich neu und formten sich zu Flügeln, die sich ausbreiteten und dann wie wild anfingen zu schlagen.

Und im nächsten Augenblick schwang sich ein vertrauter Vogel in die Luft, drehte eine Runde durch den Saal und landete auf der Kante des Bassins.

Das war Rose.

Vielmehr ihr Echo.

Marrill schnappte nach Luft und wusste nicht, ob sie ihren Augen trauen konnte. »Ich … sie …« Sie schüttelte den Kopf. »Aus Annalessa … ist Rose geworden?«

Fin stand neben ihr und war offensichtlich genauso verblüfft wie sie. »Also, die Rose, die uns damals, als wir uns kennengelernt haben, zu den Teilen der Überallkarte geführt hat … das war Annalessa?«

Marrill runzelte die Stirn und versuchte zu begreifen, was da geschehen war. »Sie hat mich doch auch zum Piratenstrom geholt … und hat uns damals in Khaznot Quay zusammengeführt.« Ihre Gedanken schlugen Purzelbäume. Annalessa war also von Anfang an bei ihnen gewesen, war auf geheimnisvolle Weise mit der Überallkarte verbunden gewesen.

»Ardent?« Sie hoffte, dass er ihr helfen würde, das alles zu verstehen. Aber Ardent würdigte sie keines Blickes. Sein Blick war starr auf den Vogel gerichtet, und seine Lippen verzogen sich zu einem höhnischen Grinsen. »Ardent!«, versuchte sie es noch einmal.

Ohne sie eines Blickes zu würdigen, ballte der Zauberer die Faust. Die Worte blieben ihr in der Kehle stecken und drohten sie zu ersticken. Sie rang um Atem, Tränen der Panik schossen ihr in die Augen.

Im nächsten Augenblick war Fin an ihrer Seite. »Ardent, was ist los mit dir? Lass sie sofort in Ruhe!« Erneut ballte Ardent die Finger zusammen, und auch Fins Stimme erstarb. Einen Herzschlag lang war nur ersticktes Röcheln zu hören. Die Enge in Marrills Brust wurde beinahe schmerzhaft. Dann lockerte der Zauberer seine Finger, Marrill musste husten und bekam wieder Luft. Keuchend sank sie auf die Knie.

Sie hätte Fin gerne gesagt, dass alles in Ordnung war, aber sie brachte vor Angst keinen Ton heraus. Sie wollte den Zorn des Zauberers auf keinen Fall noch einmal zu spüren bekommen.

Sie blickte zu Ardent hinüber und kam sich irgendwie verraten vor. Es war ein Gefühl wie ein Messerstich. *Ardent, der Kalte*, dachte sie. Also das war damit gemeint. So war er also gewesen, bevor Annalessa verschwunden war. Als er noch ein Zauberer von Meres gewesen war, Serths rechte Hand, Helfer und Unterstützer bei der Zeremonie, die zur meressianischen Prophezeiung geführt hatte. All die Gerüchte, die sie über ihn gehört hatte – über seine Selbstsucht und seinen Starrsinn –, gingen ihr durch den Kopf. Sie hatte das alles nicht glauben wollen, aber es war eben trotzdem wahr.

Eine furchtbare Erkenntnis überkam sie: Verleugnung ändert nichts an der Realität. Nur weil sie wollte, dass etwas Bestimmtes wahr war, war es noch lange nicht so. Marrill musste der Wahrheit ins Auge sehen: Ardent war nicht der, für den sie ihn hielt, auch wenn sie sich das noch so sehr wünschte.

Kapitel 31

Der Mann in Eisen

Fin sank neben Marrill in die Knie und legte ihr den Arm um die bebenden Schultern. Tränen standen ihr in den Augen. Fin war außer sich vor Wut. Niemand durfte seine beste Freundin so behandeln, auch nicht ein jahrhundertealter, mächtiger Zauberer. Er stand auf und wollte Ardent zur Rede stellen.

Aber Marrill griff nach seiner Hand und zog ihn wieder zu sich. »Nein, Fin«, flüsterte sie. »Er ist nicht bei Sinnen.«

Fin konnte es nicht glauben, dass sie ihn auch noch in Schutz nahm, nach allem, was er getan hatte. »Marrill, soll das ein Witz sein? Er hat gerade eben …«

»Ich habe Angst, dass er dich umbringt«, fauchte sie ihn an.

Ohne sie zu beachten, streckte Ardent seine zitternden Finger nach Roses Echo aus, folgte den Umrissen ihrer gefiederten Gestalt. »Das ist alles meine Schuld«, flüsterte er leise. »Ich habe sie im Stich gelassen.« Er schlug die Hände vors Gesicht, während seine Schultern bebten. »Oh, Annalessa, meine Liebe. Wie konntest du nur so etwas schrecklich Dummes tun?«

Rose erhob sich in die Luft und drehte zwei Runden durch den Saal. Und jetzt – zum ersten Mal seit seinem Eintreten – rührte sich auch das Echo des Kapitäns des Eisernen Schiffes von der Stelle. Mit einem großen Satz wollte er den Kritzelvogel einfangen, doch Rose entkam seinen Metallfingern, wenn auch nur knapp. Dann flog sie mit kräftigem Tintenflügelschlag nach draußen.

Das Echo des Kapitäns sah ihr nach. Und falls er dabei überhaupt etwas empfunden hatte, dann blieben seine Gefühle, wie immer, tief unter seiner eisernen Hülle verborgen.

Jetzt wurde Fin auch klar, wozu er den Käfig mitgebracht hatte. Der war für Rose gedacht gewesen. Er hatte sie einfangen wollen, so wie bei Margahams Spiel. Der Unterschied war, dass er damals genau den richtigen Zeitpunkt erwischt hatte, als sei ihm schon vorher klar gewesen, wann Rose zur Tür fliegen würde. Aber dieses Mal war sie ihm entwischt.

Fin schüttelte den Kopf. Wenn der Kapitän Rose schon damals, bei ihrer Verwandlung, gefangen genommen hätte, noch bevor sie zur *Krake* gekommen war … dann hätte Fin Marrill niemals kennengelernt. Sie hätten die Überallkarte nie zusammengesetzt oder Serth davon abgehalten, an Bord des *Schwarzen Drachen* das Tor zu öffnen. Das Ende des Piratenstroms wäre besiegelt gewesen, und niemand hätte etwas dagegen tun können. Er schauderte bei dem Gedanken.

»Hier hat er sie also verpasst«, sagte Marrill, deren Gedanken offensichtlich eine ganz ähnliche Spur verfolgten wie Fins. »Ob er alles andere – dass er den *Schwarzen Drachen* versenkt, die Wunschmaschine gestartet, die Verlorene Sonne befreit hat – auch nur gemacht hat, um sie einzufangen?«

Fin schüttelte den Kopf. Er wusste mittlerweile überhaupt nicht mehr, was er noch glauben oder denken sollte. Nur eines war sonnenklar: Der Kapitän des Eisernen Schiffes war bei jedem einzelnen Schritt beteiligt gewesen. Selbst die Sturmflut, durch die Marrill überhaupt an den Strom gekommen war, war sein Werk gewesen.

»Er hat das alles genau geplant«, lautete seine Schlussfolgerung. »Jede Einzelheit. Von Anfang an.«

Sie wussten eben nur nicht, warum.

Ardent, der immer noch am Fuß der Empore kniete, nahm die Hände vom Gesicht und stand auf. »Ich hätte es erkennen müssen«, flüsterte er. »Ich hätte sie aufhalten müssen.« Er drehte sich um und sah Fin und Marrill an. Vor ihnen stand ein durch und durch gebrochener Mann.

In ihrem Rücken hörten sie Eisen klirren. Fin wirbelte herum und sah das Echo des Kapitäns immer noch an Ort und Stelle stehen, den Käfig in der Hand. Allerdings … einen Unterschied gab es. Der Käfig wackelte, und darin flatterte ein schwarzes Gekritzel aufgeregt hin und her.

»Das ist kein Echo«, stieß Marrill atemlos hervor.

»Das ist der echte Kapitän!«, rief Fin und wandte sich Ardent zu. Er wusste zwar nicht, ob er dem Zauberer sein herzloses Verhalten von gerade eben verzeihen konnte, aber vorerst mussten sie sich mit anderen Problemen herumschlagen. »Okay, Ardent«, sagte er. »Wir müssen von hier verschwinden.«

Allerdings rührte Ardent sich nicht vom Fleck. Keine Blitze zuckten über seine Fingerknöchel. Er wirkte alles andere als kampfbereit, ja, er schien nicht einmal daran zu denken, sich zu wehren. Stattdessen starrte er ohne jede Regung den Kapitän an, und dieser ihn.

»Da wären wir also wieder«, sagte Ardent nach einem langen, langen Schweigen. »Dort, wo alles angefangen hat.«

Der Kapitän nickte bedächtig.

Ardent zeigte auf den Käfig. »Du hast sie«, sagte er, und wieder nickte der Eisenschädel. »Ich muss sie retten«, fügte Ardent hinzu.

Der Kapitän des Eisernen Schiffes nickte noch einmal.

Fin fing einen Blick von Marrill auf. Er sah ihr deutlich an, dass sie etwas sagen, dass sie sich einschalten wollte, aber gleichzeitig Angst vor den Konsequenzen hatte. Fin konnte sie gut verstehen, denn ihm ging es genauso.

»Dieser Zauber ist zu mächtig«, murmelte Ardent. »Dagegen gibt es kein Mittel. Annalessa und die Überallkarte sind untrennbar miteinander verbunden ... aber ...« Er sprang vom Podest und landete wie eine Katze auf dem Boden. »Rettung *ist* möglich. Ich weiß es! Der Strom berührt ja nicht nur alle Orte, sondern auch alle Zeiten ...«

Voller Eifer ging er auf und ab und redete dabei ununterbrochen. Fin und Marrill mussten ständig in Bewegung bleiben, um ihm nicht in die Quere zu kommen. »Aber das weißt du ja, nicht wahr?«, sagte er dann zum Kapitän. »Du hast eine Möglichkeit gefunden, zu den allerersten Anfängen des Stroms zurückzureisen. Aber wie? Allein die Energie, die man dafür aufbringen müsste ...«

Der Kapitän bewegte sich. Langsam streckte er die Hand aus und drehte sie so, dass die Handfläche nach oben zeigte. Und dort, im Griff seiner spitzen Eisenklauen, abwechselnd hell und dunkel pulsierend wie ein Herz, lag die Wunschkugel.

Fins Magen krampfte sich zusammen. Er verfluchte sich selbst, weil er die Kugel nicht selbst geschnappt hatte, nachdem die Verlorene Sonne hineingesaugt worden war. Das neue Gefängnis der Verlorenen Sonne, der Schlüssel zur Zelle des Salz-und-Sandkönigs und die Barriere, die die Eiserne Flut zurückhielt, alles in einem. Jetzt lag das Schicksal des Stroms einzig und allein in der Hand des Kapitäns des Eisernen Schiffes.

Fin schob seine Hand in Marrills und wartete darauf, dass der Kapitän die Kräfte der Wunschkugel freisetzte. Doch die kalte Gestalt tat nichts dergleichen. Stattdessen streckte sie die Hand mit der Kugel Ardent entgegen, als wollte sie sie ihm geben. Einzelne schwarze Sprenkel hatten sich unter den goldenen Schimmer in ihrem Inneren gemischt.

Die beiden Zauberer standen einander von Angesicht zu Angesicht gegenüber, zwischen ihnen die leuchtende Kugel. Ardent blickte dem Kapitän starr ins Gesicht, als wollte er die Augen hinter der starren, grausamen Maske erforschen. Sie waren blau, so wie Ardents Augen auch.

Fin fragte sich, was aus solcher Nähe wohl darin zu sehen war. Ob noch ein Hauch von Menschlichkeit darin übrig war. Oder ob der Kapitän doch nur ein düsterer Geist des Stroms war, wie Ardent vor langer Zeit einmal gemutmaßt hatte.

»Ich weiß, wer du bist«, sagte Ardent schließlich. Er senkte den Blick auf die Wunschkugel, neigte den Kopf und sah zu, wie die schwarzen Sprenkel darin umherwirbelten. »Es ist nur ein schwaches Gefängnis«, sagte er nachdenklich. »Es wird die Verlorene Sonne nicht allzu lange festhalten können. So viel Macht, und doch nicht genug.«

Dann blickte er Rose in ihrem eisernen Käfig an. Sein Kinn zitterte, und er seufzte kopfschüttelnd. Mit einer fast behutsamen Bewegung nahm er die Kugel aus der

Hand des Kapitäns entgegen. Die Sprenkel fingen an zu kreisen und zogen dunkle Streifen in das goldene Leuchten. Ardent drehte sich langsam um, die Kugel vor sich in die Höhe gereckt, und starrte sie an, während die Wirbel in ihrem Inneren sich schneller und schneller drehten. Die dunklen Streifen wurden immer dicker und dunkler, bis Fin erkannte, dass sie keineswegs aus *Dunkelheit* bestanden.

Sondern aus Metall.

»Ich *werde* sie retten«, sagte Ardent sachlich. »Und wenn ich dazu den gesamten Strom vernichten muss.«

Und noch bevor Fin irgendetwas unternehmen konnte, fing die Kugel in Ardents Hand an zu schmelzen. Sprachlos vor tödlichem Entsetzen sah er zu, wie Gold und Eisen über die Finger des Zauberers flossen, sein Handgelenk umschlossen, seinen Arm in Besitz nahmen.

»Oh, nein«, keuchte Marrill. »Ardent, nein!«

Das flüssige Metall hüllte Ardent ein, verschlang ihn von Kopf bis Fuß und wurde dabei hart. Seine Finger verwandelten sich in Klauen mit scharfen Spitzen, so dass er nun in einer undurchdringlichen Rüstung steckte. Kalte Düsternis legte sich auf sein Gesicht und umschloss es mit einer Maske aus Gusseisen.

Fin taumelte zurück und zog Marrill mit sich. Er zitterte am ganzen Körper vor Fassungslosigkeit und Entsetzen. »Das kann nicht sein«, flüsterte er mit erstickter Stimme.

»Ardent!«, kreischte Marrill. Doch selbst wenn er sie hören konnte, es spielte keine Rolle mehr. Das Eisen hatte ihn eingehüllt und keine einzige Spur des Mannes zurückgelassen, den sie vorher noch gekannt hatten. Nichts, abgesehen von dem langen weißen Bart und den kalten blauen Augen.

Ardent war verschwunden, und an seiner Stelle stand jetzt eine wohlbekannte, ganz in Eisen gehüllte Gestalt vor ihnen.

Ardent war zum Kapitän des Eisernen Schiffes geworden.

»Das kann doch nicht wahr sein«, presste Fin hervor. Er suchte krampfhaft nach einer einigermaßen sinnvollen Erklärung für das, was da gerade geschehen war. Jetzt gab es jedenfalls zwei Kapitäne, die in jeder Hinsicht identisch waren. Sie hatten denselben wehenden Bart. Dieselben kalten Augen. Dieselbe Haltung. Der einzige Unterschied war der eiserne Käfig mit Rose, den der erste Kapitän in der Hand hielt.

Die Welt draußen vor den Fenstern schien ein lautes Heulen auszustoßen, so schrill und so dröhnend zugleich, dass Fin das Gefühl hatte, als würden sich spitze Fingernägel in seine Wirbelsäule bohren. Der neue Kapitän breitete die Arme aus und ließ rote Blitze aus seinen Fingerspitzen zucken. Die Wände des Saals, die schon durch die Verlorene Sonne rissig und schwach geworden waren, explodierten nach allen Seiten.

Marrill schrie laut und griff nach Fin, um ihn zur

Empore zu ziehen. Aber Fin schüttelte den Kopf und versuchte, die Verwirrung daraus zu vertreiben. Es musste doch einen Ausweg geben! Als die Decke brach und Steine und Geröll rings um sie zu Boden regneten, huschten sie an Serths leblosem Körper vorbei unter den schmalen Vorsprung, den der überstehende Beckenrand ihnen bot.

»Was ist denn jetzt los?«, brüllte Fin über das chaotische Getöse der Zerstörung hinweg.

Tränen des Entsetzens und des ungläubigen Staunens standen Marrill in den Augen. »Ardent hat die Wunschkugel benutzt«, presste sie mühsam hervor. »Er hat sich etwas gewünscht.«

Über ihnen im Bassin rauschte das Stromwasser. Draußen begleiteten glühende Asche und zuckende Blitze den endgültigen Zusammenbruch des Saals. Die Wände und die Decke stürzten ein, bis nur noch die Empore, das Bassin und ein kleines Stückchen des rissigen Fußbodens oben auf der Spitze des Turmes übrig geblieben waren.

Alles andere war vernichtet, nur der neue und der alte Kapitän standen Seite an Seite da und betrachteten ungerührt das Zerstörungswerk.

Fin ließ den Blick über das verheerende Trümmerfeld schweifen, das sie umgab. In der unter ihnen liegenden Schlucht tobte das Stromwasser als schäumender Strudel rund um den Turm. Wellen donnerten gegen die Klippen, während die Strömung sich immer wilder gebärdete – das war der Strudel von Monerva, der durch die Macht des Wunsches wiedergeboren worden war.

Im Süden hatte das Nichts ein Loch in der Wirklichkeit hinterlassen, das nun in einer dichten Nebelbank verschwunden war, die allem Anschein nach den Strom verschlingen wollte. Im Norden tobte ein Feuer in den Wäldern von Meres. Die Armee der Schwingen eilte zwischen den verbrannten und abgebrochenen Baumstümpfen hindurch auf die Felskante zu, wo eine Wolke aus glühenden Aschestückchen gerade die Umrisse eines Mannes zu formen begannen.

Der Salz-und-Sandkönig war zurückgekehrt, um seinen Platz an der Spitze seiner unbesiegbaren Armee einzunehmen.

Fin schauderte, aber noch bevor er das Ausmaß der ganzen Katastrophe auch nur einigermaßen erfasst hatte, bohrten sich Marrills Fingernägel in seinen Arm. Er konzentrierte sich wieder auf die unmittelbar vor ihnen liegende Gefahr.

Der neue Kapitän kam mit steifen Schritten näher, während sein Zwillingsbruder ihn ohne jede sichtbare Regung dabei beobachtete. Fin schob sich vor Marrill. Der Wind rüttelte mit kräftigen Böen an ihrem winzigen Standort auf der Turmspitze. Der Bart des neuen Kapitäns flatterte wie ein Windsack, als er einen Schritt über Serths leblosen Körper hinweg machte und sich ans Bassin stellte.

Marrill wich zurück und zog Fin mit sich, doch der neue Kapitän schien sich gar nicht für sie zu interessieren. Ohne sie eines Blickes zu würdigen, stieß er die Hand in das magische Wasser, aus dem der Piratenstrom gespeist wurde.

Seine Bewegung wirkte irgendwie gewaltsam – Fin fühlte sich unwillkürlich daran erinnert, wie Vell das Messer in den Rücken der Speerspitze gestoßen hatte, an die grauenhafte Brutalität und die schwer zu ertragende Endgültigkeit dieser Tat. Jetzt ertönte ein lautes Zischen aus dem steinernen Becken. Das Wasser, das ohnehin schon aufgewühlt gewesen war, fing an zu schäumen und zu blubbern. Ein schmutziger Film lag über den goldenen Luftblasen.

Fast gleichzeitig drang aus der Schlucht ein neues Geräusch nach oben. Das Dröhnen der Strom-Wasserfälle veränderte sich, als würde das Wasser plötzlich noch schneller fließen. Fin riskierte einen Blick über die abgebrochene Kante des Saalbodens hinunter zum Fuß des Turmes.

Und dann erstarrte er. Ein metallisches Glänzen zog sich durch die einst klaren Fälle, die das magische Wasser des Beckens hinaus in den Strom beförderten. Und weit unten in dem Strudel zeigten sich dunkle Streifen aus Metall.

Die Eiserne Flut hatte eingesetzt.

Die eingesperrte Rose krächzte und flatterte wie wild mit den Flügeln. Ihr Entführer warf seinem Zwillingsbruder einen Blick zu und wies dann mit der freien Hand auf den Strudel. Der neue Kapitän zeigte zwar keine Reaktion, trat aber von der Empore herunter und stellte sich an den Rand der Plattform.

Fin hielt Marrill fest umklammert. Er musste alle verfügbare Kraft aufbieten, damit sie nicht von dem immer stärker werdenden Sturm weggefegt wurden. Das Monster, das bis vor kurzem noch ihr Freund gewesen war, warf ihnen einen erneuten Blick zu. Aber falls irgendwo da drin noch ein Rest von Ardent übrig geblieben war, dann war er für Fin nicht zu erkennen.

Und dann, ohne jede Vorwarnung, machte der neue Kapitän einen Schritt über die Kante hinweg, fiel mitten hinein in den Strudel und war verschwunden.

»Ardent!«, kreischte Marrill. Tränen liefen ihr über beide Wangen.

Der zurückgebliebene Kapitän drehte sich zu ihnen um, blieb aber regungslos an seinem Platz stehen. Fin zwang sich, in seine stahlblauen Augen zu blicken. Er wusste ja jetzt, wem sie gehörten, auch wenn ihm vollkommen schleierhaft war, wie diese Zauberei funktionierte. Aber die beiden Kapitäne waren in Wirklichkeit ein und derselbe. Irgendwie war der Mann, der sie die ganze Zeit über so erbarmungslos bekämpft hatte, auch Ardent gewesen.

Nein, verbesserte er sich in Gedanken. In dieser Kreatur war absolut nichts von ihrem Freund mehr vorhanden. Ardent hatte recht gehabt: Der Kapitän des Eisernen Schiffes war tatsächlich nicht mehr als ein düsterer Geist des Stroms.

»Fin!« Marrill zeigte auf das Bassin. »Wir müssen verschwinden!«

Und tatsächlich, da krochen bereits die ersten Metallschlieren über den Rand des steinernen Beckens und über die Empore. Anscheinend breitete sich die Eiserne Flut nicht nur mit Hilfe der Wasserfälle aus. Wenn er und Marrill überhaupt noch Hoffnung auf ein Überleben haben wollten, dann mussten sie sich hier vom Acker machen, bevor der ganze Turm unter einer dicken Eisenschicht verschwand.

Und so, wie Fin das sah, gab es dafür nur eine einzige Möglichkeit. Er griff nach den Schnüren seiner Himmelssegel. Marrill sah das und riss die Augen weit auf. »Oh, nein«, sagte sie. »Zu zweit ganz über die Schlucht? Das schaffen wir niemals!«

Wahrscheinlich hatte sie sogar recht, aber Fin wollte lieber gar nicht darüber nachdenken. Schließlich hatten sie keine große Wahl. »Hast du eine bessere Idee? Ich gebe dir drei Sekunden«, erwiderte er.

Die Stirn in tiefe Falten gelegt, so sah Marrill zu, wie die Eiserne Flut sich immer weiter ausbreitete. »Äh …«

»Eins …«

Marrill biss sich auf die Unterlippe und drehte sich zum Kapitän um. Er neigte den Kopf zur Seite und wirkte fast ein bisschen neugierig.

»Zwei …«, zählte Fin. Er verdrängte den Kapitän

aus seinen Gedanken und machte sich zum Sprung bereit.

»Ach, was soll's!« Marrill hüpfte auf seinen Rücken und schlang ihm die Arme um den Hals.

»Alles klar.« Fin holte tief Luft. »Also dann, alles auf eine Karte!« Während Marrill sich an ihm festklammerte, rannte er los, so schnell er konnte, breitete die Arme aus und stieß sich von der Kante ab. Dabei hoffte er inständig, dass er nicht wie ein Stein zu Boden fiel oder vom Kapitän des Eisernen Schiffes in all seine Einzelteile zerlegt wurde.

Der gewaltige Strudel tief unter ihnen erzeugte jedenfalls so viel Aufwind, dass sie sofort anfingen zu schweben. Marrill stieß einen erleichterten Schrei aus, und auch Fin gestattete sich einen kurzen Augenblick der Freude.

Doch sie hielt nicht lange an, weil sie nämlich gleich wieder deutlich an Höhe verloren. Marrill hatte recht gehabt – sie würden es niemals schaffen! Fins Herz wummerte wie verrückt, und unter ihnen gähnte der Strudel wie der Schlund eines riesigen, hungrigen Tieres.

Da stieß irgendetwas mit ihnen zusammen, so dass sie ins Trudeln gerieten. Und dann ... stürzten sie in die Tiefe.

»Fin!«, kreischte Marrill. Sie konnte sich nicht mehr länger festhalten.

Finger schlossen sich um Fins Knöchel, und eine

Hand zerrte sie immer schneller und schneller dem endgültigen Verderben entgegen. Voller Todesangst blickte Fin nach unten, als sich eine zweite Hand um sein Bein legte. Das Blut gefror ihm in den Adern.

Das war Serth. Er lebte. Sie waren eindeutig und unwiderruflich verloren.

»*Hinauf*«, sagte Serth mit heiserer Stimme.

Und mit einem Mal wurden sie von einem Windstoß erfasst und aufwärtsgetragen. Eine starke Brise genau im richtigen Winkel sorgte für die notwendige Stabilität. Fins Himmelssegel füllten sich, und sie schwebten empor. Als sie am Rand des Strudels vorbeisegelten, stieß er einen lauten Freudenschrei aus.

Schon wenige Augenblicke später waren sie über den brennenden Wald hinweg und an den Streitkräften der Schwingen vorbei auf dem Weg zur Küste. Erleichtert stellte Fin fest, dass die *Krake* mit gelichtetem Anker auf sie wartete, den Bug bereits auf den offenen Strom gerichtet. Er flog einen Bogen und steuerte das Schiff an.

Eine elegante Landung war unter diesen Bedingungen sowieso nicht möglich, also purzelten sie in einem wilden Knäuel aus Armen und Beinen über das Deck, bis sie von der kleinen Treppe vor dem Achterdeck endgültig gebremst wurden. Remy starrte mit offenem Mund über das Geländer auf sie herab.

»Na, damit konnte man ja nun wirklich nicht rechnen«, sagte sie und starrte Serth an. »Was …?«

Fin klopfte sich den Staub von den Kleidern und half Marrill auf die Füße. »Jede Menge«, sagte er. Dann drehte er sich zu Serth um. Gleich würde das meressianische Orakel sich vom Retter zur Bedrohung wandeln. Doch der Zauberer lag jetzt wieder vollkommen leblos vor ihm. Die Kräfte, die er benutzt hatte, um ihnen das Leben zu retten, schienen jedenfalls von ihm gewichen zu sein. Also war er vorerst auch keine Gefahr.

»Ich wiederhole«, sagte Remy. »Was ...?«

Fin sah Marrill an, aber sie schüttelte nur den Kopf, als seien ihr die Worte ausgegangen. Er blickte zurück zum Ufer und sah Fig am Heck der *Krake* stehen. Sie hatte die Finger um die Flüsterlianen geschlungen und sah einsam und verloren aus. Hinter ihr stiegen Rauchwolken zum Himmel. In der Ferne hörte man leise das Grollen des Strudels, der die Eiserne Flut in den Strom entließ, um ihn zu vernichten.

Fin sah Remy an. Sie hatte erst vor kurzem geweint. Vielleicht musste er der Babysitterin noch nicht gleich verraten, wie verzweifelt ihre Lage tatsächlich war.

Er hob die Arme zu einem halbherzigen Achselzucken. »Auftrag ausgeführt?«

Epilog

Marrill lehnte an der Heckreling und betrachtete die Katastrophe, die sich hinter ihnen abspielte, während die *Krake* an den Felsen von Meres vorbei und dem offenen Strom entgegenglitt. Mit einem tiefen Seufzer schloss sie Karnelius noch fester in die Arme und kraulte ihm das weiche, zerzauste Bauchfell. Das war das Einzige, was sie ein wenig trösten konnte. Die Flüsterlianen nahmen sein zufriedenes Schnurren auf und gaben es als Echo wieder.

Aber wenigstens gab es da hinten überhaupt noch etwas, was man betrachten konnte. Sie waren hierhergekommen, um die Verlorene Sonne daran zu hindern, den Piratenstrom zu zerstören, und sie hatten Erfolg gehabt. Allerdings hatten sie dabei so gut wie alles verloren.

Coll war nicht mehr bei ihnen, sondern für alle Zeiten in den Tentakeln des Siehsiehfusch gefangen. Annalessa, das wussten sie jetzt, hatte freiwillig ihre

Menschlichkeit geopfert, um eins mit der Überallkarte zu werden. In Gestalt von Rose war sie jetzt eine Gefangene des Kapitäns des Eisernen Schiffes.

Fin hatte zwar seine Mutter gefunden, aber jetzt war sie tot. Sein Volk hatte man zu Sklaven ihrer eigenen Zwillinge gemacht, und die Rebellion, die er angezettelt hatte, hatte mit der Rückkehr des Salz-und-Sandkönigs aus seinem mehrere Ewigkeiten währenden Exil in Monerva geendet.

Was Marrill anging – sie war immer davon ausgegangen, dass die Mannschaft der *Krake* sie irgendwie wieder nach Hause bringen würde, aber natürlich erst, *nachdem* ihnen eingefallen war, wie sie ihre Mutter wieder gesund machen konnten. Doch ohne Zauberer und ohne Navigator hatte sie, was das anging, keinerlei Hoffnung mehr. Zumal sie ohnehin keine Möglichkeit hatten, die Eiserne Flut aufzuhalten. Keine Waffen, um den Salz-und-Sandkönig und seine unbesiegbare Armee zu bekämpfen. Kein Mittel, um den Kapitän …

»Ach, Ardent«, flüsterte sie.

Achardentachardentachhartachwiehartachardent

»Also, der Griesgram hat Serth ein paarmal angestupst, und wir schätzen, dass er ziemlich erledigt ist«, verkündete Fin, während er neben sie an die Reling gehuscht kam. »Ich wollte ihm lieber nicht den Puls fühlen, damit ich mir keine Erfrierungen hole. Oder Verbrennungen. Oder sonst was.«

Seine Stimme verhallte, und dann betrachtete auch er das, was hinter ihnen lag. Feuerstürme brausten über die dunklen Wälder von Meres hinweg, und Marrill konnte gerade noch die winzigen Gestalten der Schwingen an der Küste erkennen, die jubelnd ihre Schiffe bestiegen. Wenigstens war der Vorsprung der *Krake* so groß, dass sie sie nicht mehr einholen konnten. Remy berichtete, dass die Schwingen in dem Augenblick, als das Feuer ausgebrochen war, nur noch die Begrüßung ihres lange vermissten Königs im Kopf gehabt und nicht mehr an die Verfolgung der *Krake* gedacht hatten.

»Wie sich Vell wohl schlägt, als neue Speerspitze der Schwingen?«, sinnierte Fin. Er lächelte ein wenig – das sollte wohl ein Scherz sein.

Aber Marrill war nicht nach Scherzen zumute. »Alles ist so furchtbar«, flüsterte sie, und die Worte purzelten ihr dabei wie Tränen aus dem Mund.

allesistsofurchtbarfurchtbarfurchtbar

Fin legte ihr den Arm um die Schultern. »Hey, es ist doch nicht alles schlecht. Wir haben Karni.« Er streichelte dem Kater über den Rücken. »Wir haben die *Krake*. Wir haben Remy. Wir haben Fig.« Marrill zog eine Augenbraue in die Höhe. Den Namen hatte sie noch nie gehört. »Du kennst sie, und sie ist wirklich nett, ganz ehrlich«, sagte Fin. »Wir haben den *Griesgram.*«

»Also, *das* ist, ehrlich gesagt, alles andere als gut«, erwiderte sie gereizt, aber sie musste zugeben, dass allein der Gedanke reichte, um sie *beinahe* zum Schmunzeln zu bringen.

»Wir haben einander«, fuhr Fin fort.

Marrill lehnte sich an ihn. »Ja, stimmt«, sagte sie. »Und ich schätze, es gibt niemanden, mit dem ich lieber zusehen würde, wie die Welt zugrunde geht, als mit dir.«

Fin lachte. »Danke«, sagte er. Marrill musste unwillkürlich lächeln. Dann saßen sie eine ganze Weile schweigend da und sahen einfach nur zu, wie sie sich immer weiter von dem zerstörten Herz des magischen Stroms entfernten.

Irgendwann räusperte sich Fin. »Was war das eigentlich vorhin? Das mit Ardent? Kannst du dir das erklären?«

Marrill biss sich auf die Unterlippe und versuchte, ihre Ängste irgendwie im Zaum zu halten. Wenn sie sie alle auf einmal freiließ, dann würde es zu viel werden, dann würden sie sie überwältigen. »Ich weiß es nicht.« Sie schüttelte den Kopf, und Tränen rannen ihr über die Wangen.

Sie konnte nicht einmal ansatzweise ermessen, was sie durch Ardent alles verloren hatten. Was er ihr bedeutet hatte. Wie er sie hintergangen hatte. Sie konnte sich ja nicht einmal vorstellen, *warum*! Also drückte sie Karni an sich und versuchte, all diese Gedanken beiseitezuschieben.

Doch so sehr sie es auch versuchte, es gab eine Wahrheit, der sie nicht entkommen konnte. Der sie sich stellen *musste*. Denn das Zerstörungswerk, das sich da vor ihren Augen abspielte – die Freilassung des Salz-und-Sandkönigs, die Eiserne Flut, ja, vielleicht sogar die meressianische Prophezeiung selbst –, das alles ging auf den Kapitän des Eisernen Schiffes zurück. Was immer Ardent also ausgelöst hatte, sie mussten dem ein Ende setzen.

Marrill holte tief Luft und spürte, wie ihre Entschlossenheit langsam zurückkehrte. »Aber wir müssen es herausfinden«, sagte sie grimmig.

»Super.« Fin schnaubte. »Und wie genau sollen wir das anstellen?«

Marrill merkte, wie ihre Willenskraft bereits wieder in sich zusammenfiel. »Ähm …«

»Ihr müsst ihm folgen«, ließ sich da eine Stimme in ihrem Rücken vernehmen. Fin und Marrill wirbelten gleichzeitig herum. Vor den Fenstern von Ardents Kabine stand Serth. Die untergehende Sonne, die durch die offene Kabinentür zu sehen war, beleuchtete seine großgewachsene Gestalt von hinten.

»Der Strudel hat ihn in die Vergangenheit gezogen.« Er kam mit wehendem Mantel auf sie zu. Helle Sterne funkelten darauf. »Zurück bis zur Geburt des Stroms.«

Marrill zuckte unwillkürlich zusammen, als der grausame Zauberer auf sie und Fin herabblickte. Immer noch trug er die schwarzen Furchen im Gesicht, die die Tränen vieler Jahrhunderte dort hinterlassen hatten. Doch sein Blick war ruhig und gesammelt.

Marrill sah Fin an und Fin Marrill. Dann blickten sie gemeinsam in das Gesicht des Mannes, der bis vor kurzem noch ihr allerschlimmster Feind gewesen war.

»Und wenn ihr ihm folgen wollt, dann braucht ihr einen Führer«, fuhr Serth fort. Neues Leben pulsierte durch seine einst porzellanfarbene Haut und ließ sie erröten. »Jemanden, der schon einmal da gewesen ist.« Seine zitternden Lippen begannen zu lächeln.

»Und dieser Jemand«, sagte er, »bin ich.«

Danksagung

Wer direkt in die Sonne segelt, der kann sich eigentlich nicht verfahren, müsste man meinen. Aber wenn das Wasser genauso hell strahlt wie der Himmel, dann sieht alles ziemlich schnell ziemlich gleich aus, und man wird blind und ein bisschen verrückt noch dazu. Darum gilt unser ewiger Dank Deirdre Jones, weil sie die Sonnenblende war, die unsere Augen abgeschirmt und uns den richtigen Weg gezeigt hat.

Ein herzliches Dankeschön auch an Jenny Choy, Sherri Schmidt, Rosanne Lauer, Annie McDonnell, Sasha Illingsworth, Angela Taldone, Virginia Lawther, Kristina Posciotta, Emilie Polster, Kheryn Callender und alle anderen Mitarbeiter bei Little, Brown Books for Young Readers sowie Orion's Children's Books. Ihr habt sämtliche Lecks gestopft und das Schiff auf Kurs gehalten, während wir unseren Blick auf den fernen Stern der Zerstörung gerichtet hatten. Und natürlich darf die größte aller Zauberer und Zauberinnen, die außergewöhnliche Victoria Stapleton, in dieser Aufzählung nicht fehlen. Sie scheint ein ausgesprochen gutes Verhältnis zum Wind zu pflegen, der immer aus der richtigen Richtung kam, so dass unsere Segel stets prall gefüllt waren.

Wie immer möchten wir uns auch bei Merrilee Heifetz und den Mitarbeitern der Agentur Writer's House bedanken. Immer dann, wenn das Licht am grellsten war, haben sie dafür gesorgt, dass wir kühlen Kopf bewahrten. Ein besonderes Dankeschön gebührt Cecilia de la Campa, die furchtlos das Ruder übernahm, als wir unerwartet in schwere See geraten sind. Sie hat uns vor einem Strudel bewahrt, dessen Existenz wir nicht einmal geahnt haben.

Todd Harris mit seinem scharfen Blick und seiner unbeirrbaren Phantasie haben wir die seltsamen Schatten zu verdanken, die die Verlorene Sonne hervorgebracht hat, ganz egal, wie bizarr oder erschreckend sie auch sein mochten. Ohne ihn hätte der Strom niemals Gestalt angenommen. Im Red @ 28th und im The Flying Biscuit-Café haben wir schattige Orte gefunden, um uns ein wenig auszuruhen. Sarah MacLean, Beth Revis, Diana Peterfreund, Ally Carter, Rose Brock, Brendan Reichs, Renee Ahdieh, die Leute im Bat Cave, Phillip Lewis, Ross Richardson und die Leute bei FDWNC haben uns geholfen, die Schatten, die wir dort gesehen haben, richtig zu deuten.

Und wie immer waren unsere Familien das Wasser,

das unsere spröden Lippen so dringend nötig hatten. Ohne sie hätte sich die ganze Reise nicht gelohnt. Unser spezieller Dank gebührt Corey Sell, der so unbedingt eine sprechende Katze haben wollte – auch wenn wir es leider nicht geschafft haben, ihm eine fliegende zu schenken.

Fins und Marrills Abenteuer ist noch nicht zu Ende!
Halte Ausschau nach Band 4 ab Herbst 2018.

Spannung und Magie ohne Ende

Band 1: 978-3-7335-0018-4

Band 2: 978-3-7335-0019-1

Band 3: 978-3-7335-0020-7

Band 4: 978-3-7335-0021-4

Lieferbar ab Oktober 2018